pi 文庫
3〉

キャッチ＝22

〔新版〕

〔上〕

ジョーゼフ・ヘラー
飛田茂雄訳

epi

早川書房

7748

CATCH - 22

by

Joseph Heller

Translated by

Shigeo Tobita

Published 2016 in Japan by

HAYAKAWA PUBLISHING, INC.

This book is published in Japan by

arrangement with

ICM PARTNERS

c/o CURTIS BROWN GROUP LTD.

through JAPAN UNI AGENCY, INC., TOKYO.

母と
妻シャーリー、および
愛する子供たち、
エリカとテッドに捧げる

ピアノーサ島は地中海の
エルバ島の南八マイルのところに
実存するが、非常に小さな島なので
この小説に描かれた行為や活動のすべてを
現実にそこで演ずることは明らかに
不可能である。この小説の舞台と
同様に、登場人物もみな
フィクションである。

ひとつだけ落し穴《キャッチ》があった……
そしてそれがキャッチ＝22だった

目次

キャッチ=22〔新版〕

〔上〕

1　テキサス氏

ひと目惚れだった。

ヨッサリアンははじめて会ったその場で、従軍牧師にぞっこん惚れぬいてしまった。

ヨッサリアンは黄疸《おうだん》直前の状態にある肝臓が痛むので入院していた。軍医たちはそれが黄疸そのものではないという事実にとまどっていた。もし黄疸になったら治療ができる。もし黄疸にならずに痛みが消えてしまえば、ヨッサリアンを退院させることができる。ところがずっと黄疸直前の状態だということが彼らの頭を混乱させていたのである。

毎朝彼らは回診にやってきた。能率的な口と非能率的な目を持った三人のきびきびとしてきまじめな軍医たちで、いつも、ヨッサリアンをきらっている病室看護婦のひとりである、きびきびとしてきまじめなダケット看護婦を従えていた。彼らはベッドの足もとに下げてあるカルテを読み、せっかちな口ぶりで痛みのことをたずねた。彼が全然変りはないと答えると、いらいらした様子を見せた。

「まだ便通はないのか」と大佐が質問した。

軍医たちはヨッサリアンが首を横に振るのを見て顔を見合わせた。

「もう一錠出してやれ」

ダケット看護婦はヨッサリアンに丸薬をもう一錠服用させるべきことをメモし、つづいて四人はつぎのベッドに移動した。看護婦はだれひとりヨッサリアンに好意をいだいていなかった。実は肝臓の痛みはとうに消えていたのだが、ヨッサリアンは知らん顔をし、軍医たちも全然あやしんではいなかった。彼らはただ、ヨッサリアンがちゃんと排便をしているくせに、それをひた隠しにしているのではないかと疑っているだけだった。

ヨッサリアンにとってはなに不自由ない病院暮らしであった。食事はそう悪くないし、三度三度ベッドまで運んでくれる。新鮮な肉の特別配給もあり、午後の暑いさなかには、彼もほかの入院患者も冷たいフルーツ・ジュースや冷たいチョコレート・ミルクにありついた。軍医と看護婦を除けば、邪魔しにくる者はだれもいない。午前中わずかな時間、手紙の検閲をしなければならなかったが、そのあとは一日じゅうのんびりと寝そべっていられた。病院のなかは気楽だったし、体温はいつも三十八度三分まで上がったから、入院をつづけるのも容易であった。彼はベッドまで自分の食事を運ばせるためにいつもベッドから床へうつ伏せになって落ちなければならないダンバーよりも、もっと気楽だった。

ヨッサリアンは、戦争が終るまでずっと病院暮らしをつづけてやろうと決心すると、彼の知っているあらゆる人に、入院している旨を知らせる手紙を書いたが、なぜ入院したかについては一言も触れなかった。ある日、彼はもっとうまいことを思いついた。彼は自分の知っているあらゆる人に、自分はこれから非常に危険な作戦飛行に参加するという手紙を書いた。「志願者の募集があったのだ。非常に危険な出撃だが、だれかがこれをやらなくてはならない。帰還したらすぐ手紙を出す」そしてそれ以来、だれにも手紙を書いていなかった。

この病室の入院患者である将校たちはすべて、下士官兵専用の病室に収容されている患者の出すあらゆる手紙を検閲する義務を負わされていた。それは単調な仕事であり、ヨッサリアンは下士官や兵卒の生活が将校たちの生活よりほんのちょっぴりおもしろいだけだということを知ってがっかりした。最初の一日が過ぎると、もう好奇心のひとかけらも起きなかった。単調さを破るためにヨッサリアンはいろいろなゲームを発明した。ある日彼は、あらゆる修飾語句を殺せ、と宣告した。彼の手を通り抜けるあらゆる語句のうちから、副詞が、そして形容詞が、ひとつ残らず消えてしまった。翌日は冠詞に戦いを挑んだ。その翌日はもっと次元の高い創造性を試み、あらゆる語句のうち定冠詞と不定冠詞以外は全部黒く塗りつぶしてしまった。このほうがよほどダイナミックな直線内の緊張を産み出すし、まさにいずれの場合も、もとのままよりはるかに普遍的なメッセージを残しているではないか、と彼は思った。やがて彼は冒頭の挨拶や署名の部分に攻撃を加え、本文には全然手をつけぬことにした。あるとき彼はひとつの手紙のうち「愛するメアリー」の書き出し以外の全部を抹消し、下にこう書いた、「ぼくはやるせなくきみに恋いこがれている。アメリカ軍従軍牧師、A・T・タップマン」A・T・タップマンというのは連隊付き従軍牧師の名であった。

手紙のほうであらゆる手を使いはたすと、ヨッサリアンは封筒の名前や住所を攻撃にかかり、神のごとく無造作に手首をはね飛ばして、住宅や街路をことごとく抹殺し、大都市まで一挙に消滅させてしまうのだった。キャッチ＝22は検閲ずみの手紙にはいちいち検閲官の氏名を記入することを要求していた。ヨッサリアンはほとんどの場合、手紙を全然読もうともしなかった。全然読まなかった手紙には彼の本名を記入した。読んだ手紙には〝ワシントン・アーヴィング〟とサインしておいた。それに飽きると、〝アーヴィング・ワシントン〟とサインした。封筒の検閲のほうは深刻な結果を招くことになった。それはある天上なる軍団に不安の波乱をまき起こし、そこからひとりの患者を装ったＣＩＤ（特捜部）部員が流れこむ結果になった。ＣＩＤだということはみんなが知っていた。というのも、この男はしきりにアーヴィングないしワシントンという名の将校のことを聞き出そうとしていたし、最初の一日だけでもう手紙の検閲をやめてしまったからである。手紙はどれもあまりにも単調だということを知ったのだ。

今度は住み心地のいい病室であった。ヨッサリアンとダンバーとがこれまで暮らしたうちでは最上の部類に属する病室であった。今度は、うっすらと金色の口髭をはやした二十四歳になる戦闘機乗りの大尉がいっしょだった。真冬に撃墜されてアドリア海に飛びこんだときも風邪ひとつひかなかったという剛の者であるくせに、夏がきてから、撃ち落とされたわけでもないのに、流感にやられたと言っている。ヨッサリアンの右側のベッドには、血のなかにマラリヤが巣くい、蚊の刺し傷のある尻が痛むという怯え顔の大尉がいまだになやましげな恰好で腹這いになっていた。ヨッサリアンのベッドから通路ひとつへだてたところにはダンバーが、ダンバーの隣には砲兵大尉がいた。ヨッサリアンはこの砲兵大尉とチェスの勝負をするのをもうやめていた。この大尉はチェスの名人で、ゲームはいつもおもしろかった。ヨッサリアンが彼とチェスをするのをやめたのは、ゲームがあまりおもしろくて、ふたりともうつつを抜かしてしまうからだった。それからテキサス州出身の教養のあるテキサスっ子がいた。テクニカラー映画のだれやらに似た男で、資力のある人々――つまり、まともな連中――には、流れ者、売春婦、犯罪人、堕落者、無神論者、それにろくでなし――つまり資力のない人々――よりも多くの票を与えられるべきだという、いかにも愛国者らしい考えを持っていた。

このテキサス氏が運びこまれた日、ヨッサリアンは手紙のリズムをぶちこわす作業をしていた。相変らず、静かな、暑い、のんびりした日だった。熱気が屋根の上に重くのしかかり、物音を抑えつけていた。ダンバーはまたじっと仰向けに寝たまま、人形のような目で天井を見つめていた。懸命に寿命を延ばす算段を講じていたのだ。彼は退屈を深めることによって寿命を延ばそうとしていた。ダンバーがあまり熱心に寿命の引き延ばしを試みているので、ヨッサリアンは彼が死んでいるのではないかと思った。やがてテキサス氏が病室のまんなかのベッドに運びこまれたが、まもなくこのテキサス氏は彼の持論を披瀝した。

ダンバーが憑かれたように身を起こした。「そうだ」と、彼は興奮して叫んだ。「なにかが欠けていた――いつもなにか欠けてると思っていたが――いまやっと、それがなんだかわかった」彼は拳を掌に打ちこんだ。「愛国心がなかったのさ」と彼は宣言した。

「そのとおり」とヨッサリアンはどなり返した。「そのとおり、そのとおり、そのとおり。ホットドッグ、ブルックリン・ドジャーズ。ママお手製のアップル・パイ。だれもがそのために戦ってる。だが、まともな連中のために戦ってるやつなんてどこにいる。まともな連中にもっと票をやるために戦ってるやつなんてどこにいる。愛国心なんてありゃしねえよ、あそうだとも。それに愛徳心も、やっぱりねえな」

ヨッサリアンの左側の准尉はちっとも興味を示さず、大儀そうに「くそくらえ」と言うと、ごろんと横向きになって眠りこんでしまった。

テキサス氏は、お人よしで、物惜しみしない、人好きのする男だということがわかった。三日もすると、もうだれもこの男に我慢ができなくなった。

テキサス氏を見ると背筋にムズムズするようないやらしさが這い上がってくるので、だれもが彼から逃げ出した――たったひとり、自由のきかない白ずくめの軍人を除いては。この白ずくめの軍人は、頭から足先までギプスとガーゼに包まれていた。彼は二本の役に立たない脚と二本の役に立たない腕を持っていた。夜のうちにそっと病室から運びこまれたので、同室の連中は朝起きて、二本の奇妙な脚が尻から持ち上げられ、二本の奇妙な腕が垂直に引っぱり上げられているのを見るまでは、彼の存在に気がつかなかった。彼の手足は四本とも、滑車と、全然動かない彼の頭上にくろぐろとぶら下がっている鉛の錘《おもり》によって異様な恰好で吊り上げられていたのだ。両肘の内側の部分に、繃帯の上からチャックつきの唇が縫いこまれ、そこから透明のガラス壜に入った透明の液体が注ぎこまれているのだった。彼の鼠蹊部《そけいぶ》のギプスからひっそりと亜鉛の管が出て、それが細いゴム管につながり、腎臓の排泄液を能率よく床の上の透明な、栓をしたガラス壜に滴り落とす仕掛けになっていた。床のほうのガラス壜がいっぱいになると、肘に液体を送っているガラス壜がからになる。するとさっそく二本の壜の位置を交換し、その液体をふたたび彼の体内に点滴注入するだけのことである。白ずくめの軍人でなにかほんとうに見えるものがあるとすれば、口の上に開いている、縁のすり切れた黒い穴だけだった。

白ずくめの軍人はテキサス氏の隣のベッドに寝かされていた。テキサス氏は自分のベッドに横向きになって坐り、朝、昼、晩ぶっつづけに、愛想のいい、同情に溢れたのろくさい口ぶりで白ずくめの軍人に話しかけていた。返事が得られなくてもいっこうに気にしなかった。この病室では一日に二回検温が行なわれていた。毎日、早朝と夕方近く、クレイマー看護婦が体温計をいっぱい入れたガラス壜を持って現われ、患者に一本ずつ体温計を渡しながら病室の一方の端からもう一方の端へとまわる。白ずくめの軍人の場合、彼女は口の上の穴から体温計を挿しこみ、低い方の縁にうまくバランスをとって倒したままにしておく。こうして最初の患者のところにもどると、体温計を受けとり、体温をカルテに記録し、つぎのベッドにいき、もういちど病室をまわる。ある日の午後、彼女が病室をひとまわりし、二度目に白ずくめの軍人のところへいって体温を読みとったとき、彼女は白ずくめの軍人が死んでいるのを知った。

「ひとごろし」とダンバーが静かに言った。

テキサス氏はあいまいな微笑を浮かべてダンバーを見上げた。

「殺し屋」とヨッサリアンが言った。

「あんたら、なにを言ってるんだい」とテキサス氏はおどおどしながらたずねた。

「おまえがやったのだ」とダンバーが言った。

「おまえが殺したんだ」とヨッサリアンが言った。

テキサス氏は尻ごみした。「あんたらは気が狂っているんだ。おれはこのひとに指一本触れてないぞ」

「おまえがやったのだ」とダンバーは言った。

「おまえが殺すのをちゃんと聞いていたんだぞ」とヨッサリアンが言った。

「おまえはそいつが黒人だから殺したのだ」とダンバー。

「あんたらは気が狂ってる」とテキサス氏は叫んだ。「黒人をここへ入れるわけがない。黒人には特別の部屋が用意してあるんだ」

「軍曹がないしょでここへ連れこんだのさ」とダンバーが言った。

「アカの軍曹がな」とヨッサリアン。

「それをおまえは知ってたのさ」

ヨッサリアンの左隣の准尉は、白ずくめの軍人のことにはちっとも興味を示さなかった。この准尉はなにごとにも興味を示さず、いらだちを表わすときのほかは絶対に口をきかなかった。

ヨッサリアンが従軍牧師と会う前の日、食堂で料理用ストーブが破裂し、調理場の一方に火がまわった。すさまじい熱気があたり一面にひろがった。九十メートル以上も離れているヨッサリアンの病室からでさえ、火炎のグォーという音や燃える材木のはぜる鋭い音が聞こえた。オレンジ色がかった窓の外を煙が勢いよく流れた。十五分ばかりすると飛行場から不時着救難用のトラックが何台か消火のためにかけつけた。狂奔の三十分間は、きわどい危険のうちに過ぎた。だが、ようやく消防隊のほうが優勢になりはじめた。突然そこへ、任務を終えて帰ってきた爆撃機の、例によって単調な爆音が聞こえてきた。消防隊は、一機でも着陸しそこなって火災が起こっては一大事と、至急ホースを巻いて飛行場へ引き揚げなければならなかった。爆撃機は全機無事に着陸した。最後の一機が着陸すると、消防隊はただちに病院の火災と格闘をつづけるべく、トラックを丘の上にもどした。彼らが着いたとき、もう炎は見えなかった。火勢は自然に衰えたもので、燃えさしひとつに水をかける間もなく、火はすでにすっかり消えていた。がっかりした消防隊員たちは、べつにすることもなく、なまぬるいコーヒーを飲み、看護婦でもひっかけてやろうかとそのあたりをぶらつくだけだった。

従軍牧師は火事の翌日にやってきた。ヨッサリアンは手紙のうちからラテン語系のことば以外を全部抹消するのに忙しかったが、そこへ従軍牧師がやってきて、ベッドとベッドの中間においてある椅子に腰をおろし、気分はどうですかとたずねた。少し横向きに腰かけていたので、ヨッサリアンに見える記章といえば、シャツの襟についている大尉の線章だけだった。相手が何者なのかヨッサリアンには見当もつかず、どうせまた別の軍医か、別のきちがいだろうくらいに考えていた。

「ああ、まあまあだね」と彼は答えた。「肝臓が少し痛むし、あまりまともな体質ではないらしいんだが、概して言えば、気分はいいほうと認めるべきだろうね」

「それは結構です」と従軍牧師は言った。

「ああ」とヨッサリアンは言った。「ああ、結構だとも」

「わたしはもっとはやく寄るつもりでしたが、実はあまり具合がよくなかったもので」

「それはいけないね」とヨッサリアンは言った。

「ただの鼻風邪ですが」と、従軍牧師は急いでつけ加えた。

「おれの熱は八度三分もあるんだ」とヨッサリアンが同じように急いでつけ加えた。

「それはいけませんね」

「そう」とヨッサリアンは相槌を打った。「そう、たしかによくない」

従軍牧師はそわそわしはじめた。「なにかわたしでできることはありませんか」と彼はしばらくしてからたずねた。

「いやいや」とヨッサリアンは溜息まじりに言った。「軍医たちは、どうやら人間としてできるかぎりのことをやってくれてるらしいんでね」

「いえいえ」従軍牧師はほんの少し顔を赤らめた。「そういうことじゃなかったのです。わたしが申したのは、つまり、煙草とか……本……だとか……おもちゃだとか」

「いやいや」とヨッサリアンは言った。「ありがたいけど、必要なものはなんでもありそうだから――健康だけは別だけど」

「それはいけませんね」

「そう」とヨッサリアンは言った。「そう、たしかによくない」

従軍牧師はまたもじもじした。二、三度部屋を眺めわたし、天井を見つめ、つづいて床を見つめた。彼は深く息を吸った。「ネイトリー中尉からよろしくとのことでした」と彼は言った。

ヨッサリアンは相手とのあいだに共通の友人がいることを知って残念に思った。結局、それが誘い水になって会話が成り立つおそれがあったからだ。「ネイトリー中尉を知ってるって」と彼はうらめしそうにたずねた。

「はい、ネイトリー中尉のことならたいへんよく存じています」

「あいつ、ちょいといかれてるだろう」

従軍牧師は苦笑した。「さあ、そうは言えないと思いますが。そこまではよく知らないようですね、わたしも」

「嘘じゃない」とヨッサリアンは言った。「あいつはひどいまぬけなんだ」

従軍牧師は重苦しい沈黙をつづけたあとで、それを破るように唐突に質問をぶつけた。

「あなたはヨッサリアン大尉、ですね」

「ネイトリーのやつはスタートを誤ったんだ。あれは良家のお坊ちゃんでね」

ですか」

「たいへん失礼ですが」と従軍牧師はおずおずとではあったが、質問にこだわった。「わたしはとんでもないまちがいをおかしているかもしれませんので。あなたがヨッサリアン大尉ですか」

「そうだよ」とヨッサリアン大尉は正直に答えた。「おれがヨッサリアン大尉だが」

「第二百五十六大隊の?」

「勇猛なる第二百五十六大隊の」とヨッサリアンは答えた。「ほかにヨッサリアン大尉がいるとは知らなかったねえ。おれの知るかぎりでは、おれがおれの知っているただひとりのヨッサリアン大尉だ。ただし、おれの知るかぎりの話だからね」

「なるほど」と従軍牧師は浮かぬ顔をして言った。

「その大隊番号は、二の勇猛なる八乗だ」とヨッサリアンは教えてやった。「もしおれたちの大隊について象徴詩を書くつもりなら、ご参考までに」

「いえ」と従軍牧師は口ごもりながら言った。「わたしはあなたの大隊について象徴詩を書くつもりはありません」

ヨッサリアンは相手のもう一方の襟に小さな銀色の十字架記章を見つけ、ハッとして背を伸ばした。それまで従軍牧師と本格的に話をしたことなどいちどもなかっただけに、すっかりあわててしまった。

「あんたは従軍牧師だね」とヨッサリアンはわれを忘れて大声をあげた。「従軍牧師とは知らなかった」

「ええ、そうなのです」と従軍牧師は答えた。「従軍牧師だということをご存知なかったのですか」

「うん、そうなんだ。従軍牧師とはご存知なかった」ヨッサリアンはなにかに魅入られたような微笑を顔いっぱいに浮かべて相手を見つめた。「実はまだいちども従軍牧師とは会ったことがないもので」

従軍牧師はまたもや顔を赤らめて、じっと自分の手を見ていた。年は三十二歳くらい、髪は黄褐色で、鳶色の内気そうな目をしたやさ男であった。細面《ほそおもて》で、顔色はやや蒼白かった。両頬のくぼみに、古いにきびの痕が無邪気に巣くっていた。ヨッサリアンは、この男のためならできるだけのことをしてやろう、と思った。

「なにかわたしでお役に立てることはないでしょうか」と従軍牧師がたずねた。

ヨッサリアンは、まだ笑顔のまま、首を横に振った。「悪いけど、ないんだよ。必要なものはなんでもあるし、しごく居心地がいいんだ。実を言うと、病気ですらないんでね」

「それは結構です」従軍牧師はそう言ったとたん、しまったと気づき、あわてて照れ笑いしながら口のなかに両の拳を突っこんだが、ヨッサリアンが沈黙したままなので彼はがっかりした。「ほかにも会わなければならない連隊員のかたがたがおられますので」と彼はやっと弁解をはじめた。「またまいります、たぶんあすにでも」

「ぜひどうぞ」とヨッサリアンは言った。

「わたしはあなたがお望みの場合にかぎってこちらへまいります」と、従軍牧師はおずおずると頭を垂れながら言った。「どうもわたしはたくさんのかたがたに気まずい思いをさせているようですから」

ヨッサリアンは親愛の情に燃えながら言った。「ぜひ来てくれよ。おれは気まずい思いなんかしないから」

従軍牧師は嬉しそうにほお笑み、それまで手のなかに隠していた一枚の紙片に目を落とした。彼は唇を動かしながら病室のベッドを数えていたが、やがて心もとなげにダンバーのほうを見つめた。

「うかがいますが」と彼はそっとささやいた。「あのかたがダンバー中尉ですか」

「そう」とヨッサリアンは大きな声で答えた。「あれがダンバー中尉だ」

「どうも」と従軍牧師は小声で言った。「どうもありがとうございました。あのかたにお会いしなければならないのです。入院している連隊のかたは、ひとり残らずお見舞いしなければならないのです」

「ほかの病室の患者も」

「ほかの病室の患者もです」

「ほかの病室の連中には注意しなさいよ、神父さん」とヨッサリアンは警告した。「精神病の患者を収容してるんでね。きちがいどもでいっぱいなんだ」

「わたしを神父とお呼びになる必要はありません」と従軍牧師は説明した。「わたしは再浸《アナバプ》礼派《テスト》ですから」

「ほかの病室のことは大まじめに話してるんだ」とヨッサリアンはしかつめらしい顔でつづけた。「憲兵だってあんたを保護してはくれないよ、憲兵こそいちばん狂ってるんだから。おれがついていってもいいんだが。でも、おれはこわいんだよ、ものすごく。狂気ってやつは伝染するからね。ここは病院のなかでただひとつ精神的に正常な病室なんだ。おれたち以外はどいつもこいつもみんな気が狂ってる。そういえば、世界じゅうでここだけがたったひとつ正常な病室かもしれないな」

従軍牧師はあわてて立ちあがり、ヨッサリアンのベッドからじりじりと離れ、相手をなだめるような微笑を浮かべながら、それ相応の注意を払って行動すると約束した。「さて今度はダンバー中尉をお見舞いしなくてはなりません」と彼は言った。だが、良心の咎めを受けているかのように、まだぐずぐずしていた。「ダンバー中尉はいかがですか」と、ようやく彼はたずねた。

「立派なもんだね」とヨッサリアンは保証した。「まさに君子だよ。世界じゅうでいちばん立派な、いちばん信仰心のない連中のひとりだ」

「いいえ、そういうことじゃないんです」と、従軍牧師はまたささやき声で言った。「病気は重いんでしょうか」

「いいや、病気は重くない。実は、病気でもなんでもないんだ」

「それは結構です」従軍牧師は安堵の溜息を洩らした。

「そう」とヨッサリアンは言った。「まったく結構だとも」

「従軍牧師か」と、ダンバーは従軍牧師が彼を見舞って帰ったあとで言った。「あれを見たか。従軍牧師だぜ」

「いい感じじゃないか」とヨッサリアンは言った。「みんな彼に三票はくれてやるべきだな」

「みんなって、だれのことだ」とダンバーがいぶかしげに質問した。

病室の一端に、緑色のベニヤ板で仕切った小さな個室めいた部分があり、そのベッドではいかめしい顔つきの中年の大佐が絶えずなにやら忙しげにしていた。彼は毎日、アッシュ・ブロンドの髪を波打たせた品のいい美人の訪問を受けていた。看護婦でも、婦人部隊員でも、赤十字奉仕隊員でもないくせに、毎日午後になると欠かさず、非常にスマートなパステルカラーのサマードレスを着用し、いつも縫い目のまっすぐなストッキングの下に中高ヒールの白いレザー製パンプスを履いて、ピアノーサ島の病院に姿を現わすのである。大佐は通信機関に属しており、朝晩せわしく体内からの粘っこいメッセージを四角いガーゼの束に伝え、それをいつも丹念に封じこんでから、ベッドの脇のナイトテーブルにある白い蓋つきの壺の中へ送達することを強制されていた。堂々たる大佐であった。洞穴《ほらあな》のような口と、洞穴のような頬、洞穴のようで、もの悲しい、古かびのはえたような目を持っていた。顔はいぶし銀の色。咳きこみかたがこれまたもの静かで、用心深く、もはやただの癖になってしまった不快さをもって、ガーゼをゆっくり唇に当てがうのであった。

この大佐は、いまなお彼の病因をつきとめようと専門的な知識を傾けているやたらに多くの専門医にとりかこまれていた。彼らはこの大佐に視力があるかどうか試すために光を目に投じてみたり、触感があるかどうか試すために針を突き刺したりした。彼の尿のためには泌尿器専門医がおり、リンパ液のためにはリンパ球専門医がおり、内分泌物のためには内分泌専門医がおり、精神のためには精神病専門医がおり、皮膚のためには皮膚病専門医がいた。情念《パトス》のためには病理専門医《パソロジスト》がいたし、膀胱のためには膀胱専門医がいた。その上に、ハーバード大学動物学部出身の、禿頭で衒学者的な鯨《くじら》学者もいたが、これはＩＢＭの誤った陽極によって無情にも軍医部隊に連れこまれ、やむなく重体の大佐を相手に『白鯨《モービー・ディック》』の議論をしながら任期を過ごそうと企んでいる男であった。

　この大佐はすっかり検査ずみの身であった。彼の肉体のうちで、麻薬によって傷《そこな》われたことのない、あるいは洗い清められたことのない、いじくられた上で写真にとられたことのない、切除されたことのない、また奪いとられたり、とり替えられたりしたことのない器官はただのひとつもなかった。身ぎれいで、ほっそりした体をまっすぐ伸ばした問題の女性は、大佐のベッドのそばに腰かけているあいだ、しきりに彼の体にさわった。彼女は微笑を浮かべるたびに、気品のあるもの悲しさの典型となった。大佐は背が高く、痩せており、姿勢が悪かった。立って歩くときはいっそう前かがみになって体に深い空洞をつくり、ごく慎重に足を運んでは、膝の下で数センチずつ前進するのであった。左右の目の下には菫色の鬱血が見えた。女は静かに、大佐の咳よりももっと静かに、話をしたので、同室の患者はだれひとりとして彼女の声を聞くことはできなかった。

十日もたたぬうちに、テキサス氏はこの病室をからにしてしまった。まず砲兵大尉が先鞭をつけ、そのあと続々と脱出がはじまった。ダンバー、ヨッサリアン、それに戦闘機乗りの大尉が、揃って同じ日の朝退院した。ダンバーの場合は習慣性の眩暈《めまい》が消えたし、戦闘機大尉は鼻をシュンとかむだけでけりがついた。ヨッサリアンは軍医たちに、肝臓の痛みが消えたと告げた。なんの苦もなかった。例の准尉までが逃げ出した。十日もたたぬうちに、テキサス氏はこの病室の入院患者全員を任務の待つ原隊に送り帰したわけである——たったひとり、戦闘機大尉の流感をうつされ、肺炎になって倒れてしまったＣＩＤ部員を残して。

2 クレヴィンジャー

ある意味でCID部員はかなり運のいいほうであった。というのは、病院の外ではまだ戦争がつづいていたからである。軍人たちは発狂し、その報酬として勲章をもらっていた。世界じゅうの爆撃ラインの両側で、軍人たちは自分らの祖国であると教えられてきたもののために生命をなげうっていた。そして、だれも、特に若い生命を投げ捨てようとする軍人たちはだれひとりとして、それに疑問をいだいてはいないように見えるのだった。終局の見通しはつかなかった。見通しがついていたのは、ヨッサリアン自身の終局でしかなかった。だから彼は、もじゃもじゃ髪で漏斗状の顎をもったテキサス氏が——ずんぐりした顔に、黒いテンガロン・ハットのつばよろしく不滅の微笑を絶えず輝かせている愛国的なテキサス氏が——もしいなかったならば、この世の終りまで病院に留まっているかもしれなかった。テキサス氏は、ヨッサリアンとダンバーとを除く、この病室のあらゆる患者を幸福にしたいと望んでいた。まさに重病人であった。

だが、テキサス氏がヨッサリアンの幸福を欲していなかったとしても、どうせヨッサリアンは幸福になれるはずがなかった。なぜなら、病院の外ではまだなにもおもしろおかしいことは起こっていなかったからだ。現在行なわれていることはただひとつ、戦争だけだったが、ヨッサリアンとダンバーを除けば、だれもそれに気づいていないかのようであった。そしてヨッサリアンがみんなにその事実を思い知らそうとしても、彼らはそっぽを向き、彼のほうをきちがい扱いした。当然そんなことはわかっているはずのクレヴィンジャーまでが、最後に会ったとき、つまりヨッサリアンが病院に逃げこむすぐ前に、ヨッサリアンをきちがい呼ばわりしたのである。

　クレヴィンジャーは発作的に激怒し、つかみかからんばかりの勢いでテーブルを左右からひっつかみ、「おまえはきちがいだ」とどなった。

「クレヴィンジャー、みんなになにを文句言いたいんだ」と、ダンバーは将校クラブの喧騒のなかで、ものうげに言った。

「おれは冗談口をたたいてるんじゃないぞ」とクレヴィンジャーは強気に出た。

「やつらはおれを殺そうとしてるんだ」と、ヨッサリアンはもの静かにクレヴィンジャーにむかって言った。

「だれもおまえを殺そうとなんかしていないよ」とクレヴィンジャーが叫んだ。

「じゃ、なぜやつらはおれを撃つんだ」とヨッサリアンは反問した。

「やつらはあらゆる人間を撃つのさ」とクレヴィンジャーが答えた。「あらゆる人間を殺そうとしてるのさ」

「つまり、どこがちがうというんだね」

クレヴィンジャーは激怒のあまり目に涙をため、血の気を失った唇を震わせながら、もう喧嘩腰で椅子から立ちあがろうとしていた。彼が情熱的に信じている主義主張に関して喧嘩をするときの常で、結局はすさまじい勢いで息を呑み、確信の苦い涙をまばたきして払い落とすのみであった。クレヴィンジャーが情熱的に信じている主義主張は数多くあった。彼は気が狂っていたのだ。

「やつらとはだれのことだ」と彼は問いつめた。「はっきり言って、だれがおまえを殺そうとしてると思うんだ」

「やつらひとり残らずさ」とヨッサリアンは答えた。

「だれのひとり残らずだ」

「だれのひとり残らずだと思う」

「知るもんか」

「じゃ、なぜやつらがおれを殺そうとしていないなどと言えるんだ」

「なぜって……」クレヴィンジャーはぶつぶつ言い、とうとうくやしげに黙ってそっぽを向いてしまった。

クレヴィンジャーは自分の言い分のほうが正しいと本気で信じていたが、ヨッサリアンには確かな反証があった。というのは、彼が爆弾を投下するため飛んでいくたびに、見も知らぬ外国人が機関砲で彼を撃ってくるのである。それは決して楽しいことではなかった。それが楽しくないと言えば、それより楽しくないことが山ほどあった。背後のずんぐりした山々と、目の前の静かな青い海にはさまれたピアノーサ島のテントで、浮浪者みたいな暮らしをするのはちっとも楽しくなかった。この海はだれかがこむらがえりを起こすとたちまち呑みこんでしまい、三日もあとになって諸掛りいっさいを支払った上、浜辺に送り返すその死体は、青ぶくれで腐っており、ふたつの冷たい小鼻から水が滴り落ちる。

ヨッサリアンが住んでいるテントは、彼の大隊とダンバーの大隊とをへだてている壁代りの、狭い陰気な色の森にくっついて立っていた。すぐ横に廃用になった鉄道線路の掘割が残っており、そこを飛行場の燃料トラックに航空用ガソリンを運ぶパイプが走っていた。同室者のオアのおかげで、それは大隊一の贅沢なテントになっていた。ヨッサリアンは病院で休暇を楽しんだあと、あるいはローマに賜暇旅行をしたあと帰営するたびに、留守中オアが備えてくれたなにか新しい利便に——水道や、薪をくべる暖炉や、セメントの床などに——驚くのだった。場所はヨッサリアンが選び、彼とオアと協力してテントを張ったのである。操縦士の翼状章をつけ、波形の濃い鳶色の髪をまんなかで分けた、にこにこ顔を絶やさぬごく小柄なオアがあらゆる知識を提供し、背丈も、体力も、肩幅も、動作の速さもすぐれたヨッサリアンが作業の大半をやってのけた。テントはゆうに六人分はあったが、たったふたりでそこに住んでいた。夏がくると、オアは風を入れるために横っ腹の垂れ戸を巻き上げたが、そよ風程度ではなかで焼けついている空気を流し出すことは絶対に不可能であった。

ヨッサリアンのすぐ隣には、ピーナッツ入り糖菓が大好物だというハヴァメイヤーが、二人用のテントにたったひとりで住み、ヨッサリアンのテントの死人から盗みとった〇・四五インチ銃の大きな銃弾で、毎晩小さな野鼠を仕止めていた。ハヴァメイヤーとは反対の側にマクワットのテントがあった。マクワットはもはやクレヴィンジャーと同居してはいなかった。ヨッサリアンが退院してきたとき、クレヴィンジャーはまだ帰ってきていなかったのである。いまマクワットがいっしょに暮らしているのはネイトリーだったが、彼はローマにいってお り、すっかり惚れこんでしまった眠たげな売春婦を口説いていた。もっとも、この女は自分の商売にうんざりし、ネイトリーにもうんざりしていた。マクワットは気が狂っていた。彼は操縦士で、ただもうヨッサリアンがどんなに驚くか見てやりたいというだけの動機で、できるだけ頻繁に、彼のテントの上をできるだけ低く飛んだり、人々が裸で泳いでいる真白な遠浅の砂浜の沖にからのドラム罐をつけて浮かんでいる筏の上を、わざと低空ですさまじい轟音をぶつけながらかすめ飛ぶことを好むような男だった。気の狂った男と同じテントに住むのは楽なことではなかったが、ネイトリーは平気だった。彼もまた気が狂っており、勤務のない日には欠かさず、ヨッサリアンが建設に手を貸そうとしない将校クラブを建てるために奉仕に出かけるのであった。

ヨッサリアンが建設の手助けをしない将校クラブはたくさんあったが、なかでも彼はピアノーサ島の将校クラブをどれよりも誇りにしていた。それは彼の決断力を示す頑丈で複雑な構造を持った記念碑のごときものであった。ヨッサリアンはその建物が完成するまで、いちども手伝いにはいかなかった。完成後は、この大きくて、りっぱな、うねりくねった板葺き屋根の建物が非常に気に入ったので、しょっちゅうそこを訪れた。それはまことにみごとな建築物であり、ヨッサリアンはそれを眺め、その完成に至る仕事のただひとつも自分のものではなかったことを考えるたびに、おれは一大事を成し遂げたのだという誇りに胸をときめかせるのであった。

彼とクレヴィンジャーがおたがいをきちがい呼ばわりした最後のとき、この将校クラブのひとつのテーブルに彼ら四人がかたまって坐っていた。彼らは奥のほうの、アプルビーがいつも勝ちを奪っているクラップばくち用テーブルのそばに坐っていた。アプルビーはクラップばくちと同じくピンポンの名人であり、ほかのなにをやらせてもピンポンと同じくらい軽くやってのけた。つまりアプルビーはなにをやらせても上手だったのだ。彼はアイオワ州出身の金髪の青年で、神と母性愛とアメリカ的な生活法とを信じているが、そのどれについてもまるきり考えたことのないという男で、彼を知るだれからも気に入られていた。

「おれはあんちきしょうが大きらいだ」とヨッサリアンは吼えたてた。

議論がはじまったのは数分前のことで、ヨッサリアンは機関銃を見つけようと思ったが、見つからなかった。せわしくてにぎやかな晩であった。バーもにぎやか、クラップ・テーブルもにぎやか、ピンポン台もにぎやかだった。ヨッサリアンが機関銃でなぎ倒してやりたいと思った連中は、バーでにぎやかに古いセンチメンタルな流行歌をうたっていた。ほかの連中もいっこうに飽きもせずそれを聞いていた。ヨッサリアンは機関銃で彼らを撃ち殺すかわりに、ふたりの将校がピンポンをやっている、そのどちらかのラケットから転がり落ちてきたボールを、靴の踵で力いっぱい踏み潰した。

「あのヨッサリアンめが」と、ふたりの将校は首を横に振りながら声をたてて笑い、棚の箱から新しいボールをとった。

「あのヨッサリアンめが」とヨッサリアンが応じた。

「ヨッサリアン」とネイトリーが小声で注意した。

「おれの言ってる意味がわかったろ」とクレヴィンジャー。

将校たちはヨッサリアンが彼らの口真似をするのを聞いてまた笑いはやした。「あのヨッサリアンめが」と彼らはいっそう大きな声で言った。

「あのヨッサリアンめが」とヨッサリアンはおうむ返しに言った。

「ヨッサリアン、よしなよ」とネイトリーが訴えた。

「おれの言ってることがわかったろう」とクレヴィンジャーが言った。「この男は反社会的侵略性を持っているんだ」

「黙れ、こいつめ」とダンバーがクレヴィンジャーに言った。ダンバーはクレヴィンジャーが気に入った。クレヴィンジャーは彼を不愉快にさせることによって時間の進行を遅らせてくれたからである。

「アプルビーはここにいないぞ」と、クレヴィンジャーは勝ち誇ったようにヨッサリアンに言った。

「だれがアプルビーのことを言ったかよ」とヨッサリアンはやり返した。

「キャスカート大佐だって、ここにはいないぞ」

「だれがキャスカート大佐のことをとやかく言ったかよ」

「じゃ、おまえがきらってるのはどこの畜生だい」

「ここにはいったいどんな畜生がいるってんだ」

「おまえと議論するつもりなんかないよ」とクレヴィンジャーは心を決めて言った。「おまえはだれをきらってるのか、自分でも知らないんだ」

「おれを毒殺しようとしてるやつならだれでもさ」とヨッサリアンは言った。

「だれもおまえなんか毒殺しようと思っちゃいないよ」

「やつらはおれの食事に二度も毒薬を仕込んだじゃないか、ええ？　フェラーラのときと、ボローニャ大攻撃のときに、おれの食いものに毒薬を入れなかったかよ」

「やつらはあらゆる人間の食いもののなかに毒を入れるのさ」とクレヴィンジャー。

「つまり、そこになんのちがいがあるってんだ」

「しかも、あれは毒薬ですらなかったんだぞ」と、クレヴィンジャーは興奮して叫んだ——混乱すればするほどいっそう大袈裟なことばづかいになって。

　ヨッサリアンは辛抱づよい笑みを浮かべながらクレヴィンジャーに対して、思い出せるかぎりずっと昔からいつもだれかが自分を殺す陰謀を企んできた、と説明した。おれに好意を持っている連中と、持っていない連中がいるが、その持っていない連中がおれを憎み、おれをやっつけようとしているんだ。やつらはおれがアッシリア人だからって憎んでやがるんだ。だが、あいつらは（と彼はクレヴィンジャーに言った）おれに指一本触れることもできねえのさ。なぜって、おれは清純な肉体に健全な精神を宿しているし、雄牛みたいに強いからな。やつらが手出しできねえのはおれがターザンだから、マンドレークだから、フラッシュ・ゴードンだからさ。おれはビル・シェイクスピアだ。おれはカインだ、ユリシーズだ、さまよえるオランダ人だ。ソドムのロトだ、悲しみのディアドレだ、木々のナイチンゲールにかこまれたスウィーニー（T・S・エリオットの詩〈一九一九年〉の題をもじったもので、スウィーニーは生殖の象徴）なんだ。おれは奇蹟の成分Z－二四七だ。おれは――

「きちがい！」とクレヴィンジャーが甲高い声をあげて割り込んだ。「それがおまえの正体だ。きちがいめ！」

「――巨大なのさ。おれは、嘘じゃない、デンとして強力無比な、ほんものの高級人なんだ。正真正銘の高等人間《スープラマン》なのさ」

「スーパーマン」クレヴィンジャーが叫んだ。「スーパーマンだと」

「スープラマンだよ」とヨッサリアンは訂正した。

「ねえ、ふたりともよしなよ」とネイトリーが困りはてて頼んだ。「みんながおれたちを見てるじゃないか」

「おまえはきちがいだ」とクレヴィンジャーは目に涙をいっぱいためて、にくにくしげにわめいた。「おまえはエホバ・コンプレックスにとり憑かれてるんだ」

「おれはあらゆる人間はナタナエルであると思うね」

クレヴィンジャーは熱弁の途中で、けげんそうに口をつぐんだ。「ナタナエルとはなんだ」

「ナタナエルがどうしたって」とヨッサリアンはそしらぬ顔をして応じた。

クレヴィンジャーはこの罠を巧みに逃れた。「おまえはあらゆる人間のことをエホバだと思ってやがる。おまえはラスコーリニコフ同然だ——」

「だれだって」

「——ああ、ラスコーリニコフさ、例の——」

「ラスコーリニコフ！」

「——例の——本気で言ってるんだぞ——例の婆さんを殺しても、それを正当化できると考えたやつさ——」

「と同然だって？」

「——そうだ、正当化、そのとおりだ——斧でな。しかもおれはおまえがそうだということを証明してやれるぞ！」クレヴィンジャーは激しく息を吸いこむと、ヨッサリアンの症候を数えたてた——周囲の者はみんなきちがいだと理由もなく信じていること、見知らぬ連中を機関銃で皆殺しにしたがる殺人衝動、嘘の記憶のデッチあげ、人々が彼を憎み、彼を殺す陰謀を企んでいるという根拠のない猜疑心。

だが、ヨッサリアンは自分が正しいということを知っていた。その理由は、彼がクレヴィンジャーに説明したとおり、どう考えてみても彼は絶対にまちがっていなかったからである。どちらを向いても目につくのは狂った人間ばかり。それほどの狂気のなかで彼自身のように正気な青年がなし得ることといえば、せいぜい自己のまともなものの見かたを保つことぐらいであった。しかもそうすることは彼にとって緊急の大事であった。なぜなら、彼は自己の生命が危険にさらされていることを知っていたからである。

ヨッサリアンは退院して大隊に帰ったとき、あらゆる人間に油断なく目を注いだ。マイローもいちじく摘みにスミルナへ出かけていた。マイローの留守中、食堂はうまくいっていた。ヨッサリアンは、病院と大隊とのあいだにまるで破れたズボン吊りみたいに通じている瘤だらけの道を、傷病兵運搬車で揺られてくるうちから、もう、スパイスをきかした子羊料理のツンと鼻をつくうまそうな匂いに貪欲な反応を示していた。昼食にはシシカバブ料理が出た。マイローがパレスチナのあたりのさる密売品業者から調合法を盗みとった秘密のつけ汁に七十二時間つけたあと、炭火の上でやけにじゅうじゅういっている、大きくて、香ばしい串刺しの肉塊に、イラン産の米飯とパルマ産のアスパラガスがそえてある。そのあとでデザートとしてさくらんぼケーキが、つづいてベネディクティンやブランデーを滴らした熱くて香り高いコーヒーが何杯も出た。食事は、――・ド・カヴァリー少佐が本土からさらってきてマイローに与えた腕ききのイタリア人給仕たちによって、ダマスコ織りのテーブルクロスの上にふんだんに運ばれた。

ヨッサリアンは食堂で胃袋が破裂するかと思われるほどガツガツと詰め込み、水気の多い食べかすで口のなかをねっとりさせたまま、満足げにぼうっとして椅子の背にもたれかかった。大隊のどの将校にしても、マイローの食堂以外ではこれほどつづけてうまいものにありつけることはなかった。そしてヨッサリアンは、ふとこれは分不相応な美食ではあるまいかと考えた。だが彼はすぐ、げっぷを吐くついでに、連中がおれを殺そうとしているのだ、と思い出し、いきなり食堂の外へいちもくさんに駆け出し、自分を軍務から解いて帰国させてくれるよう頼むためにダニーカ軍医を探した。ダニーカ軍医は自分のテントの外の高い腰掛けに坐って、太陽の光をまともに浴びていた。

「出撃五十回だ」と、ダニーカ軍医はかぶりを振りながらヨッサリアンに言った。「大佐が五十回の出撃を要求しているんだから」

「しかし、おれはまだ四十四回しか出撃してないんだ!」

ダニーカ軍医は動じなかった。彼はのっぺりした顔に、よく飼いならされた鼠みたいな、こすり磨かれ、とがった目鼻だちをした、不景気でせかせかした男だった。

「五十回だよ」と彼は相変らず首を振りながらくりかえした。

「大佐が五十回の出撃を要求してるんだから」

3　ハヴァメイヤー

ヨッサリアンが退院したとき、大隊にはオアと、ヨッサリアンのテントの死人以外にはだれひとりいなかった。ヨッサリアンのテントの死人はまったくの厄介者で、ヨッサリアンはいちども会ったことがなかったが、この死人が気に喰わなかった。一日じゅうそばにじっとしていられるとむかっ腹が立つので、ヨッサリアンは何度も大隊本部まで足を運んではタウザー曹長に苦情を述べたてたのだが、曹長はそんな死人が存在していることをどうしても認めようとしなかった。もちろん死人はもはや存在はしていなかったのだが。メイジャー少佐に直訴しようとしても、なおさらいらいらさせられるだけだった。ほんのちょっぴり憂え顔のヘンリー・フォンダに似ているこののっぽで骨ばった大隊長は、ヨッサリアンが腹立ちまぎれにタウザー曹長を押しのけて大隊長室に直談判に行くたびに、窓から外へ飛び出してしまうのだった。ヨッサリアンのテントの死人はまったくつきあいにくかった。彼は、これまたつきあいにくいオアにとってすら邪魔者だった。オアはヨッサリアンが帰ってきた日、彼が入院しているあいだに作りはじめたストーブにガソリンを補給するためのパイプの栓をガチャガチャやっていた。

「なにをしてるんだ」と、ヨッサリアンはテントに入るとき用心深くたずねた。なにをしているかはすぐにわかったのだが。

「ここが漏るんでね」とオアが答えた。「修繕してるところなんだ」

「たのむからやめてくれ」とヨッサリアンは言った。「いらいらしてくる」

「おれは子供のころ」とオアが返事がわりに言った、「一日じゅう両方のほっぺたに野生りんごを入れて歩きまわっていたものさ。片方のほっぺたにひとつずつ」

ヨッサリアンは雑嚢から洗面用具をとり出していたが、それを脇によけ、いぶかしげに腕組みした。一分たった。「なぜ」と彼はとうとう質問せずにはおれなかった。

オアは得意げにクスクス笑った。「なぜって、そのほうが橡《とち》の実よりましだったからさ」

オアはテントの床の上に膝をついていた。彼は休みなく働いていた。栓を分解し、細かい部品を残らず注意深く並べ、数をかぞえてから、ひとつひとつを、まるで同類の品物すら見たことがないといった目でゆっくりと調べ、ふたたび全部を組み立て、また分解し、組み立て、それを忍耐力や興味を失うことなく、疲れの色も見せず、いっこうに結末に至る気配もないままに何度もくりかえすのである。ヨッサリアンはそれを見つめながら、このガチャガチャをやめないかぎり、おれはきっと情け容赦もなくオアのやつを殺す羽目に陥るだろう、と確信した。彼の目は、蚊帳用の枠に吊り下げられている狩猟用ナイフのほうに向いた。それは彼がもどる前日に例の死人によって吊り下げられたものだった。そのナイフは死人のからの小銃用革ケースと並んでぶらさがっていた。ハヴァメイヤーがそこから銃を盗みとった革ケースである。

「野生りんごが見つからないときは」とオアは話をつづけた、「橡の実を使ったものさ。橡の実は野生りんごとだいたい同じ大きさだし、形ときたら野生りんご以上だ。といっても形は問題にならないんだが」

「なぜ野生りんごなんかほおばって歩いたんだ」とヨッサリアンはまたたずねた。「それを聞いていたんだぞ」

「なぜって、橡の実より形がいいからさ」とオアが答えた、「いまそう言ったばかりじゃないか」

「おい、この目つきの悪い、機械屋向きの、仲間はずれをくらったくそったれめ」と、ヨッサリアンは手ごわい相手だとひそかに感心しながら毒づいた。「なぜおまえはなにかをほっぺたに入れて歩きまわってたんだよ」

「おれはなにかをほっぺたに入れて歩きまわっていたんじゃない。野生りんごをおれのほっぺたに入れて歩きまわっていたんだ。野生りんごが見つからないときには橡の実を入れて歩きまわっていたんだ。おれのほっぺたにね」

オアはククッと笑った。ヨッサリアンはだんまりをきめこもうと、口を固く閉じた。オアは待った。ヨッサリアンはもっと長く待った。

「片方のほっぺたにひとつずつね」とオアが言った。

「なぜ」

オアが喰いついてきた。「なぜって、なにが」

ヨッサリアンはニヤニヤしながら首を横に振り、相手になるまいとした。

「どうもこのバルブがおかしい」とオアは声に出してつぶやいた。

「なにが」とヨッサリアンが聞いた。

「つまり、おれが欲しかったのは——」

ヨッサリアンにはわかっていた。「たわけるな。なんだって、そんなものを欲しがったんだ——」

「——りんごのほっぺたさ」

「——りんごのほっぺたなんて」とヨッサリアンは返答を迫った。

「おれはりんごのほっぺたが欲しかったんだ」とオアはくりかえした。「おれはもうちっぽけな子供のころから、いつかはりんごのほっぺたを持ちたいと思っていた。だから、そんなほっぺたができるまで一生懸命努力しようと思ってな。実際、それができるまで一生懸命努力した。そのために、一日じゅうほっぺたに野生のりんごを入れてたわけだよ」彼はまたクックッと笑った。「片方にひとつずつね」

「なんだってりんごの頬なんか欲しがったんだ」

「おれはりんごのほっぺたが欲しかったんじゃない」とオアは言った。「おれは大きなほっぺたが欲しかったのさ、色なんかそんなに気にしちゃいなかった。ただ大きくしたかったんだ。よく本に出てるだろ、手の力を強くするために、どこへ行ってものべつまくなしにゴムの球を握りしめてる狂ったやつらのことが。その調子で努力したのさ。もっとも、おれもそういう狂った連中の仲間だった。なにしろ一日じゅう両手にゴムの球を握って歩いたんだから」

「なぜ」

「なぜって、なにが」

「なぜ一日じゅう両手にゴムの球を握って歩きまわっていたのさ」

「なぜって、ゴムの球は――」とオアが言いかけた。

「――野生りんごよりましだからか」

オアは首を振ってせせら笑った。「おれはね、野生りんごをほおばって歩きまわっているところをだれかにつかまっても、おれのまともな評判を落とさないですむようにそうしたまでさ。ゴムの球を握ってりゃ、ほっぺたに野生りんごを入れてることは否定できるからね。だれかが、なぜ野生りんごなんかほおばって歩いているのかとたずねるたびに、おれは掌を開いて、歩きまわるお伴は野生りんごじゃなくてゴムの球だし、ほっぺたのなかじゃなくて手のなかだってことを示してやったのさ。こいつはなかなかうまい話だったぜ。だけど相手に通じたかどうかはさっぱりわからないな。野生りんごをふたつほおばってしゃべってると、相手にこっちの言い分を理解させるのはちょいとほねだからなあ」

ヨッサリアンもそのときオアの言っていることを理解するのにかなり骨が折れた。そして、オアがいまもまた舌先を彼のりんごの頰の一方に押しつけたまましゃべっているのではないかと疑ってみた。

ヨッサリアンはもうこれ以上ひとことも口をきくものかと決心した。ものを言うだけむだだろう。彼はオアの気質を知っていた。だから、いくら問いただしても、なぜオアが大きな頬を欲しがったか自分から答える可能性は万が一にもないことを知っていた。そんな質問がむだなことは、以前の例でわかっていたのだ。あれはローマでのある朝のできごとについて、つまりその朝、ネイトリーの惚れこんでいる売春婦の小さな妹の部屋の、開いたドアのすぐ外にある窮屈な玄関で、別の売春婦が自分の靴でオアの頭を殴りつづけていたのはなぜかということについて、質問したのだった。それは柄の大きい精力的な感じの女で、髪の毛が長く、肉のごくやわらかい一部分では、ココア色の膚の下に、輝くような青い血管が無数に寄り集まっているのが見えた。この女は、毒づき、金切り声をあげながらはだしで空中高く跳びあがっては、彼女の靴の尖った踵でオアの脳天をまともに殴りつづけているのだった。ふたりとも裸だし、けたたましい騒ぎだったから、このアパートメントの連中はひとり残らずなにごとかと廊下に飛び出した。男女が一組ずつそれぞれの寝室の戸口に、みな裸のまま立っていた。裸でないのはふたりだけ。ひとりは口をとがらせてぶつくさ文句を言っているセーターにエプロン姿のばあさん。もうひとりは助平ったらしい道楽者のじいさんで、こちらはこの小事件が終るまで、一種の貪欲で高慢ちきな陽気さを示しながら、調子に乗ってペラペラしゃべりまくっていた。女は悲鳴をあげ、オアはケラケラ笑う。女が靴の踵を打ちおろすたびに、オアはますます声高に笑い、そのためにますますカッときた女は前よりもっと高く跳びあがって彼の脳天を殴りつける。彼女の驚くべきほど豊かな乳房は強風にたなびく長《ペナ》旗《ント》のように踊りあがり、彼女の尻と精力的な太腿は、なにかものすごい浮かれ騒ぎみたいにプリプルプリリと上下左右に揺れ動いていた。女は悲鳴をあげ、オアはケラケラ笑っていたが、ついに彼女は金切り声とともにオアのこめかみをしたたか殴りつけたので、さすがのオアも笑うどころか気を失ってしまい、担架で病院に担ぎこまれたが、頭の穴はあまり深くなく、脳震盪《のうしんとう》もごく軽かったので、戦闘任務を免れたのはわずか十二日間にすぎなかった。

なにごとが起こったのかだれにもわからなかった。遮光幕を下げた窓に電灯がひとつだけというだだっ広い居間を中心に、左右に伸びている廊下をはさんだ数多くの寝室から成るこの広大ではてしない売春宿のできごとならなんでも知っているはずの、おしゃべりじいさんと口やかましいばあさんにも、とんとわけがわからなかった。女はその後オアに会うたびに、肌にピッタリ吸いついた白いゴム織りパンティーの上までスカートをまくりあげては下品にせせら笑い、彼にむかって、肉の引き締まったまるい腹をふくらませて見せ、軽蔑をこめて罵り、オアがおずおずと笑ってヨッサリアンのかげにかくれるのを見ては、しゃがれた声で高笑いするのだった。オアがネイトリーの惚れた女の妹の部屋の閉ざされたドアのかげで、いったいなにをしたか、しようとしたか、あるいはしそこねたかは、いまだに謎であった。当の女はネイトリーの女にも、ほかのどの売春婦にも、ネイトリーにも、ヨッサリアンにも、事実を告げようとはしなかった。オア本人ならわけを打ち明けるかもしれなかったが、ヨッサリアンはそれ以上ひとことも発すまいと心を決めた。

「どうしておれが大きなほっぺたを持ちたがったか、知りたいか」とオアが問いかけた。

ヨッサリアンは口を開こうとしなかった。

「憶えてるか」とオアは言った。「ほらローマでさ、あんたのこと我慢がならない人なんて言ってた女が、靴の踵でおれの頭を殴りつづけたときのこと。なんであいつがおれを殴ってたか、わけを知りたいかい」

いったいなぜオアがあの女を怒らせて十五分ないし二十分間も頭を殴らせることになったのか、それでいてなぜ女が腹立ちまぎれにオアの足首をつかんで振りまわしたりしなかったのか、なぜ脳味噌を叩き出すほど彼をひどい目にあわせずに終ったのか、その辺のところはやはり想像もつかなかった。女はそれほどのっぽだったし、オアはそれほどちびだった。オアは大きな頬骨に似合って、歯は反っ歯だし、目は飛び出していた上に、線路の反対側にある本部地域のテントで生活している若いヒューープルよりもいっそう小柄だった。毎晩眠りながら奇妙な叫び声をあげるハングリー・ジョーのいた本部地域である。

ハングリー・ジョーがまちがって彼のテントを張った本部地域というのは、大隊のまんなかで、錆びた線路の残っている掘割と、坂になっている真黒なアスファルト道路との中間に横たわっていた。隊員たちは、いきたいところに連れていってやると約束しさえすれば、その道路で女を拾うことができた。丸ぽちゃでいきのいい、若く、器量はよくないがいつもいくつか欠けた歯をむき出してにんまり笑っている女たちで、隊員たちの運転する車でこの道路を飛ばしては彼らといっしょに野草のなかに寝るのである。ヨッサリアンも機会のあるごとに彼女たちを利用したが、ジープが自由になるくせに自分では運転のできないハングリー

・ジョーからしょっちゅうつきあいを求められるのに到底応じきれなかった。大隊の下士官兵用のテントはこの道路のさらに向こうにある青空映画劇場と並んで立っていた。この劇場では死に直面した連中を毎日娯しませるために、夜になると折り畳み式スクリーンの上で実戦のことなどなにも知らぬ軍勢がぶつかりあい、さらにヨッサリアン退院当日の午後には米軍慰問協会の一団もここへやってきた。

米軍慰問協会の各劇団を派遣しているのは、司令部をローマに移し、計画することといえばドリードル将軍に逆らうことだけというP・P・ペケム将軍だった。ペケム将軍は几帳面さを特別に重んじる将軍であった。彼は活発で、人当りがよく、なににつけても非常に正確な将軍で、赤道の長さを知っており、「増加した」というところをいつも「増強した」と書く癖があった。彼はひとりよがりのきどり屋で、それをだれよりもよく知っているドリードル将軍は、地中海作戦地域内のテントはすべて入口を堂々と祖国のワシントン記念碑に向けて平行線上に張るべし、というペケム将軍が最近発した命令に腹を立てていた。前線部隊を指揮しているドリードル将軍から見ると、こんな命令は愚の骨頂だった。その上、ドリードル将軍の軍団のテントをどう張ろうと、そんなことはペケム将軍の口出しする筋合いではなかった。それにつづいて、この両大君主のあいだで熱っぽい管轄権争いがあったが、これは第二十七空軍司令部の郵便係官であるウインターグリーン元一等兵によって、ドリードル将軍のほうに有利な決着がつけられた。ウインターグリーンは、ペケム将軍からの通信文をすべて紙屑籠に投げ捨てることによってけりをつけようと決心したのだ。彼はペケム将軍の手紙があまりにもくどくどしいのを見て快く思わなかった。きどった美文調でないドリードル将軍の見解のほうがウインターグリーン元一等兵の気に入り、彼によって、厳密な規則にのっとって迅速に送達された。ドリードル将軍は職務怠慢のおかげで勝利を得たのである。

ペケム将軍は失われた権威を回復しようと、これまでになく多数の慰問団を派遣しはじめ、カーギル大佐自身に、慰問団への熱狂的な興味を喚起する責任を課した。

だがヨッサリアンの連隊では熱狂的な興味などちっとも湧き起こらなかった。ヨッサリアンの連隊では、日に五、六度も深刻な顔をしてタウザー曹長のところへ足を運び、祖国への帰還命令はまだ入っていないかとたずねるような将校、下士官、兵の数が増すばかりだった。彼らは五十回という責任出撃回数を完全に消化していた。そういう隊員の数はヨッサリアンが入院したときよりももっと増えており、彼らはいまだに待っていた——不安に駆られ、爪を噛みながら。まるで憂鬱症にかかった役に立たぬ若者たちのように、彼らの姿はグロテスクだった。彼らはまるで蟹のように横に歩いていた。彼らはイタリア派遣第二十七空軍司令部から、彼らを無事帰還せしむべしという命令が届くのを待っていたが、待っているあいだ他になすすべもなく、ただ不安がって爪を噛み、毎日五、六度も深刻な顔をしてタウザー曹長のところへ行き、彼らを無事祖国に帰還せしむべしという命令が届いてはいないかとたずねるのだった。

彼らは追い駆けっこをさせられており、またそれを自覚していた。というのは、彼らは過去の苦い経験から、キャスカート大佐がまた不意に責任出撃回数を増やすかもしれないことを知っていたのだ。彼らにはただ待つよりほか手がなかった。ただハングリー・ジョーだけは、出撃から帰るたびに少しはましなことをすることができた。彼は夢魔に襲われて悲鳴をあげ、ヒュープルの飼い猫との拳闘で勝利をおさめた。また米軍慰問団のショーのたびに最前列へカメラを持ちこみ、金ピカ飾りのついた、きまっていまにも張り裂けそうなドレスにふたつのむっちりしたやつを包みこんだ金髪歌手のスカートを下からねらった。写真ができたためしはいちどもなかった。

ペケム将軍の右腕ともいうべきカーギル大佐は、逞しい、血色のいい男だった。戦前彼は抜け目のない、積極的かつ攻撃的な営業担当重役であった。非常にまずい営業担当重役であった。カーギル大佐はまことに恐るべき営業担当重役であったから、税務署対策として欠損を生みたいと熱望する多くの会社からその手腕を大いに買われていた。バタリー公園からフルトン・ストリートに至る文明世界の隅々まで、彼は税金控除を確実に受ける能力において信頼するに足る人物として知られていた。破産というやつはそうやすやすとできるものではないので、彼の払う代償は大きかった。彼は最高の地位から出発し、努力してしだいに下がっていかなければならなかったが、ワシントンに同情的な友人たちがいるので、金を失うのは容易なことではなかった。そのためには何カ月もの懸命な努力と注意深い計画の誤りを重ねなければならなかった。統制からはずれた、場ちがい、見当ちがいな人間が、往々にしていっさいを見逃し、あらゆる抜け穴を開くのだった。やっと破産にこぎつけたと思っても、政府が彼に湖だとか、森だとか、油田だとかをくれて、それまでの努力を台なしにしてしまうのだった。そういうハンデを負いながらも、カーギル大佐は最も繁栄している企業をどん底まで持ちこむ手腕において信頼するに足りる人物だった。彼は独立独行の士で、だれのおかげをこうむることもなく、出世を棒にふることができた。

「諸君」と、カーギル大佐は注意深く間をとりながらヨッサリアンの大隊で訓示をはじめた。「諸君はアメリカの将校である。世界じゅう他のいかなる軍隊の将校といえども、そう名乗ることはできないのである。その点を考えたまえ」

ナイト軍曹はその点を考え、カーギル大佐に対して慇懃《いんぎん》なことばで、相手は下士官と兵であり、将校たちは大隊の反対側で大佐を待っているはずだと告げた。カーギル大佐はきびきびした口調でありがとうと言い、自己満足に顔をほてらせながら大隊を大股で横切った。二十九カ月に及ぶ軍務が彼の天才的な愚かさを鈍らせていないことを知って、誇りを感じていたのだ。

「諸君」と、彼は注意深く間をとりながら訓示をはじめた。「諸君はアメリカの将校である。世界じゅう他のいかなる軍隊の将校といえども、そう名乗ることはできないのである。その点を考えたまえ」彼は将校たちがその点を考える余裕を与えるため、やや間をおいた。「彼らは諸君のお客さまである！」と彼は突然叫んだ。「彼らは諸君を娯しませるために、五千キロ近くも旅をつづけてこられた。だれも見物に出かけたがらないとしたら、彼らはどう思うだろうか。彼らの士気にどう作用するだろうか。さて諸君、そんなことはわしの知ったことではない。だが、きょう諸君のためにアコーディオンを弾くことになっている娘さんは、母親となってもいいくらいの年配である。もし諸君ら自身の母親が、えんえん五千キロも旅をしてどこかの部隊のためにアコーディオンを弾きにいったのに、だれも彼女を見物に出かけたがらぬとしたら、諸君はどう思うであろうか。その母親ほど年いったアコーディオン弾きの息子が大きくなって、事実を知ったら、いったいどう思うだろうか。われわれはみなそれに対する答えを知っておる。ところで諸君、わしを誤解してくれては困る。言うまでもなく、これはみな諸君の自由意志に任されていることである。この世に大佐は数多いが、わしは諸君に米軍慰問団ショーにいって楽しめと命令するような大佐ではない。ただわしは、入院するほどの病気でない者はひとり残らず慰問団のショーにいますぐ出かけて楽しんでもらいたいと思う。そして、コレハ命令デアル！」

ヨッサリアンはまた病院にもどらなければならぬほど気分が悪くなった。それから三回戦闘出撃をしたあと、もっと気分が悪くなったが、ダニーカ軍医はやはり憂鬱そうな顔を横に振って、彼の飛行勤務解除を拒否した。

「きみは辛い目にあってるとでも思ってるのか」と、ダニーカ軍医は嘆かわしげにヨッサリアンを咎めた。「このおれはどうしてくれる。おれは医者になろうと勉強中、八年間もピーナツばかり食って生きてきたんだぞ。ピーナツのつぎは、いろんな出費が自分でまかなえるまともな開業医になれるまで、おれの診療所で鶏の餌ばかり食って生きてきた。開業医としてやっと利益があがりかけたとたんに召集令状だ。おれにはきみがなにを不服がってるのかわからんね」

ダニーカ軍医はヨッサリアンの友人だったが、自分の地位を利用してヨッサリアンを助けようとは、全然と言っていいほどしなかった。ヨッサリアンは連隊のキャスカート大佐が将官になりたがっていることを、軍団のドリードル将軍とドリードル将軍付きの看護婦とのことを、それに第二十七空軍司令部の他のあらゆる将軍が、出撃は四十回だけで割当て任務を完遂したことにせよと主張しつづけていることをダニーカ軍医が話すたびに、注意深く耳を傾けた。

「きみはただにっこり笑って我慢したらどうなんだね」と彼は沈みこんだ面持ちでヨッサリアンに忠告した。「ハヴァメイヤーを見習えよ」

ヨッサリアンはこの忠告を聞いて身震いした。ハヴァメイヤーは爆撃編隊長で、目標に突っこむときには決して逃避的な行動をとらないために、同じ編隊で飛ぶすべての隊員の危険を増大させるのだった。

「ハヴァメイヤー、いったいなんだっておまえは危険を避けようとしないんだ」と、隊員たちは出撃のあと憤慨してつめ寄るのだった。

「おい、ハヴァメイヤー大尉に文句をつけるな」とキャスカート大佐は命令するのだった。「なんと言っても彼はわが連隊で最優秀の爆撃手なんだぞ」

ハヴァメイヤーはニヤリと笑ってうなずき、毎晩自分のテントの野鼠をねらい撃ちするまえに、小銃弾を狩猟用ナイフでどうやってダムダム弾みたいにするかを説明しようと試みるのだった。ハヴァメイヤーはたしかに彼らのうち最も優秀な爆撃手にちがいなかったが、彼は攻撃開始点から目標まで全航程を水平一直線に飛ぶのみならず、目標のさらに奥まで水平に飛んで、落とした爆弾が地上に達し、突如としてオレンジ色の光を噴出して炸裂し、その上に煙の幕がうずまき、粉砕した破壊物が灰色と黒の巨大な波のうねりのように、荒々しく躍りあがるのを見とどけようとするのであった。ハヴァメイヤーは六機に乗り組んだ不死身ならぬ爆撃隊員を、緊張のあまり、まるで巣ごもりしている家鴨みたいにじっと身動きできぬ状態においたまま、プレキシガラスの機首から非常に興味深げに爆弾の落ちゆく先をずっと眺め、下にいるドイツの砲兵隊員どもに、方向を定め、ねらいをつけ、引き金か、引き縄か、スイッチか、とにかく彼らが彼らの知らない人間どもを殺したいと思うときに引っぱるものを引っぱるのに充分な時間を与えるのだった。

ハヴァメイヤーは絶対に目標をはずさない爆撃編隊長であった。ヨッサリアンは、目標をはずそうがはずすまいがもうどうでもいいというので降等をくらったことのある爆撃編隊長であった。ヨッサリアンは永久に生きようと、あるいはせめて生きる努力の過程において死のうと決心していた。だから空に飛びあがるたびに彼が自分に課した唯一の任務は、ただもう生きて地上に降り立つということだけだった。

爆撃隊員たちはヨッサリアンに率いられて飛ぶことを好んだ。彼はあらゆる方向、あらゆる高度から目標に突っこむのが常であったが、それも低空で這いこむことあり、垂直に飛びこむことあり、ひねりこむこともあり、いきなり激しく旋回することもありで、他の五機の操縦士は編隊を崩さないように努力するのがやっとというありさま。爆弾を落とすために水平飛行をするのはわずか二、三秒、すぐにまた耳をつん裂くようなエンジンのわめき声を発して急上昇し、ものすごい高射砲の弾幕のなかを縫って猛然と空を飛び抜けるので、まもなく六機はまるでお祈りのことばみたいに空中のあちこちに投げ出され、各機がドイツ軍戦闘機の好餌となったが、それこそヨッサリアンには望むところであった。というのも、このおかげでドイツ軍戦闘機はもう近づかなかったし、爆撃機が爆発するおそれのあるとき、爆発しそうな爆撃機が近くにいてほしくはなかったからである。あらゆる疾風怒濤《シュトルム・ウント・ドランク》がはるか後方に置き去りにされたときはじめて、ヨッサリアンはものうげに対高射砲弾用ヘルメットを汗びっしょりの後頭部のほうへ押しのけ、操縦装置室のマクワットに大声で命令を叩きつけることをやめるのだった。そうなるとマクワットは、どこに爆弾が落ちたかを考える以外にすることがなかった。

「全弾投下」とナイト軍曹がうしろの投下室から報告する。

「橋に命中したか」とマクワットが質問する。

「見えなかったね。おれはずっとこの部屋でえらく激しく跳ねとばされていたから、見えなかった。いまもあたり一面煙だらけで見えなかった」

「おい、アーフィー、爆弾《たま》は目標に当ったか」

「目標って、なんの」と、ヨッサリアン機の小太りで、いつもパイプをくわえている航空士のエアドヴァークが、機首のヨッサリアンの隣席で、自分で作りあげたいい加減な地図から顔を上げて言った。「まだ目標まできてはいないと思うが。ちがうかな」

「ヨッサリアン、爆弾は目標に当ったか」

「爆弾って、なんの」とヨッサリアンは反問した。彼の唯一の気がかりは対空砲火だったのだ。

「いやなに」とマクワットは言い捨てるのだった。「どうだっていいんだ」

ヨッサリアンは、ハヴァメイヤーなりその他の編隊長なりが目標を粉砕してくれ、二度と引き返して爆撃する必要をなくしてくれる以上、自分が爆弾を命中させようがさせまいが、どっちでもいいと思っていた。ハヴァメイヤーにはしょっちゅうだれかが腹を立て、拳を振り上げて喰ってかかった。

「ハヴァメイヤー大尉に文句をつけるなとあれほど言ったではないか」とキャスカート大佐は怒って彼ら全員に警告した。「おれはハヴァメイヤー大尉こそわが連隊で最優秀の爆撃手だと言ったはずだぞ」

ハヴァメイヤーは大佐の仲裁にニヤリとし、またひとつピーナツ入り糖菓のかけらを口のなかに突っこんだ。

ハヴァメイヤーは、ヨッサリアンのテントの死人から盗んだ銃で夜ごと野鼠を撃つのが非常に上手だった。おびき餌は棒飴で、彼はあいたほうの手の指を、蚊帳の枠と頭上の透明裸電球から吊り下げられた鎖とのあいだに渡してある紐の輪に一本だけ通し、じっと坐って鼠がかじりにくるのを待ちながら、暗闇のなかであらかじめねらいをつけておくのだった。その紐というのはバンジョーの絃のようにピンと張っており、ちょっとでも引っぱればスイッチがつき、皓々たる電光がおびえた獲物の目をくらませる仕掛けになっていた。ハヴァメイヤーはその小さな哺乳動物が立ちすくんで怯えた目を回しながら、狂気のごとく侵入者を探しているのを見ると、得意そうにほくそ笑むのだった。ハヴァメイヤーはその目が彼自身の目に向けられるまで待ち、声高に笑うと同時に引き金を引く。と、くさい毛だらけの体がけたたましい音をたててテントじゅう狂いまわり、その小さな魂を彼の、あるいは彼女の、創造主に送り返すのである。

ある晩おそくハヴァメイヤーが一匹の鼠を撃つと、ハングリー・ジョーがはだしで飛び出し、もともと甲高い声を精いっぱい張りあげてわめきちらし、掘割の一方を突っ走り、今度は反対側を逆に突っ走りながら彼自身の〇・四五インチ銃の弾丸をあらんかぎりハヴァメイヤーのテントめがけて撃ちこんだかと思うと、マイロー・マインダーバインダーが大隊を爆撃した翌朝あらゆるテントの脇に魔術みたいに姿を現わしたたこつぼのひとつに、突然姿を消した。それはボローニャ大攻撃中の払暁寸前のことで、夜のうちに口をきかない死人たちがまるで生きた幽霊のように集結していたし、ハングリー・ジョーはふたたび責任出撃回数を終っており、もう飛ぶ予定がなかったために、半ば正気を失っていたのである。ハングリー・ジョーはじめじめしたたこつぼの底から引きずり出されたとき、まったく辻褄の合わぬことを口走っていた——蛇や、鼠や、蜘蛛のことを。ほかの連中は確かめるために壕の底を懐中電灯で照らしてみた。なかにあるのは五、六センチの腐れかけた雨水だけだった。

「わかったろ」とハヴァメイヤーが大声で言った。「言ったとおりだ。おれはこいつがきちがいだって言ったじゃないか、な」

4 ダニーカ軍医

ハングリー・ジョーは気が狂っており、それをだれよりもよく知っているヨッサリアンは、彼を助けるためにできるだけのことをしてやった。ただハングリー・ジョーはヨッサリアンの言うことを全然聞き入れようとはしなかった。ハングリー・ジョーが聞き入れようとしないのは、ヨッサリアンのやつは気が狂っている、と思いこんでいるからだった。

「なぜあの男がきみの言うことを聞かなきゃならんのだね」と、ダニーカ軍医は顔も上げずにヨッサリアンに質問した。

「彼は辛い目にあっているからさ」

ダニーカ軍医はフンと鼻を鳴らした。「あの男は辛い目にあってると、自分でそう思ってるのか。このおれはどうしてくれる」ダニーカ軍医は陰気な薄笑いを浮かべながらゆっくりとつづけた。「いや、おれは不平を言ってるんじゃない。戦争がつづいていることはおれだって知っている。それに勝つためにたくさんの人々が苦しまなきゃならんことも知っている。しかし、どうしておれまでその仲間に入らなければならないんだ。年とった医者のなかには、医学界は大いなる犠牲を払う覚悟ありなんていつも大っぴらにほざいてるやつらがいる。なんでそいつらを召集しないんだ。おれは犠牲を払うなんてまっぴらだ。おれは金もうけをしたいんだ」

ダニーカ軍医は非常に身だしなみのよい、清潔な男で、楽しい暇つぶしとは仏頂面をすることだと心得ていた。肌は黒ずみ、小づくりで、用心深そうな、むっつりとした顔をしており、両瞼の下に悲哀のたるみができていた。彼は絶えず自分の健康のことを案じ、ほとんど毎日のように医療テントにいっては、そこで彼の代理をつとめているふたりの兵士のどちらかに体温を測ってもらうのだった。このふたりは万事をほとんど独断でやっていたが、きわめて能率的な仕事ぶりなので、ダニーカ軍医はほとんどすることもなく、鼻に綿を詰めて日なたに坐り、ほかの連中はなにをあんなに心配しているんだろうと思案していた。ふたりの名はガスとウェスといい、彼らは医療を厳密な科学の域にまで高めることに成功していた。診断呼集において、三十八度九分以上熱があると申し立てた者は全員ただちに病院へ送られた。診断呼集で三十八度七分以下と申し立てた者は、ヨッサリアンを除いて全員が歯茎と足の爪先に殺菌用のゲンチアナ・ヴァイオレット溶液を塗られ、下剤をもらったが、こっちのほうは草藪のなかに投げ捨てられることにきまっていた。診断呼集でちょうど三十八度八分と申し立てた者は全員一時間後にもういちど体温を測ってくるよう指示された。三十八度三分のヨッサリアンは、このふたりを恐れてはいなかったから、いつでも好きなときに病院へ行くことができた。

この方法はだれにも都合よく働いた。特にダニーカ軍医には好都合で、彼は好きなだけ時間をかけて、老——・ド・カヴァリー少佐が個人用の蹄鉄投げ遊び場で蹄鉄投げをやっているのを眺めていることができた。——・ド・カヴァリー少佐はいまだに透明な眼帯をつけていたが、これは数カ月前、——・ド・カヴァリー少佐が将校および下士官兵が休暇旅行中に使用するアパートメント一組ずつを借りる交渉のためローマへ行き、角膜を傷つけて帰ってきたとき、ダニーカ軍医が、メイジャー少佐の大隊長事務室の窓から失敬してきたセルロイドの一片を材料にして作ってやったものだった。ダニーカ軍医が医療テントに出かけていくのは、毎日のことだが、自分がたいへんな重病人になったような気がしはじめたときにかぎられていた。彼は、テントに立ち寄ってはガスとウェスに診断してもらった。彼らが診ても、なにひとつ異常は発見できなかった。ダニーカ軍医の体温は常に三十六度で、彼が気にしないかぎり、ふたりにとっては完全に正常であった。ダニーカ軍医は気にしたのである。彼はしだいにガスとウェスに対する信頼を失いはじめ、彼らをもとの自動車置場《モータープール》に転属させ、なにか異常を発見できる人間を後任に連れてこようかと考えていた。

　ダニーカ軍医は徹底的に異常な数多くのものをよく知っていた。健康に加えて、太平洋地域とフライト・タイムが心痛の種だった。健康というやつは、だれにせよ長期間にわたって安心していられるものではない。太平洋は象皮病その他の恐るべき病気にとりかこまれた水域だが、もし彼がヨッサリアンの飛行勤務を免除することによってキャスカート大佐のご機嫌をそこねでもしようものなら、たちまちそこへ転属というおそれがあったのだ。またフライト・タイムというのは、俸給の空中勤務加算を受けるために毎月飛行機に乗って飛ばなければならぬ時間のことだった。ダニーカ軍医は空を飛ぶのがきらいだった。飛行機に乗ると監禁されたような気がするのである。飛行機のなかではどこかよそへ行こうと思っても、同じ機内の他の部分以外には絶対に行きどころがない。ダニーカ軍医は、飛行機に乗りこむことを好む連中は、実は母親の胎内に這いもどりたいという無意識的欲望を満たしているという説を聞かされたことがあった。これを彼に話して聞かせたのはヨッサリアンで、彼はダニーカ軍医が一回も胎内に這いもどらなくても毎月空中勤務加算がとれるように取り計らってやった。ヨッサリアンはマクワットを説き伏せて、訓練飛行やローマ行きの航空日誌にダニーカ軍医の名前を記入させるのだった。

「なあ、わかってるだろ」と、ダニーカ軍医はいたずらっぽく陰謀めいたウインクをしながら下手《したて》に出た。「必要もないのにおれが冒険をやらかすことはないだろう」

「もちろん」とヨッサリアンは相槌を打った。

「おれが飛行機に乗ろうと乗るまいと、だれにとっても変りはないじゃないか」

「変りはないね」

「そこさ、それをおれは言ってるんだ」とダニーカ軍医が言った。「わずかな油が世の中をなめらかに動かすものだ。一方の手がもう一方の手を洗う。おれの言う意味がわかるか。きみがおれの背中を掻いてくれたら、おれがきみの背中を掻いてやるよ」

ヨッサリアンには相手の言う意味がわかった。

「いや、そうじゃないんだよ」と、ダニーカ軍医はヨッサリアンが彼の背中を掻きはじめたので言った。「おれは協力について言ってるんだ。ほどこしあいのことさ。きみがおれに特別の恩恵をほどこす。そうすればおれがきみに特別の恩恵をほどこす。わかったか」

「そいつをひとつほどこしてくれ」とヨッサリアンは要求した。

「無理を言うなよ」とダニーカ軍医は答えた。

　毎日クリーニングさせるので色が褪せ、ほとんど防腐剤の灰色みたいになったカーキ色の夏ズボンと半袖の夏期用シャツを着て、できるだけしばしばテントの外で憂鬱そうに日光を浴びて坐っているダニーカ軍医には、どことなく臆病で神経質なところがあった。彼はいったん激しい恐怖によって凍りつき、それから完全には融けきっていないという感じだった。彼は背中をまるめ、痩せた肩のなかに頭を半分埋めるようにしてうずくまり、まるで冷えこんでもいるかのように、銀色の爪がきらきら光る日焼けした手で、折り曲げた裸の腕の外側をゆっくりマッサージしていた。実は、彼は非常にあたたかく、情に厚い男であったから、自分自身に同情することを決してやめなかった。

「なぜこのおれが」というのが彼の絶えざる嘆きであり、それはまた上等な質問であった。

　ヨッサリアンはそれが上等な質問であることを知っていた。なぜならヨッサリアンは上等な質問の蒐集家であり、かつてクレヴィンジャーが眼鏡をかけた伍長といっしょにブラック大尉の情報部テントで週に二晩ずつ主催していた教養講座をぶちこわすためにそれらの質問を利用したものだった。この伍長のことはだれもが国家転覆者だろうと気づいていた。ブラック大尉は彼が国家転覆者であることを知っていた。彼は眼鏡をかけていたし、万能薬《パナシーア》だとか理想郷《ユートピア》だとかいうことばを使っていたから、またドイツにおける反米諸活動を弾圧するというきわめて偉大な業績をあげたアドルフ・ヒットラーを非難したからである。ヨッサリアンは、なぜあんなに多くの人々が自分を殺そうとやっきになっているか、それを知りたいばかりに教養講座に出席した。ほかにもわずかな隊員が興味を示した。クレヴィンジャーと国家転覆者の伍長が講義を終えて、うかつにも質問はないかと言ったとき、質問は、それも上等なやつが、どっと出された。

「だれだい、スペインって」

「ヒットラーってなぜなんだ」

「右翼っていつだい」

「ほら、あのメリーゴーラウンドが崩れ落ちたとき、おれがいつも〝どっつぁん〟と呼んでいた、腰の曲った蒼白い顔のじいさんはどこにいたんだい」

「ミュンヘンでの切り札はどうしてる」

「スカラカベッチャカ」

そして「クソッタレ！」が矢つぎばやに投げつけられ、つづいてヨッサリアンが答えのない質問を発する。

「去年のスノードンはどこにいる」

この質問はふたりをとまどわせた。というのは、スノードンはアヴィニョンの上空で、ドブズが飛行中に発狂しヒュープルから操縦装置を奪いとったとき、殺されたからだ。

伍長は返答につまり、「なんですか」と聞きかえした。

「去年のスノードンはどこにいる」

「どうもよくわかりませんね」

"Où sont les Neigedens d'antan?"（去年《こぞ》のネージュ〔雪〕ダンいずくにありや）と、ヨッサリアンはわかりやすく言いなおしてやった。

「英語で話してください《パルレ・ザン・ナングレ》、たのみます」と伍長は言った。「フランス語は話せないんです《ジュ・ヌ・パルル・パ・フランセ》」

「おれだって話せないさ」とヨッサリアンは答えた。彼はできるものならこの世のあらゆることばを使って伍長を追いつめ、彼からむりやりに知識を搾りとってやりたいと思ったが、そこへ痩せて蒼白い顔のクレヴィンジャーが荒い息をついて止めに入った。彼の栄養失調気味の目には、もはやうっすらと張られた涙の膜が光っていた。

みんな好き勝手な質問をしてもいいということになったらどんなに不都合が生ずるか知れないというので、連隊本部はあわてふためいた。キャスカート大佐はそれを止めさせるためにコーン中佐を差し向けた。コーン中佐は質問に関する規則を定めることに成功した。コーン中佐の規則はまさに天才的なものである旨を、コーン中佐自身がキャスカート大佐への報告のなかで説明した。コーン中佐の規則のもとでは、質問を許されるのはこれまでいちども質問したことのない者に限られた。やがて講座に出席するのはいちども質問をしたことのない者だけになり、結局講座そのものが完全にとりつぶしになった。それというのも、なにひとつ質問をしない連中を教育することは、可能でも、また必要でもないという点で、クレヴィンジャーと伍長とコーン中佐との意見が一致したからである。

キャスカート大佐とコーン中佐は、従軍牧師以外のあらゆる司令部要員と同じく、連隊本部の建物で暮らし、かつ執務していた。連隊本部は、粉をふいた火山岩とやたらに数の多い鉛管によってできた、ばかでかい、風通しのいい、古風な建物だった。建物の裏には連隊付き将校専用のレクリエーション施設としてキャスカート大佐が造ったモダンなスキート射撃場があったが、いまはドリードル将軍のおかげで、戦闘員たる将校および下士官兵は全員一カ月に最低八時間をそこですごす必要があった。

ヨッサリアンはスキートを撃ったが全然命中しなかった。アプルビーはスキートを撃ち、絶対にねらいをはずさなかった。ヨッサリアンは賭けと同じくスキート射撃のほうもだめだった。彼は現金賭けにもさっぱり勝てなかった。うまくだましおおせても勝てない。というのも道理で、だました相手のほうがいつもいっそうだましかたがうまいからである。このふたつには彼ももはや望みがないとあきらめていた。スキート射撃の名手には到底なれないし、金もうけも到底できそうになかった。

「金もうけをすまいと思ったら頭を使う必要がある」と、カーギル大佐は、自分で定期的に配布しているペケム将軍の署名入りの教訓的な〝メモランダ〟のひとつに書いた。「このごろではどんな馬鹿でも金もうけができるし、実際たいていの者が金もうけをしている。だが、才知にたけた人々はどうだろう。たとえば、金もうけをした詩人のひとりでもあれば名を挙げてみたまえ」

「T・S・エリオット」と、ウインターグリーン元一等兵は第二十七空軍司令部の狭い郵便区分室で言い、官姓名を伏せたままガチャンと電話を切った。

　ローマのカーギル大佐は面くらった。

「だれからだ」とペケム将軍。

「わかりません」とカーギル大佐は答えた。

「なにを要求しとるのか」

「わかりません」

「ふむ、なにを言ってきたのか」

「〝T・S・エリオット〟です」とカーギル大佐は返答した。

「なんじゃ、それは」

「〝T・S・エリオット〟です」とカーギル大佐はくりかえした。

「ただ〝T・S・――〟……」

「そうです。それしか言っておりませんでした。ただ〝T・S・エリオット〟だけです」

「どういう意味かな」とペケム将軍は首をひねった。

　カーギル大佐も考えこんだ。

「T・S・エリオット」とペケム将軍はつぶやいた。

「T・S・エリオット」と、カーギル大佐も同じく沈痛な面持ちで不審げにつぶやいた。

　ペケム将軍はしばらくすると、妙にぬらぬらした微笑を浮かべて立ちあがった。彼の表情はぬかりなく、小ずるかった。彼の目は意地悪く光っていた。「だれかに命じてドリードル将軍を電話で呼び出せ」と彼はカーギル大佐に指示した。「こちらの名を相手に知らせるなよ」

カーギル大佐が受話器を渡した。

「〝T・S・エリオット〟」とペケム将軍は言うなり電話を切った。

「だれからです」とムーダス大佐がたずねた。

コルシカ島のドリードル将軍は答えなかった。ムーダス大佐はドリードル将軍の女婿《むすめむこ》であり、将軍は自分のすぐれた分別にそむきながらも、妻のたっての希望で、彼を軍務につかせたのであった。ドリードル将軍はあからさまな憎しみをこめてムーダス大佐をにらみつけた。彼は自分の幕僚として始終つきまとっているこの婿の顔を見るだけで不愉快であった。彼は結婚式に出かけるのがきらいなので、自分の娘がこの男と結婚するのに反対をしたものである。荒々しい、思いつめたようなしかめ面をしたドリードル将軍は、彼の執務室の全身用の姿見の前に立って、ずんぐりした自分の体を見つめた。ほとんど白髪で額が広く、鉄灰色の眉毛が房になって両眼のすぐ上まで垂れており、顎はがっちりして好戦的だった。彼はいま受けとったばかりの秘密通達のことを深く考えこんでいた。ある考えが浮かぶにつれて彼の表情はゆっくりとやわらいだ。やがて彼は悪企みを楽しみながら口をねじ曲げた。

「ペケムを呼び出せ」と、彼はムーダス大佐に命じた。「あいつにこっちの名を知らせるんじゃないぞ」

「だれからです」と、またローマではカーギル大佐がたずねた。

「おんなじやつだ」と、ペケム将軍は明らかに狼狽の色を見せながら答えた。「どうやらわしをねらっているな」

「なにを要求してきたのですか」

「わからん」

「なんと言っておりました」

「同じことだ」

「〝T・S・エリオット〟ですか」

「うん、〝T・S・エリオット〟だ。それしか言わない」ペケム将軍はひとつの希望的な臆測をした。「もしかするとこれは新しい暗号かなにかかもしれんぞ。たとえばきょうの火炎信号の色といったような。だれか通信部に連絡させて、これが新しい暗号のたぐい、ないしはきょうの火炎信号の色かどうか確かめたらどうだ」

通信部は、T・S・エリオットは新しい暗号でも、その日の火炎信号の色でもないと回答してきた。

カーギル大佐が第二案を考え出した。「第二十七空軍司令部に電話をして、なにか知ってるかどうか確かめたほうがいいと思います。あそこにはわたしがかなり親しくしているウィンターグリーンという事務担当者がおります。われわれの文章が冗長すぎると、わたしに注意してくれた男です」

ウインターグリーン元一等兵はカーギルに、第二十七空軍司令部にはT・S・エリオットなる者の記録は存在しないと答えた。

「最近われわれの文章はどうかね」と、カーギル大佐はウインターグリーン元一等兵が電話口に出ているあいだに聞いておこうと決心した。「ずいぶんよくなったんじゃないか」

「まだ冗長すぎますね」とウインターグリーン元一等兵は答えた。

「ドリードル将軍がいっさいをかげで操っているとしても不思議はないな」とペケム将軍はついに本心を洩らした。「彼があのスキート射撃場をどうしたか憶えているか」

ドリードル将軍はキャスカート大佐個人のスキート射撃場を、戦闘任務についている全将校、下士官、兵に開放してしまったのだ。ドリードル将軍は、自分の部下が状況および飛行スケジュールの許すかぎりなるべく多くの時間をこのスキート射撃場ですごすよう要望した。一カ月に八時間のスキート射撃は彼らにとってこの上ない訓練であった。それは彼らにスキートを撃つよい訓練になった。

ダンバーはスキート射撃が大好きであった。なぜなら彼はそれがいやでいやでたまらず、おかげで時間のたつのが非常にゆっくりだったからである。彼は、ハヴァメイヤーやアプルビーみたいな連中といっしょにスキート射撃場ですごす一時間は、十七年の十一倍くらいの値打ちがあると計算した。

「おまえは気が狂っていると思うね」という言いかたで、クレヴィンジャーはダンバーのこの発見をあしらった。

「だれもそんなことを教えてくれとは言ってねえぞ」とダンバーが答える。

「おれは本気で言ってるんだよ」とクレヴィンジャーも引っこんではいない。

「おれの知ったことか」とダンバー。

「嘘じゃない。おれだって一歩譲ってだな、条件しだいでは人生がより長く感じられることを認めてもいいんだ。より長く感じられるんだな、もし——」

「——より長くなるんだな、も——」

「——より長くなる——長くなるって。よかろう、もっと長くなるのさ、もしそれが退屈と不快の時に満ちていたならばだ。なん——」

「どんなに速いか見当がつくか」とダンバーがいきなり言った。

「え？」

「進みかたがさ」とダンバーは説明した。

「だれの」

「年月の」

「年月」

「年月さ」とダンバーは言った。「ねんげつ、ねんげつ、ねんげつ」

「クレヴィンジャー、なんだってダンバーにちょっかいをかけるんだ」とヨッサリアンがなかに入った。「それがどんなに時間のむだか、おまえにはわからないのか」

「かまわねえよ」とダンバーが鷹揚に言った。「おれには二、三十年くらいの暇はあるんだ。

おまえ、一年が過ぎるのにどれだけかかるか知ってるか」

「それからおまえも黙ってろ」と、ヨッサリアンはクスクス笑いだしたオアにむかって言った。

「おれは女の子のことを考えてただけだぜ」とオアが言った、「シシリー島の女さ。例の頭の禿げたシシリーの女さ」

「おまえも黙ってたほうがいいぞ」とヨッサリアンはオアに警告した。

「そりゃ、おまえのほうがまちがってる」とダンバーがヨッサリアンに言った、「笑いたいものをどうして笑わせてやらないんだ。しゃべらせるよりはましだろう」

「よかろう。さあ、笑いたきゃ笑え」

「一年が過ぎるのにどれだけかかるか知ってるか」と、ダンバーはクレヴィンジャーに同じ質問をくりかえした。「これだけさ」彼はパチッと指を鳴らした。「一秒前におまえは新鮮な空気を胸いっぱい吸って大学の門をくぐっていた。いまおまえは年寄りだ」

「年寄り」とクレヴィンジャーが驚いて問い返した。「なにを言ってるんだ、おまえは」

「年寄りさ」

「おれは年寄りじゃないぞ」

「おまえは出撃に参加するたびにほんのちょっぴりずつ死から遠ざかるんだ。おまえはその年で、あとどれだけ年寄りになれる。三十秒前に、おまえはハイスクールに入学した。そのころは、ホックのはずれたブラジャーがおまえの望む天国にいちばん近かった。それより一秒の五分の一前には、ほんのちっぽけな小学生で、十週間の夏休みが十万年にも思われたもんだが、終ってみりゃなんともあっけない。ビュン！　まるでロケットみたいにすばやく過ぎちまった。いったいほかに時間をのろくさせる方法があるか」ダンバーは言い終るとき、ほとんど怒っているように思われた。

「なるほど、道理かもしれないな」と、クレヴィンジャーは不本意ながらも低い声で相手の言い分を認めた。「たしかに長い人生というやつは、それが長く思われるためにはたくさんの不愉快な条件に満たされていることが必要なのかもしれない。だがそうだとすると、だれがそんな人生を求めるかね」

「おれが求める」とダンバーが言った。

「なぜ」とクレヴィンジャーが問いただした。

「だってほかになにがある」

5　ホワイト・ハルフォート酋長

ダニーカ軍医はしみのついた灰色のテントにホワイト・ハルフォート酋長といっしょに住んでおり、彼を恐れており、軽蔑もしていた。

「おれはあいつの肝臓を絵に描くことができる」とダニーカ軍医がむっつりと言った。

「おれの肝臓を描いて見せてくれよ」とヨッサリアンが注文をつけた。

「きみの肝臓はどこも悪くない」

「やっぱりわかってないじゃないか、ちっとも」と、ヨッサリアンはぶっきらぼうに言い、ダケット看護婦やクレイマー看護婦や、病院の軍医全員が、黄疸にはならぬくせに消えもしないというので頭を悩ました彼の肝臓の厄介な痛みについてダニーカ軍医に話した。

ダニーカ軍医はちっとも関心を示さなかった。「きみは辛い目にあっているとでも思ってるのか」と彼は言った。「このおれはどうだ。例の新婚夫婦がおれの診療所にやってきたときのことを見せてやりたかったな」

「どういう新婚夫婦が」

「ある日おれの診療所にやってきた新婚夫婦のことさ。まだ話してなかったか。女のほうはきれいだったぞ」

ダニーカ医師の診療所もきれいだった。彼は待合室を、金魚と、安家具のうちでは最上等の一セットで飾っておいた。彼はなにによらずできるだけつけで買っていた――金魚まで。ほかは貪欲な親戚どもから、利益は分配するという約束で借りた金でまかなった。彼の診療所は、ニューヨーク湾内のスタテン・アイランドの、桟橋前からちょうど四ブロック離れ、また一軒のスーパーマーケット、三軒の美容院、二軒のあやしげなドラッグストアからわずか一ブロック南に下ったところにある、非常出口もない二世帯用のボロ家のなかにあった。街角ではあったが、それはなんの足しにもならなかった。人口の移動は少なく、住民は習慣でもう長年つきあっている医者たちにしがみついていた。請求書はたちまち山のようになり、彼は最も貴重な医療器具まで手放す必要に迫られた。彼の計算機は売り主に取りもどされ、つづいてタイプライターも同じ運命に陥った。金魚は死んでしまった。もはや絶望と思われたちょうどそのころ、幸運にも戦争が勃発した。

「天の助けだったな」とダニーカ軍医はきまじめな表情で告白した。「まもなくほかの医者はたいてい軍隊にとられ、たちまち景気はうなぎのぼりさ。街角という地の利がほんとうにものを言ってな、じきに、まともにはさばききれないほど患者がくるようになった。二軒のドラッグストアがよこすリベートの額を上げさせた。美容院からも、週に二、三人は中絶手術の客がとれた。これ以上は望めない繁昌ぶりだったが、その後に起こったことといったらどうだ。徴兵局のやつはおれを調べて人を派遣することになったんだ。おれは兵役免除だった。つまり、おれは自分の体をかなり念入りに調べた結果、軍務には不適当であることを発見したんだよ。おれは郡の医師会にも属し、地域の公正取引委員会にも属している立派な医師だったんだから、おれの証言だけで充分だった。そう思うだろう、きみだって。ところがだめなんだな。徴兵局のやつ、おれがほんとに腿のつけ根のところから片脚を切断しているか、それから不治のリュウマチ性関節炎で寝たっきりかどうか確かめるためにその男をよこしやがったんだ。ヨッサリアン、われわれは不信と精神的価値低下の時代に生きている。おそろしいことだ」ダニーカ軍医はたかぶった感情に声を震わせながら言った、「おそろしいことだよ、ちゃんと免許を受けた医師のことばまで、彼が愛する国家から疑いを持たれるなんて」

ダニーカ医師は召集令状を受け、飛行機はいやでたまらないというのに航空軍医としてピアノーサ島に送られた。

「おれは飛行機のなかまで災難を見つけにいく必要はない」と、彼はまるくて茶色の、腹立たしげな目を近視眼みたいにまばたきさせながら言った。「災難のほうでおれを見つけにくるんだから。おれが話そうとしていた、あの子供のできない処女みたいにな」

「処女だって」とヨッサリアンはたずねた。「新婚夫婦のことだと思ってたが」

「それがこれから話す処女なんだよ。まだ子供みたいなふたりでね、そう、結婚して一年ちょっとというところで、予約もなしにおれの診療所へやってきたんだ。あの娘はきみにも見せたかった。実にかわいいし、若いし、きれいなんだ。メンスのことを聞いたら顔を赤らめるほどなんだぜ。おれはあの娘への愛情が消えることはないと思うね。まるで夢みたいな体つきで、首に鎖をかけ、それについた聖アントニウスのメダルが、それまで拝んだこともないほど美しい胸の谷間に下がっているのさ。「聖アントニウスにとってはどえらい誘惑にちがいないね」とおれは冗談を言った――もちろん、彼女の緊張を解きほぐすためさ。「聖アントニウス？」と亭主のほうが言うんだ。「聖アントニウスってだれのことです」「きみの奥さんに聞いてごらん」とおれは言った。「奥さんから聖アントニウスがだれだか教えてもらえるはずだ」「聖アントニウスってだれだい」と亭主が彼女に質問した。「だあれ」と聞き返すんだな、彼女は。「聖アントニウスだよ」と男が言う。「聖アントニウス？」と女。「聖アントニウスってだれのことなの」診察室でよく見ると、まだ処女なんだ。彼女がガードルを締めなおして、ストッキングをそれにとめているあいだ、おれは亭主とだけ話をした。「毎晩だよ」って自慢そうに言いやがる。知ったかぶりをした生意気な野郎さ。「ひと晩だって欠かしたことはないね」しかも、本気で言ってんだぜ。「おれは朝だって入れてやるんだ。おれたちが仕事に出かける前に女房が朝食を作ってくれるんだが、その前にな」と大口を叩きやがる。説明がつくとしたら、ただひとつ。そこでまたふたり並んだところで、おれは診療所に用意してあったゴム製の人体模型で性交の実地教授をしてやった。おれは診療所に、男女両性のあらゆる生殖器を備えたそういうゴム製の模型を持っていたんだ。変な噂を避けるために、それだけ別のケースにしまっていた。つまり、以前に持っていたっていうことだぜ。いまはもうなんにも持っちゃいない。医者稼業まで捨てちまったんだ。おれがいま持ってる唯一のものといえば、このごろ本気で心配しはじめている例の低い体温だけさ。おれが医務部テントで代理をつとめさせてるあのふたりは、診断医としての値打ちすら皆無だ。やつらが知っているのは不平の言いかただけだ。このおれはどうしてくれる。やつらは自分たちが辛い目にあってるとでも思ってるんだろうか。あいつらもあの日おれの診療所にきてみりゃよかったんだ。新婚夫婦はまるで世にも珍しい話を聞くみたいにおれの顔を見つめやがった。あんなに興味を持った人間ははじめてだね。男は「こういうふうにだね」なんて言って、しばらく模型を動かしていた。おれには、ある種の人間がただそんなことをするだけでものすごく興奮するのがわかるんだな。「そのとおり」とおれは言った。「さあ、うちへ帰って二、三カ月この流儀でやってみて、結果を見るんだな。いいかい」「オーケイ」とふたりは言って、すなおに現金で診察料を払った。「まあ楽しくやりたまえ」と言うと、ふたりは礼を言っていっしょに出ていった。男は女の腰を抱いてさ、うちへ帰ってまたやるのが待ちきれないって様子さ。二、三日たつと男はたったひとりでやってきて、うちの看護婦をつかまえて、すぐおれに会わせろと言うんだ。おれと男とふたりだけになったとたん、やつはおれの鼻に一発喰らわせやがった」

「なにをしたって」

「やつはおれを知ったかぶりと罵って、おれの鼻に拳固を喰らわせたんだ。「なんだ、おまえは。ただの知ったかぶりか」と言うなり、おれをのしちまった。ボイン！　おしまい。ほんとの話だぜ」

「ほんとだということはわかったよ」とヨッサリアンは言った。「だけど、そいつはなぜそんなことをしたんだ」

「なぜだか、そんなこと知るもんか」とダニーカ軍医はいらだたしげに答えた。「聖アントニウスとなにか関係があったのかもしれないな」

ダニーカ軍医はポカンとしてヨッサリアンの顔を見た。「聖アントニウス？」と彼は驚いて言った。「聖アントニウスってだれのことだい」

「おれが知るもんか」と、ちょうどそのときウイスキー壜を抱きかかえて千鳥足でテントに入ってきたホワイト・ハルフォート酋長が言い、喧嘩腰でふたりのあいだに坐りこんだ。

ダニーカ軍医はものも言わずに立ち上がり、自分の椅子をテントの外に持ち出した。ダニーカ軍医の背中は、彼が絶えず背負いこんでいるぎゅう詰めの不正や不法で弓なりに曲っていた。彼はこの同室者とのつきあいに耐えられなかったのだ。

ホワイト・ハルフォート酋長は、ダニーカ軍医の頭は狂っていると思っていた。「あいつはどうかしちまったが、いったいなにが問題なんだか、おれにはわからねえや」と彼は非難めいた口ぶりで言った。

「あいつには知恵がない、それがあいつの問題なんだ。あいつに少しでも知恵があるなら、シャベルを握って穴掘りをはじめるだろう。いまこのテントで掘りはじめるだろう。おれの寝台のすぐ下をな。そしたらすぐに油田を掘り当てるだろう。あいつは知らねえのかな、合州国でさ、シャベルひとつで油田を掘り当てたあの兵隊のことを。その男がどうなったか聞いたこともねえのかな。なんていったっけ、あのコロラドからきた、くされ鼠のポン引きの鼻クソ野郎の名前は」

「ウインターグリーン」

「ウインターグリーンだ」

「彼は恐れてるんだよ」とヨッサリアンは説明した。

「ちがうね。ウインターグリーンにかぎってそんな」ホワイト・ハルフォート酋長は尊敬の念をありのままに見せながら首を横に振った。「あの鼻持ちならねえ小生意気でけちな知ったかぶりの畜生は、だれも恐れちゃいねえよ」

「ダニーカ軍医は恐れているんだよ。それが彼の問題なんだ」

「あいつがなにを恐れてる」

「おまえを恐れてるんだ」とヨッサリアンは言った。「おまえが肺炎で死ぬことを恐れているのさ」

「そりゃ恐れたほうがいいだろう」とホワイト・ハルフォート酋長は言った。彼の盛りあがった胸から重みのある低い笑い声がとどろいた。「たしかに、おれはそれで死ぬだろうからな――チャンスがあったらすぐに。まあ見てろよ」

ホワイト・ハルフォート酋長は、がっしりした骨太の顔ともじゃもじゃの黒い髪の毛を持ったオクラホマ州出身の色浅黒いハンサムなインディアンで、正確にはクリーク族の血が半分流れているというイーニッド市民であり、本人だけしか知らないある不可思議な理由から、自分は肺炎で死ぬものと決めてかかっていた。彼は形相すさまじく、復讐心に燃え、幻想など決していだかぬインディアンで、キャスカート、コーン、ブラック、ハヴァメイヤーなどという名前の外国人が大きらいで、そんな連中はみな彼らの不愉快な祖先どもがもと住んでいた国に帰ってくれればいいと思っていた。

「おまえは信じないだろうがな、ヨッサリアン」と、彼はダニーカ軍医を痛めつけるためにわざと声を高めて考えを述べた。「アメリカという国は、やつらがやつらの呪わしい信仰で台なしにするまではかなり住みいい国だったんだぞ」

ホワイト・ハルフォート酋長は白人《ホワイトマン》に復讐しようと決心していた。彼はほとんど読み書きもできなかったが、ブラック大尉から情報係補佐将校に任ぜられていた。

「どうしておれが読み書きを覚えられるかってんだよ」と、ホワイト・ハルフォート酋長はまたもやダニーカ軍医に聞こえるように声をあげ、喧嘩腰を装って切りこんできた。「おれたちがどこに天幕を張っても、かならずやつらが油井を掘りやがる。やつらが掘ると、かならず石油が噴き出る。石油が出ると、やつらはかならずおれたちに天幕をたたんでどこかへいけと要求しやがる。おれたちは生きた占い棒だったんだ。おれたちの家族全体が石油の鉱脈と自然のつながりを持ってたんだな。そのうち世界じゅうのありとあらゆる石油会社の技師たちがおれたちを追いかけまわすようになった。おれたちはいつも引っ越しさ。こいつは、子供を育てるにゃひでえやりかただぜ、まったく。おれは同じところで一週間以上暮らしたことなんてなかったと思うな」

彼の記憶のはじまりは、ある地質学者に関するものだった。

「ホワイト・ハルフォートが新たにひとり生まれるたびに」と彼は話をつづけた。「株式相場がグンと上がったものさ。やがて穴掘り技師どもは、おたがいの先手を打つために、道具一式をかかえておれたちのあとをついてまわるようになった。会社はおれたちに割り当てる連中の数を減らすことができるようにと、おたがいに合併をはじめた。ところが、おれたちのあとからついてくるやつの数は増える一方だ。おれたちは一晩だってぐっすり眠れやしねえ。おれたちが止まれば、やつらも止まる。おれたちが動きだせば、やつらも動きだす――農場用馬車《チャック・ワゴン》も、ブルドーザーも、油井櫓も、発電機も。おれたちは歩くにわか景気だった。そのうち最高級のホテルのいくつかから招待がくるようになった。おれたちが町に引っぱりこむ大量の商売をねらってさ。そういう招待のなかにはおっそろしく豪勢なのがあったが、おれたちはどの招待も受けられねえ。なぜって、おれたちはインディアンだし、おれたちを招待した最高級のホテルはどれもインディアンを客として迎えねえことになっていたからさ。人種的偏見とは恐ろしいものだぜ、ヨッサリアン。ほんとうにそうだぞ。まともな、誠実なインディアンを、黒人や、ユダヤや、イタリア野郎や、スペイン人どもと同じように扱うなんて恐ろしいこった」ホワイト・ハルフォート酋長は確信をもってゆっくりとうなずいた。

「そのうちにな、ヨッサリアン、とうとうやってきたんだ――終りの始まりが。やつらはうしろからじゃなくて、前からおれたちを追いかけはじめた。やつらはおれたちがつぎに行くところを推測して、先まわりをして油井を掘り、そこへおれたちが住めないようにしはじめた。おれたちがブランケットを敷きはじめると、たちまちやつらが追いたてにきやがる。やつらはおれたちを信じきっていたんだ。だから石油を掘り当てるまで待ちもしないで、おれたちを追いたてる。おれたちは疲れきって、もういつくたばったってかまわねえという気になったくらいだ。ある朝ふと見ると、石油屋がまわりを完全にとりかこんで、おれたちが近づいたら追っぱらってやろうとみんなで待ちかまえている。どっちの山を見てもかならず石油屋がいて、いまにも攻撃をかけようとしているインディアンみたいに待機しているんだ。それでおしまいさ。おれたちは追いたてられたばかりだから、いままでいたところにはいられねえ。といって、ほかにはどこも行き場がありゃしねえ。軍隊だけさ、おれたちを救ったのは。きわどいときに運よく戦争がはじまってくれてさ、徴兵局が窮地に立ってるおれを拾いあげて無事コロラド州のラワリー・フィールドに下ろしてくれた。生き残ったのはおれひとりだった」

ヨッサリアンはそれが嘘であることを知っていたが、ホワイト・ハルフォート酋長がさらにつづけて、その後両親からはなんの音沙汰もないと話しても、ただ聞き流しておいた。ただ、ホワイト・ハルフォート酋長は両親から音信がないのをあまり気にしていなかった。というのは、彼の両親はただことばで親だと名乗っていたが、彼らがほかのことでやたらに彼に嘘をついたことから判断すれば、それもやはり嘘であるかもしれなかったからだ。彼はそれよりも、石油屋どものごり押しのために北方に移動し、うっかりカナダに入りこんでしまったいとこたち一族の運命のことをよく知っていた。彼らは南へもどろうとすると、国境でアメリカ移民局の役人どもにつかまった。役人どもはどうしても帰国はまかりならぬと言い張った。この一族は赤膚のインディアン、つまりアカだから入国を許されなかったのだ。

　それはひどい冗談だったが、ダニーカ軍医は、ヨッサリアンがつぎの出撃後またもや――空望みであることをちゃんと承知しているくせに――飛行勤務を免除してくれと頼みにきたときまで、笑わなかった。ヨッサリアンの頼みを聞いて、ダニーカ軍医は一瞬フッと笑ったが、すぐに彼自身の問題に気を奪われてしまった。その問題のうちには、その日の午前中ずっとインディアン相撲をやろうと彼に挑戦しつづけていたホワイト・ハルフォート酋長のことと、いますぐその場で発狂しようと決心しているヨッサリアンのことが含まれていた。

「そんなことしたって、ただ時間のむだだよ」とダニーカ軍医はヨッサリアンに告げるほかなかった。

「あんたは気の狂った人間を飛行勤務から免除してやれないのか」

「もちろんできるさ。それはおれの義務だ。気の狂った者がいたら、すべておれが飛行勤務を解くことという規則がある」

「じゃ、なぜおれの飛行勤務を解いてくれないんだ。おれはきちがいだぜ。クレヴィンジャーに聞いてみろよ」

「クレヴィンジャー。いったいどこにクレヴィンジャーがいるんだ。クレヴィンジャーを探してこいよ。そしたら聞いてやるから」

「じゃあ、ほかのだれにでも聞いてみてくれ。みんな、おれがどんなに狂ってるか話してくれるだろう」

「連中も狂ってるんだ」

「じゃなぜあんたはその連中の飛行勤務を解いてやらないんだ」

「なぜ連中は飛行勤務を免除してくれとおれんところに頼みにこない」

「あいつらは気が狂っているからさ、それが理由だよ」

「もちろん、あの連中は狂ってる」とダニーカ軍医は答えた。「連中は狂ってるとたったいま言ったろ。ところがきみは狂ってる連中に、きみが狂っているかいないか判断させることはできない。そうだろ」

　ヨッサリアンは酔いがさめたようにダニーカ軍医の顔を見つめ、今度はべつの手を使った。

「オアは気が狂っているか」

「ああもちろんだとも」とダニーカ軍医は言った。

「あんたは彼の飛行勤務を免除できるか」

「できるとも。しかし、まず本人がおれに願い出なければならない。それも規則のうちなんだ」

「じゃ、なぜあいつはあんたに願い出ないんだ」

「それは、あの男が狂っているからさ」とダニーカ軍医は答えた。「危機一髪の恐ろしさをあれほど経験したあと、まだこれからも出撃をつづけるんだ。気が狂うのも当然さ。もちろんおれはオアの飛行勤務を解くことができる。だが、まず彼がおれに願い出なければならない」

「それだけで飛行勤務を免除してもらえるのか」

「それだけだよ。あいつに免除願を出させろよ」

「そうしたら、あんたはオアの飛行勤務を免除できるんだな」とヨッサリアンは問いただした。

「ちがうね。そうしたらおれは彼の飛行勤務を免除できないんだ」

「つまり落し穴があるってわけか」

「そう、落し穴がある」とダニーカ軍医は答えた。「キャッチ＝22だ。戦闘任務を免れようと欲する者はすべて真の狂人にはあらず」

たったひとつだけ〝落し穴《キャッチ》〟があり、それがキャッチ＝22であった。それは、現実的にしてかつ目前の危険を知った上で自己の安全をはかるのは合理的な精神の働きである、と規定していた。オアは気が狂っており、したがって彼の飛行勤務を免除することができる。彼は免除願を出しさえすればよかったのだ。ところが願い出たとたんに、彼はもはや狂人ではなくなるから、またまた出撃に参加しなければならない。オアがもしまた出撃に参加するようなら狂っているし、参加したがらないようなら正気だろうが、もし正気だとすればどうしても出撃に参加しなくてはならない。もし出撃に参加したらそれは気が狂っている証拠だから、出撃に参加する必要はない。ところが、出撃に参加したくないというなら、それは正気である証拠だから出撃に参加しなくてはならない。ヨッサリアンはキャッチ＝22のこの条項の比類のない単純明快さに深く感動し、尊敬の口笛を鳴らした。

「ちょいとした落し穴だな、そのキャッチ＝22ってやつは」と、彼は心のままに言った。

「そりゃもう最高さ」とダニーカ軍医がうなずいた。

ヨッサリアンはそれが目くるめくような合理性を持っていることをはっきり認めた。その部分部分の完全な組合せには省略的な精密さがあり、すぐれたモダン・アートのように優美であり衝撃的でもあった。そしてヨッサリアンはときどきそれをほんとうに見ているのかどうか確信が持てなくなった。それはちょうど、すぐれたモダン・アートに関して、あるいはオアがアプルビーの目のなかに見たというハエに関して、まるきり確信が持てないのと同様だった。アプルビーの目のなかのハエについては、オアの言い分を受け入れるほかはなかった。

「ああ、たしかにいるとも」と、オアはヨッサリアンが将校クラブでアプルビーと殴りあいの喧嘩をしたあと、アプルビーの目のなかのハエについて断言した。「たぶんあの男は自分じゃ気がついていないんだろうがね。そのせいだよ、あの男がありのままにものを見ないのは」

「本人が気づかないのは、どういうわけだ」とヨッサリアンがたずねた。

「それは、あの男の目のなかにハエがいるからさ」と、オアは大袈裟に我慢づよいところを見せながら説明した。「なにしろ自分の目のなかにハエがいるんだからな、自分の目のなかにハエがいることをどうして見ることができる」

なるほど筋の通った話だと、ヨッサリアンはオアへの疑いを引っこめる気になった、というのもオアはニューヨーク市からはずれた荒野の出身で、野生生物のことはヨッサリアンよりはるかによく知っていたし、ヨッサリアンの母親や、父親や、兄や、姉や、叔母や、叔父や、姻戚や、先生や、精神的指導者や、議員や、隣人や、新聞とはちがって、それまで決定的なことで彼に嘘をついたことはいちどもなかったからである。ヨッサリアンはこの新発見の知識について一両日は自分ひとりでよくよく考えていたが、結局ひとつの善行として、それをアプルビー自身に伝えてやろうと決心した。

　彼は毎週早朝に行なわれるパルマへの〝牛乳配達《ミルクラン》〟爆撃の日、パラシュート用テントの入口ですれちがいざまに、親切心から「アプルビー、おまえの目のなかにはハエがいるぜ」とささやいた。

「なに」と、アプルビーはヨッサリアンから話しかけられたという事実に面くらって鋭く応じた。

「おまえの目のなかにはハエがいるよ」とヨッサリアンはくりかえした。「だからおまえにはそのハエどもが見つからないんだぜ、きっと」

　アプルビーは不快げなとまどいの表情を見せてヨッサリアンから遠ざかり、命令伝達室まで長い直線道路を走るジープにハヴァメイヤーといっしょに乗りこむまで、むっつりと押し黙っていた。この命令伝達室には、いつもそわそわしている連隊作戦将校のダンビー少佐が待っていて、編隊長と先頭機の爆撃手、操縦士全員に戦闘概況を説明し、出撃命令を伝達するのである。アプルビーは、運転手や、前の席で目をつぶってだらしなく手足を伸ばしているブラック大尉に聞こえないように、小声で話した。

「ハヴァメイヤー」と彼はおずおずとたずねた、「おれの目のなかにはハエがいるか」

ハヴァメイヤーはいぶかしげにまばたいた。「ハネ？」と彼は聞き返した。

「いや、ハエだ」

ハヴァメイヤーはまた目をパチクリさせた。「ハエ？」

「おれの目のなかに」

「おまえは気が狂ってるぞ」とハヴァメイヤーは言った。

「いや、おれは狂ってなんかいない。狂っているのはヨッサリアンだ。とにかく教えてくれ、おれの目のなかにハエがいるかどうか。さあ、おれはどっちだって平気なんだから」

ハヴァメイヤーはまたピーナッツ入り糖菓をひとかけら口のなかに入れると、アプルビーの目のなかを丹念にのぞきこんだ。

「全然見えないな」と彼は告げた。

アプルビーは大きく安心の溜息をついた。ハヴァメイヤーはピーナッツ入り糖菓のこまかなかけらを唇にも、顎にも、頬にもくっつけていた。

「ピーナッツ菓子の粉が顔にくっついているぜ」とアプルビーが注意してやった。

「おれは目のなかにハエがいるより、顔にピーナッツ菓子の粉がくっついているほうがましだと思うね」とハヴァメイヤーが言い返した。

各中隊の他の五機の将校たちは、三十分後に行なわれる概況説明を受けるためにトラックに分乗して集まってきた。各機の三人の下士官兵はなんの説明も受けることなく、まっすぐ飛行場に運ばれて、その日搭乗することになっている機ごとに分れ、彼らと同じ爆撃機に乗ることになっている将校たちがトラックの後尾から騒々しく飛び降りてくるまで地上整備員といっしょに待ち、将校といっしょに乗りこんでスタートをかけるのである。棒飴形の堅い駐機場の上でエンジンが不機嫌そうに回転しはじめる。最初は抵抗し、つづいてしばらくのあいだスムーズに空回りしているが、そのうち機体はよたよたと向きを変え、まるで目の見えない、体の不自由な人のようにふらつきながら、砂利で固めた広場に出て、滑走路の入口の線のところまで地上滑走し、そこから一機また一機と爆音を急に高めながら勢いよく離陸して、まだら色の木々の梢の上で傾斜飛行に移って編隊を形成すると、飛行場の上を同じ速度で旋回しながら一中隊六機ずつの全編隊が形成されるまで待ち、ひとっ飛びしてから紺碧の海の上で北イタリアなりフランスなりの目標地点へと機首を向けるのである。機はぐんぐんと高度を増し、敵地上空に入るころには二千七百キロ以上に達していた。いつも驚くべきことのひとつは、おちついた完全な沈黙の感じであり、これを破るのは機関銃の一斉試射と、たまに行なわれる機内通話装置《インターコム》による単調でごく短い通話、それに、「ただいま攻撃開始点、これより目標地点に向かう」という緊張を誘う通報だけだった。太陽はいつも照り輝き、稀薄な空気のためにいつも咽喉がいくらか粘りつくような感じであった。

彼らが搭乗しているB＝25は複垂直尾翼、双発で、翼の広い、安定した頼りがいのある暗緑色の爆撃機だった。爆撃手としてのヨッサリアンの立場から見たその唯一の欠点は、プレキシガラスを張った機首にある爆撃手室と、いちばん近い脱出用ハッチとをへだてている窮屈な這行通路《クロールウエイ》であった。この這行通路《クロールウエイ》というのは、操縦装置の下に通じている、狭い四角く冷たいトンネルで、ヨッサリアンのような大男がそこをくぐり抜けるのは容易なことではなかった。爬虫類を思わせる小さな目を持ち、パイプをくわえた、丸ぽちゃで満月みたいな顔をしたアーフィーのような航空士もこれには苦労した。そこでヨッサリアンは、爆撃機が、いまや数分後に迫った目標地点に向かったとき、この男を機首から後部へ追いやっておくのが常であった。そこには緊張のひとときがあった。地上の対空火器がねらいを定め、できるものなら彼らすべてを永遠の眠りのなかにぶちこんでやろうと構えているのに、聞くものもなく、見るものもなく、なすこともなく、ただ待っているひとときである。

その這行通路《クロールウエイ》は、ヨッサリアンにとって、墜落しかけた爆撃機から外へ飛び出すための命の綱であったが、彼は猛烈な憎しみをこめてそれをけなし、こいつはおれを滅ぼす企みの一部として天なる摂理が設けた邪魔物だと言って罵った。B＝25の機首にはもうひとつ脱出用ハッチをとりつける余地が充分あるのに、脱出用ハッチはついておらず、代りに這行通路《クロールウエイ》がついているだけだった。ヨッサリアンはアヴィニョン爆撃の際の大混乱以来、その通路のながながとした一センチ一センチを憎むようになっていた。それは一センチについて何秒かずつ彼をパラシュートから引き離していたからだ。なにしろパラシュートは非常にかさばるので、機首に備えておくわけにはいかなかったのだ。通路はさらに一センチについて何秒かずつ、彼を一段高い操縦装置室の後部とずっと上のほうに顔を隠している機頂部砲塔員の足もとのあいだの床に設けられた脱出用ハッチからも遠ざけていた。ヨッサリアンは、かつてアーフィーをあらかじめ機首から後部へ追いやったとき、アーフィーが陣どることのできた場所に自分もいたいものだと思った。脱出用ハッチのすぐ上にあるごたごたした球状室の床に坐り、いつも身近においておきたいと思う特殊防弾チョッキを保護している丸屋根のなかに入り、パラシュートを早くも背負い皮に留めておき、一方の拳で開き綱の赤い把手を握り、もう一方の拳で非常用ハッチの開放桿を握り、破滅の最初の恐ろしい悲鳴が聞こえるやいなや、たちまち地上に落ちこぼれたいものだと思った。ヨッサリアンはいざというとき、四方八方、上も下も、幾層もの黒いくそいまいましい高射砲弾が炸裂し、グヮン、ビューンと唸りながら這いのぼり、爆発し、よろめきぶつかる変幻きわまりなき宇宙大の悪意を、揺り動かし、ほうり上げ、震わせ、わめかせ、突っこませ、たった一発の巨大な炎のうちにたった一秒の何分の一かで彼ら全員を死滅させてしまおうとねらっているというのに、まるで不安定きわまるくそいまいましい金魚鉢に入れられた不安定きわまるくそいまいましい金魚みたいに機首にへばりついているよりも、できればハッチの真上にいたかった——どうせ脱出できないならば。

アーフィーはヨッサリアンにとって、航空士としても、それ以外のどんな意味でも役に立たなかったので、ヨッサリアンは急に退避する必要が生じた際におたがいに道を塞がなくてすむよう、毎度荒っぽい調子で彼を機首から後部へ追いやった。いったんヨッサリアンがアーフィーを機首から後部へ追いやると、アーフィーはヨッサリアンが日ごろうずくまっていたいと思っている床の上にうずくまることができるくせに、まっすぐ立ったまま、パイプを手にした太くて短い両腕をのんびりと操縦士席と副操縦士席の背にのせて、マクワットと、たまたまそのとき副操縦士になっていた男とを相手に愛想よくむだ話をし、空中に見つかる些細なものをさもおもしろそうにふたりに教えてやるのだが、ふたりはいつも忙しくて彼にかまっていられなかった。マクワットは、ヨッサリアンの甲高い指示に応じて操縦装置を操るのに精いっぱいだった。ヨッサリアンは機を爆弾投下のため直線飛行に入らせたかと思うと、まるで暗闇のなかで悪夢にうなされたハングリー・ジョーがあげる苦悶と哀願の叫び声みたいな、ぶっきらぼうで、甲高く、口ぎたない命令をマクワットに発しながら、炸裂する高射砲弾の貪欲な火柱の周囲に全弾を投げ出してしまうのであった。アーフィーはこの渾沌とした激動のなかで悠々とパイプの煙をくゆらし、まるで自分には関係のない遠いところの騒ぎみたいに、マクワットの前の窓から平然たる好奇の目でこの戦いのありさまを眺めていた。アーフィーは実に熱心な大学友愛会《フラタニティー》のメンバーで、応援団の指揮だの同窓会だのが大好きときており、ものを恐れるほど優秀な頭脳の持ち主ではなかった。ヨッサリアンはけっこう頭がよかったので恐怖心も強かったが、彼が砲火にさらされた持ち場を捨てて臆病な鼠みたいに這行通路《クロールウェイ》からうしろに逃げ出すことを妨げている唯一の理由は、目標地点から逃避する行動を他人にまかせる気にはなれなかったことにある。そんなに重大な責任を委ね得る人間は世界広しといえども自分以外にはひとりもいなかった。自分ほど偉大な臆病者は彼の知るかぎりほかにはひとりもいなかった。連隊のなかで逃避的行動に関してはヨッサリアンの右に出るものはいなかったが、それがなぜかは彼自身にもわからなかった。

逃避的行動にはなにもきまった手順はなかった。必要なのはただ恐怖心だけで、ヨッサリアンはそれをたくさん持っていた。オアやハングリー・ジョーよりも大きな恐怖心を、おれはいつか死ななければならぬという考えを受け入れてあきらめきっているダンバーよりももっと大きな恐怖心を、持っていた。ヨッサリアンはそんなあきらめを持ってはおらず、爆撃行のたびに、全弾を投下させたそのとたんから猛烈に自分の生命の安全を求め、マクワットにむかって、「イッパイ、イッパイ、イッパイ、イッパイダ、コノバカヤロウ、イッパイダッ！」とどなり、まるで彼らが空中にいて見知らぬ敵どもからねらい撃ちされているのはマクワットのせいででもあるかのように、ひどくマクワットを憎みつづけていた。機内の他の者はみな機内通話装置《インターコム》を敬遠していたが、アヴィニョンへの爆撃行で、ドブズが空中で発狂し、哀れな泣き声で助けを求めた、あの痛ましい混乱のときだけは別だった。

「助けてやれ、助けてやれ」とドブズは涙声をあげた。「助けてやれ、助けてやれ」

「だれを助けるんだ。だれを助けるんだ」と、ヨッサリアンはヘッドホーンのプラグをもどおり通話装置に差しこんでどなり返した。ドブズはさっきヒュープルから操縦装置を力ずくで奪ったかと思うと、いきなりそれを押し下げて、耳を聾し、全感覚を失わせるような恐るべき急降下に入ったために、ヨッサリアンはなすすべもなく脳天を機の天井に貼りつかせていたが、ヒュープルが操縦装置をドブズから奪い返し、機体をさっきと同じくらい突然に水平にもどし、あわやというところでみんなを救ったが、機はついさっきうまく逃れた、不協和音をとどろかせている対空砲火のすさまじい弾幕のまっただなかに突っこんでいた。アア、神ヨ！ アア、神ヨ、アア、神ヨ、とヨッサリアンは、身動きもならず機首の天井に脳天をくっつけてぶらさがっているあいだじゅう、心のなかで祈っていた。ヘッドホーンのプラグはそのときの衝動で引き抜かれていたのだ。

「爆撃手だ、爆撃手だ」とドブズはヨッサリアンの声に答えて叫んだ。「あいつは答えないぞ、あいつは答えないぞ。爆撃手を助けてやれ、爆撃手を助けてやれ」

「おれが爆撃手だ」とヨッサリアンは叫び返した。「おれが爆撃手だ。おれは大丈夫だ。おれは大丈夫だ」

「じゃあいつを助けてやれ、助けてやれ」とドブズは哀願した。「助けてやれ、助けてやれ」

そして後部ではスノードンが倒れて死にかけていた。

6　ハングリー・ジョー

ハングリー・ジョーはとうとう五十回の出撃を終ったが、それはなんの役にも立たなかった。彼は荷造りをして、ふたたび帰国の日を待っていた。夜になると悪夢にうなされて不気味な、耳を切り裂くような叫び声をあげ、十五歳の操縦士であるヒュープル以外のあらゆる大隊員の眠りをさまたげた。ヒュープルは年齢を偽って軍隊に入り、ハングリー・ジョーと同じテントでペットの猫といっしょに暮らしていた。ヒュープルは眠りの浅い男だったが、ハングリー・ジョーの悲鳴なんかいちども聞いたことがないと言い張っていた。ハングリー・ジョーは病気であった。

「それがどうした」とダニーカ軍医はむきになってどなった。「おれはやり遂げたんだ、嘘じゃない。年にそう五万ドルがとこ、それも患者には現ナマで払わせたからほとんど全部無税で、おれのふところにころげこむ勘定だった。世界一強力な同業組合がおれのうしろだてになってくれた。そこへなにが起こったと思う。さあ稼ぎまくってやろうとはりきったとたん、ファシズムを製造しなければならんというので、おれまで巻きぞえにするほど恐ろしい戦争をおっぱじめやがった。おれはハングリー・ジョーみたいなやつが毎晩脳味噌が飛び出るような悲鳴をあげてるなんて聞くと、笑わずにはいられないね。まったく笑わずにはいられないよ。あいつが病気だって。あいつは、おれがどんな気持ちでいると思ってやがるんだ」

ハングリー・ジョーは自分の災難に夢中になって、ダニーカ軍医がどんな気持ちでいるかかまっている暇はなかった。たとえば騒音である。小さな物音でもハングリー・ジョーの癇癪を起こさせた。彼は、パイプを喫うときペチャペチャと濡れた音を出すといってアーフィーを、ガチャガチャ修理の音がやかましいといってオアを、ブラックジャックやポーカーをやるときトランプをめくるのにいちいちパシッと音をたてるといってマクワットを、あちこちぶつかりながらぶきっちょに歩いているとき歯をカツカツ鳴らすといってドブズを、かすれた声でどなりつけた。ハングリー・ジョーは自動的に働く怒りっぽさの、脈うつ見すぼらしいかたまりであった。静かな部屋で休みなく秒を刻む腕時計の音ですら、彼の無防備な頭脳には拷問のように鳴り響いたのである。

「いいか、坊や」と、彼はある夜ふけに荒っぽくヒューブルにむかって言った。「おまえはこのテントで暮らそうと思ったら、おれがしているとおりにしなきゃだめだぞ。毎晩寝るときにはおまえの腕時計を毛のソックス一足分にくるんで、この部屋の外側にあるおまえの靴箱の底にしまっておくんだ」

ヒューブルは、おれをいじめようったってむだだという意志をハングリー・ジョーに示そうと、反抗的に顎を突き出したが、結局なにからなにまで言われたとおりにした。

ハングリー・ジョーは、まるで切り刻まれた蛇の一部みたいな両眼のうしろの黒い窪みに、くすんだ皮膚と、骨と、皮下にひきつりのたくっている血管との見える、肉のそげた顔をした、神経質で痩せ衰えた哀れな男だった。それはわびしい噴火口だらけの顔で、見捨てられた炭坑《やま》の町みたいに、煩いのためにすすけていた。ハングリー・ジョーはがつがつと大食いし、のべつ指の先をかじり、どもり、むせび、かゆがり、汗をかき、よだれを垂らし、妙に凝った黒いカメラをかついで熱に浮かされたようにあちこち飛びまわっては、いつも裸の娘の写真をとろうとしていた。写真はちっともできなかった。彼はいつもカメラにフィルムを入れるのを忘れたり、電灯をつけ忘れたり、レンズのキャップをとり忘れたりするのだった。裸の娘にポーズをとらせるのは容易なことではなかったが、ハングリー・ジョーはこつを心得ていた。

「ミー、ビッグマン」と彼は大声で言うのだった。「ミー、《ライフ》の大カメラマン。すごくでっかい表紙のでっかい写真ね。そう《シ》、そう《シ》、そう《シ》！　ハリウッドのスター。おかね《ディネロ》どっさり。離婚たくさん。朝から晩までおまんこいっぱい」

これほど巧みな甘言を斥けられるような女はまずどこにもいなかった。売春婦たちは乗り気になって立ちあがり、彼が要求するどんなとっぴなポーズでもすぐさまとるのであった。女どもはハングリー・ジョーを夢中にさせた。性的な存在としての女たちに対する彼の反応は、熱狂的な崇拝と偶像化のそれであった。彼女たちは奇蹟ともいうべきものの顕示、美しい、満足を与えてくれる、そして心を狂わすような顕示であり、測りがたいほど力づよく、耐えがたいほど鋭敏で、卑俗、無価値な男に利用されるにはあまりにもすぐれた快楽の道具であった。彼には自分の手のうちにある彼女たちの裸の存在を、急速に改められることになっている宇宙的な手抜かりとしてしか解釈できなかった。だから彼はいつも、神かだれかが気がついて彼女たちを連れ去ってしまう前に残されていると思うほんの一瞬かそこらのうちに、彼にできる彼女たちの肉体的な利用を急いで遂げなければならないと思った。彼は女を抱くか写真にとるか、同時に両方実行することは不可能だと知っていながら、どちらにするかどうしても決心がつかなかった。実際彼は、いつもむりやり急ぐ必要を感じているために、実行力が乱されてしまい、結局どちらもできないことを知るのであった。写真は全然できなかったし、ハングリー・ジョーは全然女を抱くことができなかった。奇妙なのは、ハングリー・ジョーが娑婆《しゃば》の世界ではほんとうに《ライフ》のカメラマンだったということである。ハングリー・ジョーはいまや英雄だ、空軍きっての大英雄だ、とヨッサリアンは思った。なぜならハングリー・ジョーは空軍の他のいかなる英雄よりも多く出撃の責任回数をこなしていたからである。彼は六度も責任出撃回数を完了していた。ハングリー・ジョーが最初の一期分の任務を終えたときには、二十五回の出撃に参加しさえすれば戦闘勤務から解かれることになっていたので、彼は袋に私物をつめこみ、故郷に嬉しい便りをし、上機嫌でタウザー曹長を追いかけては、兵員交替のため彼を合州国へ送還する命令は届いていないかどうかたずねたものだった。彼は待っているあいだ毎日作戦本部テントのまわりでリズミカルにダンスのステップを踏みながら、通りすがりの者をいちいち大声でからかい、タウザー曹長が大隊本部から顔を出すたびに、ふざけて、「このくそったれめ」と呼びかけるのだった。

ハングリー・ジョーが最初の二十五回の責任出撃を果たしたのは、サレルノ上陸作戦が行なわれている週のことで、そのころヨッサリアンは、マラケシュへの補給飛行に出かけた際に茂みのなかである陸軍婦人部隊員に低空爆撃を敢行したおかげで淋病にかかり、病院に入れられていた。ヨッサリアンはハングリー・ジョーに追いつこうと最大の努力をし、六日に六回も出撃に参加し、ほとんど追いついたのだが、二十三回目に出撃した先がアレッツォで、そこでネヴァーズ大佐が戦死したために、やっと近づいた帰国の望みもそれで絶えてしまった。つまり、その翌日にはキャスカート大佐が自分の新しい部隊に対する強力なプライドに満たされて現われ、連隊長就任の祝いのしるしとして、責任出撃回数を二十五回から三十回に引き上げたのである。ハングリー・ジョーは袋を解き、故郷への嬉しい便りを書きなおした。彼はユーモラスにタウザー曹長を追いかけまわすことをやめてしまった。彼はタウザー曹長を憎みはじめ、意地悪くもすべてをこの曹長のせいにしはじめた。キャスカート大佐の就任にしても、七日早く、五回分早く彼を救出し得たはずの命令の送達手続きが遅れたことにしても、いっさいタウザー曹長とは無関係であることを充分承知の上でである。

ハングリー・ジョーはもはや帰還命令を待っている緊張感に耐えきれず、毎度責任回数を終えるとすぐ破滅のなかに溺れこんだ。彼は戦闘任務から解かれるとすぐ、自分の友人たち数人を集めて盛んなパーティーを開いた。彼は週に四回の連絡機による巡回飛行を利用して、買い入れたバーボン・ウイスキーの壜を何本も箱からとり出し、お祭りさわぎにわれを忘れて、いっしょに飲み、歌い、笑い、踊り、わめき、ついに目が開けていられなくなって、静かに眠りこんでしまうのだった。ヨッサリアンとネイトリーとダンバーとが彼をベッドに運びこむとすぐ、彼は眠ったまま悲鳴をあげはじめた。朝になると彼は、やつれ、怯え、罪悪感に痛めつけられた顔をしてテントから出てきた。あわや崩壊寸前といった状態であやうく揺れている、人間構造の蝕まれた殻同然だった。

ハングリー・ジョーがもはや出撃に参加せず、いっこうにやってこない帰国命令をふたたび待ちもうけるという苦しい試練のあいだずっと、大隊で迎える夜ごと夜ごとに、神業のごとき時間的正確さをもって悪夢が現われた。大隊のなかでものに感じやすいドブズやフルーム大尉は、ハングリー・ジョーの悪夢の悲鳴に眠りをひどく妨げられ、彼らもまた悪夢にうなされて悲鳴をあげるようになり、大隊のそこここから毎晩空中に投げ出される甲高い卑猥なことばは、まるで汚れた心を持った鳴き鳥の求婚の歌のように、暗闇のなかでロマンチックに響き合った。コーン中佐はメイジャー少佐の大隊における不健全な傾向の発端とおぼしきものを抑えようと、断固たる行動に出た。中佐が用意した解決法というのは、ハングリー・ジョーを週に一回ずつ連絡機に乗せ、一週七晩のうち四晩は彼を大隊から追い払うということであり、この救済策は、コーン中佐のたてるあらゆる救済策と同様、効を奏した。

キャスカート大佐が責任出撃回数を増加し、ハングリー・ジョーを戦闘任務に復帰させるたびに、悪夢はぴたりと終り、ハングリー・ジョーはホッと安心の笑みを浮かべて正常な恐怖の状態におちつくのだった。ヨッサリアンはハングリー・ジョーのしなびた顔を新聞の見出しのように読んだ。ハングリー・ジョーが悪い顔をしているのを見るのはよかったが、ハングリー・ジョーがいい顔をしているのを見るのはひどく辛かった。ハングリー・ジョーの反応の倒錯ぶりは、すべてを頑固に否定するハングリー・ジョー自身を除く、あらゆる者にとって、奇異な現象であった。

「だれが見るものか、夢なんて」と、彼はヨッサリアンからなんの夢を見るのか聞かれたときに答えた。

「ジョー、どうしてダニーカ軍医に診てもらわないんだ」とヨッサリアンは忠告した。

「なんでダニーカ軍医に診てもらわなければならないんだ。おれは病気じゃないぞ」

「悪夢はどうだ」

「悪夢なんて見やしないよ」とハングリー・ジョーは嘘をついた。

「ダニーカ軍医ならなんとかしてくれるかもしれんぞ」

「悪夢を見たって、なにも不都合なことはないさ」とハングリー・ジョーは答えた。「だれだって悪夢を見るからな」

ヨッサリアンはこれで勝ったと思った。「毎晩か」と彼は聞いた。

「毎晩だったらなぜいけないんだ」とハングリー・ジョーは反問した。

突然それは筋の通った話になった。実際、なぜ毎晩ではいけないのか。毎晩苦しんで叫ぶというのは筋が通っていた。それは、ヨッサリアンとアプルビーがたがいに口をきくのをやめたあとも、ヨッサリアンが外地勤務につくため飛行する際にはマラリヤ予防用のアタブリン錠を服用するよう命じろ、とクラフトに命じた規則一点ばりのアプルビーよりは筋が通っていた。ハングリー・ジョーは、フェラーラ爆撃の際、ヨッサリアンが自分の六機編隊を二度目に目標地点の上まで連れこんだとき、エンジンを爆破されてぶざまに墜落して死んだクラフトよりも筋が通っていた。それまで連隊は一万二千キロ離れた漬物桶のなかに爆弾を続々と命中させ得るほど性能のいい爆撃照準器を備えていながら、もはや七日間連続してフェラーラの橋を撃破しそこねていた。したがって、キャスカート大佐が自分から上層部に志願した上で、この橋を二十四時間以内に破壊せよと部下に命令してからまる一週間も過ぎていた。クラフトはペンシルバニア州出身の、痩せた罪のない男で、ひたすら人から好意を持たれることばかりを欲していたが、そんな謙虚で卑小な野心すら報われぬまま、絶望を味わうよう運命づけられていた。彼は好意を持たれる代りに死んでしまった——粗雑に積み上げた火葬用薪の上の無残な燃え殻のように。機が片翼をもぎとられた最後の貴重な数時間、だれひとり彼の声を聞いた者はいなかった。彼はしばらくのあいだ無害な者として生きていたが、やがて神が休息している七日目に、炎に包まれてフェラーラに墜落したのである。そのときマクワットは機首を返したが、ヨッサリアンは彼に指示を与え、もういちど目標に向かって爆弾投下用の直線飛行に入らせた。最初のときはアーフィーが混乱してしまったために、ヨッサリアンは爆弾を投下しそこなったのである。

「どうやらまた引き返す必要がありそうだな」と、マクワットは機内通話装置《インターコム》を通じておちついて言った。

「そうらしいな」とヨッサリアン。

「やっぱり」とマクワット。

「ああ」

「やっぱりねえ」とマクワットは単調な声で言った。「やれんなあ」

そこで彼らは、他の編隊の各機は無事遠くへ飛び去ったというのに、ふたたび目標に突っこんだが、おかげで今度は地上のヘルマン・ゲーリング師団の火を噴く高射砲がいっせいに彼らだけをねらい撃ちしてきた。

キャスカート大佐は勇敢な軍人であったから、どんな目標でも躊躇なくみずから志願して部下に爆撃させた。彼の連隊が攻撃できぬほど危険な目標はひとつもなかった――ちょうどピンポン台でアプルビーがさばききれないほどむずかしいショットはひとつもなかったように。アプルビーはすぐれた操縦士であると同時に超人的なピンポンの名選手で、目のなかにハエがいるというのに一ポイントも落とすことがなかった。彼が挑戦者の面目を失わせるためには、二十一回のサーブだけで充分だった。ピンポン台上における彼の力量は伝説的なものであり、連戦連勝、向かうところ敵なきありさまだったが、ある晩オアがジン入りジュースに酔ってふらふらと現われ、最初の五本のサーブを全部アプルビーによって打ちとられたあと、ラケットでまともにアプルビーの額を叩いた。オアはラケットを投げ捨てるとピンポン台に飛び上がり、踏み切り板からの跳躍よろしく反対側に飛び降りざま、アプルビーの顔をまともに両足で蹴りつけた。伏魔殿の扉が叩き壊された。アプルビーはたっぷり一分間もかかってやっと殻竿のように暴れるオアの手足から脱け出して立ちあがり、一方の手でオアの胸ぐらをつかんで目の前に吊り上げ、拳を固めたもう一方の手を、さあ殴り殺してやると言わんばかりにうしろに引いたが、その瞬間にヨッサリアンが進み出てオアを引き離した。アプルビーにとっては奇襲連続の夜であった。ヨッサリアンに負けず劣らず大男で力の強いアプルビーは精いっぱいの勢いでヨッサリアンにパンチを喰らわせたが、これを見てホワイト・ハルフォート酋長が痛快な興奮に満たされたあまりムーダス大佐のほうを向くなり大佐の鼻めがけて一発お見舞い申しあげた、というのが、これまたドリードル将軍になんとも言えぬ満足感を与え、その結果将軍はキャスカート大佐に命じて従軍牧師を将校テントから追い出させ、さらにホワイト・ハルフォート酋長をダニーカ軍医のテントに収容させ、彼が一日に二十四時間軍医の保護を受けることによって、今度ドリードル将軍が望むときにはいつでもまたムーダス大佐の鼻を叩き潰すことができるよう充分に肉体的コンディションを整えるべく手配してやった。ドリードル将軍はときどき、ホワイト・ハルフォート酋長が自分の女婿の鼻をぶん殴ってくれるよう心から願って、ムーダス大佐と将軍付き看護婦とを連れ、軍団司令部から特別の視察に出かけるのだった。

ホワイト・ハルフォート酋長は、かつてフルーム大尉といっしょに暮らしていたトレーラーにぜひとも留まっていたかった。フルーム大尉は、もの静かで神経質そうな、大隊の広報担当将校で、日中撮った写真を——彼自身の公表許可を添えて送るために——現像することに毎晩の大半を費やしていた。フルーム大尉は毎晩できるだけ長い時間、暗室で仕事をするよう努め、やがて指を組み合わせ、首から兎の足（幸運のまじない）をぶら下げて簡易ベッドに横たわり、朝まで絶対に目をさましていようと全力をつくした。彼はホワイト・ハルフォート酋長を心から恐れていた。フルーム大尉は、いつか夜半にホワイト・ハルフォート酋長が熟睡中の彼の寝台に忍び寄り、彼の咽喉を耳から耳まで切り裂くだろうという恐れにとり憑かれていた。フルーム大尉はこの考えをホワイト・ハルフォート酋長自身から得ていたのである。それというのも、ホワイト・ハルフォート酋長がある晩彼の寝入りばなにそっと忍び寄ってきて、いつかの晩、彼、つまりフルーム大尉がぐっすり眠っているあいだに、彼、つまりホワイト・ハルフォート酋長が耳から耳まで咽喉を切り裂いてやると、不気味な声でおどしたからである。フルーム大尉は氷のように冷たくなり、見開いた目で、ほんの五、六センチ前で酔ったようにきらめいているホワイト・ハルフォート酋長の目をまっすぐ見つめた。

「なぜ」と、フルーム大尉はやっとかすれた声を出した。

「なぜ悪い」というのがホワイト・ハルフォート酋長の答えだった。

それからというもの、フルーム大尉は毎晩できるだけ長く目をさましているよう無理やり努力をした。彼はハングリー・ジョーの悪夢から測り知れないほどのおかげをこうむった。くる晩もくる晩もハングリー・ジョーのきちがいじみた絶叫を熱心に聞いているうちに、フルーム大尉はハングリー・ジョーが憎らしくなり、いっそホワイト・ハルフォート酋長がある晩ハングリー・ジョーの寝台に忍び寄って彼の咽喉を耳から耳まで切り裂いてくれればいいのにと思った。実を言うと、フルーム大尉は毎晩丸太のようによく眠り、ただ目をさましているという夢を見ているだけだった。だが目をさましたまま眠っているというこの夢は非常に説得力のあるものだったから、彼は毎朝夢からさめるたびに疲れきっており、すぐまた眠りに陥るのであった。

ホワイト・ハルフォート酋長は、フルーム大尉の驚くべき変身ぶり以来、大尉にはほとんど好意に近いものを感じるようになった。その晩フルーム大尉は快活な外向的性格の男として床に入ったのに、翌朝は思いに沈んだ内向的性格の男として床を離れたが、ホワイト・ハルフォート酋長は得意になって、新しいフルーム大尉を自分の創造物とみなした。彼はフルーム大尉の咽喉を耳から耳まで切り裂こうなどとはちっとも考えていなかった。そうするというおどしは、ちょうど肺炎で死ぬこととか、ムーダス大佐の鼻に一発お見舞いするとか、ダニーカ軍医にインディアン相撲の挑戦をするのと同じように、ただ彼なりの冗談にすぎなかった。毎晩酔ってふらふらとテントに入るとき、ホワイト・ハルフォート酋長はただもうすぐに眠りたいと思うだけだったが、ハングリー・ジョーがしょっちゅうそれを不可能にするのだった。ハングリー・ジョーの悪夢はホワイト・ハルフォート酋長をいらだたせ、そのために彼はしばしば、だれかがハングリー・ジョーのテントに忍びこみ、顔からヒュープルの猫をとりのけ、咽喉を耳から耳まで切り裂いて、フルーム大尉以外の全大隊員がぐっすり眠れるようにしてくれればいいのにと思った。

ホワイト・ハルフォート酋長はドリードル将軍のお気に召すよう、しきりにムーダス大佐の鼻っ柱をぶん殴ったが、彼は相変らずみんなから仲間はずれを喰っていた。同じく仲間はずれを喰っているのは大隊長のメイジャー少佐で、彼はそのことを、デュールース少佐がペルジア上空で戦死した翌日、疾走するジープで景気よく乗りこんできたキャスカート大佐から、自分が新しい大隊長になったことを知らされたと同時に知った。キャスカート大佐は鉄道線路の掘割のほんの数センチ前でキキーと音をたててジープを急停止させた。ジープの鼻先は、掘割の反対側にある傾いたバスケットボール用のコートのほうに向いていた。メイジャー少佐はもうほとんど彼の友だちになりかけていた連中の足蹴や体当りや石つぶてや拳骨によって、とうとうそのコートから追い出される羽目に陥ったのである。

「おまえが新しい大隊長だ」とキャスカート大佐は掘割ごしにどなったのだ。「だが、それになにか意味があると思うなよ。意味なんかありはせんのだ。意味といえば、おまえが新任大隊長だということだけだ」

そう言うなりキャスカート大佐は、めちゃくちゃに車輪を回転させてメイジャー少佐の顔に細かな砂粒を噴水のように浴びせかけ、勢いよく向きを変えると、きたときと同じくアッという間に唸りをあげて走り去ってしまった。メイジャー少佐はこの知らせを聞いて石のように立ちすくんでしまった。彼はポカンとしたまま、口をきくことも忘れ、長い両手にバスケットボールをつかんだままひょろ長い体で立っていた。そのうち、彼といっしょにバスケットボールをやり、これまでのところほかのだれよりも彼を親しく仲間に入れてくれようとしていた将校たちのあいだに、キャスカート大佐がすばやく播いた怨みの種が根を下ろしはじめた。彼は切なる願いをこめてなんとか口を開こうとしたが、むかしながらの克服しがたい孤独がふたたび息づまる濃霧のように押し迫ってくるのを見てあきらめてしまった。そうするうちにも彼のぼんやりした目の白い部分がしだいに大きくなり、涙にかすんでくるのだった。

ダンビー少佐を除く連隊本部の他のあらゆる将校と同じように、キャスカート大佐も民主主義精神に満ち溢れていた。彼はすべての人間は平等につくられていると信じており、したがって連隊本部以外のあらゆる人間を平等な熱情をもっていじめつけた。にもかかわらず、彼は自分の部下を信じていた。命令伝達室でしばしば彼らに言ったとおり、キャスカート大佐は彼らが他のいかなる部隊より少なくとも出撃十回分は優秀であると信じていた。おれがおまえたちに寄せている信頼に共感できぬやつがいたら、だれだってかまわん、とっとと出ていけ、というわけである。だが、ヨッサリアンが飛行機でウインターグリーン元一等兵を訪問したとき知ったように、とっとと出ていく唯一の方法は十回余分に出撃することでしかなかった。

「おれにはまだ解《げ》せないんだ」とヨッサリアンは不服そうに言った。「ダニーカ軍医の言うことは正しいのか、それともまちがってるのか」

「何回だと言ってた」

「四十回」

「ダニーカの言ったとおりだよ」とウインターグリーン元一等兵は肯定した。「第二十七空軍司令部の関知するかぎり、あんたがたが作戦飛行に参加するのは四十回で充分なのだ」

ヨッサリアンはうきうきした。「じゃ、おれは帰国できるってわけだ、そうだな。おれはもう四十八回も飛んでるんだから」

「いや、帰国はできないね」とウインターグリーン元一等兵は打ち消した。「あんたは気でも狂ってるんじゃないか」

「どうしてできない」

「キャッチ＝22」

「キャッチ＝22？」ヨッサリアンは面くらった。「キャッチ＝22なんて、いったいこれとなんの関係があるんだ」

「キャッチ＝22は」と、ダニーカ軍医はハングリー・ジョーがヨッサリアンを乗せてピアノーサ島へもどってきたときに、辛抱づよく答えてやった。「将兵は常に指揮官の命ずることをなすべしと定めているんだよ」

「しかし、第二十七空軍司令部は、出撃に四十回参加したら帰国できると言ってるんだぜ」

「しかし、帰国しなければならぬとは言っていない。しかも軍規の定めによれば、きみはあらゆる命令に服従しなければならない。そいつが落し穴なんだな。たとい大佐が第二十七空軍司令部のある命令にそむいてきみにより多くの出撃を命じたとしても、きみはやっぱりその出撃に参加しなければならない。さもなければ、きみは彼の命令にそむいたという罪を負うわけだ。そうなると今度は第二十七空軍司令部がまともにきみに襲いかかってくるだろう」

ヨッサリアンは失望のあまり気力を失ってしまった。「すると、おれはほんとうに五十回出撃しなければならないわけだな」と彼は嘆いた。

「五十五回だよ」とダニーカ軍医が訂正した。

「なにが五十五回だ」

「大佐はいまきみたち全員が五十五回出撃に参加するよう要求しているんだ」

ハングリー・ジョーはダニーカ軍医の話を聞いて安心の吐息を洩らし、急ににんまりした。ヨッサリアンはハングリー・ジョーの首根っこをつかみ、すぐまた自分たちをウインターグリーン元一等兵のところまで連れていくよう強要した。「やつらはおれをどうするだろうな」と彼は内緒めいた口ぶりでたずねた。「もしおれが出撃を拒んだら」

「われわれはたぶんあんたを射殺するだろうね」とウインターグリーン元一等兵は答えた。

「われわれ？」とヨッサリアンは驚いて叫んだ。「どういうつもりだい、われわれだなんて。いつからおまえはやつらの側についてるんだ」

「あんたはもし銃殺されるということになれば、おれがどっちの側についていることを期待するかね」とウインターグリーン元一等兵はやり返した。

ヨッサリアンはたじろいだ。キャスカート大佐はふたたび賭金の高を引き上げていたわけである。

7　マクワット

ふつうヨッサリアン機の正操縦士はマクワットであった。毎朝、派手で清潔な、赤いパジャマ姿でテントの外に出て髭を剃るこの男は、ヨッサリアンをとりまく、奇妙で、皮肉で、不可解なもののひとつであった。マクワットはおそらく大隊じゅうで最も気の狂った戦闘員であった。なぜなら、彼は完全に正気でいながらちっとも戦争をいやがらなかったからだ。彼は脚が短く、肩幅の広い、いつも微笑をたたえた若者で、絶えず口笛で調子のいいショーの音楽を吹き鳴らし、ブラックジャックやポーカーをやるときパシッ、パシッと鋭い音をたててカードをめくるので、とうとうハングリー・ジョーがそれらの累積的効果のもとに身震いするほどの絶望状態に陥ったあげく、カードをはじくのはやめろとわめきはじめた。

「このおたんちん、おまえはただもうおれを痛めつけるためにそうやってるんだな」と、ハングリー・ジョーは憤怒の形相ものすごく叫ぶのだった。ヨッサリアンはなだめるように片手で彼を押しもどした。「こいつはそれだけの理由でやってやがる。おれが悲鳴をあげるのを聞きたいばっかりに――このくそいまいましいおたんちんめ！」

マクワットはすまなそうに、形のいい、そばかすだらけの鼻に皺を寄せ、もう二度とカードをはじかないと誓うが、いつもそれを忘れてしまうのだった。マクワットは赤いパジャマに毛でふわふわしたスリッパをはき、プレスしたばかりの色つきのベッド・シーツ――たとえばマイローが、ヨッサリアンから借りていた種抜き棗椰子《なつめやし》の実のたったひとつとも交換することなく、甘いもの好きのにやけた泥棒から半分だけ取り返してやったベッド・シーツのたぐい――のあいだにもぐりこんで眠った。マクワットはマイローにはなはだ感心させられていた。マイローはすでに卵を一個当り七セントで買い、それを一個当り五セントで売っており、彼の部下である炊事係下士官のスナーク伍長をおもしろがらせていた。だがマイローに対するマクワットの感心のしかたなど、ヨッサリアンが自分の肝臓のためにダニーカ軍医からせしめた手紙に対するマイローの感心のしかたにくらべればものの数ではなかった。

「なんだ、これは」と、マイローは、彼の調理場のために――・ド・カヴァリー少佐がさらってきてやったふたりのイタリア人労働者が、袋入りの乾燥果実や、袋入りのフルーツ・ジュースやデザートがいっぱい詰まったでっかい段ボール箱をいまやヨッサリアンのテントに持ち運ぼうとしているのを見つけ、びっくりして叫んだ。

「こちらはヨッサリアン大尉殿であります」とスナーク伍長は得意げににたにた笑いながら言った。スナーク伍長はきざなインテリで、自分は時代よりも二十年先に進んでいると自負しており、有象無象《うぞうむぞう》のために料理をすることを好まなかった。「大尉殿は、くだものとフルーツ・ジュースを好きなだけとってよろしいというダニーカ軍医殿の手紙を持っておられます」

「なんだ、これは」と、ヨッサリアンはマイローが血相を変えて腰を浮かしているのを見て叫んだ。

「こちらはマイロー・マインダーバインダー少尉殿であります」と、スナーク伍長はからかうようなウインクをして言った。「われわれの部隊の新しい操縦士のひとりであり、大尉殿が今度入院されたあいだに炊事係将校になられました」

「なんだ、これは」と、マクワットはその日の午後おそくマイローが彼のベッド・シーツを半分だけ手渡すのを見て言った。

「今朝きみのテントから盗まれたベッド・シーツの半分だよ」とマイローは神経質そうな自己満足の調子で説明した。彼の錆色の口髭がピクピクと引きつっていた。「きっと盗まれたことすら知らないんだろう」

「だれか知らないが、いったいなぜベッド・シーツの半分だけ盗まなきゃならないんだ」とヨッサリアンが質問した。

マイローは面くらった。「わからない人だなあ」と彼はむきになって言った。

そしてヨッサリアンにしてみれば、マイローがなぜそんなにむきになってダニーカ軍医からの簡単明瞭な手紙を買いとる必要があるのか、その理由がわからなかった。「ヨッサリアンに、本人が欲するだけの乾燥果実とフルーツ・ジュースを与えること」とダニーカ軍医は書いていた。「本人は肝臓病だと申し立てている」

「こういう手紙は」とマイローは力なくつぶやいた。「世界じゅうのどんな炊事係将校をも破滅させることができるだろう」マイローは、もういちどその手紙を読みたいばっかりに、葬送行列の一員よろしく、失われゆく彼の段ボール箱入りの食料品のあとに従って大隊を横切り、ヨッサリアンのテントまできたのだ。「いくらでもきみの要求どおり出さなきゃならないんだからね。なんとこの手紙は、きみが自分で全部食べなければならないとは言ってないんだ」

「そう言ってないのがいいところさ」とヨッサリアンは言った。「なぜって、おれはひとつも食わないんだから。おれは肝臓病なんだ」

「ああ、そうだな、忘れてた」と、マイローはうやうやしく声を低めて言った。「悪いのかい」

「充分に悪いね」とヨッサリアンは元気よく答えた。

「なるほど」とマイロー。「それはどういう意味だい」

「つまり、よくなりようがない……」

「どうもよくわからんなあ」

「……もっと悪くならぬかぎりは、という意味さ。今度はわかったかね」

「ああ、今度はわかった。しかし、まだ理解できたとは思えない」

「まあ、そんなこと気に病むなよ。おれが気に病めばいいことだ。なあ、おれは実のところ肝臓病なんかじゃないんだ。ただ症候があるだけさ。ガーネット＝フライシェイカー症候群があるんだ」

「なるほど」とマイローは言った。「で、ガーネット＝フライシェイカー症候群てなんだい」

「肝臓病さ」

「なるほど」とマイローは言い、あたかもいま経験しているうずくような不快さが消え去るのを待っているかのように、内なる苦痛の表情で、黒い両眉を力なく揉み寄せはじめた。

「だとすると」と彼はようやくことばを継いだ。「食べものには非常に注意をする必要があるんだろうね」

「まったく、非常に注意するね」とヨッサリアンは答えた。

「上等なガーネット＝フライシェイカー症候群てやつは簡単に得られるものじゃないからね。おれは自分のをぶちこわしたくないんだ。だからおれはくだものをいっさい口にしないのさ」

「やっとわかった」とマイローが言った。「くだものはきみの肝臓に悪いんだな」

「いや、くだものはおれの肝臓にいいんだ。だからおれは絶対に食わないんだよ」

「じゃ、それをどうするんだ」と、マイローはしだいにつのってくる混乱のなかを執拗にくぐり抜けながら、さっきから唇を焦がしていた疑問を投げ出した。「売るのか」

「くれてやるのさ」

「だれに」と、マイローはとまどいのために割れた声で叫んだ。

「欲しい者ならだれにでも」とヨッサリアンは負けずに大声で答えた。

マイローは長い憂鬱そうな溜息をつき、よろよろとあとずさりした。灰色の顔じゅうから突然玉のような汗が噴き出した。彼は全身を震わせながら、無意識にみじめな口髭を引っぱっていた。

「おれはずいぶんたくさんのくだものをダンバーにやってるよ」とヨッサリアンはつづけた。

「ダンバー？」

「そう。ダンバーは欲しいだけのくだものを残らず食うことができるし、そうしたからってちっとも彼の役には立たないからだ。おれは箱をすぐそこの広いところにおいて、だれでも欲しいものが好きなものをとれるようにしておく。アーフィーはここへきて乾燥プラムをとっていく。食堂では絶対に欲しいだけの乾燥プラムを食わしてくれないからだって言ってるぜ。暇があったらその点検討してみてくれよ。アーフィーがこの辺をうろうろしてるのは愉快なことじゃねえからな。補給が切れかけると、おれはまたスナーク伍長に言って、たっぷり持ってこさせる。ネイトリーはローマに出かけるときにかならずくだものを一箱持っていくぜ。あいつ、おれのことをきらってる上に、あいつにちっとも興味なんぞ持っていない売春婦に惚れこんでやがる。その女には小さな妹がいて、これがどうしてもベッドにふたりだけをおいておこうとしないんだ。この女たちはじいさんとばあさんのいるアパートメントに住んでいる。そこにはほかにもむっちりしたいい腿を持った女の子がぞろっといて、これまたいつも冗談ばかり言ってまわってるんだな。ネイトリーはローマ行きのたびに、この連中のために一箱分持ち出すのさ」

「その女たちに売るのか」

「いや、連中にやるんだよ」

マイローは眉をひそめた。「ほう、ずいぶん気前のいいやりかたらしいな」と彼は熱のない口ぶりで感想を洩らした。

「そう、ずいぶん気前がいい」とヨッサリアンは調子を合わせた。

「それに、どう見たってこいつは完全に合法的だ」とマイローは言った。「いったんきみにやったからには、もはやきみの食料品だからね。こういう食糧事情のきびしいときだから、その連中は非常に喜んでもらっているだろう」

「そう、非常に喜んで」とヨッサリアンは明言した。「例のふたりの女がそれを全部闇市で売って、その金でキンキラキンの人造装身具や安物の香水を買うんだ」

マイローはぐいと頭をもたげた。「人造装身具！」と彼は大きな声をあげた。「そいつは知らなかった。彼女たちは安物香水にどれだけ払ってるんだい」

「じいさんは自分の分け前を使って、生《き》のウィスキーやいかがわしい写真を買うんだ。助平なのさ」

「スケベエ？」

「見たら驚くだろうぜ」

「ローマじゃいかがわしい写真がそんなに売れるのか」

「見たら驚くだろうぜ。たとえばアーフィーだ。あいつを知ったら、疑いの余地はないだろう、な」

「彼がスケベエだということ」

「いや、あいつが航空士だということさ。おまえはエアドヴァーク大尉を知ってるはずだな。おまえが大隊にきた最初の日におまえのところへ行って、「エアドヴァークというのがおれの名、そして航空術がおれのゲームだよ」と言ったあの愛すべき男さ。パイプをくわえて、たぶんおまえに、どこの大学の出身かって聞いただろう。知ってるか、やつを」

マイローは耳を傾けようともしなかった。「片棒をかつがせてくれよ」と彼はだしぬけに嘆願口調で言った。

ヨッサリアンはその申し出をはねつけた。トラック何台分のくだものでも、いったんヨッサリアンがダニーカ軍医の手紙を利用して食堂から徴発したならば、彼らふたりのものになり、彼らの思うままに処分できるであろうことには疑いを持たなかったが。マイローは意気銷沈したが、そのとき以来彼は、自分の愛する祖国からものを盗みとろうとしない者ならばだれのものも盗みはしないだろうと抜け目なく推察し、ただひとつを除くあらゆる秘密をヨッサリアンに打ち明けた。マイローはヨッサリアンにあらゆる秘密を打ち明けたが、彼が飛行機いっぱいのいちじくをスミルナから運び帰り、ヨッサリアンからCIDが病院にきていることを聞き知ったのち、自分の金を埋めはじめた丘の中腹の穴の所在だけは隠しつづけていた。自ら進んで炊事係将校の責務を引き受けるほどお人好しのマイローにとって、この責務は聖なる委託にほかならなかった。

「われわれが充分な乾燥プラムを出していなかったなんて、ちっとも気がつかなかった」と彼はもうその日に認めた。「たぶんぼくがまだごく新米だからだ。ぼくの首席コック長にこの問題を考えさせるつもりだ」

ヨッサリアンは鋭い目をマイローに向けた。「なんだい、首席コック長って」と彼は答えを求めた。「おまえの下には首席コック長なんていないじゃないか」

「スナーク伍長だよ」と、マイローはややうしろめたそうに顔をそむけて説明をした。「あれがぼくの持っている唯一のコック長だから、ほんとうにぼくの首席コック長というわけだ。もっとも、ぼくはあの男を管理の方面に移そうと思ってるんだが。スナーク伍長は少し創造的になりすぎる傾向があると思うんでね。あの男は炊事係下士官という職務を、ある種の芸術様式だと思っているらしく、このままでは自分の才能を切り売りしているようなものだと、いつも文句たらたらだ。だれもそんな切り売りをしろと頼んじゃいないのに！　それはそうと、きみはなんであの男が一兵卒まで降等させられ、いまでもただの伍長でいるか知ってるんじゃないか」

「ああ」とヨッサリアンは言った。「あいつは大隊に毒を盛ったのさ」

マイローはまた真蒼になった。「なにをしたって」

「やつは官給石鹸を何百個もつぶしてさつまいものなかに入れ、マッシュポテト代りにして出したんだ。隊の連中はみんな下衆《げす》下郎の味覚しか持っていなくて、うまいまずいの区別もつかないことをあばきたてる、ただそれだけのためにさ。大隊員のひとり残らず発病。出撃も中止ってわけだ」

「そりゃどうも」と、マイローは唇を真一文字にして非難の色を見せながら大きな声を出した。「じゃ、もちろん自分がどんなにまちがっているか思い知ったんだろうね」

「その反対だ」とヨッサリアンは相手の誤解を正した。「あいつは自分がどんなに正しいかを知ったのだ。おれたちは一皿ペロッと平らげたばかりか、もっとお代りをよこせとどなったんだからな。おれたちはみんな病気になったことは知っていたが、毒を盛られたとはだれひとり気がつかなかったんだ」

マイローは、毛むくじゃらの茶色い野兎みたいにびっくり仰天して、二度も鼻をクスンクスン鳴らした。「だとすると、ぼくはぜひとも彼を管理部門に配置換えしたい。ぼくが食堂の責任をとっているあいだにそんなことが起こったらえらいことだからねえ」と彼は熱心に打ち明けた。「ぼくがやりたいと思ってるのは、この大隊の人々に全世界で最上等の食事を出したいということなんだ。こいつはほんとうに努力しがいのあることじゃないか。それをちょっとでも下まわる目標をねらうようでは、炊事係将校になる資格がないと思うんだ。そう思わないか」

ヨッサリアンはゆっくりと向きなおり、探るような不信の目でマイローを見つめた。彼が見たのは、ずるさや陰険さなどまるで無縁の単純できまじめな顔、左右に分裂した大きな目と、錆色の髪、黒い眉、そして赤茶けたみじめな口髭を持った正直で率直そうな顔であった。マイローの鼻は細長かったが、いつもクスンクスン鳴らしている湿っぽい鼻翼の部分だけはいきなり右に寄っており、それだけがいつも彼の他のあらゆる部分にそむいてそっぽを向いていた。それは、自分の美質の拠りどころである道徳的原則を意識的に破るくらいなら卑しむべきひきがえるにでもなったほうがましだと考える、かたくなな誠実さを持った人間の顔だった。こうした原則のひとつは、当面の事情が許すかぎりどれだけ金を請求しても決して罪ではない、というものだった。彼は時に猛烈な勢いで義憤を発することがあった。彼はCIDが自分を見つけるためにこのあたりにきていることを知ってこの上なく憤慨した。

「なにもおまえを探しにきているわけじゃない」と、ヨッサリアンは彼をなだめようとして言った。「病院で手紙の検閲のとき、ワシントン・アーヴィングという署名をしただれかさんを探してるんだ」

「ぼくはどんな手紙にもワシントン・アーヴィングなんて署名をしたことはない」とマイローは断言した。

「もちろんないさ」

「でもそれは、ぼくが闇市で金もうけをしたことを白状させるための罠《わな》にすぎないんだ」マイローは色褪せた口髭のもしゃもしゃしたひとかたまりを力いっぱい引っぱった。「ああいう手合いは気に入らないな。いつもぼくらみたいな人間を探りまわってやがる。政府もなにか役に立つことをしたいんなら、なんでウィンターグリーン元一等兵をねらわないのかねえ。あいつは規則や規律をなめてかかって、いつもぼくに対抗してものの値段を引き下げるんだ」

マイローの口髭は、まんなかから分けた半分ずつが全然不似合いなために、みじめなものであった。それは決して同時に左右同じものを見ないマイローの分裂した目に似ていた。マイローはたいていの人々より多くのものを見ることができるくせに、そのどれもあまり明瞭には見ることができなかった。ＣＩＤ部員のニュースに対する反応とはうって変り、彼はヨッサリアンからキャスカート大佐が責任出撃回数を五十五回に引き上げたことを聞いたときには、もの静かな勇気を示した。

「なにしろ戦争をしてるんだからな」と彼は言った。「それに、出撃回数について不服を言ったってはじまらないよ。大佐が五十五回飛ばなければならんと言ったら、飛ばなければならないんだから」

「いや、おれはそんなに飛ぶ必要はない」とヨッサリアンは言い切った。「おれはメイジャー少佐に会うつもりだ」

「いったいどうやって。メイジャー少佐は絶対だれにも会わないよ」

「じゃ、おれはまた入院する」

「きみはたった十日前に退院したばかりだ」とマイローは咎めるように念を押した。「気に入らぬことが起こるたびに入院するなんて、そうはいかないだろう。いや、やっぱりいちばんいいのは出撃することだ。それがわれわれの義務なんだから」

　マイローのうちにはきびしい良心が働いており、そのため彼はマクワットのベッド・シーツが盗まれた日に、食堂から種抜き棗椰子《なつめやし》の実を一箱借り出すことさえできなかった。食堂の食糧は全部まだ政府の財産だったからである。

「でもぼくはきみからは借りられるんだ」と彼はヨッサリアンに説明した。「きみがダニーヵ軍医の手紙を用いて手に入れるかぎり、このくだものは全部きみのものだからね。きみはそれを好きなように処分できるはずだ。ただでくれてやる代りに高く売りつけることだって。相乗りする気はないかなあ」

「おあいにくさま」

マイローはあきらめた。「じゃあ、ぼくに種抜き棗椰子の実を一箱貸してくれよ」と彼は頼んだ。「あとで返すから。きっと返した上、なにかちょっとしたものをつけ足すから」

マイローはこの約束を守り、マクワットのテントからベッド・シーツを盗んだ甘いもの好きのにやけた泥棒を連れてもどったとき、封を切っていない箱入りの棗椰子の実といっしょに、マクワットの黄色いベッド・シーツの四分の一をヨッサリアンに手渡した。つまりベッド・シーツの一部であるその一枚は、いまやヨッサリアンのものになったのである。彼はそれを昼寝をしているあいだに稼ぎとったわけだが、どういう手段でかはわからなかった。それはマクワットにも理解できなかった。

「なんだい、これは」と、マクワットは狐につままれたように、半分に引き裂かれた自分のベッド・シーツを見つめながら大声でたずねた。

「今朝きみのテントから盗まれたベッド・シーツの半分だよ」とマイローは説明した。「きみはきっと盗まれたことすら知らないんだろう」

「だれか知らんが、いったいなぜベッド・シーツの半分だけ盗まなくてはならないんだ」とヨッサリアンが質問した。

マイローは面くらった。「わからない人だなあ」と彼はムッとして言った。「あいつはベッド・シーツをまるまる一枚盗んだが、ぼくはそれをきみが投資した種抜き棗椰子一箱でもって取りもどした。だからベッド・シーツの四分の一はきみのものなんだ。きみは自分の投資に対して実にたっぷりとお返しを受けとったわけだ。特にきみは、ぼくにくれた種抜き棗椰子の実をひとつ残らず取りもどしたんだからね」マイローは、今度はマクワットにむかって語りかけた。「なにしろ最初はみんなきみのものだったんだから、このベッド・シーツの半分はきみのものだ。それに、ヨッサリアン大尉とぼくとがきみのために尽力しなかったら、一部分だって取り返せなかっただろうからね、なにを文句言っているのかぼくにはちっともわからないな」

「だれが文句を言ってる」とマクワットが大声をあげた。「おれはただベッド・シーツ半分をどうしたらいいか考えてるだけだ」

「ベッド・シーツ半分の利用法ならいくらでもあるよ」とマイローが自信ありげに言った。「残りの四分の一を、ぼくは自分の企画と、労働と、独創力との報酬としてとっておいた。わかってもらえると思うが、それは自分のためじゃない、シンジケートのためなんだ。きみだってベッド・シーツ半分をそうしたらいいんじゃないか。シーツをシンジケートに委託して、それが大きくなっていくのを見とどけるんだ」

「なんのシンジケートだ」

「ぼくが食堂で、きみたち大隊員にふさわしい上等な食事を提供することができるよう、いつか組織したいと思ってるシンジケートさ」

「おまえはシンジケートを作りたいと思ってるのか」

「そうなんだ。いや、マートだな。マートってなんだか知ってるか」

「ものを買うところ、だろ」

「そして、ものを売るところ」とマイローが正しく言い改めた。

「そしてものを売るところか」

「ぼくはこれまでずっとマートが欲しいと思ってきたんだ。マートさえあればずいぶんいろんなことができるからな。とにかくマートを持つことだよ」

「おまえはマートを持ちたいというのか」

「そしてだれもが一株ずつ持って、分け前にあずかるんだ」ヨッサリアンはまだとまどっていた。というのも、それはビジネスの話であり、ビジネスの話にはいつも彼をとまどわせる内容が多かったからだ。

「もいちど説明させてもらおうか」と、マイローは面倒くささといらだちをしだいにつのらせながら、まだ彼の横でニヤニヤしている甘いもの好きの泥棒のほうに親指をグイと向けて申し出た。「こいつがベッド・シーツよりも棗椰子のほうを欲しがっていることをぼくが知ったのだ。こいつは英語をたった一語も知らないから、ぼくはあらゆる取引きを英語でやることに決めた」

「なぜそいつの頭をぶん殴ってシーツを奪い返さなかったんだ」とヨッサリアンが聞いた。

　マイローは威厳をもって唇を固く締め、首を振った。「それは、不都合千万なやりかただろうぜ」と彼はきっぱりした口調でたしなめた。「力は悪だ。悪と悪を足したって、決して正義にはならない。ぼくのやりかたのほうが数等ましだ。ぼくが棗椰子をさし出してベッド・シーツをとろうとしたとき、こいつはたぶんぼくが取引きを申し出ていると思ったんだろう」

「ほんとうはなにをしていたんだ」

「嘘じゃない、ほんとうにぼくは取引きを申し入れようとしていたんだがね。相手に英語が通じないもんだから、こっちはいつでも拒絶できるんだ」

「もしこいつが怒りだして棗椰子を要求したら」

「そりゃあもう、こいつの頭をぶん殴って、棗椰子を奪い返すだけのことさ」マイローはためらうことなく答えた。彼はヨッサリアンからマクワットへ目を移し、またヨッサリアンを見た。「なにをみんな文句言ってるのか、ぼくにはさっぱりわからないな。ぼくらはみんな前よりずっと豊かになってるんだぜ。この泥棒以外はだれもが幸せだし、こいつのことなんか心配してやる必要はない。なにしろこいつはわれわれの国語すら話せないんだし、当然の報いを受けてるだけなんだ。きみたちには理解できないのか」

　だがヨッサリアンには、マイローがマルタで卵を一個当り七セントで買い、それをピアノーサ島で一個当り五セントで売ってもうけているのはいったいどういうことなのか、まだ理解できなかった。

8 シャイスコプフ中尉

クレヴィンジャーですら、どうしてマイローにそんなことができるのか理解できなかった。そしてクレヴィンジャーはあらゆることを知っていた。クレヴィンジャーは戦争についてのあらゆることを知っていた――なぜスナーク伍長が生きていることを許されるのにヨッサリアンが死ななくてはならないか、あるいは、なぜヨッサリアンが生きていることを許されるのにスナーク伍長が死ななければならないかは答えられぬとしても。それは卑しくきたならしい戦争であり、ヨッサリアンはそれがなくても生きていけた。たぶん、永遠に生きることができただろう。彼の同胞のうちほんのひと握りの連中だけが、それに勝つために自分の生命を捨てたが、彼にはそんな連中の仲間入りをする野心はなかった。死ぬべきか、死なざるべきか、それが問題であり、クレヴィンジャーはそれに答えようとして、くたくたに疲れてしまった。歴史はヨッサリアンの若死にを要求してはいないし、正義はそれなくして満たされるはずだし、進歩はそれを条件にしてはいないし、勝利もそれに依存してはいなかった。人間が死ぬのは必然のことであるとしても、どの人間が死ぬかは周囲の状況によって定まることであり、ヨッサリアンは状況の犠牲にだけはなりたくなかった。だが、それが戦争だったのだ。ヨッサリアンにとって戦争になにかとりえがあるとするならば、戦争は高給を保証しているために、子供たちを両親のよこしまな影響力から解放するということくらいだった。クレヴィンジャーは非常によくものを知っていたが、それはクレヴィンジャーが動悸の激しい心臓とすぐ蒼白になる顔を持った天才だったからである。彼はひょろ長い、内気で、熱っぽく、飢えたような目をした切れ者だった。彼はハーバードの学生時代、ほとんどあらゆる学科で優等賞をとったが、彼が他のあらゆる学科で優等賞をとらなかった唯一の理由は、彼が請願書にサインしたり、請願書のサインをとってまわったり、請願書の無効を主張したり、あるいは討論会に入会したり、討論会から脱退したり、青年会議に参加したり、他の青年会議のピケ張りに出かけたり、免職になった教員のために擁護学生委員会を組織したりするのに忙しすぎたためである。クレヴィンジャーはまちがいなく学問の世界で出世するとは、衆目の一致するところだった。要するに、クレヴィンジャーは知性に溢れていながら頭はからっぽという連中のひとりであり、まもなくそれに気がつくにいたった者以外のあらゆる者がはじめからそれを知っていた。

要するに、彼はまぬけだったのだ。ヨッサリアンはしばしば彼のことを、両方の目を顔の片側に寄せて現代美術館をうろついている連中のひとりみたいだと思った。それはもちろん、ある問題の一面だけをじっと見つめ、反対の面を全然見ようとしないクレヴィンジャーの依《い》怙地《こじ》さから生まれた幻想だった。政治的には、右も左もちゃんとわきまえているので、結局心地悪くもその中間にはまりこんでしまう人道主義者のひとりであった。彼は右翼の敵に対しては共産主義者である友人たちのことを弁護し、共産主義を奉じる敵に対しては右翼である友人たちのことを弁護したが、そのいずれのグループからも徹底的にきらわれていた。彼らはクレヴィンジャーのことをまぬけだと思っているので、だれに対しても彼を弁護しようとは決してしてしなかった。

彼は非常に深刻ぶった、非常にまじめな、非常に良心的なまぬけだった。彼といっしょに映画を見ると、あとでかならず、感情移入や、アリストテレスや、全称命題や、物質主義的社会における一芸術形態としての映画の責務とメッセージについての議論に巻きこまれることにきまっていた。彼が劇場に連れていく女たちは、最初の幕間まで待ち、彼の口からその芝居がいいものになるかまずいものになるかを教えられたあとで、その芝居のよし悪しを判断しなければならなかった。彼は狂信的な人種的偏見を目の前にすると、気を失うことによってかかる偏見撲滅のために活躍する、戦闘的な理想主義者であった。彼は文学についてあらゆることを知っていた——文学をいかに楽しむかということ以外ならば。

ヨッサリアンは彼を助けてやろうとした。「まぬけたまねはよせ」と、彼はクレヴィンジャーといっしょに、カリフォルニア州サンタ・アナの予備士官学校に在学しているときに忠告した。

「おれがあいつに言ってやる」と、クレヴィンジャーは、ヨッサリアンとふたりで高い観閲台に坐りこみ、予備閲兵場で、まるで髭のないリア王みたいに猛り狂って行ったり来たりしているシャイスコプフ少尉を見下ろしながら言い張った。

「なぜわしに」とシャイスコプフ少尉は哀れっぽい声をあげていた。

「黙ってろよ、ばか」と、ヨッサリアンはまるで叔父さん口調でクレヴィンジャーをたしなめた。

「おまえは自分でもなにを言ってるか知らないんだ」とクレヴィンジャーははねつけた。

「おれは黙ってるほうがましだということぐらいは知ってるぜ、このばか」

シャイスコプフ少尉は髪の毛をかきむしり、歯ぎしりした。彼のゴムのような顔は苦悩のほとばしりによって震えた。彼の問題というのは、士気が衰えているために、毎日曜日の午後行なわれる分列行進競技でだらけきった行進をする空軍幹部候補生の一中隊であった。彼らの士気が衰えているのは、彼らが毎日曜日の午後に行なわれる閲兵で行進したくないからであり、またシャイスコプフ少尉が、生徒隊長を幹部候補生自身に互選させる代りに、彼らのなかから自分で適任者と思う者を任命したからであった。

「だれかぜひこのわしに言ってもらいたい」とシャイスコプフ少尉は彼らすべてに祈るような口ぶりで訴えた。「なにかひとつでもわしの手落ちがあったなら、ぜひ言ってもらいたい」

「あいつは、だれかに言ってもらいたがってるぞ」とクレヴィンジャー。

「あいつはだれもが黙っていることを求めているんだよ、ばかだな」とヨッサリアンは答えた。

「あいつの言うことを聞かなかったのか」とクレヴィンジャーが喰ってかかった。

「聞いたとも」とヨッサリアンは答えた。「あいつが非常に大声で、非常にはっきりと、おまえたちはなにが自分のためになるか知っているなら、ひとり残らず口を固く閉じていてもらいたい、と言ってるのを聞いたよ」

「わしは諸君を処罰しはしないだろう」とシャイスコプフ少尉は誓った。

「おれを処罰しないと言ってるぜ」とクレヴィンジャー。

「あいつはおまえの睾丸《きんたま》を抜いちまうだろうぜ」とヨッサリアン。

「誓って言うが、わしは諸君を処罰しはしないだろう」とシャイスコプフ少尉が言った。

「わしはこのわしに真実を語ってくれる人物をありがたく思うだろう」

「あいつはおまえを憎むだろう」とヨッサリアンは言った。「あいつは臨終の日までおまえを憎むだろうね」

シャイスコプフ少尉は予備役将校訓練隊の出身で、どちらかというと戦争の勃発を喜んでいた。というのは、戦争のおかげで彼は毎日将校の軍服を着用したり、血なまぐさい肉切台におもむく途中で八週間ずつ彼の手中に陥る若者の集団に、きびきびとした軍隊口調で「諸君」と呼びかけたりするチャンスを与えてくれたからである。彼は野心家で、ユーモアの欠けたシャイスコプフ〔糞頭〕少尉であり、自分の責任はいずれもきまじめに果たし、笑顔を見せることがあるとすれば、それはサンタ・アナ空軍基地のライバルである将校たちのだれかが、長びきそうな病気にかかったときだけだった。彼には弱視と慢性の静脈竇炎《とうえん》があり、そのおかげで戦争は彼には特に愉快なものであった。国外に派遣されるおそれが彼にはなかったからだ。彼に関係した最上のものといえば彼の細君であり、彼の細君に関して最上のものといえば、やれるときにはいつでもやれるドーリ・ダズという名の女友だちで、この女が持っている陸軍婦人部隊の制服をシャイスコプフ少尉の細君は毎週末に着用し、毎週末この少尉夫人をものにしようと企む彼女の夫の中隊のあらゆる幹部候補生のためにそれを脱いだ。

ドーリ・ダズは薄暗い黄緑色や金色で全身を飾り立てた陽気でかわいい尻軽娘で、物置小屋や、電話ボックスや、運動競技用倉庫や、バスの待合室でやるのをいちばん好んだ。彼女が試みなかったことはほとんどなく、試みようとしないことはもっと少なかった。彼女は恥知らずな、痩せた、攻撃的な十九の娘だった。彼女は幾十となくエゴを破壊した。男たちは朝になって、彼女から見つけられ、利用され、捨て去られたありさまを思い返しては自己嫌悪に陥った。ヨッサリアンは彼女を愛した。彼女はすばらしいセックスの持ち主であり、ヨッサリアンのことはそう悪くもないと評価しているにすぎなかった。ヨッサリアンは彼女がやらせてくれたただ一回だけ彼女のからだに触れたが、あらゆるところの皮膚の下からぴちぴちした筋肉の盛りあがりを感じるのが大好きだった。ヨッサリアンはドーリ・ダズを非常に愛していたので、シャイスコプフ少尉がクレヴィンジャーに復讐することへの復讐をシャイスコプフ少尉に対して遂げるために、毎週シャイスコプフ少尉の細君の上に熱っぽくのしかからざるを得なかった。

シャイスコプフ少尉夫人は、なにか思い出せないけれども忘れがたいシャイスコプフ少尉の罪のために、彼に復讐していたのである。彼女は小ぶとりで、ピンク色の、動きの鈍い若い女で、良書を読み、いつもヨッサリアンにあまり（ブルジョワならぬ）〝ブージョワ〟にならないよう忠告していた。彼女が身近に良書をおいていないことはいちどもなかった。体の上にヨッサリアンとドーリ・ダズの認識票以外なにも乗せずにベッドに横たわっているときですら、例外ではなかった。彼女はヨッサリアンをうんざりさせたが、彼はこの少尉夫人を愛してもいた。彼女はフォートン・スクール・オブ・ビジネス出身の狂った数学専門家で、毎月面倒を起こすことなく二十八まで数えることすらできなかった。

「ねえダーリン、あたしったらまた赤ん坊ができそうなのよ」と、彼女は毎月ヨッサリアンに言うのだった。

「きみの頭は狂ってるんだよ」と彼は答える。

「本気よ、赤ん坊なのよ」と彼女は言い張る。

「こっちだって本気さ」

「ねえダーリン、あたしたちまた赤ん坊ができそうなのよ」と彼女は夫に言う。

「わしにはそんな暇はないね」とシャイスコプフ少尉は不機嫌に言い捨てるのだった。「閲兵が行なわれるのを知らないのか」

　シャイスコプフ少尉は分列行進競技で入賞することと、シャイスコプフ少尉の任命した生徒隊長どもを打倒せよとアジったクレヴィンジャーを、陰謀の罪で軍法会議に訴え出ることばかり夢中で考えていた。クレヴィンジャーはいつもごたごたの源だったし、生意気なやつでもあった。シャイスコプフ少尉は、よく監視しないとクレヴィンジャーがもっと大きな面倒すら起こしかねないことを知っていた。きのうは生徒隊長だが、あすは世界全体かもしれない。クレヴィンジャーには知力があった。そしてシャイスコプフ少尉は、知力を備えた人間にかぎって時にすばしこさを発揮できることに気づいていた。そういう連中は危険であった。それにクレヴィンジャー自身の助力によって新しく任命された生徒隊長たちでさえ、進んでクレヴィンジャーを破滅させるような証言をしようとしていた。クレヴィンジャーが不利なことは明々白々だった。欠けているのはただ告訴するに足る罪状だけだった。

それを分列行進と結びつけることは到底できなかった。というのは、クレヴィンジャーはシャイスコプフ少尉に負けぬくらいきまじめに分列行進のことを考えていたからである。幹部候補生たちは毎日曜日の正午すぎになるとすぐ分列行進のためにふらふらと外へ出ると、兵舎の外側にまるで手探りの状態でやっと十二列に並ぶ。彼らは二日酔いの呻き声をあげながら、歩調をとってだらだらと正式の閲兵場の所定の場所まで進み、そこで六十ないし七十に及ぶ他の幹部候補生中隊に属する連中といっしょに暑いなかを一時間ないし二時間、とにかく充分な数の者がもうたくさんだとばかりへたばってしまうまで、身動きもせず立っている。閲兵場の端には救急車が並び、トランシーバーを持った担架用専門部隊が列をなしている。救急車の屋根の上にはそれぞれひとりずつ双眼鏡を持った看視兵が立っている。計数係が点数をつけている。訓練のこの面全体を指揮しているのは、根っからものを数えることの好きな軍医将校で、彼は脈をはかるたびに異常なしと言い、計数係の数字をチェックする。意識を失った者が充分な数だけ救急車に収容されると、軍医将校は軍楽隊長に合図して閲兵終了の奏楽をはじめさせる。彼らは中隊ごとにフィールドを行進し、面倒な展開行進をしながら観閲台をひとまわりし、またフィールドをとって返して各兵舎にもどる。

　分列行進をしている中隊はそれぞれ観閲台の前を通るとき、そこに他の将校たちといっしょに腰かけている大きくて太い口髭をたくわえた傲然たる大佐によって順位をつけられた。各軍団のうち最優秀の中隊は、旗竿についた黄色の優勝旗を獲得する。まったく無価値なのである。基地全体で最優秀の中隊は、より長い旗竿についた赤い優勝旗を獲得するが、このほうがもっと無価値である。なぜならば、この旗竿のほうが重いので、つぎの日曜日に別の中隊が優勝してくれるまでまる一週間運び歩くのが、それだけよけいにやっかいだったからである。ヨッサリアンにとって、優等賞として旗をよこすという考えはばかげていた。賞金がついてくるわけではなし、授業免除の特典があるわけでもない。オリンピックのメダルやテニスのトロフィーと同じく、それらが意味しているのは、その獲得者はだれの役にも立たないことを他のだれよりもうまくやってのけた、ということでしかなかった。

　分列行進そのものも、同様にばかげているように思われた。ヨッサリアンは分列行進が大きらいだった。分列行進はあまりにも軍事的だった。彼はその音を聞くのが大きらい、それを見るのが大きらい、そのために路上で通行止めを喰うのが大きらいだった。彼はそれに参加させられるのが大きらいだった。空軍幹部候補生になるだけでいい加減うんざりなのに、毎日曜日の午後、焼けつく暑さのなかで軍人らしく振舞うのは、まったくやりきれないことだった。空軍幹部候補生になるだけでいい加減うんざりだというのは、訓練課程を修了するまでに戦争が終らないことはいまや明白だからであった。彼がはじめこの幹部候補生訓練を受けようと志願した唯一の理由はそこにあったのだ。空軍幹部候補生訓練を受ける資格を備えた軍人として、彼は専門クラス別に分けられるまでに何週間も何週間も待たなければならず、爆撃手兼航空士になるためにはさらに何週間も何週間もかかり、そのあと外地勤務の準備としてまた何週間も何週間もの作戦訓練を受けなければならなかった。最初は戦争がそんなに長びくとはとても考えられなかった。なぜなら神はこちらの味方であると聞かされていたし、神はなにごとも思いのままに成し遂げられるとも聞いていたからだ。ところが戦争はいっこうに終る気配もなく、彼の訓練のほうはすでに終りに近づいていた。

シャイスコプフ少尉はただもう分列行進競技で勝ちたいとそればかり思いつめ、彼の妻がベッドに横たわり、クラフト＝エビングの本をめくってお気に入りの部分を読みながら悩ましげに彼を待っているというのに、夜の半分くらいは起きていた。彼は行進に関する本をあれこれ読んだ。また、幾箱ものチョコレートの兵隊を操ったが、そのうち手のなかでチョコレートがとけてしまったので、今度は、仮名を使って通信販売店から買い、日中だれの目にも触れぬところにしまいこんでおいたプラスチック製のカウボーイ一組を十二列縦隊に並べて動かしてみた。ダ・ヴィンチにとって解剖実験は必要不可欠なものであったのだ。ある晩彼は生きたモデルの必要を感じ、彼の妻に部屋のなかを歩いてまわるように命じた。

「裸で？」と彼女は期待をこめて言った。

シャイスコプフ少尉は憤慨し、両手で激しく目を蔽った。崇高な人間は達成不可能なものをも達成せんと志して、英雄の魂をもって巨大な苦闘をつづけることがあるというのに、ただ自分だけのきたならしい性欲より上のものには目を向けることもできない女に縛りつけられていることが、シャイスコプフ少尉の生活を絶望的にさせていた。

「なぜあたしを鞭で叩いてくれないの」と、彼女はある晩口をとがらせて言った。

「なぜって、時間がないからさ」と彼はつっぱねるように答えた。「わしには時間がないのだ。閲兵が行なわれることを知らないのか」

また実際、彼には時間がなかった。たちまち日曜日がやってきた。それはつまり、つぎの分列行進競技の準備をする期間が一週間のうちたった七日しか残っていないということだった。時間がどこへ消えてしまうのか、彼にはわからなかった。分列行進競技で三度もつづけてビリになったために、シャイスコプフ少尉の評判はかんばしくなかったが、彼はあらゆる改善策を考え、各列の十二人を5×10センチ角の長い樫の堅い梁材に釘づけにしてまで隊列を整えようとした。この計画は実行不可能であった。というのは、九十度の方向転換をするためには各人の腰の部分にニッケル合金の自在軸受けを埋めこまねばならないのに、補給係将校がそんなにたくさんのニッケル合金の自在軸受けをくれるとか、病院の外科医が注文どおり協力してくれるとはとても考えられなかったからだ。

シャイスコプフ少尉がクレヴィンジャーの提案に従って幹部候補生自身に生徒隊長を互選させた翌週、中隊は黄色い優勝旗を獲得した。シャイスコプフ少尉はこの予期せざる好成績に喜び勇んだあまり、細君が彼をベッドに引きずりこみ、ふたりで西洋文明社会における下層中産階級の性的慣習への軽蔑を示すことによって優勝を祝おうとしたとき、旗竿で彼女の頭を勢いよく叩いてやった。翌週、中隊は赤い優勝旗を獲得し、シャイスコプフ少尉は狂喜のうちにわれを忘れてしまった。その翌週、彼の中隊はなんと二週間連続して赤い優勝旗を獲得するという史上空前の偉業を成し遂げた。いまやシャイスコプフ少尉は他人をアッと言わせる自分の能力に自信を持つにいたった。シャイスコプフ少尉は広範な研究の結果、行進中の手の振りかたは、当時一般に流行していた自由な振り上げ振り下ろしではなく、大腿部の中心線からかならず七・五センチ以内に止めるべきこと、要するに手はほとんど振らぬほうがよいということを発見したのだ。

シャイスコプフ少尉の訓練は入念をきわめ、また内密に行なわれた。彼の大隊の幹部候補生は全員秘密厳守を誓わされ、真夜中に予備閲兵場で予行演習をさせられた。彼らは真暗闇のなかで行進し、むやみにぶつかりあったが、うろたえもせず、手を振らずに歩く方法を学んでいた。シャイスコプフ少尉は、はじめ、板金店の友人に頼んでニッケル合金の釘を各人の大腿骨に埋めこんでもらい、ちょうど七・五センチのあそびを持った銅線でその釘と手首とをつなぐことを考えたが、なにしろ時間がなく——充分な時間など一回も得られなかった——その上、戦時中とて上等な銅線を手に入れることは困難だった。それに彼は、幹部候補生たちの手足をこう縛りつけてしまうと、彼らが行進に先だつ例の印象的な失神の儀式においてまともに倒れることができないし、まともに失神できないとなれば、中隊全体の成績評価に影響するであろうことに気づいたのである。

一週間じゅう彼は将校クラブで、喜びを抑えながらも自信満々だった。彼の友だちはしきりに思案しはじめた。

「あの糞頭め、なにをたくらんでやがる」とイーグル少尉は言った。

シャイスコプフ少尉は心得たような笑みを浮かべて、仲間の質問に答えた。「日曜日になればわかるさ」と彼は約束した。「見てのおたのしみ」

シャイスコプフ少尉はその日曜日に、老練な興行師そっくりの冷静さで、彼の画期的な新機軸を披露した。彼はほかの大隊がいつもの調子でぎごちなく観閲台の前を行進しているあいだ、一言も発しなかった。彼の中隊の先頭の一列横隊が手を振らずに姿を現わし、虚を突かれた仲間の将校たちが驚きの声をあげはじめたときも眉ひとつ動かさなかった。あくまで押し黙っていた彼は、大きくて太い口髭をたくわえた傲然たる大佐が気むずかしげな赤ら顔をぐいと彼のほうへ向けたときようやく進み出て、彼を不滅の存在にまで高めることになった説明をしたのである。

「ごらんください、大佐殿」と彼は告げた。「無手勝流であります」

そして、彼は恐れ入って静まりかえっている観閲官たちに、この忘れ難い功績をうちたてるための準拠となった未公開規則の公認写真複写を配布した。それはシャイスコプフ少尉の最も晴れがましい一時間であった。もちろん彼は、手もなく分列行進競技に優勝し、赤い優勝旗を永久に保持することになり、ここに日曜日の分列行進競技は全部終了ということになった。というのは、戦時中のこととて上等な赤い優勝旗を手に入れるのは、上等な銅線を手に入れるのと同じくらい困難だったからである。シャイスコプフ少尉はその場でシャイスコプフ中尉となり、急速な昇進の第一歩を踏み出した。彼の重大な発見を知って、これこそ真の軍事的天才だとたたえぬ者はほとんどいなかった。

「あのシャイスコプフだが」とトラヴァース少尉は言った、「あれは軍事的な天才だぜ」

「うん、まさにそのとおりだ」とイーグル少尉は同意した。「ただあの野郎が女房を鞭でひっぱたかないのは残念だがね」

「それとこれとなんの関係があるんだ」とトラヴァース少尉は冷たく応じた。「ビーミス少尉はビーミス夫人と交わるたびに鞭でみごとに女房殿をひっぱたくが、分列行進ではちっともいいところはないからな」

「おれは鞭打ちのことを言ってるんだ」とイーグル少尉はやり返した。「分列行進なんてだれが本気で問題にするもんか」

実際、シャイスコプフ中尉以外に分列行進のことを本気で問題にする者は皆無であり、その点で最も徹底しているのはやけに太い口髭をたくわえた傲然たる大佐であった。この大佐は軍法会議の議長であり、クレヴィンジャーがシャイスコプフ中尉から訴えのあった罪状に対して無実を申し立てるためにおずおずと会議室に足を踏み入れたとたん、クレヴィンジャーに対してどなりだした。大佐は拳で机を叩き、手を痛めたので、クレヴィンジャーに対してなおさら腹を立てたあまりもっと強く拳で机を叩き、またいっそう手を痛めた。シャイスコプフ中尉はクレヴィンジャーがなんとも哀れな印象を与えているのをくやしがり、唇を堅く閉ざしてクレヴィンジャーをにらみつけた。

「あと六十日もしたら、おまえはビリー・ペトロール（当時の有名なプロ・ボクサー）と戦うことになるはずだ」とやけに太い口髭の大佐は吼えたてた。「しかもおまえはそれをたわけた冗談だと思っておる」

「冗談だとは思っておりません、大佐殿」とクレヴィンジャーは答えた。

「よけいな口出しをするんじゃない」

「はい、大佐殿」

「それから口出しをするときには〝なになに殿〟と言え」とメトカーフ少佐が命令した。

「はい、少佐殿」

「たったいま、口を出すなと命じたのに、わからんのか」と、メトカーフ少佐が冷たく詰問した。

「しかし、自分はよけいな口出しなどしませんでした、少佐殿」

「そうだな。それにおまえは〝殿〟とも言わなかった。罪状にこれも加えておけ」とメトカーフ少佐は速記のできる伍長に指示した。「上官に対して無用の口出しをせざるときに〝殿〟と言うのを怠ったこと」

「メトカーフ」と大佐が言った、「おまえは途方もない阿呆だな。自分でわかってるのか」

メトカーフ少佐は苦しげに息を呑みこんだ。「はっ、大佐殿」

「ならば、その始末の悪い口をつぐんでおれ。でたらめを言うでない」

軍法会議のメンバーは、やけに太い口髭をたくわえた傲然たる大佐、シャイスコプフ中尉、そしていまや鋼のごとく冷たい目を据えようとしているメトカーフ少佐の三人だった。シャイスコプフ中尉は告発者が提出したクレヴィンジャーに対する訴訟本案を審理する裁判官のひとりであった。シャイスコプフ中尉は検事でもあった。クレヴィンジャーには弁護人としてひとりの将校がついていた。彼を弁護する将校はシャイスコプフ中尉だった。

クレヴィンジャーには、なにがなんだかさっぱりわからなかった。彼は大佐がまるで大噴火のように巨体を揺らせて立ち、このきたならしい、卑劣な体を八つ裂きにしてくれるぞとおどしたとき、恐怖のあまり震えだしてしまった。ある日、彼はクラスにもどる行進の途中で蹴つまずいて倒れた。その翌日、彼は、「隊列を乱し、凶悪な暴行を働き、無分別な行動に走り、法に違反し、大逆罪をおかし、挑発行為をなし、生意気にも利口ぶり、クラシック音楽を聞き、云々」というかどで正式に告発された。要するに彼らは最大の罪状をクレヴィンジャーに浴びせかけた。その結果そこに、つまり傲然たる大佐の前に彼が怯えて立っていたというわけである。大佐はふたたび、あと六十日もしたらおまえはビリー・ペトロールと戦うことになるはずだが、落第させてソロモン群島に死体埋葬要員として送りこむという考えについてはどう思うか、と質問した。クレヴィンジャーは慇懃に、それは気が進まないと答えた。彼は死体を埋めるよりは自分が死体になったほうがいいと思うようなまぬけであった。大佐は急におとなしく、用心深くなり、ゆっくりと坐りなおして、相手の機嫌をうかがうような口調をとりはじめた。

「どういう意味で言ったのかね」と大佐はじわじわと質問した、「おまえは、わしらがおまえを罰することはできないだろうと言ったが」

「いつでありますか、大佐殿」

「わしが質問をしておるのだ。おまえはそれに答えろ」

「はい、大佐殿。自分は――」

「わしらがおまえをここに呼んだのは、おまえに質問をさせ、わしがそれに答えるためだとでも思っておるのか」

「いえ、大佐殿。自分は――」

「なぜわしらはおまえをここに呼んだのかね」

「自分がご質問に答えるためであります」

「まさにそのとおり」と大佐は胴間声を張りあげた。「さあ、わしがおまえの腐れ頭を叩き割らぬうちに少しは答えたらどうだ。おい、クソばか、おまえはわしらがおまえを罰することはできぬと言いおったが、ありゃいったいどういう意味だ」

「さようなことを申した覚えはありません、大佐殿」

「もっと大きな声で言ってくれんか。わしにはよく聞こえなかったのでな」

「はい、大佐殿。自分は――」

「もっと大きな声で言ってくれんか。大佐殿にはよく聞こえなかったのでな」

「はい、少佐殿。自分は――」

「メトカーフ」

「はっ」

「わしはおまえのまぬけた口を閉じておけと言ったはずだぞ」

「はい、大佐殿」

「では、わしがおまえのまぬけな口を閉じておけと言ったときにはおまえのまぬけな口を閉じておけ。わかったか。もっと大きな声で言ってくれんかね。よく聞こえなかったのでな」

「はい、大佐殿。自分は――」

「メトカーフ、わしが踏んでおるのはおまえの足か」

「いいえ、大佐殿。それはシャイスコプフ中尉の足にちがいありません」

「わたしの足ではありません」とシャイスコプフ中尉が言った。

「ではやはりわたしの足だろうと思います」とメトカーフ少佐が言った。

「どけろ」

「はいっ。まずあなたの足を先に動かしていただかなくてはなりません、大佐殿。わたしの足の上に乗っておりますので」

「おまえはわしに、わしの足を動かせと言うのか」

「いいえ、大佐殿。決してそんな」

「ではおまえの足をのけて、おまえのまぬけな口を閉じておけ。もっと大きな声で言ってくれんか。まだよく聞こえなかったのでな」

「はい、大佐殿。自分は大佐殿が自分を罰することはできないなどとは申さなかったと申し上げたのであります」

「いったいおまえはなにをしゃべっとるのだ」

「自分は大佐殿のご質問に答えているのであります」

「どんな質問に」

「「おい、クソばか、おまえはわしらがおまえを罰することはできぬと言いおったが、ありゃいったいどういう意味だ」」と、速記のできる伍長が速記ノートを読みあげた。

「よかろう」と大佐は言った。「いったいどういう意味だったのか」

「大佐殿が自分を罰することはできない、とは申しませんでした」

「いつ」と大佐がたずねた。

「いつとはなんのことでありますか、大佐殿」

「それ、またおまえは質問をしとる」

「申しわけありません、大佐殿。自分にはご質問がよく理解できないようであります」

「わしらがおまえを罰することはできないと、おまえはいつ言わなかったのだ。これでわしの質問がわかったか」

「いえ、大佐殿、自分にはわかりません」

「たったいまおまえがそう言ったんだぞ。さあ、わしの質問に答えたらどうだ」

「しかし、どうしたら答えられるのでありますか」

「それ、またわしに質問をしておるではないか」

「申しわけありません。しかし、自分には答えようがないのであります。大佐殿が自分を罰することはできないとは、決して申しておらないのでありますから」

「おまえはいま、そう言ったのはいつかということを答えておる。わしが要求しておるのは、いつおまえがそれを言わなかったかを言ってみろということだ」

クレヴィンジャーは深く息を吸いこんだ。「自分はいつも、大佐殿が自分を罰することはできないとは言わなかったのであります」

「だいぶましになったね、クレヴィンジャー君、たといそれがあつかましい嘘っぱちだとしてもな。昨夜、便所のなかでだ。おまえは、あいつらがおれを罰するなんてできるもんか、とささやかなかったか。わしらの気に喰わんあのもうひとりのくそったれめに。なんちゅう名だったかな」

「ヨッサリアンであります、大佐殿」とシャイスコプフ中尉が答えた。

「うん、ヨッサリアン。そのとおりだ。ヨッサリアン。ヨッサリアン？　それがやつの名か。いったいぜんたい、ヨッサリアンとはどういう種類の名前だ」

シャイスコプフ中尉は事実に精通していた。「それはヨッサリアンの名前であります」と彼は説明した。

「うん。わしもそうだろうと思う。おまえはヨッサリアンに、わしらがおまえを罰することなどできぬと言ったのではないか」

「いえ、とんでもありません。自分が彼に耳打ちしたのは、大佐殿が自分を有罪と認めることはできない――」

「わしは勘が鈍いのかもしれんが」と大佐は途中で口をはさんだ。「細かな区別だてはわしにはわからん。きっとわしはかなり鈍いんだろうな、区別だてがわからんのだから」

「われ――」

「おまえはへらず口のおたんちんだ、なあ。だれもおまえに説明なぞ求めておりゃせんのに、おまえはわしに説明をしよる。わしはひとつの見解を述べたので、説明を求めたわけではない。おまえはへらず口のおたんちんだ、そうだな」

「そんなことはありません」

「ありませんだと。おまえはわしを大嘘つきだとでも言うのか」

「いえ、決してそんなことは」

「それからおまえはへらず口のおたんちんだ、そうだろ」

「いえ、大佐殿」

「おまえはわしに喧嘩を売る気か」

「いえ、大佐殿」

「おまえはへらず口のおたんちんか」

「いえ、大佐殿」

「けしからん、おまえはたしかに喧嘩を売ろうとしておる。ちょっとでも文句を言いおったら、わしはこのばかでかいテーブルを乗り越えて、おまえのきたならしい、卑劣な体を八つ裂きにしてくれるぞ」

「やれ、やれえ！」とメトカーフ少佐が叫んだ。

「メトカーフ、このおたんちんめ。わしはおまえのきたならしい、卑劣な、まぬけな口を閉じておけと言ったではないか」

「はい、大佐殿。失礼しました」

「じゃ、おまえはそれを実行したらどうだ」

「実行する方法を学ぼうとしていたのであります。人間がものを学ぶ唯一の方法は、試みることであります」

「だれがそんなことを言っておるのか」

「だれもがそう言っております。シャイスコプフ中尉ですらそう言っております」

「おまえはそんなことを言っておるのか」

「はい、大佐殿」とシャイスコプフ中尉は答えた。「しかし、だれもがそう言ってるのであります」

「いいか、メトカーフ、おまえのそのまぬけな口を閉じようと試みたらどうだ。それが実行の方法を学ぶいちばんいいやりかただろうぜ。さて、なんだったかな。最後の行を読み返してみろ」

「「最後の行を読み返してみろ」」と速記のできる伍長が読み返した。

「わしの最後の行じゃない、このまぬけめ！」と大佐はどなった。「だれか別の人間のだ」

「「最後の行を読み返してみろ」」と伍長が読み返した。

「そいつもわしの最後の行だ！」と、大佐は真赤になって怒声を放った。

「いえ、ちがいます、大佐殿」と伍長は抗弁した。「これは自分の最後の行であります。自分はこれをたったいま読んでさしあげました。お忘れでありましょうか。ついいましがたのことでありますが」

「ああ、なんたることだ。あいつの最後の行を読み返せ、このまぬけめ。それはそうと、いったいおまえの名はなんというんだ」

「ポピンジェイであります」

「よし、つぎはおまえの番だぞ、ポピンジェイ。この男の裁判が終ったらすぐ、おまえの裁判がはじまる。わかったか」

「はい、大佐殿。自分はなんの罪で告発されるのでありますか」

「どんな罪だって同じことだろう。おまえは、あいつがわしになにを質問したか聞いていたか。おまえも思い知るだろう、ポピンジェイ――わしらがクレヴィンジャーのかたをつけたとたんに、おまえも思い知るだろう。クレヴィンジャー候補生、おまえはいったいなにを――おまえはクレヴィンジャー候補生だったな、ポピンジェイではなくて」

「はい、大佐殿」

「よろしい。おまえはいったいなにを――」

「自分はポピンジェイであります」

「ポピンジェイ、おまえの父親は百万長者か、ないしは上院議員か」

「どちらでもありません、大佐殿」

「それなら、ポピンジェイ、おまえは窮地に陥っているぞ、助け舟もないままにな。おまえの父親というのはまさか将軍や政府の高官ではあるまい。どうだ」

「お察しのとおりであります」

「よろしい。それではおまえの父親はなにをしておる」

「父は死にました」

「それはたいへんよろしい。おまえはほんとうに窮地に陥っている。ポピンジェイというのはおまえのほんとうの名か。とにかく、ポピンジェイとはいったいどんな種類の名前だ。わしには気に入らんぞ」

「それはポピンジェイの名前であります」とシャイスコプフ中尉が説明をした。

「まあ、わしには気に入らんな、ポピンジェイ。それに、わしはおまえのきたならしくて卑劣な体を八つ裂きにするのを、もう待ちきれんぞ。クレヴィンジャー候補生、昨夜おそくおまえが便所でヨッサリアンになにをささやいた、あるいはささやかなかったか、もういちどくりかえして言ってくれんか」

「はい、大佐殿。自分が言ったのは、大佐殿が自分を有罪と認めることはできない――」

「そこからはじめよう。クレヴィンジャー候補生、正確にはどういう意味だったのだ、わしらがおまえを有罪と認めることはできないと言ったのは」

「自分は、大佐殿が自分が有罪と認めることはできない、とは申しませんでした」

「いつ」

「いつとはなんのことでありましょうか」

「けしからん、おまえはまたわしに喧嘩を売る気か」

「いえ、大佐殿。失礼しました」

「では質問に答えろ。おまえはわしらですらおまえを有罪と認めることができないと、いつ言わなかったのだ」

「昨夜おそく便所で、であります」

「そう言わなかったのは、そのときだけか」

「いえ、大佐殿。自分はいつでも、大佐殿が自分を有罪と認めることはできない、とは申しませんでした。自分がヨッサリアンに言ったのは――」

「おまえがヨッサリアンになにを言ったかなど、だれも聞いておりはせん。わしらはおまえが彼になにを言わなかったか、聞いたのだ。わしらはおまえがヨッサリアンになにを言ったか、そんなことにはちっとも興味がないのだ。わかったか」

「はい、大佐殿」

「ではつづけよう。おまえはヨッサリアンになにを言ったのか」

「自分は彼に言いました。大佐殿が自分を有罪と認めることはできない、という結果にならぬかぎり、今度の場合、忠実なるべき……の原則に反することになるだろう、と」

「なんの原則？　おまえは口ごもっておる」

「口ごもるのはやめろ」

「はい、少佐殿」

「それに口ごもるときには〝なになに殿〟と言え」

「メトカーフ、このド阿呆！」

「はい、大佐殿」とクレヴィンジャーは口ごもって言った。「正義の、であります。つまり、大佐殿ですら今度の――」

「せいぎ？」大佐は仰天した。「正義とはなんだ」

「正義であります、大佐殿――」

「そんなものは正義ではない」と大佐はあざけり、また大きくて太い手でテーブルを叩きはじめた。「そんなものはカール・マルクスだ。わしが正義とはなにか教えてやろう。正義とは一言の警告もなく暗闇のなかで秘かに砂嚢で打ち倒し、軍艦の弾薬庫にナイフを忍ばせて夜なかに押しこんで床から顎めがけて勢いよく蹴上げる膝のことだ。首絞め強盗のことだ。われわれすべてがビリー・ペトロールと戦うに充分な屈強さ、荒々しさを備えるべき今日、正義とはそんなものだ。抜く手も見せぬ早撃ちだ。わかったか」

「いえ、大佐殿」

「いちいち〝殿〟呼ばわりはやめろ！」

「はい、大佐殿」

「そうお呼びしないときには〝殿〟と言え」とメトカーフ少佐が命令した。

クレヴィンジャーはもちろん有罪であった。さもなければ告発されなかったはずだったし、告発の正しさを証明する唯一の方法は彼が有罪であると認めることであったから、そう認めることが彼らの愛国的な義務であった。彼は五十七回の歩行刑に処せられた。ポピンジェイには思い知らせるために禁錮刑、メトカーフ少佐は死体埋葬要員としてソロモン群島に追いやられた。クレヴィンジャーの受けた歩行刑の一回分というのは、週末の五十分間、弾薬を抜いた一トンもあるかと思われるライフル銃をかついで、憲兵司令部の前を歩いて往復することであった。

クレヴィンジャーにはなにがなにやらさっぱりわからなかった。いろいろと奇妙なことが起こっていたが、クレヴィンジャーにとってなによりも奇妙なのは、頑固で執念深い顔に容赦はせぬという表情を浮かべ、意地悪くすぼめた目をまるで決して消えることのない石炭の火のように燃やしている軍法会議の面々の憎悪——残忍で、あからさまで、いささかもやわらぐ気色の見えぬ憎悪——であった。クレヴィンジャーはそれを見て肝をつぶした。彼らはできるものなら彼をリンチにかけたであろう。彼らは三人のおとなであり、彼は子供であった。彼らはクレヴィンジャーを憎み、彼が死ぬことを望んでいた。彼らはクレヴィンジャーがくる前から彼を憎み、彼がそこにいるあいだじゅう彼を憎み、彼が立ち去ったのちにも彼を憎み、彼らがたがいに別れて孤立の生活にもどったのちまでも、まるでなにか大事にされすぎた宝物かなんぞのように、執念深くその憎しみを抱きつづけていた。

ヨッサリアンは前夜、全力を尽くしてクレヴィンジャーに警告した。「万が一にも勝ち目はないんだ」と彼はむっつりと言った。「やつらはユダヤ人を憎んでいるからな」

「しかし、おれはユダヤ人じゃないぞ」とクレヴィンジャーは答えた。

「結局おんなじことだろう」とヨッサリアンは予言した。ヨッサリアンの言うとおりだった。

「やつらはあらゆる人間をつけねらってるんだ」

クレヴィンジャーは、目をくらませる光を見てひるむように、彼らの憎悪を見てひるんだ。彼を憎むこの三人の男は彼と同じ国語を話し、彼と同じ種類の軍服を着ていたが、彼は、窮屈で卑しい敵意の表情を永遠に刻んでいる彼らの情愛のない顔を見た瞬間、この世界のどこにも、ファシストのどんな戦車や軍用機や潜水艦のなかにも、機関銃や臼砲のうしろにある掩蔽壕のなかにも、すさまじい火炎放射器のうしろにも、優秀なヘルマン・ゲーリング防空師団のあらゆる名射撃手たちのうちにすら、あるいはミュンヘンをはじめ、いたるところのあらゆるビヤホールにたむろする凄みのある陰謀家どものうちにも、これほど自分を憎んでいる人間はいないということを悟った。

9　メイジャー・メイジャー・メイジャー少佐

少佐《メイジャー》であるメイジャー・メイジャー・メイジャーは、生涯の出発点から苦労の連続だった。ミニヴァー・チーヴィー（アメリカの詩人、エドウィン・アーリントン・ロビンソンのユーモラスな物語詩〈一九〇七年〉の主人公である、中世にあこがれる無能な飲んだくれ）と同様、彼は生まれるのが遅すぎた——正確には彼の母親の肉体的な健全さより三十六時間おくれて生まれたのである。このおだやかで病気がちの婦人は、まる一日半の難産の苦しみを経たのち、もはや子供の名前についての議論をつづける気力をすっかり失ってしまった。彼女の夫は、いかにも自分のやろうとしていることをちゃんと心得ている人間らしく、きまじめな決意を胸にして病院の廊下を歩いていった。メイジャー少佐の父親は痩せてはいるが見上げるほどの大男で、重たい靴をはき、黒い毛織りの背広を着ていた。彼は出生証明書の空欄をためらうことなく埋め、記入ずみの紙を病棟看護婦に渡すときも感情をいっさい表にあらわさなかった。看護婦はなにも言わずにそれを受けとり、ゆっくりと姿を消した。彼は、あの下になにを着ているのだろうと考えながら、そのうしろ姿を見つめていた。

　病室にもどると、彼の妻は、皺だらけで、かさかさで、白けた古い乾燥野菜みたいに、うちのめされた姿を毛布の下に横たえており、弱りきった彼女の各組織は完全に静止したままだった。彼女のベッドは病室のいちばん端の、ひびわれ、煤や埃で厚くなった窓ガラスのそばにあった。おちつきのない空から大粒の雨が撒き散らされ、日中でも陰気でうすら寒かった。病院のあちこちでは、年老いて青味がかった唇を持った白蠟色の人々が彼らの命数どおりに死んでいくのだった。男はベッドのかたわらにまっすぐ立ち、長いあいだじっと女を見下ろしていた。

「わしは、あの子にケイレブという名をつけたよ」と、彼はとうとうやさしい声で彼女に告げた。「おまえの希望どおりな」女は答えなかった。女はゆっくりとほお笑みを浮かべた。彼はすべてを完全に計画しておいたのだ。彼の妻は眠っているのだから、郡病院の貧困者病室の病床で横たわっているあいだに夫が嘘をついたことを絶対に知るはずはなかった。

このみじめな始まりから無能な大隊長が発生したわけだが、彼はいまピアノーサ島での勤務日の大半を、公文書にワシントン・アーヴィングという偽名を書きこむことによってすごしていた。メイジャー少佐は望まずして得た彼自身の権威が自分のそばに侵入しないよう自己を孤立させ、その上、どこかの泥棒が一片だけ盗みとっていったむさくるしいセルロイド窓からたまただれかがのぞいて彼の正体を見破ることのないよう、二重の安全策としてつけ髭と黒眼鏡でカムフラージュし、だれの字か見当がつかぬようにするため、左手で念入りに署名を偽造した。彼の誕生と彼の出世というこのふたつの低位点のあいだに、孤独と失意の暗い三十一年間が横たわっていた。

メイジャー少佐はあまりにも遅く、あまりにも凡庸に生まれた。ある人々は生まれながらにして凡庸である。ある人々は凡庸さを自分で身につける。またある人々は凡庸さをむりやり押しつけられる。メイジャー少佐の場合はこの三つが揃っていた。あらゆる特徴を欠いた人々のうちでも、彼は他のだれよりも特徴のない人間として必然的にめだつ存在となっていたので、彼に会った人々は例外なく、彼がいかに印象的でないかを印象づけられるのであった。

メイジャー少佐は最初から三つの打撃をこうむっていた——彼の母親、彼の父親、それにヘンリー・フォンダである。彼はほとんど生まれたその瞬間から、ヘンリー・フォンダにうんざりするほどよく似ていた。ヘンリー・フォンダが何者であるか疑問を持つずっと前から、彼は行く先々でありがたくない比較の対象にされていることを知るのだった。あかの他人までが彼をとやかく言おうとしたために、彼は幼いうちから人々に対して、罪悪感のこもった恐れと、自分がヘンリー・フォンダでないという事実について社会に詫びたいというへつらい的な衝動とをいだくようになった。ヘンリー・フォンダに似たままで世の中を渡っていくのは容易なことではなかったが、みごとなユーモアの感覚を持つひょろ長い男である父親から忍耐力を受けついでいた彼のこととて、そういう人生を中途で放棄しようなどとはいちども考えたことがなかった。

メイジャー少佐の父親は神を畏れるきまじめな男で、自分の年齢について嘘をつくのがうまい冗談なのだと考えていた。彼は手足の長い農夫であり、また神を畏れ、自由を愛し、法律に従う素朴な個人主義者で、農民以外のいかなる人間に対する連邦の援助も、身の毛のよだつ社会主義にほかならないと主張していた。彼は節約と勤勉を重んじ、自分にそっけない態度をとる不身持ちな女たちを非難した。彼の専門はむらさきうまごやし《アルファルファ》で、彼はそれを少しも栽培しないことをうまく利用した。政府は彼が栽培しないアルファルファ一ブッシェルについて多額の金を彼に支払った。彼が栽培しないアルファルファが多ければ多いほど、政府はより多額の金を支払い、彼は自分で稼ぎ出したのではないその金を一セント残らず使って新しい土地を買い入れ、自分で栽培しないアルファルファの量を多くした。メイジャー少佐の父親はアルファルファを栽培しないために休みなく働いた。冬の夜長には、彼は家のなかに閉じこもって馬具の修理をせず、毎日、昼まだきに床を蹴って起き、ひたすら日常の用事をすましてしまわないように気を配るのだった。彼は賢明に土地を購入したので、まもなく、郡内の他のだれよりも多くアルファルファを栽培していない状態になった。近在の人々はあらゆる問題について彼の助言を求めにやってきた。なぜなら、彼は大金を手に入れており、したがって賢明だったからである。「汝ら播く。されば汝ら刈り取るべし」と彼はだれに対しても一様に忠告した。するとだれもが、「アーメン」と唱えた。

　メイジャー少佐の父親は政府の節約政策の率直な擁護者であった。ただしそれには、農民が他のだれも欲しがらぬアルファルファを栽培した場合、そのアルファルファ全部に対して、あるいはアルファルファを全然栽培しなかったことに対して、農民が手に入れられるかぎり多額の金を支払うという政府の神聖な義務を妨げるものではない、という条件がついていた。彼は独立自尊の士で、失業保険には反対し、だれからであろうとまとまった金が手に入るとなれば、愚痴をこぼしたり、泣き言を並べたり、甘言で誘ったり、無理強いしたりすることをいささかも躊躇しなかった。彼はいたるところに説教壇を持つ信心深い人間であった。「主がわしら善良な農民に二本の強い腕を賜わったのは、わしらがその二本でつかめるだけのものをつかむようにとの思し召しからだ」と、彼は裁判所の表階段とか、彼が追いかけまわしているチューインガムの好きな気の短い若いレジの女が外へ出てきて彼にあかんべえをするのを待ちながら、AアンドPマーケットの前に立っているとき、熱をこめて説教するのだった。「わしらが手に入れられるだけのものを手に入れることを、もし主がお望みでなかったら」と彼は説いた、「主はわしらにそういうものをつかみとるための、こんなにりっぱな手をくださらなかっただろう」すると他の者たちはつぶやくのだった、「アーメン」

メイジャー少佐の父親はカルヴァン主義の運命予定説を信じており、自分自身を除く他のあらゆる人間の不幸が神意の表明であることを明確に認識することができた。彼は煙草は喫うしウイスキーも飲み、巧みなウィットを発揮し、知的な会話を――特に、自分の年齢を偽ったり、神と自分の妻がメイジャー少佐を産むときの苦しみについて冗談を言ったりする自分の知的な会話を――好んだ。神と自分の妻の難産とについての冗談というのは、神が全世界を産み出すのにたった六日しかかからなかったのに、メイジャー少佐を産むだけで彼の妻はまる一日半もかかったということに関するものだった。より卑小な人間ならば、その日は病院の廊下でうろうろするばかりだったろうし、より弱々しい人間だったならば、ドラム・メイジャー（鼓手長）、マイナー・メイジャー、サージャント・メイジャー（特務曹長）、あるいはC

・シャープ・メイジャー（嬰ハ長調）などというみごとな代案に妥協してしまっただろうが、メイジャー少佐の父親はまさにこういう機会を十四年間も待っていたのであり、彼はそれをむだに捨ててしまうような人間ではなかった。メイジャー少佐の父親は機会というものについてうまい冗談を知っていた。「機会はこの世でたった一回だけノックする」というのだ。メイジャー少佐はこのうまい冗談をあらゆる機会にくりかえしていた。

　メイジャー少佐が生まれつきヘンリー・フォンダにうんざりするほどよく似ているということは、運命が彼を喜びなき一生のあいだつぎつぎにいたずらの犠牲としてきた、その第一のケースであった。メイジャー・メイジャー・メイジャーとして生まれたのがその第二だった。生まれながらメイジャー・メイジャー・メイジャーであることは、父親だけが知っている秘密だった。メイジャー少佐は幼稚園に入るときはじめて自分の本名を知った。その結果は惨憺たるものだった。この発見は彼の母親を殺した。彼女は生きる意欲を失い、やつれはてて世を去ってしまったが、これは彼の父親にはねがってもないことだった。それというのも、メイジャー少佐の父親は、いざとなればAアンドPの気の短い娘と結婚しようと心に決めていたが、手切れ金を払わず、あるいはぶん殴りもしないのに女房が逃げ出す可能性については楽観的な見通しが立っていなかったからである。

　メイジャー少佐自身についても、結果の悲惨さはあまり変らなかった。自分がそれまで常にそうだと信じこまされていたケイレブ・メイジャーではなく、なにひとつ正体のわからぬ、またほかのだれも聞いたことのないメイジャー・メイジャー・メイジャーなるまったくあかの他人であるという自覚は、年端のゆかない子供だけに、苛酷で、気を失わせるような自覚だった。それまでいた遊び友だちも、あらゆる見知らぬ者どもを疑ってかかる性格を持っており、特にもう何年間も彼らのよく知っている子供みたいなふりをしてだましてきた者を信じるわけにはいかないと、彼から離れ去ったままふたたびもどってはこなかった。だれひとり彼と関わりを持とうとしなかった。彼はあらゆるものを捨てて旅に出る生活をはじめた。いつもおずおずと期待をかけて新しい人づきあいをはじめようとしたが、かならず失望させられるのだった。彼はあまりにも絶望的に友だちを必要とするために、かえってひとりも見つけることができなかったのである。彼はこうしてぎごちない生活をつづけるうちに、無力な目をした、背の高い、よそよそしい、空想にふけりやすい青年になった。彼の非常に弱々しい口が、まさぐるような、はかない笑みを浮かべることがあっても、それは新しい拒絶にあうたびに、たちまち崩れて痛ましい混乱にたちもどってしまうのだった。

彼は上の者に対して礼儀正しかったが、上の者は彼を好まなかった。彼は上の者がなにをしろと言ってもそのとおりにした。年長者たちが彼に、見る前に跳べと言うと、彼はいつも見る前に跳んだ。彼らがきょうできることをあすに延ばすなと言うと、彼はきょうできることを決してあすに延ばさなかった。彼は父母を敬えと言われ、父母を敬った。彼は殺すなかれと言われ、殺さなかった――軍隊に入るまでは。その後、彼は殺せと言われ、殺した。彼はどんな機会にももう一方の頬を向け、いつも他人にせられんと思うことをそのまま他人にしてやった。彼が施しをするとき、彼の左手は彼の右手がなにをしているか全然知らなかった。彼が神の聖名《みな》をみだりに口に出したり、姦淫したり、隣人の驢馬をむさぼったりしたことはただのいちどもなかった。実際、彼は隣人を愛し、彼らに不利な偽りの証《あかし》をたてることすらしなかった。メイジャー少佐の上の者たちが彼をきらったのは、彼がまったく目にあまる非妥協主義者だからであった。

彼はほかに実力を発揮する場所を全然持たなかったので、学校で実力を発揮した。州立大学ではあまりにもくそまじめに勉強するので、ホモの連中からはアカではないかと疑われ、共産主義の連中からはホモではないかと疑われた。彼はイギリス史を専攻したが、これは失策だった。

「イギリスの歴史だと」と、銀色のたてがみをなびかせた彼の州の長老格の上院議員が憤慨して叫んだ。「アメリカの歴史はどうしてくれる。アメリカの歴史は世界じゅうどんな国の歴史と比べても遜色はないはずだぞ」

メイジャー少佐はただちにアメリカ文学専攻に切りかえたが、その前にFBIが彼をブラックリストに載せてしまった。メイジャー少佐がホームと呼んでいる田舎の農家には、六人の人間と一匹のスコッチテリヤが住んでいたが、そのうちの五人とスコッチテリヤはFBIの手先であることがあとになってわかった。まもなくFBIは、メイジャー少佐に関していろいろとかんばしくない情報を得て、もはや彼を好きなように処分できる段階まできた。だが、彼らが見いだし得る処分の方法はとなると、彼を一兵卒として軍隊に送りこみ、四日後に少佐にして、その結果ほかに考えることのない国会議員たちが、〈だれがコック・ロビンを殺したの〉の節に合わせて、「だれがメイジャー少佐を昇進させた。だれがメイジャー少佐を昇進させた」と歌いながらワシントン市の通りをせかせかと行き来するような状態を作り出すことしかなかった。

実を言うと、メイジャー少佐は、彼の父親とほとんど同じくらい鋭いユーモアの感覚を持ったＩＢＭによって昇進させられたのである。戦争がはじまったとき、彼はまだおとなしく人の言うなりに動いていた。彼は入隊しろと言われると入隊した。空軍幹部候補生に応募しろと言われると、空軍幹部候補生に応募し、その翌晩には午前三時に氷のように冷たい泥のなかにはだしで立ち、前に立っている南西部出身の頑強で好戦的な軍曹から、おれは自分の隊のどんなやつだってぶん殴ることができる、なんならそれを証明してやってもいいんだぞ、とどなられていた。この中隊の新兵は全員、つい数分前に軍曹付きの伍長どもによって荒々しく揺すぶり起こされ、本部テントの前に集まれと命ぜられたのである。メイジャー新兵の体に雨がしとしと降りつづいていた。新兵たちは三日前に隊に持ちこんだ各人の私服を着たまま列を作った。ぐずぐずして靴や靴下をはいてきた連中はそれを脱ぐために、彼らの冷たい、濡れた、暗いテントに追い返され、全員が泥のなかにはだしで立ち並んだところで軍曹は石のような目を彼らに注ぎ、おれは自分の隊のどんなやつだってぶん殴ることができるのだ、と告げた。だれも彼に反論する気にはならなかった。

翌日明らかにされたメイジャー新兵の予期せざる少佐への進級は、この好戦的な軍曹を底知れぬ憂鬱のなかに叩きこんだ。もはや軍曹は、自分の隊のどんなやつだってぶん殴ることができると大言壮語するわけにはいかなかったからだ。彼は同じくがっくりきた部下の伍長たちのうち選りぬきの連中を外の護衛に立て、面会者を全部ことわり、まるで旧約聖書に出てくるサウルのように自分のテントに引きこもって何時間も思案をこらした。午前三時に彼はやっと解決策を見いだした。そこでメイジャー少佐とそのほかの新兵全員がふたたび乱暴に揺すぶり起こされ、糠雨を照らし出す本部テント前の光のなかに集合するよう命令されたが、そこにはもうふんぞりかえった軍曹が両の拳を腰に当てて待っており、みんなが揃うまで待つのももどかしいほど早急に話をしたがっていた。

「おれとメイジャー少佐殿は」と、彼は前夜と同じく強いきびきびした口調で言い放った、「おれの隊のどんなやつだってぶん殴ることができるんだ」

同じ日のしばらくあと、基地の将校たちはメイジャー少佐問題の解決策を議論した。メイジャー少佐のような少佐にはどう対処したらよいものか。個人的に彼をいやしめることは、彼と同じ、またはそれ以下の階級のあらゆる将校をいやしめることになるだろう。だからといって、逆に彼を鄭重に遇するのはもってのほかである。ただ幸いにメイジャー少佐は空軍幹部候補生に応募していた。その日の午後おそく、彼の転属命令が謄写版室に送られ、翌日の午前三時にメイジャー少佐はふたたび乱暴に揺すぶり起こされ、軍曹から旅の安全を祈りますと告げられ、西へ行く飛行機に乗せられた。

シャイスコプフ少尉は、メイジャー少佐が泥だらけのはだしという姿でカリフォルニア到着を申告しにきたのを見て、真蒼になった。メイジャー少佐は、当然また乱暴に揺すぶり起こされて泥の中にはだしで立たされるだろうと決めてかかり、靴も靴下もテントにおきっぱなしにしてきたのだった。彼がシャイスコプフ少尉への申告の時に着ていた私服は、よれよれで汚れきっていた。まだ分列行進で名を上げる前のシャイスコプフ少尉は、つぎの日曜日にメイジャー少佐が彼の中隊員としてはだしのまま行進するさまを想い描いて激しく身震いした。

「すぐ病院にいって」と、彼はようやく口がきけるくらいにおちつきをとりもどすと、小声で言った、「病気だと言うんですな。被服費があなたを追いかけてきて、軍服と衣料品を買う金があなたの手に入るまで入院していることです。それから靴も。靴も何足か買ってください」

「はい、少尉殿」

「あなたはわたしに〝殿〟と言う必要はないと思います、少佐殿」とシャイスコプフ少尉は注意をうながした。「わたしよりも上官ですから」

「はい、少尉殿。わたしはあなたより上官かもしれませんが、あなたはあくまでもわたしの指揮官であります」

「はい、少佐殿。そのとおりであります」とシャイスコプフ少尉も同意した。「あなたはわたしより上官かもしれませんが、わたしはあくまでもあなたの指揮官であります。ですから少佐殿、あなたはわたしの命じたとおりのことをしたほうがいい、さもなきゃひどい目にあうのであります。病院へいって病気だと言ってください。被服費がきて、軍服を買う金が手に入るまでそこに入院していてください」

「はい、少尉殿」

「それから靴もお願いします、少佐殿。なにはさておいても、まず靴を買ってください」

「はい、少尉殿。そういたします」

「ありがとうございます、少佐殿」

　メイジャー少佐にとって予備士官学校での生活は、それまでの生活とちっとも変らなかった。彼といっしょにいる人間はだれでも、またいつでも、彼以外の人間といっしょにいたがった。彼の教官たちは、とにかく早く彼を押し出して厄介払いしてしまおうと、あらゆる段階で彼に有利な扱いをした。いわばたちまちのうちに、彼は操縦士の翼状章を授与され、海外に派遣された。ここで突然事情は好転しはじめたように思われた。生まれてこのかた、メイジャー少佐はただひとつのことに、つまり融けこむことにあこがれてきたが、彼はとうとうピアノーサ島でしばらくのあいだはその願望を遂げることができた。戦闘任務についている者にとって、階級はほとんど意味を持たず、将校と下士官兵との関係も、くつろいだ、型にはまらぬものだった。彼が名前を知らぬ連中まで、「やあ」と声をかけて水泳やバスケットボールに誘ってくれた。彼の最も実り多い時間は、だれも勝負などにはこだわらず一日じゅうつづけるバスケットボール試合によって費やされた。点数なんか絶対につけたことはなく、選手の数も一人から三十五人まで適当に変った。メイジャー少佐はバスケットボールにしろなんにしろ、ゲームというものをやったことはなかったが、彼のよく弾む長身と喜びに溢れた熱情とが内面的なぎごちなさや無経験を償う助けとなっていた。メイジャー少佐はほとんど自分の友だちになりかけていた将校や下士官兵といっしょに傾いたバスケットボールのコートに出ているとき、真の幸福を見いだした。勝つ者がいなければ、負ける者もおらず、メイジャー少佐は跳ねまわる一瞬一瞬を楽しんでいるうちに、デュールース少佐が戦死したあとキャスカート大佐がジープで驀進してくるという日が訪れ、彼がそこでふたたびゲームを楽しむことは永遠に不可能とされてしまったのである。

「おまえが新しい大隊長だ」と、キャスカート大佐は鉄道の掘割ごしに荒々しくどなった。「だが、それになにか意味があると思うなよ。意味なんかありはせんのだ。意味といえば、おまえが新任大隊長だということだけだ」

キャスカート大佐は長いあいだメイジャー少佐に対する執念深い遺恨を育ててきていた。彼の部隊名簿に余計者の少佐がいることは、軍事編成表の乱れを意味し、したがってキャスカート大佐がはっきりと自分の敵であり競争者でもあると信じている第二十七空軍司令部の連中に弾薬を送るに等しかった。キャスカート大佐は、まさにデュールース少佐の死というような僥倖を祈り求めていた。彼は一名だけ余分な少佐によって悩まされていたが、いまこそ一名の少佐のはけ口ができたわけである。彼はメイジャー少佐を大隊長に任命したかと思うと、きたときと同じくアッという間に唸りをあげてジープで走り去ってしまった。

メイジャー少佐にとって、それはゲームの終りを意味していた。彼は当惑のために顔を赤らめ、不信感につつまれてその場に釘づけになっていた。頭上にはふたたび雨雲が濃くなりかけていた。チームにもどると、注意深く慎重な顔が、いっせいに気むずかしさや底知れぬ怨みをその目にたたえてじっと彼を見つめていた。彼がドリブルをやると、彼ははずかしさに身を震わせた。ゲームは再開されたが、もういけなかった。彼がドリブルをやると、だれもそれを妨害しようとしない。彼がパスを要求すると、ボールを持っている者がだれであろうとパスをよこす。彼がバスケットに投げ入れそこなっても、だれも落ちたボールを奪おうとしない。聞こえる声は、自分の声だけ。翌日も同じ。そのまた翌日、彼はもうコートにやってこなかった。

まるで申し合わせたかのように、大隊の者ひとり残らずが彼に話しかけるのをやめてしまい、彼をにらみつけるようになった。彼はどこへいっても軽蔑と、嫉妬と、疑惑と、憎悪と、意地の悪い皮肉の対象となりながら、目を伏せ、頰を赤らめて、自意識に責めさいなまれながら人生を歩んだ。以前には彼がヘンリー・フォンダに似ていると気づいていなかった人々までが、いまではそれについてとやかく言うことをやめなかったし、あいつはヘンリー・フォンダに似ているから大隊長に抜擢されたのだと、かげでほのめかす連中まで出てきた。大隊長の地位をねらっていたブラック大尉など、メイジャー少佐はヘンリー・フォンダ本人だが、あいつはケチな野郎だから自分でそれを認めようとしないのだ、と主張していた。

メイジャー少佐はつぎからつぎと災難にぶつかり、すっかり面くらってしまった。タウザー曹長は、一言の相談もなく、メイジャー少佐の所有物をかつてデュールース少佐が占用していたただっ広いトレーラーに移してしまった。メイジャー少佐は自分の持ち物を盗まれたと知らせるため息せき切って大隊本部に飛びこんだが、その瞬間、若い伍長がいきなり立ち上がって、「気ヲツケエ！」と叫んだので、彼は気が狂わんばかりに驚いてしまった。メイジャー少佐は大隊本部の他のあらゆる者といっしょにあわてて直立不動の姿勢をとり、いったい自分のうしろからどんな重要人物が入ってきたのだろうと思った。きびしい沈黙のうちに何分間もの時がたった。もし二十分後に、連隊本部のダンビー少佐がメイジャー少佐にお祝いを言うために立ち寄って、「休メ」の命令をかけなかったら、彼らはみな最後の審判の日までそのまま立ちつくしていたかもしれなかった。

食堂におけるメイジャー少佐の待遇はもっと嘆かわしいものであった。そこでは落ちこぼれそうな笑みをたたえたマイローが待っていて、彼があらかじめ入口近くに用意し、刺繍入りのテーブルクロスとピンクのカットグラスの花瓶に盛った香り高い花束で飾った小さな特別席へメイジャー少佐を案内した。メイジャー少佐はゾッとして足踏みしたが、みんながじいっと見つめているところでマイローに逆らうだけの勇気はなかった。ハヴァメイヤーまでが皿から目を上げ、重たくぶら下がった顎を突き出し、ぼんやり彼を見つめていた。メイジャー少佐はマイローに引っぱられるまま、おずおずと進み、食事のあいだずっと彼専用のテーブルで面目なさそうに小さくなっていた。食事は灰を噛むような味だったが、調理に関係した者をひとりでも怒らせてはまずいと、彼は食事を口に入れては、それをまるごと胃のなかに呑みこんだ。メイジャー少佐はあとでマイローとふたりだけになると、はじめて抗議する気になり、自分はいままでどおり他の将校といっしょに食事をしたいのだと言った。マイローは、それでは都合が悪かろうと答えた。

「なにも都合が悪いとは思えないが」とメイジャー少佐は抗弁した。「いままでなにごとも起こらなかったじゃないか」

「あなたはこれまで大隊長ではありませんでしたから」

「デュールース少佐は大隊長だったが、いつも隊員たちと同じ席で食事をしていたぞ」

「デュールース少佐殿の場合は別であります」

「どういう点で、デュールース少佐の場合は別なんだね」

「それはたずねていただきたくないであります」とマイローは言った。

「それは、おれがヘンリー・フォンダに似ているからか」と、メイジャー少佐はやっと勇をふるって質問した。

「あなたはヘンリー・フォンダ本人だと言っている者もおります」

「いや、おれはヘンリー・フォンダではない」と、メイジャー少佐は怒りに震える声を高めて言った。「それに、おれはちっとも彼と似てやしない。かりにおれがヘンリー・フォンダに似てるとしても、いったいそれでどこが変るというのだ」

「ちっとも変りはしません。それを自分は申しあげようと思っておりました。要するにあなたの場合は、デュールース少佐殿の場合と同じではないのであります」

たしかに同じではなかった。その証拠に、メイジャー少佐がつぎの食事のとき給食カウンターからほかの連中が坐っている一般テーブルのどれかにつこうと歩み出すと、彼らの顔が難攻不落の敵意の壁を作っているのに出会って立ちすくみ、マイローが無言のまま歩み寄って彼を救い出して、専用テーブルにそっと連れていくまで、盆を持った手を震わせて石のように固くなっていた。メイジャー少佐はあきらめ、その後はいつも隊員たちに背を向け、自分のテーブルでひとり淋しく食事をすませた。彼は、みんなが自分を毛ぎらいしているのは、あいつは大隊長になったとたんにおれたちといっしょに食事もできないほど偉ぶってやがる、と誤解してのことにちがいないと思った。食堂テントでは、メイジャー少佐がいるときには全然会話というものがなされなかった。彼はほかの将校たちがなるべく彼と同じ時間に食事しないようつとめていることを意識した。彼がついに食堂テントにくるのをすっかりやめ、自分のトレーラーで食事をするようになると、みんなはホッと胸をなでおろした。

メイジャー少佐が公文書にワシントン・アーヴィングの名をサインしはじめたのは、第一のCID部員が病院でそういうことをやっている者について彼に質問をしにきて、手口のヒントを与えた翌日からであった。彼は退屈していたし、新しい地位に不満であった。彼は大隊長にさせられたが、大隊長として自分がなにをするよう期待されているのかさっぱりわからず、公文書にワシントン・アーヴィングという偽名を書きつけたり、大隊本部テントのうしろにある自分の小さな執務室の窓の外で、——・ド・カヴァリー少佐の蹄鉄が時たま地上に落ちて鳴る、カチーン、ドサッという音を聞いたりしているほかはなかった。彼はきわめて重要な任務が未完のまま放置されているという観念に絶えずとり憑かれ、いまにたくさんの責任が自分を追いかけてくるだろうと予期していたが、いっこうにそういう気配はなかった。彼はじろじろ見られることに慣れることができないので、絶対に必要なとき以外はほとんど外へは出なかった。たまにタウザー曹長が連れてくる将校や下士官兵によって単調さが破られたが、彼らはきまってメイジャー少佐には処置しきれない問題を持ちこむので、彼はすぐ彼らをタウザー曹長のもとに追い返して、その賢明な処置にまかせるのだった。なにごとによらず彼が大隊長として成し遂げるべきことは、どうやらこの曹長の助けなくしては成し遂げられぬようであった。彼はむっつりとふさぎこむようになった。ときどき彼は従軍牧師に会いにいって、自分の悲しみを洗いざらい聞いてもらおうかと本気で考えたが、従軍牧師も彼自身の悩みにうちひしがれているように見えたので、メイジャー少佐はそれ以上に苦労をかける気になれなかった。その上彼には、従軍牧師が大隊長のために存在しているものかどうか確信が持てなかったのだ。

彼はまた――・ド・カヴァリー少佐に関してもまるで確信が持てなかった。――・ド・カヴァリー少佐の場合、アパートメントを借りるために、あるいは外国人労働者をさらうために出かけていないときには、蹄鉄投げ以外特に仕事というものはなかった。メイジャー少佐はしばしば、蹄鉄が地上にゆっくりと落ちるところや、土に埋めこんだ小さな鋼鉄の棒にかかって、くるくるまわって落ちるさまを、非常に注意深く眺めた。彼は窓から何時間も――・ド・カヴァリー少佐の姿を見つめ、これほど威厳のある人がなぜこれ以上重要な職務を持っていないのだろうかと不審に思った。彼は何度も――・ド・カヴァリーの仲間入りをしようという誘惑にかられたが、一日じゅう蹄鉄を投げるのは、公文書に〝メイジャー・メイジャー・メイジャー〟とサインするのとほとんど同じぐらい退屈なように思われたし、その上

――・ド・カヴァリーの顔つきがあまりにもいかめしいので、こわくて近づけなかったのだ。

メイジャー少佐は――・ド・カヴァリー少佐に対する自分の関係と、自分に対する――・ド・カヴァリー少佐の関係について疑惑をいだいた。彼は――・ド・カヴァリー少佐が自分の隊務執行官であることは知っていたが、それがどういう意味であるか知らないので、いったい――・ド・カヴァリー少佐は自分の寛大な上官なのか、それとも怠慢な部下なのか、判断がつかなかった。それをタウザー曹長から教えてもらいたくはなかった。彼はタウザー曹長を内心恐れていたのである。さりとて他に聞く相手もなし、まさか――・ド・カヴァリー少佐自身にたずねるわけにもいかなかった。それまでなにごとによらず――・ド・カヴァリー少佐に近づくほど勇敢な者はまずいなかった。たったひとり愚かにも少佐の蹄鉄のひとつを投げた将校は、その翌日、ガスやウェスも、いやダニーカ軍医ですら見たことも聞いたこともないほど悪性のピアノーサ梅毒にやられてしまった。だれもが、この哀れな将校は――・ド・カヴァリー少佐のたたりを受けてそんな病気にかかったのだと信じて疑わなかったが、どういう経過でそうなったのかはだれにも確実にはわからなかった。

メイジャー少佐のデスクにやってくる公文書のほとんどは、彼にはまったく関係のないものだった。大部分は、メイジャー少佐がかつて見たことも聞いたこともない以前の通達に関係したものだったが、指令はきまってそれらを無視せよというものだから、いろいろ以前のを調べる必要は毛頭なかった。したがって、わずか一分間という生産的な時間のうちに、彼は他のいっさいの通達を完全に無視すべしと指示する二十もの別々の書類に確認のサインをすることができるのだった。本土のペケム将軍の部隊長室からは、〝遷延は時間の盗人〟とか、〝清潔は敬神に次ぐ美徳〟などという調子のいい訓戒を見出しにした冗長な公報が毎日やってきた。

メイジャー少佐は、ペケム将軍の清潔さや職務遷延に関する通達を見ていると、自分が始末に負えぬ職務遷延家であるような気がしてくるので、いつもできるだけ速くそれらを脇へ片づけてしまった。彼の興味を惹く公文書といえば、ピアノーサ島に到着して二時間もたたぬうちにオルヴィエート爆撃行で戦死し、一部はまだ荷が解かれてもいない所持品がいまなおヨッサリアンのテントに残されているという、不幸な一少尉に関するおりおりの書類であった。この不幸な少尉は、大隊本部ではなくて作戦本部のテントのほうに着任を報告したので、タウザー曹長は彼が大隊には全然責任報告をしなかったものとして扱うのが最も完全だと判断した。その結果、この少尉に関するおりおりの通達は、彼が空中に消え失せたかのごとくである旨を云々していた。もっとも、ある意味では、そのとおりのことが彼に起こったのだ。メイジャー少佐は、自分のデスクにやってくる公文書は、長い目で見ればありがたいものだと思った。大隊長室に朝から晩まで坐って公文書にサインしているのは、公文書にサインすることもなく朝から晩まで大隊長室に坐っているよりははるかにましだったからである。それは多少の退屈しのぎにはなった。

メイジャー少佐がサインした文書はいずれも例外なく二日ないし十日の間をおいて、彼の新しいサインを求める新しいページを添えてもどってきた。それらはいつも前よりはずっと分厚くなっていた。というのは、彼の前の確認のサインを記したページと、彼の新しいサインを求めるページとの中間には、同じ書類に確認のサインをすることにのみ専念している各分遣隊のあらゆる将校のごく最近の確認サインを載せた紙が何枚もはさまっていたからである。メイジャー少佐は、簡単な通達が驚くべきほどふくれあがって厖大な書類になるのを見て、やりきれぬ思いだった。なんべんサインしても、それはいつもまた新しいサインを求めてもどってくるのである。彼はとうとうそのいずれからも縁は切れないものとあきらめかけた。ある日——それはCIDがはじめてやってきた翌日だったが——メイジャー少佐は、いったいどんな気がするものかと、書類のひとつに自分の名ではなく、ワシントン・アーヴィングの名を書き入れてみた。気に入った。たいへん気に入ったので、彼はその日の午後ずっとあらゆる公文書にワシントン・アーヴィングとサインした。それは衝動的な気まぐれと反抗の行為であり、そのためにあとでしたたか罰を喰らうだろうということは自分でも承知していた。翌朝彼はおそるおそる大隊長室に入って、なにが起こるか待っていた。なにごとも起こらなかった。

彼は罪を犯したわけだが、結果は上々だった。彼がワシントン・アーヴィングとサインした書類はただの一通ももどってこなかったのだ！　ここにようやく進歩あり、と、メイジャー少佐は抑えがたい喜びをもってこの新しい経験にうちこんだ。公文書にワシントン・アーヴィングの名を書きこむことは大した経験にはならぬかもしれないが、〝メイジャー・メイジャー・メイジャー〟とサインする単調さよりはましだった。ワシントン・アーヴィングが単調になると、彼は順序をひっくりかえし、また飽きるまでアーヴィング・ワシントンとサインすればよかった。そして彼はたしかになにかを成し遂げたのである。なんとなれば、そのいずれの名を載せた公文書も絶対に大隊にもどってこなくなったからである。

結局もどってきたのは、操縦士に変装した第二のＣＩＤ部員であった。みんなはこの男がＣＩＤであることを知っていた、というのも道理で、本人がそうだと打ち明けていたからである。彼はひとりびとりに自分の正体を他のだれにも明かしてくれるなと頼んだが、他のだれにも自分がＣＩＤだということをすでに明かしていたのだ。

「大隊のなかでわたしがＣＩＤであることを知っているのはたったひとり、あなただけですよ」と彼はメイジャー少佐にそっと打ち明けた。「ですから、わたしの能率がそこなわれないよう、ずっと秘密を保っていただくことが絶対に必要です。おわかりでしょうか」

「タウザー曹長はもう知っているよ」

「ええ、わかってます。あなたに面会するために曹長には言わなければならなかったのです。しかし彼はたといどんな事情があろうと他人には絶対に口外しないとわたしは信じています」

「タウザー曹長はおれに話したよ」とメイジャー少佐は言った。「あの男は、ＣＩＤ部員がきておれに面会を求めていると報告したからな」

「しようのないやつだ。どうやらあいつの秘密保護検査をしてやる必要がありそうだな。わたしがあなたなら、この辺に極秘文書など放っておきませんね。少なくともわたしが報告書を書きあげてしまうまでは」

「極秘文書なんてなんにも持ってないが」とメイジャー少佐が言った。

「そういうことこそ、わたしの言う極秘なのです。そういうものはタウザー曹長が手を出せないあなたの書類箱にしまって、鍵をかけといてください」

「タウザー曹長が書類箱の唯一の鍵を保管しているんだ」

「どうもわれわれは時間を空費しているようですが」と第二のＣＩＤ部員はいささか堅苦しい口調で言った。活発で、がっしり太り、ピーンと張りきった感じの男であり、動作はすばやく、確実だった。彼は、オレンジ色の対空砲火のなかを飛ぶ軍用機と、五十五回の出撃が終ったことを示すきれいに並んだ小さな爆弾の絵を派手に描いた革の飛行服の下に、はっきりめだつように隠していた赤い大型の拡張封筒から何枚もの写真複写をとり出した。「あなたはこのうちどれかひとつでも見たことがありますか」

メイジャー少佐は、検閲者が〝ワシントン・アーヴィング〟ないし〝アーヴィング・ワシントン〟と署名している、入院患者の私信の写しを無表情に眺めた。

「ないね」

「こちらのほうはどうです」

メイジャー少佐はつづいて、彼自身が同じ署名を入れた自分宛ての公文書の写しをのぞきこんだ。

「ないね」

「こういう名をサインした者があなたの大隊におりますか」

「どっちの。ここにはふたつの名前があるが」

「どちらもです。われわれはワシントン・アーヴィングとアーヴィング・ワシントンとは同一人物で、そいつがわれわれの捜査の目をくらますためにふたつの名を使っているとにらんでいるのです。よく使われる手でしてね」

「うちの大隊にはどっちの名の人間もいないと思うな」

第二のＣＩＤ部員の顔にチラッと失望の色が走った。「相手はわれわれが考えていたよりもずっと利巧なのです」と彼は言った。「相手はもうひとつの名前を使って、だれかほかの者みたいなふりをしているのです。そしてわたしは……そう、わたしはその第三の名前を知っていると思うんですよ」彼は興奮と霊感のひらめきとをもって、もう一枚の複写を出してメイジャー少佐の検討を乞うた。「どうです、これは」

メイジャー少佐はやや前かがみになり、ヨッサリアンがメアリーという名前以外の全部を消し、「ぼくはやるせなくきみに恋いこがれている。アメリカ軍従軍牧師、Ａ・Ｔ・タップマン」と書き加えた野戦郵便の写しを見た。メイジャー少佐は首を横に振った。

「こんなものは見たことがない」

「Ａ・Ｔ・タップマンというのはだれか知っていますか」

「大隊付きの従軍牧師だが」

「これできまった」と第二のＣＩＤ部員が言った。「ワシントン・アーヴィングは大隊付きの従軍牧師です」

メイジャー少佐は驚きに胸を突かれた。「A・T・タップマンは大隊付きの従軍牧師だぜ」と彼は念を押した。

「確かですか」

「確かだよ」

「なんでまた大隊付き従軍牧師が手紙にこんなものを書いたんですかね」

「たぶん、だれかほかの者がそれを書いて、名前をかたったんだろ」

「なんでまた、だれかが大隊付き従軍牧師の名前なんかかたったんですかね」

「発覚すると困るからだろ」

「おっしゃるとおりかもしれませんね」と、第二のCID部員は一瞬ためらったのちに言い、鋭く唇を鳴らした。「われわれは、たまたま反対の名前を持ったふたりの共謀者を従えた悪党と対決しているのかもしれませんね。そうだ、それにちがいない。ひとりはこの大隊に、ひとりは病院に、いまひとりは従軍牧師のところにいる。それで三人になるわけだ、そうですね。あなたはこういう公文書をいままで全然見たことがないと確信をもって言えますか」

「見てたらサインをしただろうね」

「だれの名前を」と第二のCID部員がカマをかけた。「あなたの、それともワシントン・アーヴィングの」

「自分の名前さ」とメイジャー少佐は言った。「おれはワシントン・アーヴィングなどという名前すら知らないもの」

第二のCID部員は急に、にっこりした。

「少佐、あなたの疑いが晴れたことを嬉しく思います。つまりわれわれは協力してやっていけるということです。わたしは可能なかぎりあらゆる人々の協力を必要としているのです。ヨーロッパ作戦地域のどこかに、あなた宛ての文書に手を出しているやつがいます。そいつがいったいだれだか、見当がつきますか」

「いっこうに」

「そう、わたしにはちょっとした考えがあるんです」と第二のCID部員は体を前にかがめ、そっと耳打ちした。「あのタウザーのやつですよ。でなければ、なぜあいつがわたしのことをふれまわるんです。いいですか、ようく注意をして、だれかがワシントン・アーヴィングのことを話題にしただけでも、すぐさまわたしに知らせてくださいよ。わたしは従軍牧師とこのあたりの者全員に秘密保護検査をしてみます」

この男と入れちがいに、第一のCID部員がメイジャー少佐の大隊長室の窓から飛びこんでくるなり、第二のCID部員について、あれは何者かとたずねた。メイジャー少佐はおぼろげにその正体をつかんでいるだけだった。

「あれはCIDだよ」とメイジャー少佐は答えた。

「冗談じゃない」と第一のCID部員が言った。「わたしがこのあたりのCIDですよ」

メイジャー少佐はこの人物の正体をおぼろげにつかむことしかできなかった。なにしろ相手は、両腕の下の縫い目の裂けた色褪せたえび茶色のコールテンのバスローブと、綿屑だらけのフランネルのパジャマ、それに一方の踵が剝がれてパタパタ音のするスリッパというでたちである。これは病院の正規の服装だったな、とメイジャー少佐は思い出した。相手の男は十キロも体重を増し、健康ではちきれそうに見える。

「わたしは実のところ重病人なんです」と彼は泣きごとを言った。「病院で戦闘機の操縦士から風邪をうつされましてね、ひどい肺炎にかかっちまったんです」

「それはどうもお気の毒に」とメイジャー少佐は言った。

「まったくありがたい話ですよ」とCID部員は哀れっぽく言った。「同情してくれなくても結構です。ただ、わたしがどんな辛い目にあってるか、それだけは知ってほしいですね。わたしはワシントン・アーヴィングが作戦の本拠を病院からあなたの大隊に移したらしいので、それを警告するためにやってきたんです。まさかあなたは、このあたりでだれかがワシントン・アーヴィングのことをしゃべってるのをお聞きにならなかったでしょうね」

「実を言うと、あるんだ」とメイジャー少佐は答えた。「ついいましがたここにいた男だよ。あの男はワシントン・アーヴィングのことをしゃべっていた」

「あいつが、ほんとうに」と第一のCID部員は喜んで叫んだ。「これこそ事件の正体をつきとめるのにズバリ必要なカギかもしれませんぜ。あなたはその男を毎日二十四時間ずつ見張っていてください。わたしはすぐさま病院に駆けもどり、上司に手紙を書いて指図を仰ぎますから」このCID部員はメイジャー少佐の大隊長室の窓から飛び出して行ってしまった。

一分後に、メイジャー少佐の大隊長執務室と大隊本部とをへだてる垂れ戸がサッとはね上げられ、第二のCID部員が猛烈に息せききってふたたび入ってきた。彼は呼吸をととのえようと喘ぎながら、大声で言った。「いま赤いパジャマを着た男があなたの窓から飛び出して道を歩いていくのが見えました！　あなたは見ませんでしたか」

「あの男なら、ここでおれに話をしていったんだ」とメイジャー少佐は答えた。

「まったくあやしいと思いましたね、赤いパジャマで窓から飛び出すなんて」第二のCID部員は力をこめてメイジャー少佐の小さな大隊長室のなかを歩きまわりはじめた。「最初はあなたかと思いましたよ、メキシコに逐電かとね。しかし、いま、あなたでなかったことはたしかだ。あの男、まさかワシントン・アーヴィングのことをなにもしゃべってなかったでしょうねえ」

「実を言うと」と、メイジャー少佐は答えた。「しゃべっていたよ」

「あいつが」と、第二のCID部員が叫んだ。「そいつはいい。これこそ事件の正体をつきとめるのに必要なカギかもしれない。どこであいつを見つけることができるか、ご存知ですか」

「病院だよ。実を言うとあの男は重病人なんだ」

「そいつはなによりです」と第二のCID部員が言った。「すぐそちらへ追いかけていきます。正体を隠していくのがいちばんいいでしょう。まず医務部テントで事情を説明してから、患者として入院させてもらうつもりです」

「わたしが病気でないかぎり、患者として病院には入れてくれないんですよ」と彼はもどってきてメイジャー少佐に報告した。「実を言うと、わたしはかなり病気なんです。これまでも人間ドックに入れてもらおうと思っていたのですが、今度はいい機会です。もういちど医務部テントへ行って病気だと言い、その手で病院に送りこんでもらうつもりです」

「見てくださいよ、連中の仕打ちを」と、彼は歯茎を紫色にしてもどってきてメイジャー少佐に言った。なだめようもないほど悲嘆にくれていた。靴と靴下を手にぶらさげており、見ると足の指先にも殺菌用ゲンチアナ・ヴァイオレットが塗ってある。「紫色の歯茎を持ったCIDなんて、だれが聞いたことがありますか」と彼は不服そうにつぶやいた。

このCID部員はうなだれて大隊本部から歩み去ったが、途中、細長い退避壕にころげ落ちて鼻をへし折った。彼の体温はまだ平熱というところだったが、ガスとウェスは特例とみなし、傷病兵運搬車で病院へ運びこんだ。

メイジャー少佐は嘘をついたのに、結果は上々であった。彼はそれが上々であることにそれほど驚きはしなかった。これまでの観察からして、いったいに嘘をつく人間のほうが嘘をつかない人々よりも、より機知と野心に富み、世渡りもうまいことを知っていたからである。もし第二の部員に真実を告げていたら、彼は面倒な目にあったことだろう。ところが彼は嘘をつき、おかげで悠々と彼の仕事を継続することができるのだった。

彼は第二のCID部員の到来の結果、いっそう用心深く仕事にかかるようになった。彼は、バスケットボールのゲームに加わるのに都合がよかろうと誤算して手に入れた黒眼鏡とつけ髭をつけたときだけ、しかも左手で、あらゆるサインを書いた。さらに警戒を高めるために、彼は巧妙にもワシントン・アーヴィングからジョン・ミルトンに切り換えた。ジョン・ミルトンのほうが柔軟性があり、簡潔でもあった。あんまり単調で飽きがきたら、ワシントン・アーヴィングと同様に姓名を倒置しても、好結果が得られた。その上、これはメイジャー少佐の生産量を倍増させることになった。なぜなら、ジョン・ミルトンのほうが彼自身の氏名はもとより、ワシントン・アーヴィングという名よりもずっと短く、それだけ書く時間が節約できたからである。ジョン・ミルトンはいまひとつの点でも実りの多い存在であることがわかった。彼は融通無《む》碍《げ》であり、メイジャー少佐はやがてこのサインを断片的な空想的対話のなかにとり入れはじめていた。そこで、公文書の典型的な確認のサインは、「ジョン、ミルトンはサディストだぜ」とか、「ジョン、ミルトンを見かけたか」といったものになった。彼が格別得意がったサインはこうだった、「ミルトン、ジョン（便所）はふさがってるか」ジョン・ミルトンは永遠に単調さを閉め出してくれるにちがいない、魅力的で無尽蔵な可能性に満ちた新しい展望を完全に開示してくれたのである。メイジャー少佐はジョン・ミルトンが単調で退屈になると、またワシントン・アーヴィングにもどった。

　メイジャー少佐は、彼がとめどなく沈みつつある泥沼のような頽廃から自己を救う最後の、むなしい努力のひとつとして、ローマで黒眼鏡とつけ髭を買いもとめたのだった。まず出くわしたのは偉大なる忠誠宣誓書運動における恐るべき屈辱である。われこそはと競って忠誠宣誓書をかき集める三、四十人の連中のだれひとりも、彼だけにはサインすらさせないのである。その嵐がおさまりかけたと思ったころ、今度はクレヴィンジャーの爆撃機が乗組員全員とともに不思議や空中に跡かたもなく消えるという事件が起こったが、この異様な事件の責任は意地悪くもメイジャー少佐に集中したのである——彼が忠誠宣誓書にただの一回もサインしたことがないという理由で。

　黒眼鏡には紫紅色の枠がついていた。つけ髭はやけに派手な手回しオルガン屋のもので、メイジャー少佐はもう孤独さに耐えきれぬと思ったある日、その両方を顔につけてバスケットボールの仲間入りをした。彼はコートまでぶらぶら歩いていきながら、陽気ななれなれしさを装い、正体を見破られませんようにと心のなかで祈っていた。ほかの連中は彼がだれかわからない様子だったので、彼は楽しくなりはじめた。この無邪気な策略の成功をみずから祝福しかけたちょうどそのころ、相手チームのひとりがいきなり彼に体当りを喰わせ、彼はころんで膝をついてしまった。またすぐ体当り。そこでメイジャー少佐は、みんなが彼の正体を知っていながら、彼が変装しているのをいいことにして、小突き、足をかけ、袋叩きにしているのだということをようやく悟った。みんな彼なんぞに用はなかったのだ。彼がそれを痛感しだしたころ、彼のチームの面々も本能的に相手チームと融合し、血に飢えてわめきたてる一団の暴徒となって、四方八方からすさまじい罵声をあげ拳をふりかざして彼に襲いかかった。みんなは彼を地上に組み伏せ、踏みつけ、彼がふたたびよろよろと立ちあがると、また攻撃をしかけた。彼らは少佐をぶん殴り、蹴とばし、目玉をえぐりとり、踏みつけてやろうという狂気じみた観念にとり憑かれ、いたるところで群をなした。彼は殴られてきりきり舞いしながら掘割の端まで追いつめられ、とうとう頭と肩から先にずり落ちるはめになった。その底でやっと彼は足場を得て、雨と降る靴や石つぶてを浴びせられながらやっと反対側の壁によじのぼり、大隊本部テントのすぐそばにある退避壕のなかに逃げこんだ。この襲撃のあいだ彼の最大の関心事は、黒眼鏡とつけ髭をはずさないようにすることだった。そうすれば自分はあくまで他人のようなふりをしつづけられ、したがって大隊長という権威をもって彼らに立ち向かうという恐るべき義務をまぬがれるからであった。

大隊長室にもどった彼は、泣いた。泣き終ると、口と鼻の血を洗い落とし、すりむけた頬と額の泥をこすりとってからタウザー曹長を呼んだ。

「これからはずっと」と彼は言った。「おれがここにいるかぎり、だれもここに会いにきてほしくない。わかったな」

「わかりました」とタウザー曹長が答えた。「それは自分を含めてでありますか」

「そうだ」

「わかりました。それだけでありますか」

「そうだ」

「隊長殿がここにおられるとき、会いにこられるかたがたにはなんと言えばいいでありましょうか」

「おれがなかにいるからと言い、待つように頼め」

「わかりました。いつまででありますか」

「おれが出ていくまでだ」

「そのあとは、どういたしましょうか」

「おれの知ったことか」

「隊長殿が出られたあとなら、面会人を案内して入ってもよいでありましょうか」

「よろしい」

「しかし、隊長殿はおられないわけですね」

「そうだ」

「わかりました。それだけでありましょうか」

「そうだ」

「わかりました」

「これからはずっと」と、メイジャー少佐は彼のトレーラーの係りである中年の従兵に言った。「おれがここにいるあいだは、おまえがここに入ってきてなにか用事はないかと聞くのはやめてもらいたい。わかったか」

「わかりました」と従兵は答えた。「隊長殿のご用があるかどうか確かめるためには、いつここにきたらよいのでありましょうか」

「おれがここにいないときだ」

「わかりました。そこで、なにをすればよいのでありますか」

「おれが言いつけることはなんでもだ」

「しかし、ご用を言いつける隊長殿はここにはおられない。そうでありますね」

「そうだ」

「では、自分はなにをすればよいのでありますか」

「なすべきことはなんでもだ」

「わかりました」

「それだけだ」とメイジャー少佐は言った。

「わかりました」と従兵は言った。「それだけでありますか」

「いや」とメイジャー少佐は言った。「掃除のために入ってくるのもやめろ。おれがここにいないと確認するまでは、なにがあろうとここに入ってきてはならん」

「わかりました。しかし、どうしたらいつも確認できるでありましょうか」

「確認できなければ、おれがなかにいるものと思い、ちゃんと確認するまではあっちへいっているんだ。わかったか」

「わかりました」

「こんな言いかたをしなければならないのは、おまえにも気の毒だと思うが、しかたがないんだよ。さようなら」

「さようなら、隊長殿」

「そして、ありがとう。なにもかも」

「はい、隊長殿」

「これからはずっと」と、メイジャー少佐はマイロー・マインダーバインダーに言った。

「この食堂にはこないつもりだ。食事は全部おれのトレーラーに運んでもらうことにする」

「それは名案だと思います、少佐殿」とマイローは答えた。「これでやっと少佐殿に、ほかのだれもが絶対に味わえない特別料理を召しあがっていただけるわけです。きっと喜んでいただけると信じます。キャスカート大佐殿もいつもそうしておられます」

「特別料理なんてほしくない。きみがほかのあらゆる将校に出しているのとまったく同じものをもらいたい。ただ、だれが運んでくる場合も、入口をいちどだけノックして、盆ごと階段のところにおいていってほしい。わかったかね」

「はい、少佐殿」とマイローは言った。「よくわかりました。自分は今夜、これまで隠しこんでおいた生きたメイン州特産の海老《えび》を少々に、極上のロックフォール・サラダを添えたのと、ついきのう、フランス地下組織の大物ひとりといっしょにパリからこっそり持ちこんだ冷凍エクレアふたつをお出しすることができます。第一回としましてはそれでよろしいでありましょうか」

「いや」

「はい、少佐殿。了解いたしました」

その晩、マイローが出した夕食は、極上のロックフォール・サラダ添えのメイン海老の姿焼きと冷凍エクレアがふたつだった。メイジャー少佐は当惑した。といって突き返せば、捨てられてしまうか、だれかほかの人間の胃袋におさまるだけのことだろうじ、メイジャー少佐は焼き海老には目がなかった。彼はうしろめたく思いながらもそれを平らげた。翌日の昼食には、メリーランド食用亀と一九三七年もののドン・ペリニョンがたっぷり一リットルも出たが、メイジャー少佐はなにも考えずに咽喉の奥に流しこんだ。

　マイローのあと残っているのは大隊本部の連中だけだったが、メイジャー少佐は用のあるたびに大隊長室の薄汚いセルロイドの窓から出入りした。留めボタンをはずしたその窓は低くて大きく、どちらからでも簡単に跳び越えることができた。彼は自分のトレーラーまで帰るとき、人影が見えないのを確かめたのちに、大隊本部からテントの裏側を突っ走り、鉄道の掘割に跳び降り、頭を低めて駆け出し、聖域のごとき森のなかに逃げこむ。トレーラーの横までくると、彼はようやく掘割から這い出て、深い茂みのなかをいっさんにわが家まで走り抜ける。その茂みで彼が出会った唯一の人間はフルーム大尉で、大尉はある日暮れがた、ひと叢《むら》のきいちごのなかから声もなくヌッと姿を現わしてメイジャー少佐の度肝を抜いた上、ホワイト・ハルフォート酋長が彼の咽喉を耳から耳まで一文字に切り裂くといっておどした、と少佐に訴えた。

「今度またあんなふうにおれをおどしたら」とメイジャー少佐は言った。「おれがきみの咽喉を耳から耳まで切り裂いてやるぞ」

　フルーム大尉はハッと息を呑み、またきいちごの茂みのなかに消え去り、メイジャー少佐は二度と彼の姿を見ることはなかった。

　メイジャー少佐は自分のやりおおせたことを振り返り、満足であった。二百人以上の人間がうようよしているわずか数エーカーの外国の土地で、彼は隠遁者となることに成功したのだ。ちょっとした才知と直観力を働かすことによって、大隊の何者が彼に話しかけることもほとんど不可能にしたのであった。どうせだれも彼と話をしたがっていないのだから、結局だれにとっても好都合な処置だとメイジャー少佐は思った。ところが話をしたがっていないのは、かの狂人ヨッサリアン以外のすべてだということがわかった。ヨッサリアンは、ある日メイジャー少佐が昼食のために自分のトレーラーめがけて掘割の底を突進しているとき、フライイング・タックルで少佐をとり押さえた。

大隊のなかで、メイジャー少佐がフライイング・タックルでとり押さえられたくないと思う人物の筆頭にあげられるのがヨッサリアンだった。ヨッサリアンは根っから評判の悪い男だった。なにしろ彼は、そこに実在してもいない彼のテントのなかの死人について、いかにもえげつなく騒ぎたてるし、アヴィニョン爆撃のあとは自分の衣服を脱ぎ捨てたまま歩きまわり、ドリードル将軍が彼のフェラーラ攻撃の際の英雄的行為に対して勲章を授けにきたときですら、隊列のなかに素っ裸で立っているという始末であった。この世の中には、ヨッサリアンのテントから問題の死人の無秩序な所持品を取り除く力を持った人間はひとりもいなかった。メイジャー少佐は、大隊に到着して二時間もたたぬうちにオルヴィエート上空で戦死した少尉が、大隊には全然着任しなかったことにして報告することをタウザー曹長に許可したとき、少尉の所持品を処分する権利を失ってしまったわけである。メイジャー少佐にしてみれば、ヨッサリアンのテントから彼の所持品を除去する権利を多少なりとも持っている唯一の人間はヨッサリアン自身だと思われたが、ヨッサリアンにはそんな権利はないようにメイジャー少佐には思われるのだった。

メイジャー少佐は、ヨッサリアンがフライイング・タックルで彼をとり押さえたあと呻き声をあげ、なんとか立ちあがろうともがいた。ヨッサリアンはそうはさせなかった。

「ヨッサリアン大尉は」とヨッサリアンは言った、「生死にかかわる大問題で少佐殿に即刻お話をする許可を要請いたします」

「立たしてくれ、頼むから」と、メイジャー少佐はむっとした口ぶりで言った。「腕の上に倒れこんでいたんじゃ、きみの敬礼に答えることもできない」

ヨッサリアンは押さえこんでいた腕を放した。ふたりはゆっくり立ちあがった。ヨッサリアンはもう一度敬礼をして、要求をくりかえした。

「大隊長室へいこう」とメイジャー少佐は言った。「ここは話をするのに最適の場所ではなさそうだ」

「はい、隊長殿」とヨッサリアンは答えた。彼らは軍服についた細かな砂利を手で叩き落とし、重苦しく黙ったまま大隊本部の入口へ歩いていった。

「傷にマーキュロをつけるために一、二分くれ。そのあとタウザー曹長に言ってきみを呼び入れるから」

「はい、わかりました」

メイジャー少佐は、机や書類棚に向かって働いている事務官やタイピストには見向きもせず、威厳をつくろって大隊本部の奥へ大股で歩いていった。彼は自分の大隊長室に入るなり、仕切りの垂れ戸を下ろした。大隊長室にひとりっきりになるやいなや、彼はむこう側の窓まで突進し、外へ跳び越えて逃げ出そうとした。行く手をふさいでいるのは、ヨッサリアンだった。ヨッサリアン大尉は、不動の姿勢で待ちかまえ、またもや挙手の礼をした。

「ヨッサリアン大尉は、生死にかかわる大問題で少佐殿に即刻お話をする許可を要請いたします」と彼は断固たる調子でくりかえした。

「許可できない」とメイジャー少佐はつっぱねた。

「そうはいきませんよ」

メイジャー少佐はあきらめた。「いいだろう」と彼は憂鬱そうに折れて出た。「きみと話をしよう。おれの部屋に跳びこんでくれ」

「お先にどうぞ」

彼らは大隊長室に跳びこんだ。メイジャー少佐は椅子に腰を下ろし、一方ヨッサリアンは少佐の机の前を歩きまわりながら、もうこれ以上出撃には参加したくないと告げた。この男になにができるというのだ、とメイジャー少佐は自問した。ヨッサリアンにできることといえば、コーン中佐が命ずることを遂行し、最上の結果が生まれるのを期待することでしかなかった。

「なぜしたくないのだ」とメイジャー少佐は質問した。

「こわいんですよ」

「べつにはずかしがることじゃないよ」とメイジャー少佐はおだやかに応じた。「おれたちはみんなこわがっている」

「はずかしがってなんかいません」とヨッサリアンは言った。「ただこわいんです」

「きみがもし全然こわくないと言ったら、正常な人間ではあるまいね。最も勇敢な人間だって恐怖は経験する。われわれが戦闘で直面する最大の難関のひとつは恐怖を克服することだ」

「まあ待ってくださいよ、少佐。そういうたわごとは抜きにして話ができないもんですかねえ」

メイジャー少佐はおずおずと視線を落とし、指先をもてあそびはじめた。「おれになにを言わせたいんだ」

「わたしは充分に出撃責任を果たしたから、帰国できるということをね」

「何回出撃した」

「五十と一回」

「残るはたった四回じゃないか」

「彼がまた回数を増やすでしょう。おれがあと少しということになると、きっと回数を増やすんだ」

「今度はそうしないかもしれない」

「とにかく彼はだれも帰国させないんですよ。交代命令がくるまでそのまま待たしておき、そのうち飛行要員が足りなくなるものだから責任出撃回数を増やして、みんなをまた戦闘員にもどしてしまう。連隊長になって以来ずうっとそれをやってるんだから」

「命令がいくら遅れたからといって、キャスカート大佐を非難してはいけない」とメイジャー少佐は忠告した。「われわれが出す命令を受け取り、それを迅速に伝達するのは、第二十七空軍の責任なんだ」

「そうは言っても、交代要員の派遣を要請して、命令がもどってきしだいわれわれを帰国させることは大佐にだってできるでしょう。とにかくわたしは、第二十七空軍は四十回の出撃しか期待していなくて、われわれを五十五回も飛ばすのはもっぱら大佐の独断だと聞いていますぜ」

「おれはそんなことを知る立場にない」とメイジャー少佐は答えた。「キャスカート大佐はわれわれの指揮官なのだから、われわれは彼に服従しなければならない。きみはなぜあと四回飛んで、その結果を待とうとしないんだ」

「そうしたくないからですよ」

おまえにいったいいなにができるというんだ、とメイジャー少佐はまた自問した。真向からおまえの目をのぞきこみ、戦闘で殺されるよりは自分から死んだほうがましだという男に対して、少なくともおまえと同じくらい分別もあり知性もありながら、わざとそうでないような扱いをしなければならないこの相手に対して、おまえはどうすることができるというのか。この男に対してなにが言えるというのか。

「われわれがかりに、きみの作戦飛行を切り換えて早朝爆撃《ミルクラン》に参加させたとする」とメイジャー少佐は言った。「そうすれば、きみはなんの危険もおかさず、あと四回出撃できるわけだ」

「早朝爆撃《ミルクラン》もごめんです。わたしはもう戦争をしたくありません」

「きみはわれわれの祖国が負けるのを見たいのか」とメイジャー少佐が聞いた。

「負けやしませんよ。われわれはより多くの人間、より多くの金、より多くの物資を持っています。われわれの代りをつとめられる将兵は一千万人もいるんです。ある人々が殺されているというのに、もっともっと多くの人間が金もうけをし、楽しい思いをしてるんですよ。だれかほかの人間に殺されてもらおうじゃありませんか」

「しかし、もしわれわれの味方がみんなそういう考えを持ったとしたらどうなる」

「だとしたら、わたしもみんなと同じ考えを持たぬかぎり、とんでもない阿呆だということになる。そうじゃありませんか」

この男にむかっていったいなにを言うことができるのだ、とメイジャー少佐は途方にくれて考えた。たったひとつ彼が言えないのは、自分の力でできることはなにもないということだった。自分の力でできることはなにもないと言うことは、自分に力があればなんとかするということをほのめかすことになり、結局コーン中佐の方針に誤りないし不正があることを暗示することになる。だがコーン中佐はその点ではきわめて明快な態度をとってきた。したがって彼は、自分の力でできることはなにもないとは、口がひん曲っても言うべきではないのだ。

「気の毒だが」と彼は言った、「おれの力でできることはなにもない」

10　ウインターグリーン

　クレヴィンジャーは死んだ。そのことは彼の人生哲学の根本的な欠陥であった。ある日の午後、パルマへ毎週定期的に行なっている早朝爆撃《ミルクラン》から帰る途中、エルバ沖上空の陽に輝く白雲のなかに十八機が突っこんだ。十七機が抜けて出てきた。もう一機は、空中にも、下の波ひとつない翡翠《ひすい》色の海上にも姿を見せなかった。残骸らしきものも見つからない。ヘリコプターが何機も日没まで白雲のなかを飛びまわった。夜のうちに雲は吹き払われたが、朝にはもうクレヴィンジャーはいなかった。

　この行方不明ぶりは実に驚くべきものであった。それはたしかに、一兵舎の六十四人全員がある給料日に失踪してその後も完全に消息を絶った、あのラワリー・フィールドの大反乱事件と同じくらい驚くべきものであった。クレヴィンジャーがきわめてあざやかに存在を奪いとられるまで、ヨッサリアンはその給料日に彼らが全員一致して無断外出を企んだものとばかり思いこんでいた。事実彼は、神聖なる責任からの集団的脱走と思われるものにはなはだ元気づけられ、この胸おどるニュースをウインターグリーン元一等兵に告げるために、意気揚々と外へ走り出た。

「なにもそう興奮するほどのことじゃないだろう」とウインターグリーン元一等兵はきたならしい兵隊靴をシャベルの上にのせ、それを掘るのが彼の軍事上の専門である深い四角い穴の壁にむっつり顔でだらしなく倚りかかり、人を小馬鹿にしたような調子で言った。

ウインターグリーン元一等兵はわざとちぐはぐなことをしては悦に入っている、小生意気なちびのはったり屋だった。彼は無断外出をするたびにつかまり、一定の期間内に深さ、長さ、幅それぞれ三メートルの穴を掘り、かつそれを埋めよという刑を受けるのだった。彼はその刑を終えるたびに無断外出した。ウインターグリーン元一等兵は、真の愛国者らしい自発的な献身の精神をもって穴掘りと穴埋めという自分の役割を受け入れた。

「そう悪くもない生きかただよ」と彼は思索家めいた感想を述べた。「それに、だれかがこんなことをしなければならないと思うしね」

彼は、戦時中にコロラド州で穴掘りをするのはそんなに悪くない仕事であると理解するだけの知恵を持っていた。穴掘りというものはそう大して必要に迫られてはいなかったから、彼はゆっくりしたペースで穴を掘ったり埋めたりすることができ、そのために過労になることはほとんどなかった。そのかわり、彼は軍法会議にかけられるたびに二等兵に落とされるのだった。彼はこの降等をひどく無念がっていた。

「まあ、一等兵というのはいいものだったな」と、彼はなつかしげに回想した。「地位というものがあったし——わかるだろ、この意味——いつも最高のお歴々といっしょに歩きまわったものだ」彼の顔は、あきらめのために曇った。「だが、いまではすべて過去のことさ」

と、彼は自分の臆測を述べた。「今度おれが無断外出するとしたら、二等兵としてだろう。そうなれば事情が変る。それは、おれにもちゃんとわかってるんだ」そうそう穴掘りがつづくわけではなかった。「この仕事だって安定したものじゃない。刑期を終るたびに失業ってわけだ。もういちど仕事にもどろうと思ったら、また無断外出をしなくてはならない。しかも、それをずっとつづけるわけにはいかないんだな。落し穴がある。キャッチ＝22さ。今度無断外出したら営倉入りだろう。どういう目にあうか、おれにはわからない。気をつけないと結局は戦地送りってことになるかもしれない」彼はなにも死ぬまで穴掘りをつづけたいとは思わなかったが、戦争がつづいているあいだ穴掘り仕事をするのはいやではなかったし、それも戦争遂行の努力の一部であると心得ていた。「ま、義務の問題だな」と彼は言っていた。「おれたちにはそれぞれ自分の責務というものがある。おれの責務は穴掘りをつづけることで、これまでの仕事ぶりがあまりみごとなものだから、ついこのまえ善行勲章の受章資格ありと上申されたばかりだ。あんたの責務はこの予備士官学校で要領よくサボって、幹部候補生教育が終るまでに戦争がおしまいになるのを期待することだな。戦闘員の責務は戦争に勝つことさ。だからおれは、おれが自分の責務を遂行しているのと同じぐらい立派に彼らが責務を果たしてくれることを熱望するね。このおれが戦地に行って彼らの仕事をやるなんてまともな話じゃないよ、なあ」

ある日、ウインターグリーン元一等兵は、例によって穴を掘っているとき水道管を叩き破ってしまい、あやうく溺死しかかったが、半ば意識を失った状態でやっと救い上げられた。

水ではなく石油だという噂が広まった。ホワイト・ハルフォート酋長は基地から叩き出された。まもなくシャベルを見つけることのできた連中はひとり残らず外に出て、石油目当てに狂気のごとく穴を掘りだした。いたるところで土埃が舞い、その光景はまるで七ヵ月後のある朝、ピアノーサ島で見られたものとそっくりだった。それは、マイローが彼のMアンドMシンジケートに蓄積したあらゆる飛行機で、大隊と飛行場と弾薬庫、それに修理用格納庫まで爆撃した晩のあくる朝のことで、いのち拾いをした連中はみんな外へ出て、堅い土に洞穴のような退避壕を掘り、飛行場の修理小屋から盗んだ装甲板やおたがいのテントの裏口用垂れ戸から盗んだ四角い防水キャンバスで天井を覆っていた。ホワイト・ハルフォート酋長は石油の噂が出たとたんにコロラド州から転任を命ぜられ、結局ピアノーサ島でクームズ少尉のあとがまにおさまることになった。クームズ少尉はある日、実戦とはどんなものか見学するためにお客さんとして爆撃行に加わったが、フェラーラ上空でクラフト機がやられたときに戦死してしまったのである。ヨッサリアンはクラフトのことを思い出すたびにうしろめたさを感じた。うしろめたいのは、クラフトはヨッサリアンの命じた二回目の爆撃飛行中に戦死したからであるし、もうひとつうしろめたいのは、なにも知らぬクラフトがかの「壮烈なるアタブリン錠反乱」に巻きこまれてしまったからであった。そのアタブリン錠反乱は、彼らが外地勤務のために飛び立った最初の一航程であるプエルトリコではじまり、十日後にピアノーサ島に到着するなり、アプルビーが、アタブリン錠の服用を拒否したヨッサリアンのことを報告しようと、いかにも責任者面《づら》をしてずかずかと大隊本部に乗りこんだときに終った。大隊本部の曹長はアプルビーに腰掛けるようすすめた。

「ありがとう、曹長、そうさしてもらおう」とアプルビーは言った。「だいたいどのくらい待たなければならないかね。あすの早朝までには立派に準備を終え、必要とあらばただちに戦闘に出かけられるよう、きょうのうちにまだまだうんと仕事をしなければならないのでな」

「失礼ですが」

「なにかね、曹長」

「ご質問はなんでありましたか」

「少佐の部屋に入れるまで、だいたいどのくらい待たなければならないのか」

「少佐殿が昼食に出かけられるまでであります」とタウザー曹長は答えた。「そうしたら、すぐお入りになれます」

「しかし、それでは少佐はなかにいない。そうだろ」

「そうであります。メイジャー少佐殿は、昼食が終るまでは大隊長室にお帰りになりません」

「なるほど」と言いながら、アプルビーはあやふやな決心をした。「では、昼食のあと出なおしてきたほうがよさそうだな」

アプルビーは内心わけがわからぬまま大隊本部から出た。彼が一歩外へ踏み出したとたん、彼は背が高く、色の黒い、ややヘンリー・フォンダに似た将校が大隊本部テントの窓から跳び出し、いきなり横のほうへ走って姿を消すのを見たような気がした。アプルビーは立ち止まり、目をぎゅっと押さえた。不安が彼を襲った。もしやマラリヤにかかったのではないか、あるいはもっと悪いことに、アタブリン錠の飲みすぎで脳をやられたのではないか。アプルビーはだれよりも四倍すぐれた操縦士になりたいと思う一心で、規定量の四倍のアタブリン錠を服用しつづけてきたのだ。タウザー曹長が彼の肩を軽く叩いて、もしお望みなら大隊長室へお入りになっても結構ですと告げたとき、彼の目はまだ閉じていた。曹長は、メイジャー少佐がいま外へ出ていかれましたから、と説明した。アプルビーの自信がよみがえった。

「ありがとう、曹長。少佐はすぐに帰ってくるかね」

「昼食後ただちに帰ってこられるはずです。そうしますと、あなたはすぐ外に出て、少佐殿が夕食に出かけるまでおもてで待っていなければなりません。メイジャー少佐殿は大隊長室におられるあいだ大隊長室では絶対にだれともお会いになりません」

「曹長、いまなんと言った」

「メイジャー少佐殿は大隊長室におられるあいだ大隊長室では絶対にだれにもお会いにならない、と申しました」

アプルビーはまじろぎもしないでタウザー曹長の顔をのぞきこみ、きびしい口調をとろうとした。「曹長、おまえは、おれがこの大隊の新参者だし、おまえのほうが外地勤務が長いからといって、おれをこけにしようというのか」

「いいえ、とんでもございません」と曹長はうやうやしく答えた。「いまのは自分が受けている命令であります。メイジャー少佐にお会いになったら、確かめていただけると思います」

「おれがしたいのはまさにそれだよ、曹長。いつ、おれは少佐に会えるんだ」

「絶対にお会いになれません」

アプルビーは屈辱に顔を真赤にしながら、曹長がさし出した便箋にヨッサリアンとアタブリン錠のことを書きつけ、もしかすると、気が狂っていながら将校の軍服を着る特権を得ているのはなにもヨッサリアンひとりではないのかもしれないと思いながら、そそくさと立ち去った。

キャスカート大佐が責任出撃回数を五十五回に引き上げたころ、タウザー曹長は軍服を着ている人間はたぶんどいつもこいつもみなきちがいではないかと疑いはじめていた。タウザー曹長は痩せて骨ばった男で、ほとんど色がないほど明るい美しいブロンドの髪の毛、落ちくぼんだ頬、それに大きくて白いマシュマロみたいな歯を持っていた。彼はひとりで大隊を管理していたが、だからといって嬉しくも楽しくもなかった。ハングリー・ジョーみたいな連中は非難と憎しみをこめて彼をにらみつけ、アプルビーは一流の操縦士であると同時に一ポイントも失わぬピンポンの名人として評判をかち得たいま、彼にあくまでも無礼な態度を示すのだった。タウザー曹長が大隊を管理していたのは、大隊にはほかにただひとりも管理能力のある人間がいないからであった。彼は戦争にも昇進にも興味を持っていなかった。彼は古陶器の破片とヘップルホワイト風の家具に興味を持っていた。

タウザー曹長はほとんど無意識のうちに、ヨッサリアンのテントの死人をヨッサリアン自身の言いかたに従って——つまり、ヨッサリアンのテントの死人として——考える習慣に陥ってしまった。だが実際にはそんなものではなかった。彼は正式に着任報告をする前に戦死した操縦士の交代要員にすぎなかったのだ。彼は作戦本部テントの前で大隊本部への道をたずねたが、なにぶんこの大隊には当時三十五回であった責任出撃を完了した者が多く、ピルチャード大尉とレン大尉とは連隊から指示された出撃隊員をかき集めるのに苦労しているおりとて、彼もすぐさま戦闘任務につかされたのである。彼は正式には決して大隊に所属したわけではないから、正式に彼を除籍するというわけにもいかなかった。そこでタウザー曹長は、この哀れな死人に関する通達はしだいにふくれあがりながら永久に往復しつづけるだろうと推察した。

その男はマッドという名であった。暴力と浪費とに等しく嫌悪の情をいだくタウザー曹長から見れば、到着後二時間もたたぬうちにマッドをわざわざ海のかなたに飛ばして、結局オルヴィエート上空で木っ端みじんにさせるなど、恐るべきむだだと思われた。それがだれであり、どんな容貌であったか思い出せる者はひとりもいなかったが、なかでもピルチャード大尉とレン大尉の記憶がいちばんあやふやで、彼らが憶えていることといえば、ひとりの新入りの将校がまるで時を見計らって殺されにきたかのように、作戦本部の前に姿を現わしたということだけであり、彼らはその後、ヨッサリアンのテントの死人のことが話題にのぼるたびに気まずそうに顔を赤らめた。マッドを見たであろう人々のすべて、つまり彼と同じ飛行機に乗っていた者たちは、みな彼とともに木っ端みじんに散り果ててしまったのだ。ところが、ヨッサリアンはマッドがどんな人間か正確に知っていた。つまり、マッドはついにチャンスをつかみそこなった無名戦士であった。なぜなら、あらゆる無名戦士についてひとが知っているのはただそれだけでしかなかった——彼らはついにチャンスをつかみそこねたのだ。彼らはただ死ぬほかなかったのだ。そしてこの死者はまさに正体不明の戦士であった。もっとも所持品は三カ月前、彼がここへ到着しなかったあの日とほとんど同じ状態で、ヨッサリアンのテント内の簡易寝台に投げ出されたままだったが。それらも、二時間足らずのちの死によってすべて汚染されていた。それはちょうどその翌週、ボローニャ大攻撃のあいだ、あらゆるものが死によって汚染され、空にはきなくさい霧とともにじめじめした運命のかびくさい匂いがたれこめ、出撃予定者はみな飛ぶ前からもうその死臭にとりつかれていたのと同様であった。

イタリア本土の重爆撃機は、ある程度までしか高度を下げることができないのでボローニャの弾薬庫を爆撃できない。それを知ったキャスカート大佐は進んでわが連隊が爆撃を引き受けたいと上層部に志願したが、いったんそうした以上、もはやボローニャへの出撃を回避するわけにはいかなかった。一日延期するごとに、それだけ自意識が深まり、陰鬱さが深まった。降りつづく雨とともに、執念深く、抵抗しがたい死の確信が着実にひろがり、まるである種の慢性病に伴う侵蝕的なしみのように、各人のやつれた顔に食いこんでいた。だれもが消毒用フォルムアルデヒドの匂いを放っていた。助けを求めていく場所はどこにもなかった。医務部テントまでコーン中佐によって閉鎖を命ぜられたから、将兵たちはそれまでのように、診断呼集のとき突然に謎めいた下痢症状に襲われたとか、それがまた再発したとか申し出るわけにはいかなくなってしまった。診断呼集は中断される、医務部テントの入口は釘づけされる、で、ダニーカ軍医は雨の合い間をみては、まるで木にとまった憂鬱なのすりのように、閉ざされた医務部テントの入口の前の高い腰掛けにじっと坐り、おだやかならぬ恐怖の勃発をもの悲しい中立的感情によって黙って吸収していた。入口のすぐ上にはブラック大尉が冗談に打ちつけた、そしてダニーカ軍医が冗談ごとではないからとそのままにしておいた、不気味な、手書きの看板がかかっていた。その看板にはクレヨンで黒枠が描かれてあり、こう読めた――「喪中につき、追ってお知らせするまで休業いたします」

恐怖はいたるところに、ダンバーの大隊にまで、溢れ出ていた。その大隊で、ダンバーはある日のたそがれどき、いぶかしげに医務部テントの入口に首を突っこみ、スタッブズ軍医のおぼろげな輪郭にむかっててていねいに話しかけた。スタッブズ軍医はテント内の暗い影のなかに、一本のウィスキー壜と蒸留水を満たした釣鐘形のガラス管とを前にして坐りこんでいた。

「変りはありませんか」とダンバーはとり入るような調子でたずねた。

「ひでえものさ」とスタッブズ軍医は答えた。

「ここでなにをしてるんです」

「坐りこんでいる」

「もう診断呼集はないと思ってましたが」

「ないよ」

「じゃ、なぜここに坐ってるんです」

「ほかに坐るべきところがどこにある。キャスカート大佐やコーン中佐だのといっしょに、あのくそおもしろくもねえ将校クラブにいろというのか。きさまは、おれがここでなにをしてるか知っているのか」

「坐っていますね」

「この大隊で、という意味さ。このテントでのことじゃない。妙にわかったような顔をするんじゃないよ。きさまには、この大隊でいったい医者がなにをしているか、察しがつくのか」

「ほかの大隊ではどの医務部テントも入口を釘づけにしなければならぬようですぜ」とダンバーが言った。

「だれか病気の者がおれのテントの入口からなかに入ってきたら、おれはそいつの飛行勤務を免除してやる」とスタッブズ軍医は断言した。「だれがなんと言おうと、おれはかまわんぞ」

「先生はだれの飛行勤務も免除してやれませんよ」とダンバーは注意をうながした。「命令を知らないんですか」

「おれは注射でそいつをぶっ倒し、是が非でも飛行勤務を免除してやるさ」スタッブズ軍医は皮肉な想像をして、愉快そうに笑った。「連中は命令ひとつで診断呼集をやめることができると思ってやがる。唐変木め。やれやれ、またやってきやがった」雨がまた降りはじめたのである——最初は木々に、つづいてぬかるみに、そのあと人をなだめるささやき声のようにこっそりとテントの上に。「なにもかもびしょ濡れだ」と、スタッブズ軍医は吐き出すように言った。「便所や簡易小便所までむきになって溢れ出てやがる。もう世界じゅうが納骨堂みたいな匂いになっちまった」

彼が話をやめると、沈黙は底知れない感じであった。夜になった。途方もなく大きな隔絶感が漂っていた。

「明りをつけませんか」とダンバーが言った。

「明りなんてないさ。といって、おれの発電機を働かす気にもならんな。おれは人々の生命を救うことにえらく満足を感じていたものだが、いまではいったいどこに意味があるのかわからん——どうせみんな死なにゃならんのだからな」

「いや、やっぱり意味はあります」とダンバーが断定的に言った。

「ほう。その意味ってなんだね」

「それは、先生のできるかぎり、彼らが死なないようにしてやることです」

「ああ、だけど、どうせみんな死なにゃならんのに、そんなことをしてなんの意味がある」

「そんなことは考えないほうが得策ですね」

「策なんかどうでもいい。いったい意味はどこにあるんだ」

ダンバーは黙ってしばらく考えこんだ。「そんなことだれが知るもんですか」

ダンバーは知らなかった。ボローニャはダンバーを大いに喜ばせて然るべきであった。なぜなら一分一分がのろのろと過ぎ、一時間が一世紀にも思われたからだ。ところが、自分が殺されるであろうことを知っているいま、彼はそれによって苦しめられるばかりだった。

「きさまはほんとうにコディンがもっと欲しいのか」とスタッブズ軍医がたずねた。

「友だちのヨッサリアンのためなんですよ。あいつは自分が戦死するだろうと確信してやがるんで」

「ヨッサリアン。ヨッサリアンたぁいったい何者かね。とにかくヨッサリアンというのはいったいどんな種類の名前だ。そいつはいつかの晩、将校クラブで酔っぱらってコーン中佐と喧嘩をおっぱじめたやつじゃないのか」

「そうです。あいつはアッシリア人ですよ」

「あの狂った野郎か」

「それほど狂っちゃいませんぜ」とダンバーは言った。「あいつはボローニャには飛ばないと誓ってるんです」

「それこそおれの言おうとしたことさ」とスタッブズ軍医は答えた。「あのきちがい野郎は、いま残されている唯一の正気な人間かもしれんぞ」

11　ブラック大尉

カロドニー伍長は連隊からの電話連絡でそのことをはじめて知り、あまりにも大きなショックを受けたので、情報部テントを爪先立って横切り、骨の浮き出た向こう脛を机の上に投げ出して眠たげに坐っているブラック大尉の前にくると、おろおろしたささやき声でいま受けた通達を伝えた。

ブラック大尉はたちまち顔を輝かした。「ボローニャ」と彼は喜んで叫んだ。「へえ、こいつぁたまらねえや」彼は急に大声で笑いだした。「ボローニャだと、え」彼はまた笑い、愉快な驚きに首を振った。「いいねえ！　あの連中がボローニャに飛ぶことを知ったときの顔を見るのが待ちどおしいや。アッハッハ！」

それはメイジャー少佐が彼を出し抜いて大隊長に任命されて以来、ブラック大尉が腹の底から発した最初の笑いであった。彼ははやる心を抑えて悠々とフロント・カウンターのうしろに陣どり、爆撃手たちが地図一式を受領にやってきたときに最大の楽しみを味わってやろうと待ちかまえた。

「そのとおりだよ、小僧っ子たち、ボローニャさ」と、彼はほんとうにボローニャに出撃するのかといぶかしげに質問する爆撃手全員に、くりかえして返答した。「ハッ！　ハッ！　ハッ！　観念するがいいや、小僧ども。今度こそのっぴきならねえんだからなあ」

ブラック大尉は最後にやってきた者のあとについて外に出ると、大隊の中心部に止まっている四台のトラックのまわりに、ヘルメット、パラシュートに防弾チョッキといういでたちで集まっている将兵全員に対して、さっきの情報がどんな効果を及ぼしたかを舌なめずりしながら観察した。彼は背の高い、狭量な、いつも不機嫌な男で、蟹を連想させるほど大儀そうに動きまわっていた。ひきつった蒼白い顔を三日か四日にいちど剃るだけで、たいていは薄っぺらな上唇に赤ちゃけた金色の無精髭をはやしていた。外の光景は彼を失望させはしなかった。驚愕があらゆる将校、下士官、兵の表情を曇らせていた。ブラック大尉は気分よさそうにあくびをし、目をこすって最後の眠気を払い、だれかれに、「観念しろよ」と声をかけては、そのたびにさも小気味よげに笑うのだった。

ボローニャは、デュールース少佐がペルジア上空で戦死し、彼がほとんどその後任に選ばれかけていた日以来、ブラック大尉にとっても最も満足すべきできごととなった。デュールース少佐戦死の報が無電で基地に伝えられたとき、ブラック大尉は溢れるような喜びをもってこれを聞いた。以前にそんな可能性を本気で考えたことはいちどもなかったが、ブラック大尉はたちまち、自分こそデュールース少佐の後を継いで大隊長になる論理的必然性を備えた人間であることを理解した。第一に自分は大隊の情報係将校であり、それは自分が大隊の他のいかなる将校よりも情報通である、つまりだれよりも知性があることを意味している。

なるほど自分は、デュールース少佐や他のすべての大隊長が慣習的にそうであるように、戦闘任務に服しているわけではないが、これも実は自分にとって有利な、まことに力づよい議論である。なぜならば、自分の生命は危険にさらされておらず、したがって祖国が必要としているだけ長期にわたって隊長の責務を果たすことができるからである。考えれば考えるほど、自分の大隊長就任は不可避のように思えてくる。当然の命令が当然のところへ下されるまでで、あとはただ時間の問題だった。彼は行動の方針を決めるために自分の事務室に急いでもどった。回転椅子にふかぶかと坐ったブラック大尉は、足を机の上にのせ、目を閉じて、自分が大隊長になったらあらゆるものがなんと美しくなることだろうと想像した。

ブラック大尉が想像をしているあいだにキャスカート大佐は実行をした。そしてブラック大尉は、メイジャー少佐が——彼の判断では——自分を出し抜いたそのスピードぶりに面くらった。メイジャー少佐が大隊長に任命されたという発表を聞いたときの彼の大きな驚きは、にがにがしい憎しみを伴ってうずいたが、彼はその憎しみの情を隠そうともしなかった。他の管理職についている将校たちがキャスカート大佐によるメイジャー少佐選任に意外さを表明すると、ブラック大尉は、なにか裏に妙なことがあるんだ、とささやいた。他の将校たちが、メイジャー少佐がヘンリー・フォンダに似ていることの政治的価値を問題にしはじめると、ブラック大尉はメイジャー少佐こそヘンリー・フォンダにほかならないと主張した。そして彼らがメイジャー少佐は少しおかしいぞと言うと、ブラック大尉は、あいつはコミュニストなんだと言いふらした。

「アカのやつらはなんでも奪いとりやがる」と彼は反抗的に言い放った。「まあお望みなら、きみたちはぼんやりつっ立ってやつらのやるがままにさせてもいいが、おれはいやだね。おれはなんとか対策を講じる。今後おれは、おれの情報部テントにやってくるくそったれどものひとりびとりをつかまえて、忠誠宣誓書にサインさせてやる。そして、あのいまいましいメイジャー少佐にだけは、いくら本人が希望しても、絶対にサインさせない」

光栄ある忠誠宣誓書運動はほとんど一夜にしてその絶頂に達し、ブラック大尉は自分がその競争で先頭に立っていることを知って狂喜した。まさに大当りだった。戦闘任務についているあらゆる将校、下士官、兵は情報部テントで彼らの地図ケースを受領する際に忠誠宣誓書にサインしなければならなかったし、パラシュート・テントで防弾チョッキとパラシュートを受けとるときにもまた別の忠誠宣誓書にサイン、大隊から飛行場までトラックで行く際にも自動車係長のボルキントン中尉に対する忠誠宣誓書にサインすることが必要だった。どっちへ向いてもかならず忠誠宣誓書である。彼らは出納係将校から俸給を受け取るのにも、酒保で品物を手に入れるのにも、イタリア人の理髪屋に髪を刈ってもらうのにも、忠誠宣誓書へのサインが必要だった。ブラック大尉にとって、この光栄ある忠誠宣誓書運動を支持する将校のひとりびとりがみな競争者だというわけで、彼は一頭群を抜くために一日二十四時間ぶっ通しで計画や計略に熱中した。彼は祖国への献身において決して人後に落ちぬ覚悟だった。他の将校たちが彼の熱心な勧めに従って彼ら自身の忠誠宣誓書を書かせるようになると、彼は一歩進んで、彼の情報部テントにやってくるあらゆるくそったれに二枚の、やがて三枚の、つぎには四枚の忠誠宣誓書にサインさせた。そのつぎにとり入れたのは軍務への忠誠誓約であり、おあとは国歌「星条旗《スター・スパングルド・バナー》」の斉唱一回、二回、三回、四回であった。ブラック大尉はこういう計略で競争者たちを抜くたびに、彼らが自分の模範に倣いきれなかったと軽蔑的な態度を見せた。彼らが自分の範に倣うと、ブラック大尉は気をもみながら引きさがり、なんとかもういちど彼らを軽蔑してやれるような新しい戦術を生み出そうと頭をしぼるのだった。

どういういきさつでそうなったか気がつかぬうちに、この大隊の戦闘員たちは、本来なら彼ら隊員一般に奉仕すべく任命されている管理職将校たちによって逆に支配されている現状を知った。彼らはおどかされ、侮辱され、こき使われ、一日じゅうだれかかれかに小突きまわされていた。彼らが不平を鳴らすと、ブラック大尉は、忠誠心のある人間なら当然サインすべきあらゆる忠誠宣誓書にサインすることに不服のあろうはずはない、と答えた。忠誠宣誓の効果について疑問をいだく者に対して、ブラック大尉は、祖国に国民たる義務を真に負う者ならば、彼が何度くりかえして誓えと強制したとしても、そのたびに誇りをもって忠誠を誓えるはずだと答えた。また道義心について質問するあらゆる者に対して、ブラック大尉は、「星条旗《スター・スパングルド・バナー》」こそ古今東西に比を見ぬ最も偉大なる音楽であると答えた。だれにせよ、忠誠宣誓書に数多くサインすればするほど、その人間の忠誠心は大きくなる。ブラック大尉にとって、問題はいかにも単純明快であった。そこで彼は、毎日カロドニー伍長に何百というサインをさせ、したがってカロドニー伍長こそ他のいかなる将校、下士官、兵よりも忠誠であることをいつでも証明することができるのだった。

「大事なことは絶えずやつらに誓わせることだ」とブラック大尉は仲間の将校たちにむかって説明した。「やつらが本気かどうかは問題ではない。だからこそ、子供たちだってまだ〝忠誠〟だの〝誓う〟だのがどういう意味か知らぬうちから、忠誠を誓わされるのさ」

ピルチャード大尉とレン大尉にとって、この光栄ある忠誠宣誓運動は、作戦飛行に出撃する隊員を編成する彼らの仕事を面倒にするので、迷惑千万な光栄であった。隊員たちは大隊のいたるところで縛りつけられ、署名したり、宣誓したり、歌ったりしているので、実際に出撃が行なわれるのは以前より何時間も遅れた。能率的な緊急行動は不可能になってしまったが、ピルチャード大尉もレン大尉も共にブラック大尉に文句を言う度胸はなかった。ブラック大尉のほうは毎日、彼が創始した〝継続的再確認〟の原理を、つまり前日最後の忠誠宣誓書にサインしたのちに忠誠心を失った者全員を捕捉することを目的とした原理を、念入りに実行に移した。ピルチャード大尉やレン大尉が窮地に陥っておろおろしているときに、したり顔して忠告にやってきたのはブラック大尉のほうだった。彼は代表団を率いてやってきて、この両大尉にむかって、作戦飛行に参加を許可する予定の隊員にはひとり残らず忠誠宣誓書にサインさせたほうがいい、と忠告した。

「もちろん、こいつはきみたちしだいだがな」とブラック大尉は指摘した。「だれもきみたちに強制しているわけではない。しかし、ほかのだれもが忠誠宣誓書にサインしているわけだし、それだけに、きみらふたりだけが忠誠宣誓書にサインする程度の祖国愛すら持っておらんということになると、ＦＢＩから見たっておかしいんじゃないか。きみらがわざわざ悪評をこうむりたいと望むのなら、問題はきみら以外のだれのものでもない。ただ、おれたちはひたすらきみらを援助してやろうと、そればかりを心がけているんだぜ」

　マイローはたといメイジャー少佐が共産主義者であったとしても、メイジャー少佐から食事を奪いとろうという考えには絶対に承服できなかった。だいいち彼は、メイジャー少佐は共産主義者であるという見かたに内心疑いをいだいていた。マイローは彼本来の性格からして、ものごとの正常な歩みをさまたげるおそれのある革新に対しては、それがどんなものであれ、反対せずにはおれなかった。マイローは確固たる道徳的立場を堅持し、光栄ある忠誠宣誓書運動に参加することにも絶対に承服しなかったが、そのうちついにブラック大尉が代表団とともに彼のところにやってきて、運動への参加を要請することになった。

「国防はあらゆる人間の義務だ」とブラック大尉はマイローの抗議に答えて言った。「しかも今度の計画はすべて自由意志に任されているんだぞ、マイロー――そこを忘れるなよ。気が進まないやつはピルチャードとレンの忠誠宣誓書にサインする必要はないんだ。ただしサインしなかったやつらを飢え死にさせるために、おれたちにはおまえさんが必要なのだ。ちょうどキャッチ＝22みたいなものだな。わからんのか。おまえは、キャッチ＝22に逆らうつもりはない。そうだなあ」

　ダニーカ軍医は頑としてゆずらなかった。「きみはなにを根拠にして、メイジャー少佐が共産主義者であると確信しているんだ」

「おれたちがあいつを非難しはじめるまで、あいつがいちどだってそれを否定したのを聞いたことはあるまい。それに、おれたちの忠誠宣誓書に、あいつがサインしたのを見たこともないだろう」

「きみらのほうでサインさせないんじゃないか」

「あたりまえさ」とブラック大尉は説明した。「そんなことをさせたら、おれたちの運動の目的が全部崩れちまうからな。なあ、気が進まないならおれたちに協力しなくたって、そりゃかまわないよ。しかし、マイローがせっかくメイジャー少佐を餓死させようとしはじめたところで、あんたが少佐に医療処置をとるというのでは、おれたちほかの者が一生懸命努力する意味はどこにあるんだい。おれはな、われわれの安全保障計画をすべてご破算にしてしまおうとする人間に対して、連隊本部の上層部がどう思うかな、と案じているんだ。連隊じゃたぶんあんたを太平洋地域に送るんじゃないかな」

ダニーカ軍医はあっさりとかぶとを脱いだ。「じゃ、ガスとウェスにきみたちのお望みどおり行動するように言っとくよ」

連隊本部では、キャスカート大佐がすでに事の成行きを不審に思いはじめていた。

「あのばかたれブラックが愛国主義のどんちゃん騒ぎをはじめておるのです」とコーン中佐がにやにやしながら報告した。「あなたも当分のあいだはあいつに協力してやったほうがよろしいようですな。なにしろメイジャー少佐を大隊長に昇任させたのはあなたなんですから」

「あれはきみの発案だったぞ」とキャスカート大佐はむきになって責めたてた。「あんな口出しを許したのがそもそものまちがいだった」

「あれはなかなか名案でしたよ」とコーン中佐はやり返した。

「なんといってもあのおかげで、指揮官としてのあなたにとってははなはだ不名誉だった余分な少佐一名が消えたわけですから。心配いりません、今度のこともじきに行きつくところに行きつきます。いまいちばんいいのは、ブラック大尉に全面的支持の手紙を送って、あいつがあまりひどい危害を及ぼさないうちにくたばってくれるのを祈るだけです」コーン中佐はふと気まぐれな思いにとりつかれた。「まさか！　あのぼけなすめ、メイジャー少佐をあのトレーラーから追い出そうなんて考えないだろうな。ねえ」

「おれたちがつぎにやるべきことは、メイジャーのやつをあのトレーラーから追い出すことだ」とブラック大尉は決心した。「あいつの女房子供も森のなかに追い出してやりたいが、そいつはできない。女房も子供もいないんだから。そこでおれたちは、いまあるものだけでがまんし、あいつひとりを追い出すのだ。テントの責任者はいったいだれだ」

「あいつだ」

「それみろ」とブラック大尉は叫んだ。「あいつらはあらゆるものを自分のものにしやがる！　いいか、おれはそんなのを指をくわえて見てはいないぞ。必要とあらばこの問題を直接――・ド・カヴァリー少佐に持ちこんでやる。おれはマイローに言いつけて、少佐がローマから帰ってきたらすぐこのことを報告させるつもりだ」

ブラック大尉はまだ――・ド・カヴァリー少佐には一回も口をきいたことがなく、いまだにそうする勇気がないことも自覚していたが、――・ド・カヴァリー少佐の英知と、力と、正義感とには無限の信頼を寄せていた。彼はマイローを――・ド・カヴァリー少佐への発言代理者に任命し、この背の高い隊務執行官がもどってくるまで、いらいらとどなりちらした。彼は大隊の他の全部の者と同様に、いかつい顔をしてエホバのごとくに振舞う、この威風堂々たる白髪の少佐を深く畏れ敬っていたが、少佐は傷ついた目を新しいセルロイドの眼帯で覆い、ようやくローマから帰ったかと思うと、彼の光栄ある運動のすべてを一撃のもとに粉砕してしまった。

――・ド・カヴァリー少佐が、帰ってきたその日に、その傲岸不羈の威厳を保ちながら食堂に入り、忠誠宣誓書にサインするため並んで待っている将校たちの人垣に行く手を塞がれたとき、マイローは用心深くなんにも言わないでおいた。給食カウンターのいちばん端では、先に着いた一群の将校が片手で配膳盆のバランスをとりながら、テーブルに着席する許可を得るために国旗にむかって忠誠を誓っていた。もっと早くきて、すでにテーブルについている将校たちは、備えつけの塩と胡椒とケチャップを使用するために、「星条旗《スター・スパングルド・バナー》」を歌っていた。この騒々しさは、――・ド・カヴァリー少佐がなにか奇怪な光景でも見るかのように、とまどいと不快さとを眉根に寄せて入口に立ち止まったとき、ゆっくりと静まりはじめた。――・ド・カヴァリー少佐は一直線に歩み出し、彼の前の将校たちは出エジプトの民を通す紅海のように二手に分かれた。彼は左右をかえりみず、大股でずかずかとスチーム

・カウンターまで進むと、荒々しさに年期の入った、古風な品格と権威とを感じさせる明晰な声を腹の底から張りあげて言った――

「食事をよこせ」

食事のかわりにスナーク伍長が――・ド・カヴァリー少佐によこしたのは、彼のサインを求める忠誠宣誓書であった。――・ド・カヴァリー少佐はそれがなんであるか見てとった瞬間、すさまじい不機嫌さでそれを払いのけた。彼のいいほうの目は猛烈な屈辱感のために爛々と燃えあがり、彼の皺だらけの年老いた巨大な顔は、烈火のごとき怒りのために険悪そのものであった。

「食事をよこせと言っとるんだ」彼はけわしい調子で声高に命じた。その声は不気味な遠雷のように、静まりかえったテント内にとどろきわたった。

スナーク伍長は色蒼ざめて震えだした。彼は指示を乞うためにマイローのほうに哀れな目を向けた。恐るべき数秒のあいだ、物音ひとつ聞こえなかった。やがてマイローがうなずいた。

「食事をさしあげろ」と彼は命じた。

スナーク伍長は――・ド・カヴァリー少佐に食事を渡しはじめた。――・ド・カヴァリー少佐は食べものでいっぱいの盆を持ってカウンターからうしろへ向きなおり、たちまち足を止めた。彼の目は沈黙の訴えをもって彼を見つめている他の将校たちの群にとまり、彼は義憤に駆られてどなりつけた――「みんなに食事を出せ！」

「みんなに食事を出せ！」と、マイローは喜ばしい安堵の口調でおうむがえしに言った。そこで光栄ある忠誠宣誓書運動にはとどめが刺されたわけである。

ブラック大尉は、きっと支持してくれるものと心から頼みにしていた上官から暗闇で背中を刺されるような仕打ちを喰らったために、深い幻滅を感じた。――・ド・カヴァリー少佐は彼の威信を失墜させてしまったのだ。

「いやあ、おれはちっとも気にしとらんよ」と、彼は同情を寄せにくる者すべてに元気よく答えた。「おれたちは使命を果たしたのだ。おれたちの目的は、気に喰わん連中みんなを恐れさせ、ついでにメイジャー少佐の危険性をみんなに見せつけてやることだったが、おれたちは明らかにそれに成功した。どうせおれたちはやつが忠誠宣誓書にサインするのを許す気はなかったんだから、いまおれたちがそんなものを持とうが持つまいが実のところ問題じゃないんだ」

ブラック大尉は、自分の気に入らぬ大隊員すべてが、際限なくつづくすさまじいボローニャ大攻撃のあいだふたたび恐れおののいているのを見て、かつて自分が真に重要な人物であり、マイロー・マインダーバインダーや、ダニーカ軍医や、ピルチャードやレンなどの大物でさえ、自分が近づくと身震いし、自分の足もとにひれ伏した、あの光栄ある忠誠宣誓書運動はなやかなりし古きよき時代をなつかしく思い出した。彼は自分がかつてほんとうに重要な人物であったことを新入りの連中に証明するために、キャスカート大佐からもらった感状をまだ後生大事に持っていた。

12　ボローニャ

実を言うと、ものものしいボローニャ恐慌の引き金を引いたのはブラック大尉ではなく、ナイト軍曹であった。ナイト軍曹はこの爆撃目標のことを知るやいなやそっとトラックから飛び降りて特殊防弾チョッキを二着余分にとりにいったが、それがきっかけとなって、パラシュート・テントに引き返す者の深刻な顔がえんえんと並び、ついにはそれが乱れて狂気じみた暴走状態となり、たちまちにして防弾チョッキは全部なくなってしまったのである。

「おい、こいつはなにごとだ」とキッド・サンプスンが不安そうにたずねた。「ボローニャはまさかそんなにひでえところじゃねえんだろ、な」

ネイトリーは、トラックの床の上に夢見るように坐りこみ、くそまじめな幼な顔を両手で支えたまま、これには返事をしなかった。

問題の源はナイト軍曹と冷酷な延期の連続であった。彼らが攻撃第一日目の朝、いざ搭乗しようとするところへジープがやってきて、ボローニャは雨だから出撃は延期するという指令が伝えられたのである。彼らが大隊にもどったころにはピアノーサ島にも雨が降りだし、彼らはその日いちにち情報部テントの雨覆いの下でむっつりと地図上の爆撃ラインを見つめ、催眠術にでもかかったかのように、もはや逃げ道はないのだという事実を胸のうちで反芻していた。その証拠は、イタリア本土を横切るようにしてピンで留めてある細い赤リボンによって明らかに示されていた。イタリアの地上軍は目標から六十七キロも南にいて、その距離はとても縮まる見込みはなく、早急なボローニャ占領など思いもよらなかった。ピアノーサ島の将校、下士官、兵をボローニャ出撃から救い出してくれるものはなにもなかった。彼らは罠にかかったようなものだった。

彼らの唯一の希望は雨が絶対にやんでくれないことだったが、そんなことはあり得ないことを知っていたから、希望などひとかけらも持てなかった。ピアノーサ島で雨がやむと、ボローニャで雨が降った。ボローニャで雨がやむとピアノーサ島で降りはじめた。どちらにも雨が降っていないと、集団的な下痢の発生とか爆撃ラインの移動といった、気まぐれで説明のつかない現象が起こった。最初の六日間のうち、彼らは四回まで集合して命令伝達を受けたあと、隊に送り返された。いちどは離陸したが、編隊を組もうとするところで管制塔から降りろという指示が下った。雨が降れば降るほど、彼らの苦痛は増した。彼らは苦痛が増せば増すほど、雨が降りつづいてくれるように祈った。彼らはひと晩じゅう空を見上げ、星が見えるとがっかりした。昼は昼で一日じゅう、大きくて不安定な画架に立てかけられて風にゆらめいているイタリア地図の爆撃ラインを眺めた。この地図は雨が降るたびに情報部テントの雨覆いの下に引きずりこまれるのだった。爆撃ラインというのは細い真紅のビロードのリボンで、イタリア本土のあらゆる戦区における連合地上軍の最前線を示していた。

ハングリー・ジョーがヒュープルの猫と拳闘の試合をした翌朝、雨は両方の地域で降りやんだ。滑走路は乾きはじめた。堅くなるまでにはたっぷり二十四時間かかるはずであったが、空は晴れたままだった。各人のなかでふくれあがっていた嫌悪感が憎しみとなって破裂した。まず彼らは、ボローニャを占領しそこねた本土の歩兵部隊を憎んだ。つぎに彼らは爆撃ラインそのものを憎みはじめた。彼らは何時間も冷たい目で地図の上の真紅のリボンをにらみつけ、それがなかなか北上してボローニャ市を包囲するにいたらないのを憎んだ。夜になると、彼らは暗闇のなかで懐中電灯を持って集まり、まるで彼らの陰気な念力によってリボンが上昇するのを期待するかのごとく、祈りをもって爆撃ラインを見つめながら深夜の行をつづけるのであった。

「おれは本気で信じちゃいない」と、クレヴィンジャーは不満と疑惑で調子の上がり下がりする大きな声でヨッサリアンに言った。「こいつは原始的な迷信への完全な逆行じゃないか。あいつらは原因と結果を混同している。厄除けのために木を叩いたり、二本の指をからませるくらいの意味しかない。だのに、あいつらは、だれかが真夜中にこっそり地図に近づいて爆撃ラインをボローニャの上まで引き上げたら、あしたおれたちが出撃しなくてすむとほんとうに信じてるんだぞ。想像がつくかね。理性のある人間で残っているのは、おまえとおれのふたりっきりだ」

その日の真夜中、ヨッサリアンは木を叩き、二本の指で十字を作り、彼のテントから忍び足で出ていき、爆撃ラインをこっそりボローニャの上まで引き上げた。

翌朝はやく、カロドニー伍長は忍び足でブラック大尉のテントに入り、蚊帳のなかまでもぐりこみ、ブラック大尉が目を開くまで、彼のじっとりとした肩口をそっと揺すりつづけた。

「なんでおれを起こすんだ」とブラック大尉は迷惑そうに言った。

「連合軍はボローニャを占領いたしました」とカロドニー伍長は報告した。「早く報告したほうがよろしいと思ったものですから。出撃は中止でありますか」

ブラック大尉は上半身をまっすぐ起こし、痩せた長い腿を機械的に掻きはじめた。まもなく彼は軍服を着用し、髭も剃らぬまま、目を据え、不機嫌な顔をして自分のテントから外へ出た。快晴で気温は上がっていた。彼は感情を抜きにして地図に目をやった。なるほどボローニャは占領されていた。情報部テントでは、カロドニー伍長がすでに各航空地図袋からボローニャの地図を抜き取っていた。ブラック大尉は大あくびをして腰掛け、足を自分の机の上にあげてコーン中佐に電話をかけた。

「なんでわしを起こすんだ」コーン中佐が迷惑そうに言った。

「連合軍は夜のうちにボローニャを占領いたしました。出撃は中止でありますか」

「なにを言っとるんだ、ブラック」とコーン中佐はどなった。「なんで出撃を中止せにゃならんのだ」

「ボローニャを占領したからであります。出撃は中止ではないのでありますか」

「もちろん出撃は中止さ。いまわれわれが味方の軍隊を爆撃するとでも思うのか」

「なんでおれを起こすんだ」とキャスカート大佐は迷惑そうにコーン中佐に言った。

「ボローニャを占領したからであります」とコーン中佐は報告した。「早く報告したほうがよろしいと思いまして」

「だれがボローニャを占領したって」

「わが連合軍であります」

キャスカート大佐は欣喜雀躍した。これで、自分の部下にやらせると志願することによってかち得た彼の勇敢さの評判をいささかも傷つけることなく、ボローニャ爆撃という厄介千万な仕事から解放されたからである。ドリードル将軍も、ムーダス大佐に起こされたことには腹を立てたが、ボローニャ占領の報に喜んだ。軍団司令部も喜び、同市を占領した将校に勲章を授けるべく決定した。この市を占領した将校はいなかったので、司令部はその勲章をペケム将軍に授与した。なぜならペケム将軍が率先してその授与を要請した唯一の将校だったからである。

ペケム将軍は勲章をもらうと、より大きな責務を果たすよう要求しはじめた。この作戦地域内にある全戦闘部隊は、彼自身がその司令官である特別サービス部隊の管轄下におくべきだというのがペケム将軍の意見だった。もし敵に爆弾を落とすのが特別サービスでないとしたら、いったいその名に価するものがほかにあるだろうかと、ペケム将軍はあらゆる議論における彼の忠実なお伴であるみごとな道理を殉教者めいた微笑のなかに見せながら、声に出して何度も考えないではいられなかった。それではドリードル将軍のもとで戦闘部隊長になっては、という申し出に対して、彼は愛想よく、残念ながらおことわりだと言って拒絶した。

「ドリードル将軍のために飛んで戦うというのは、わしが考えていたことといささかちがうな」と、彼はいともおだやかに笑いながら、大らかな調子で説明した。「わしはそれよりも、ドリードル将軍にとって代るようなこと、あるいはドリードル将軍の上に立ってだな、もっともっと大勢の他の将軍をも指揮監督するようなことを考えていたのだ。いいか、わしの最も貴重な能力は、主として管理面のそれだ。いろいろとタイプのちがった人々を同意に導くみごとな才能をわしは備えているんだよ」

「彼は自分がいかにまぬけなきどり屋であるかについて、いろいろとタイプのちがった人々を同意に導くみごとな才能を備えているのさ」とカーギル大佐は、さもにくにくしげにウインターグリーン元一等兵に打ち明けた。ウインターグリーン元一等兵がこの鼻もちならぬ見解を第二十七空軍司令部じゅうに広めてくれることを期待しながらである。「だれかあの戦闘部隊長職にふさわしい人物がいるとすれば、このおれだよ。われわれが勲章授与を上申したのだって、もとはといえばおれの考えだったんだぞ」

「あんたはほんとに戦闘に参加したいのかね」とウインターグリーン元一等兵はたずねた。

「戦闘だって」とカーギル大佐はあっけにとられて問い返した。「とんでもない——それは誤解だ。もちろんおれは戦闘に参加するのにやぶさかではないが、おれの最善の能力は管理面のそれだ。おれもいろいろとちがったタイプの人々を同意に導くみごとな才能を備えているんだよ」

「あいつもやっぱり、自分がいかにまぬけなきどり屋であるかについて、いろいろとちがったタイプの人間を同意に導くみごとな才能を備えてるね」とウインターグリーン元一等兵は、マイローとエジプト綿の一件がほんとうに事実であるかどうか確かめるためにピアノーサ島へきたとき、笑いながらヨッサリアンに打ち明けた。「もし昇進に価する人物がいるとすれば、このおれだよ」実のところ彼はすでに元伍長まで出世していた。それというのも、彼は第二十七空軍司令部に郵便係官として配属になってからとんとん拍子に昇進し、そのあと自分の直属上官である将校連中について品の悪いたとえを聞こえよがしに並べたてたために、一気に一兵卒まで降等させられてしまったのである。だが忘れがたい出世の味は彼によりいっそうの道徳的自覚を植えつけ、彼はより高い功業を達成しようという野心にはやりたった。「ジッポのライターを買う気があるかい」と彼はヨッサリアンに聞いた。「補給部からかすめてきたやつだ」

「マイローはおまえがライターを売っているのを知っているのか」

「やっこさんはなんの商売をしてるんだ。いまマイローはライターまで売り歩いていないと思うが、ちがうのか」

「売ってるよ」とヨッサリアンは言った。「しかもあいつのは盗品じゃない」

「そりゃ、あんたがそう思ってるだけだ」とウインターグリーン元一等兵はフンとひとつ鼻を鳴らして答えた。「おれはひとつ一ドルで売ってるんだが、マイローはいくらとっている」

「一ドルと一セントだ」

ウインターグリーン元一等兵は得意そうにほくそ笑んだ。

「毎度こっちの勝ちだ」と彼は小気味よげに言った。「ねえ、やっこさんがつかまされたエジプト綿のほうはどうなってるんだい。マイローはどれだけ買ったんだね」

「全部だ」

「世界じゅうの。へえ、こいつぁたまげた！」とウインターグリーン元一等兵はざまあみろとばかり歓声をあげた。

「なんてえまぬけ野郎だ！　あんたもいっしょにカイロへ行ったのに、どうしてマイローにそんなことをさせたんだい」

「おれが？」とヨッサリアンは肩をすくめながら言った。「あいつはおれの言うことを聞く男かよ。あそこじゃ高級レストランにはみんなテレタイプが備えつけてある。そのせいなんだ。マイローは株式相場速報機をはじめて見た。それで給仕頭にこいつはなんだと説明を求めているところに、たまたまエジプト綿の市況が入ってきたんだ。「エジプト綿？」とマイローのやつ、例の顔をして言った。「エジプト綿は時価いくらしてるんだ」つぎにおれが知ったことと言えば、あいつが全収穫量をすっかり買い占めたってことさ。そして、いま、ちっとも売れなくて困ってるというわけさ」

「マイローって、想像力の働かん男だな。おれと取引きする気があれば、闇市で大量にさばいてみせるがね」

「マイローだって闇市は知っている。ところが綿の需要はないんだ」

「ところが医療品の需要はある。おれならその綿を爪楊子の先に巻きつけて、殺菌綿棒として売ってまわる。マイローは、こっちがいい値をつけりゃ売ってくれるかね」

「あいつはどんな値段でもおまえには売らんだろう」とヨッサリアンは答えた。「あいつはおまえが商売がたきになったというんでかなり怒ってる。実を言うとあいつは、先週末みんなが下痢をして食堂の評判を落としたといって、だれに対しても怒っているんだ。ああそうだ、おまえはおれたちを救うことができるぞ」ヨッサリアンは突然相手の腕をつかまえた。「おまえの謄写印刷機でちょいと公式の命令書を偽造し、おれたちがボローニャに飛ばなくてすむようにしてもらえないか」

ウインターグリーン元一等兵は軽蔑の表情を浮かべてゆっくりとあとずさりした。「もちろんできるだろうよ」と彼はプライドを持って答えた。「しかし、そんなことをしようとは、おれは夢にも思わないね」

「なぜ」

「なぜって、そいつはあんたのつとめだからね。おれたちにはそれぞれ自分の責務ってものがある。おれの責務は、ここに持ってるジッポのライターを売ってできるものなら少々もうける、そしてマイローから綿をいくらかまきあげることだ。あんたの責務は、ボローニャの弾薬庫を爆撃することだ」

「しかし、おれはボローニャで殺されようとしてるんだぜ」とヨッサリアンは懇願した。「おれたちはみんな殺されるんだぜ」

「それなら殺される必要があるんだろうよ」とウインターグリーン元一等兵は答えた。「なぜそのことについて運命論者になれないんだい。このおれみたいにさ。おれは、もしこのライターを売ってもうけ、マイローからエジプト綿を安く手に入れることが自分の運命だとなりゃ、あくまでそうするよ。だから、もしあんたがボローニャ上空で殺される運命だというのなら、あんたはどうせ殺されるんだから、堂々と飛んでいって男らしく戦死したっていいじゃないか。ヨッサリアン、おれだってこんなことは言いたかないけど、あんたはどうも慢性的な不平屋になってるようだねえ」

　クレヴィンジャーは、ボローニャ上空で戦死することはヨッサリアンの責務だということについてウインターグリーン元一等兵と同意見であり、ヨッサリアンが、爆撃ラインを動かして出撃を中止させたのは実はおれだと告白したとき、顔色を変えて彼をなじった。

「なぜ悪いんだよ」と、ヨッサリアンは自分のほうに非があるかなと思いかけているだけに、いっそう激しく議論しながらわめきたてた。「大佐が将官になりたがっている、ただそれだけの理由でおれは尻《けつ》をぶち抜かれなきゃならないのか」

「本土の連中はどうなる」とクレヴィンジャーも同じく興奮して問いつめた。「あの連中はおまえが飛びたくない、ただそれだけの理由で尻《けつ》をぶち抜かれなきゃならないのか。あの連中は空軍の支援を受ける権利があるんだぞ！」

「しかし、なにもおれでなくたっていいだろう。いいか、だれがあの弾薬庫をやっつけようと、彼らにとっては同じことだ。おれたちが飛ぶ唯一の理由は、あのキャスカートのやつがおれたちを使ってやっつけると志願したことにあるんだぞ」

「ああ、おれだってそれくらい百も承知さ」と、クレヴィンジャーは痩せた顔を蒼白にし、興奮した茶色の目をしかつめらしく泳がせながら言い切った。「しかし、あそこの弾薬庫がまだ健在だという事実には変りがない。おれがおまえに劣らずキャスカート大佐をきらっていることぐらい、おまえもよく知ってるはずだ」クレヴィンジャーは唇を震わせながら、強調のために口をつぐみ、つづいて拳で彼の寝袋を軽く叩きはじめた。「だが、おれたちが決めることじゃないぞ——どういう目標を破壊するかとか、だれがそれを破壊するかとか——」

「そうして、作戦飛行中だれが殺されるかとか、なぜ殺されるかも？」

「ああ、それもさ。おれたちには詮索する権利なんかない——」

「おまえはきちがいだ！」

「——詮索する権利なんかない——」

「どうして、どういうわけでおれが殺されるかは、おれの問題ではなく、キャスカート大佐の問題だと、おまえは本気でそう思ってるのか。ほんきでそうおもっているのか」

「ああ、そうだとも」と、クレヴィンジャーは見たところ自信なさそうだったが、強く言い張った。「戦争を勝利に導くために責任を委ねられている人間がいてな、どんな目標をどう爆撃したらよいかについては、おれたちよりそのお歴々のほうがはるかにましな決定を下すはずなんだよ」

「おれたちはふたつのちがったことを話しているんだ」とヨッサリアンは大袈裟にうんざり

した様子を見せながら言った。

「おまえは空軍と歩兵部隊との関係について話をしているが、おれはおれとキャスカート大佐との関係について話をしている。おまえは戦争に勝つことを話しているが、おれは戦争に勝ってなお生き残ることについて話しているんだ」

「仰せのとおり」と、クレヴィンジャーは人を喰ったような調子で答えた。「おまえはそのどちらが大切だと思う」

「だれにとって」とヨッサリアンは反撃した。「目を開けてよく見ろよ。クレヴィンジャー。死んだ者にとっては、だれが戦争に勝ったってちっとも変りはないんだぞ」

　クレヴィンジャーはまるで横っ面を張られたかのように、しばらくじっと坐っていた。

「こいつぁめでたい！」と彼はにがにがしく言い放った。ごく細い乳白色の線が、容赦なく締めつける環のように唇をとりまいていた。「敵にこれほど大きな安心感を与える態度——そう確実に言える態度——は、おれには思いつかないからな」

「敵というのはな」と、ヨッサリアンは自分の言い分の正確さを充分に量りながら言った。「どっちの側にいようと、とにかくおまえを死ぬような羽目に陥れる人間すべてを言うんで、それにはキャスカート大佐も含まれているんだ。そのことをおまえ忘れるなよ。長く憶えていればいるほど、それだけおまえは長く生きられるんだから」

　だが、クレヴィンジャーはそれを忘れ、死んでしまったのである。当時クレヴィンジャーがあまり取り乱しているので、ヨッサリアンは、他の不必要な出撃延期の原因となった下痢患者の集団発生には自分も責任があるのだということを、彼に告げる勇気が起こらなかった。マイローは、だれかがまた彼の大隊に毒を盛ったのかもしれぬという可能性を考えてよりいっそう取り乱し、大あわてでヨッサリアンに助力を求めにやってきた。

「スナーク伍長がまたスイートポテトのなかに洗濯石鹸を入れたかどうか探り出してくれよ」と彼はこっそり頼みこんだ。「スナーク伍長はきみを信頼しているから、だれにも他言しないと約束したら、きみには事実を告げるだろう。伍長が話したら、すぐぼくに知らせてくれ」

「もちろんわたしはスイートポテトに洗濯石鹸を入れましたよ」とスナーク伍長はヨッサリアンにあっさり打ち明けた。「あなたがやってくれと頼んだことじゃありませんか。洗濯石鹸がいちばん効果的ですからね」

「あいつは神に誓って今度の一件にはかかわりがないと断言しているよ」とヨッサリアンはマイローに知らせてやった。

マイローは疑ぐるように口をとがらせた。「ダンバーは神なんていないと言ってるがね」

もはや希望は残っていなかった。翌週の半ばごろになると、大隊の者はみなハングリー・ジョーのような顔つきになっていた。ハングリー・ジョーは出撃予定がなく、眠りながらすさまじい悲鳴をあげていた。眠れるのは彼ひとりだった。隊員たちはもの言わぬ生霊《いきりょう》よろしく、煙草をくわえながら夜どおしテントの外の暗がりをさまよい歩いた。日中は、何人かずつだらしなく群をなしては、爆撃ラインを見つめたり、医務部テントの閉じたドアの外で、病的な手書きの看板の下に坐って身動きひとつしないダニーカ軍医の姿を見つめたりしていた。彼らもてんでにユーモアのない陰気ないたずらを発明したり、ボローニャで彼らを待ち受けている破滅についての悲惨な噂話を流しはじめたりした。

ヨッサリアンはある晩将校クラブで酒に酔ってコーン中佐のそばににじり寄り、ドイツ軍が採用しはじめた新式のルパージュ砲について中佐をからかいだした。

「なにかね、そのルパージュ砲ちゅうのは」とコーン中佐は好奇心につられて質問した。

「新しい三百四十四ミリ口径ルパージュ膠《にかわ》砲であります」とヨッサリアンは答えた。「こいつは一編隊全機を空中でくっつけるのであります」

コーン中佐は驚くべき侮辱だとばかりに憤慨し、ヨッサリアンがつかみかかってきた肘をあわてて引っこめた。「はなせ、このばか！」と彼は頭ごなしにどなりつけ、ネイトリーがヨッサリアンの背中に飛びついて中佐から引き離すのを、そうだ、もっとやっつけてやれといった目で見つめていた。「とにかく、そのきちがいの名はなんというのだ」

キャスカート大佐は愉快そうに声をあげて笑った。「それはフェラーラ爆撃のあとで、きみの要請に従っておれが勲章をやった男だ。その上、きみはあいつを大尉にしてやれとも要求した。憶えているか。きみもいいざまだな」

ネイトリーはヨッサリアンよりも軽いので、ヨッサリアンのよろめく巨体を引きずって部屋を横切り、あいたテーブルに坐らせるのは容易なことではなかった。「気でも狂ったのか」と、狼狽したネイトリーは甲高いひそひそ声で言いつづけた。「あれはコーン中佐だぞ。

気でも狂ったのか」

ヨッサリアンはもう一杯飲みたがり、ネイトリーが持ってきてくれたらおとなしく帰ると約束した。そのあとで彼はまたネイトリーに二杯持ってこさせた。ネイトリーがやっと彼をなだめすかしてドアまで連れ出したとき、ブラック大尉が外から勢いよく入ってきて泥靴で床板を強く踏みつけると、まるで高い屋根みたいな帽子のひさしから水がザーと流れ落ちた。

「おい、おまえらもう助かる道はないぞ」と、彼は足もとにできる水たまりから飛びのきざま陽気に叫んだ。「いまコーン中佐から電話があったんだ。ボローニャで敵さんがなにを持って待ちかまえているか知ってるか。ハッハー！　敵は新式のルパージュ膠砲を持ってるんだぞ。こいつは一編隊全機を空中でくっつけちまうんだ」

「ああ神よ、やっぱりほんとうなんだ！」とヨッサリアンは悲鳴をあげ、恐怖のあまりネイトリーの胸に倒れかかった。

「神なんていねえよ」と、ダンバーがいくらか千鳥足で近づいてきて静かに受け答えた。

「おい、手を貸してくれないか。こいつをテントに運んでやらなければならないんでね」

「だれがそう言うんだ」

「おれだよ。見ろよひでえ雨だ」

「車を都合しなくちゃならんな」

「ブラック大尉の車を盗めばいいさ」と、ヨッサリアンが言った。「おれはいつもその手を使うんだ」

「だれの車も盗めねえよ。おまえがなにかというとすぐ手近な車を盗むようになってから、点火装置をつけっ放しにしておくやつはいなくなったのさ」

「乗んな」と、天蓋つきジープを酔っぱらって運転してきたホワイト・ハルフォート酋長が言った。彼はヨッサリアンたちがぎゅう詰めになって乗りこむのを待つと、いきなり走りだしたので、彼らはみな仰向けにひっくりかえった。ホワイト・ハルフォート酋長は彼らが毒づくのに対して、大声で笑い返した。彼は駐車場を出るなり車をまっすぐ飛ばし、そのまま道の反対側の土手のなかに突っこんでしまった。みんなはつんのめって折り重なり、身動きならぬまま、またもや毒づきはじめた。「曲るのを忘れていたんだ」と彼は言いわけをした。

「気をつけろよ、なあ」とネイトリーが注意した。「ヘッドライトを点《つ》けたほうがいいぜ」

ホワイト・ハルフォート酋長は車をバックさせ、方向を変えると、フルスピードで驀走した。弾幕のように飛んでくる黒い路面で、車輪が鼓膜を震わせるような甲高い音をたてた。

「そんなにつっ走るなよ」とネイトリー。

「おれを先におまえの大隊に連れてけよ。そしたらおまえがこいつをベッドに入れるのを手伝ってやれるから。そのあとでおれの大隊に乗せてもどってくれ」

「おまえはいったいだれだ」

「ダンバーだ」

「おい、ヘッドライトを点けろったら」とネイトリーが叫んだ。「それから道に気をつけろ！」

「点いてるよ。ヨッサリアンはこの車に乗っていねえのか。おまえらを乗せてやったのも、ただあいつのためなんだぞ」ホワイト・ハルフォート酋長は後部座席を調べるために百八十度うしろを振り向いた。

「道に気をつけろ！」

「ヨッサリアンは。ヨッサリアンはここにいるのか」

「ここにいるよ、酋長。さあ帰ろうぜ。なんでおまえはそう断言できるんだ。おまえはおれの質問に全然答えていないぞ」

「な、言ったろ、こいつはちゃんと乗ってるって」

「なんの質問さ」

「なんにしろ、おれたちがいま話してたことさ」

「大事なことだったのか」

「大事かどうか、そんなこたあ忘れちまったよ。なんだったか、神に祈ってでも思い出したいんだが」

「神なんていねえよ」

「それこそおれたちが話してたことさ」とヨッサリアンは大声を出した。「なんでおまえはそう断言できるんだ」

「おい、たしかにヘッドライトは点いてるのか」とネイトリーが叫んだ。

「点いてる、点いてるよ。いったいどうしろってんだ。窓はこんな雨だ。そのためにうしろからは暗く見えるんだよ」

「美しい、美しい雨だ」

「絶対にやまないでほしいね。アーメヨ、アーメヨ、イットー――」

「――クレ。イーツカ、マ――」

「――タ、キテオ――」

「――クレ。〝ヨーヨー〟チャンハ――」

「――アソビタイ。ヒーロイ――」

「――マキバヤ――」

ホワイト・ハルフォート酋長はつぎの曲り角でハンドルを切りそこね、ジープをもろに急な土手に乗りあげてしまった。ジープはそのままあとずさりをし、横転しながら軽く泥のなかにはまりこんだ。驚愕のうちにしばしの沈黙。

「みんな大丈夫か」とホワイト・ハルフォート酋長は抑えた声でたずねた。怪我人はひとりもおらず、彼は深い安堵の溜息を洩らした。「なあ、これがおれの困ったところなんだ」と彼は呻くような声で言った。「おれはだれの言うことも絶対に聞き入れないんだ。だれかがヘッドライトを点けろと言いつづけていたが、おれは聞き入れようとしなかった」

「おれはヘッドライトを点けろと言いつづけていたんだぞ」

「わかってる、わかってる。しかもおれは聞き入れようとしなかった、そうだろ。酒があるといいんだが。あるんだ、酒なら。見ろ。割れてねえや」

「雨が降りこんでる」とネイトリーが注意した。「体が濡れてきやがった」

ホワイト・ハルフォート酋長はライ・ウイスキーの壜をあけてグイと飲み、つぎの者に渡した。重なりあって倒れたまま、ネイトリー以外の者はみな飲んだ。ネイトリーだけはドア・ハンドルをつかまえようとむなしい努力をつづけていた。壜がクヮンという音とともに彼の頭に落ち、ウイスキーが彼の首筋をつたって流れ落ちた。彼は夢中になってもがきはじめた。

「おい、みんなここから出なきゃだめだ！」と彼は叫んだ。「みんな溺死しちまうぞ」

「なかにだれかいるのか」と、クレヴィンジャーが上のほうから懐中電灯を照らしつけながら心配そうにたずねた。

「クレヴィンジャーだ！」と彼らは喚声をあげ、彼が手を貸そうと降りてきたとき、窓から彼を引きずりこもうとした。

「見ろ、こいつらを！」とクレヴィンジャーは憤慨して、司令部用自動車の運転席でニヤニヤして坐っているマクワットにむかって叫んだ。「酔いどれたけだものみたいにぶっ倒れてやがる。おまえもか、ネイトリー。恥ずかしいと思え！　さあ手伝ってくれ――みんなが肺炎で死なないうちに助け上げるんだ」

「なあ、そいつは悪くなさそうだぞ」とホワイト・ハルフォート酋長が考えながら言った。「おれは肺炎で死ぬと思う」

「なぜ」

「なぜもくそもあるか」とホワイト・ハルフォート酋長は答え、ライ・ウイスキー壜を抱きしめたまま満足げに泥のなかに寝ころがった。

「おい、あいつのざまを見てくれ！」とクレヴィンジャーはいらいらしながら叫んだ。「みんなで大隊へ帰れるように、立って車に乗ってくれないか」

「みんなで帰るわけにはいかないさ。だれかひとり酋長といっしょにここに残って、酋長がモーター・プールから借り出してきた車の処置を手伝ってやらなきゃ」

ホワイト・ハルフォート酋長は司令部用自動車にふんぞりかえって得意そうにクククッと笑った。「あれはブラック大尉の車だよ」と彼はどんなものだとばかりうそぶいた。「おれはあいつが今朝なくしたと思ってる予備の鍵束を使って、ついさっき将校クラブからその車を失敬したのさ」

「ひえー、たまげたねえ！　そうと聞いたら飲まずにゃいられねえや」

「これだけ飲んでまだ足りないというのか」と、クレヴィンジャーはマクワットが車をスタートさせるとすぐお説教をはじめた。「見ろよ、自分のざまを。飲みすぎて死んだり、溺れ死んだりしてもかまわないというのか、え」

「ま、出撃して死ぬんでなければね」

「おい、開けろ、開けろ」とホワイト・ハルフォート酋長がマクワットの行動をうながした。「それからヘッドライトを消せよ。さもないとうまくいかねえからな」

「ダニーカ軍医の言うとおりだ」とクレヴィンジャーはつづけた。「だれも自分を大事にすることをよく知らないんだ。おれはおまえさんたちみんなに愛想がつきたよ」

「わかったよ、おしゃべり屋さん、さあ外へ出るんだ」とホワイト・ハルフォート酋長は指図した。「ヨッサリアン以外はみんな車の外へ出ろ。ヨッサリアンはどこにいる」

「近づくな」とヨッサリアンは笑いながら彼を押しのけた。「おまえは体じゅう泥まみれだ」

クレヴィンジャーはネイトリーを狙い撃ちしはじめた。「おまえにはほんとに驚いた。どんな匂いがするか自分でわかってるのか。おまえはこいつが面倒を起こすのを止めようとするどころか、こいつ同然へべれけじゃないか。もしこいつがまたアプルビーと喧嘩をはじめたらどうする」クレヴィンジャーはヨッサリアンがクスクス笑うのを聞くとあわてて目を見開いた。「こいつまたアプルビーとやり合ったんじゃないだろうな」

「今度はちがう」とダンバーが言った。

「ああ、今度はちがう。今度はおれももっとましなことをやったよ」

「今度はこいつ、コーン中佐とやり合ったのさ」

「まさか」とクレヴィンジャーが上ずった声で言った。

「やったって？」とホワイト・ハルフォート酋長が喜んで叫んだ。「そうと聞いたら飲まずにゃいられねえや」

「それにしてもひでえもんだ」とクレヴィンジャーは深い不安をもって言い放った。「よりによってコーン中佐を相手にするとは、いったいどういう了見だ。おい、ライトはどうした。なぜこうなにもかも暗いんだ」

「おれが消したんだよ」とマクワットが答えた。「なあ、ホワイト・ハルフォート酋長の言うとおりだぜ。ヘッドライトなんて点けてねえほうがよっぽどいいや」

「おまえは狂ってるのか」とクレヴィンジャーは甲高い声で叫び、いきなり体を乗り出してヘッドライトのスイッチを入れた。彼はほとんどヒステリー気味でヨッサリアンのほうに向きなおった。「おまえは自分がなにをしているか知ってるのか。おかげでこいつらはみんなおまえ同然の振舞いじゃないか。もし雨がやんで、あしたおれたちがボローニャに飛ばなきゃならんとなったらどうする。さぞかしコンディションは上々ってことになるんだろうな」

「どうせやむわけねえさ。そうとも、こういう雨はほんとのところ未来永劫まで降りつづくだろうよ」

「雨はもうやんでるぞ！」とだれかが言った。車のなかは途端にしゅんとなった。

「かわいそうに、おまえたち」と、ホワイト・ハルフォート酋長がしばらくたってから憐れむようにつぶやいた。

「ほんとにやんだのか」とヨッサリアンが弱々しい声でたずねた。

マクワットは確かめるためにフロントグラスのワイパーを止めた。雨はやんでいた。空は晴れあがろうとしていた。薄茶色の靄のかげに月の姿がくっきりと見えていた。

「やれやれ」とマクワットが沈んだ調子で言った、「やりきれねえな」

「心配するな」とホワイト・ハルフォート酋長が言った。

「あしたは滑走路が軟らかすぎて使えねえよ。飛行場が乾ききる前にまた降るかもしれねえしな」

　彼らの車が大隊に滑りこんだとき、「このくそいまいましい鼻つまみのきたならしいおたんちんめ」というハングリー・ジョーの金切り声が彼のテントから聞こえてきた。

「タハッ、今夜はあいつここにいるのか。たしか連絡機でローマに行ったままだと思ってたんだが」

「オー！　オォォォッ！　オォォォォォォッ！」とハングリー・ジョーは悲鳴をあげた。

　ホワイト・ハルフォート酋長は身震いした。「あいつはおれをゾッとさせやがる」と彼は不機嫌なつぶやき声で告白した。「おい、フルーム大尉はいったいどうした」

「おれをゾッとさせる人間だっているぞ。おれは先週、森のなかで野苺を食っているフルーム大尉を見た。あいつはもう二度と自分のトレーラーでは寝ないんだ。まるで地獄に落ちたような顔だったぜ」

「ハングリー・ジョーは診断呼集に出かける人間を、だれかほかのやつに替えなきゃなるまいと心配しているのさ――診断呼集なんてもうありゃしねえんだが。見たか、このまえの晩あいつがハヴァメイヤーを殺そうとして、ヨッサリアンの防空壕に落ちたのを」

「オォォォッ！」と、ハングリー・ジョーが悲鳴をあげた。「オー！　オォォォッ！　オォォォォォッ！」

「フルームがもう食堂にやってこねえってのは、まったくありがてえな。例の「サイモン、レモンをとってくれ」がなくなったからさ」

「『ピート、ビートをこっちへよこしてくれ』も」

「『チャップ、ケチャップをとってくれ』もな」

「あっちへいけ、あっちへいけ、このくそいまいましい鼻つまみのきたならしいおたんちんめ」言ったんだ、あっちへいけ」とハングリー・ジョーが叫んだ。「おれはあっちへいけと

「少なくともあいつがなにを夢みているかはわかった」とダンバーがしかめ面をしながら言った。「あいつはくそいまいましい鼻つまみのきたならしいおたんちんの夢を見てるんだ」

その晩おそく、ハングリー・ジョーはヒュープルの猫が顔の上で眠っており、彼を窒息させようとしている夢を見て、目をさますとやっぱりヒュープルの猫が顔の上で眠っていた。彼の苦しみは恐るべきもので、月光の暗闇をつんざく彼のこの世ならぬ鋭い叫びは、破壊的な衝撃のように、その後何秒間かそれ自体の力で振動した。つづいて感覚を麻痺させるような沈黙。そのうちものすごい騒ぎが彼のテントのなかから聞こえた。

ヨッサリアンはまっ先に駆けつけた者のひとりだった。彼が入口から飛びこんでみると、ハングリー・ジョーは猫を撃ち殺そうとして銃を持ち出し、それを止めようとして腕を押さえるヒュープルから自由になろうともがいていた。猫は猫で、彼がヒュープルを撃たぬようにと歯をむいて猛烈に唸りながら、攻撃をしかけるふりをした。人間のほうはふたりともGIシャツを着ていた。頭上の裸電球が長いコードごと狂ったように揺れ、入り乱れた黒い影がめちゃくちゃに躍りまわっているので、まるでテント全体がぐるぐる回転しているかのようだった。ヨッサリアンは本能的にバランスをとろうとして手を伸ばしたかと思うと、いき

なり勢いよく前に飛びこんだので、三人、いや二人プラス一匹の闘士たちを自分の体の下敷きにしてしまった。彼は両手にひとつずつ首筋をつかんで、やっとこのもつれあいから脱けて立ちあがった。ハングリー・ジョーの首と猫の首だった。ハングリー・ジョーと猫はすさまじい勢いで睨みあった。猫はハングリー・ジョーに荒い息を吹きかけ、ハングリー・ジョーは猫に一発ノックアウトを喰らわそうとしていた。

「フェアーにいけよ」とヨッサリアンが命じた。すると、時ならぬ騒ぎに驚いて駆けつけた連中がやっと安心し、熱烈な拍手を送りはじめた。「正々堂々と戦おう」と、ヨッサリアンはハングリー・ジョーと猫の首筋をまだつかんだまま外へ連れ出してから、両者に対して正式に宣告した。「拳と、歯と、爪だけ。銃はだめだぞ」と彼はハングリー・ジョーに警告。「歯をむいて唸るのもだめ」と彼は猫にもきびしく警告した。「おれがふたりを離したら、はじめる。クリンチになったら、きれいにブレイクしてまたファイトをつづける。それっ！」

気のまぎれることならなんでも歓迎という弥次馬どもが大勢まわりを取りかこんでいたが、猫はヨッサリアンが手を離した途端に怖気づき、哀れにも野良犬同然ハングリー・ジョーから逃げ出した。ハングリー・ジョーは勝利者と判定された。彼はチャンピオンらしく得意の笑みを浮かべ、しなびた頭を持ちあげ、痩せ衰えた胸を突き出しながら、嬉しそうに大股で歩きだした。彼は勝ち誇ってベッドにもどり、またヒュープルの猫が顔の上で眠って彼の息の根を止めようとしている夢を見た。

13 ――・ド・カヴァリー少佐

爆撃ラインのごまかしによってドイツ軍はだまされはしなかったが、――・ド・カヴァリー少佐はすっかり一杯喰わされてしまい、小雑嚢に身のまわりの品を詰め、飛行機を一機用意させ、フィレンツェも連合軍が占領したと思いこんでいるものだから、大隊の将校および下士官兵が休養のための賜暇旅行中に使えるよう、その市でふたつのアパートメントを借りるべく空路出かけていった。ヨッサリアンがメイジャー少佐の大隊長室の外に急いでもどり、今度はだれの助けを求めようかと思案しているころ、――・ド・カヴァリー少佐はまだ帰っていなかった。

――・ド・カヴァリー少佐は獅子を思わせるがっしりした頭を持ち、威風堂々として人々に畏怖の念を起こさせるような老人であり、怒気天を衝くがごときその乱れた白髪は、彼の峻厳で族長的な顔の周囲に大吹雪のように猛り狂っていた。大隊の隊務執行官としての彼の任務は、ダニーカ軍医とメイジャー少佐が同じく推測したとおり、蹄鉄投げと、イタリア人労務者の誘拐と、将校および下士官兵の休暇用アパートメントを借りあげることであり、彼はその三つすべてに抜きん出た才能を発揮していた。

ナポリ、ローマ、フィレンツェなどの都市陥落がさし迫るたびに、――・ド・カヴァリー少佐は小雑嚢の荷造りをし、飛行機一機と操縦士ひとりを徴発して飛んでいき、一言も発することなく、ただ彼の重々しくいかめしい表情と皺だらけの指の威圧的なジェスチャーだけでいっさいをやり遂げるのであった。都市陥落の一日か二日後に、彼はふたつの――ひとつは将校用で、もうひとつは下士官兵用だが、両方ともすでに有能で陽気な料理人と給仕女のついている――大きくて豪華なアパートメントの賃貸契約書を持って帰ってくるのだった。その二、三日後には世界じゅうの新聞に、崩れた石を乗り越え、砲煙のなかをくぐって、潰滅した都市に勇ましく突入しようとしているアメリカ軍将兵の写真が載った。――・ド・カヴァリー少佐の姿はかならずそのなかにあった。彼はどこからか手に入れたジープに乗り、彼の不屈の顔の近くで砲弾がしきりに炸裂し、カービン銃を構えた体のしなやかな若い歩兵が燃える建物のかげになった歩道を走ったり、家の戸口で倒れて死んだりしているにもかかわらず、まるで槲杖《さくじょう》みたいにまっすぐな姿勢をとったまま、右にも左にも目を向けることがなかった。彼は危険にとりかこまれて坐っていながらも永遠に不滅であるかのように見え、その顔は、大隊のあらゆる将校、下士官、兵によって常によく知られ、畏敬されているのと同じ、剛毅で威厳に満ち、狷介《けんかい》にして孤高の風貌を備えていた。

ドイツ軍の諜報機関にとって、――・ド・カヴァリー少佐はいまいましくも解き難い謎であった。数百人にのぼるアメリカ軍捕虜のだれひとりとして、ごつごつした凄みのある額と力づよく燃える目を持ち、あらゆる重要な進攻においていささかも恐れを知らず首尾よく一番乗りを果たすと思われる、この白髪の老将校については、具体的な情報を全然持ちあわせていなかった。アメリカ軍当局にとっても彼の正体は同様に不明確きわまるものだった。優秀なCIDが一個連隊分も彼の本性を突きとめるために前線に送られる一方、歴戦の宣伝部将校が一大隊分も、彼の正体がわかりしだい、それを公表せよという命令を受けて、一日二十四時間ぶっつづけで特別に注意の目を注いでいた。

——・ド・カヴァリー少佐は、ローマではアパートメント契約に関してかつてない成功を収めていた。四、五人ずつ群をなしてやってくる将校のためには、新築の白い石造りの建物のなかに、ひろびろとした二間つづきの部屋をひとりについて一組ずつあてがい、そのほかに壁に藍緑色のタイルを張った大きなバスルーム三つと、ミカエラという名の、なにかにつけてはクスクス笑う癖のある、そしてどの部屋も塵ひとつなくきれいに掃除する痩せたメードをひとり用意していた。下の踊り場のところにはへつらい上手の家主たちが住んでいた。上の踊り場には黒い髪をした美人で金持ちの伯爵夫人と、彼女の息子の嫁である黒い髪をした美人で金持ちの若い女とが住んでいたが、ふたりとも相手がネイトリーかアーフィーだけならいっしょに寝ようという気があったが、ネイトリーのほうは彼女たちをものにするにはあまりにも小心すぎたし、アーフィーはあまりにも堅苦しすぎた。アーフィーは彼女たちにむかって、家代々の事業を守るために北部に留まることを選んだあんたがたの夫以外の男を漁るなんてほんとうによくないことだよ、とお説教をするのであった。

「ふたりともほんとにいい子なんだ」と、アーフィーはきまじめな顔でヨッサリアンに打ち明けた。ところがヨッサリアンがしきりに見る夢ときたら、この黒い髪をした美人で金持ちのいい子たちがふたりとも彼とベッドを共にして、乳白色の裸の肉体をエロチックな姿態で横たえているさまであった。

下士官兵のほうは十二人かそれ以上の集団をなし、ガルガンチュワ的な食欲と罐詰食品でいっぱいの木箱をかかえてローマに降り立ち、すばらしいエレベーターのついた赤煉瓦の建物の六階にある彼ら専用のアパートメントの食堂で、女たちに料理と給仕をさせるのだった。下士官兵の休養所のほうがいつも活気に満ちていた。だいいち下士官兵のほうが数が多かったし、料理、給仕、掃除のための女の数も多かった。そのほかに、ヨッサリアンが見つけてはそこへ連れて帰る陽気で頭の弱い肉感的な若い娘たちや、精力を使い果たす七日間の放蕩のあとでピアノーサ島に帰る眠たげな下士官兵が勝手に連れてきて、そのあと欲しい者のために残しておく女たちもいた。女たちは好きなだけそこに留まっていても、ちゃんと寝るところと食べものを与えられた。彼女たちがお返しにすることといえば、体を求めてくるどのアメリカ兵ともいっしょに寝ることだけであり、それで万事めでたしだと思っているらしかった。

ほぼ四日おきくらいに、ハングリー・ジョーは、不運にもまた爆撃行を終って連絡機で飛んできては、まるで拷問にあった人間のように声をからし、粗暴になり、逆上して休養所に飛びこんできた。たいてい彼は下士官兵用のアパートメントで眠った。――・ド・カヴァリー少佐が部屋をいくつ借りたかはだれにもわからなかった。一階に住んでいる、彼にアパートメントを貸したコルセットをつけた黒い胴着の太った女ですら、それを知らなかった。それは最上階の全体に及んでいた。そしてヨッサリアンは、それが上から五階までを含んでいることを知っていた。というのは、彼がボローニャ爆撃の翌日、ライム色のパンティーをはき、掃除用のモップを持ったメードをやっと五階にあるスノードンの部屋で見つけたからだ。それはハングリー・ジョーが朝のうちに将校用のアパートメントでルチアナといっしょに寝ている彼を発見し、血相を変えてカメラをとりにいった、そのあとのことだった。

ライム色のパンティーをはいたメードというのは、三十代の半ばにも達する威勢のいい、よく肥えた、世話好きの女で、ぶよぶよの腿を持ち、よく揺れ動く臀をライム色のパンティーに包んでいたが、彼女は自分の体を求めるどんな男のためにもかならずそのパンティーをたくし下ろした。だだっ広い平凡な顔の持ち主だったが、この世で最も美徳に満ちた貞女であった。なぜなら彼女は、相手の人種、信条、皮膚の色、生まれた国などにかかわりなくだれとでも寝たし、歓待の行為として愛想よくわが身を捧げ、男から抱きつかれると、そのとき持っているものが布巾《ふきん》であれ、箒であれ、モップ雑巾であれ、それを捨てるのに一瞬たりとも躊躇しなかったからである。彼女の魅力はその近づきやすさから発していた。エベレストのように彼女はそこにあり、男たちは切なる欲望を感じるたびに彼女の上にのぼればよかったのだ。ヨッサリアンはこのライム色のパンティーのメードを愛していたが、それは彼女こそ恋に陥ることなく抱ける、いまや残された唯一の女だと思われたからである。シシリー島の頭の禿げた娘ですら、まだ彼のうちに同情とやさしさと後悔の強い感情をあおるのだった。
——・ド・カヴァリー少佐はアパートメントを借りるたびに数多くの危険に身をさらしたにもかかわらず、彼が唯一の傷をこうむったのは——まったく皮肉なことに——無防備都市ローマへの勝利の入城行進の先頭を切っているときであった。彼はひとりのみすぼらしい、饒舌な酔いどれじいさんが至近距離から狙い撃ちした一本の花で目に負傷したのである。その後じいさんは悪魔《サタン》そのもののように意地の悪い歓声をあげて——・ド・カヴァリー少佐の車に飛び乗り、彼の神々しい白髪頭を荒々しく、さげすむようにつかまえるなり、葡萄酒とチーズとにんにくの饐《す》えた匂いを放つ口で左右の頰にふざけてキスをしたかと思うと、うつろで乾いた、罵倒的な高笑いをしながらふたたび歓喜の人の群のなかにまぎれこんでしまった。苦難の際にこそスパルタ精神を発揮する——・ド・カヴァリー少佐は、この不愉快千万な試練のあいだ、身じろぎひとつしなかった。そして、負傷の手当てを受けたのも、ローマでの任務を完遂し、ピアノーサ島に帰ったのちであった。

彼は両眼で通すことを決心し、ダニーカ軍医にも、以前同様に完全な視力を保ったまま蹄鉄投げを、イタリア人労務者の誘拐を、アパートメントの借用交渉をつづけられるよう、眼帯は透明にしろと指示した。大隊の将兵にとって——・ド・カヴァリー少佐はひとつの巨像であった。もっとも彼らは少佐本人にそう言う勇気など全然持ちあわせていなかったけれども。彼に話しかける勇気を持っている唯一の人間はマイロー・マインダーバインダーだけで、この男は大隊にきて二週間目に固ゆで卵をひとつ持って蹄鉄投げの柱のところに近づき、——

──・ド・カヴァリー少佐に見てもらおうとその卵を捧げ持った。──・ド・カヴァリー少佐はマイローのずうずうしさに驚いて背筋を伸ばし、深い皺の寄ったごつい額が張り出し、荒々しい湾曲した巨大な鼻が中西部十大学フットボールのフルバックみたいに喧嘩腰で飛び出している彼の凄みのある顔の脅威を、存分にマイローにむかって集中させた。マイローは、まるで護符のように顔をかばって差し上げた固ゆで卵のかげに隠れながらも、一歩もあとに引かなかった。やがて嵐は静まり、危険は去った。

「なんだ、それは」と──・ド・カヴァリー少佐がやっと質問した。

「卵であります」とマイローは答えた。

「どういう種類の卵だ」と──・ド・カヴァリー少佐が質問した。

「固ゆでの卵であります」とマイローは答えた。

「どういう種類の固ゆで卵だ」と──・ド・カヴァリー少佐が質問した。

「新鮮な固ゆで卵であります」とマイローは答えた。

「その新鮮な卵はどこからくるのか」

「鶏からであります」

「その鶏はどこにいる」

「その鶏はマルタ島におります」

「マルタ島に鶏は何羽おるのか」

「食費から一個五セントの出費で大隊の将校全員に供給できる量の卵を産むだけおります」

とマイローは答えた。

「わしは産みたて卵に目がなくてなあ」と――・ド・カヴァリー少佐は告白した。

「だれかが飛行機を一機自由に使わせてくれましたら、自分は週に一回、大隊機でそこへ飛び、産みたて卵を必要なだけ買って帰るのですが」とマイローは答えた。「だいいち、マルタ島はそう遠くはありませんから」

「マルタ島はそう遠くない」と――・ド・カヴァリー少佐は言った。「おまえは週に一回、大隊機でそこへ飛び、産みたて卵を必要なだけ買って帰ることができるだろう」

「そうであります」とマイローは相槌を打った。「自分はそうすることができると思います。もしだれかがそれを望み、飛行機を一機自由に使わせてくれましたなら」

「わしは産みたて卵の目玉焼きが好きだな」と――・ド・カヴァリー少佐は思い出して言った。「新鮮なバターで焼いたやつだ」

「自分はシシリー島に行けば、一ポンド二十五セントで新鮮なバターを必要なだけ手に入れられるであります」とマイローは答えた。「新鮮なバターが一ポンドで二十五セントというのは得な買いものであります。食堂予算では、バターにもたっぷり金を使えます。それに、他の大隊にもいくらか売ってもうけ、ほとんど元金《もと》をとりかえすこともできると思います」

「おまえの名はなんというのか、うん？」と――・ド・カヴァリー少佐が質問した。

「自分の名はマイロー・マインダーバインダーと申します。二十七歳であります」

「おまえは優秀な炊事係将校だ、マイロー」

「自分は炊事係将校ではありません」

「おまえは優秀な炊事係将校だ、マイロー」

「ありがとうございます。自分は優秀な炊事係将校になるために全力を尽くします」

「感心だな、おまえは。蹄鉄をひとつやろう」

「ありがとうございます。これをどうすればよろしいのでしょうか」

「投げろ」

「投げる？」

「むこうの棒にだ。それからこいつを拾って、今度はこちらの棒に投げる。これはゲームだ、わかるな。蹄鉄はあとで返すんだぞ」

「はいっ、わかりました。蹄鉄はいくらで売れるんでありますか」

珍しくも新鮮なバターの池のなかでエキゾチックに飛びはねている新鮮な卵の匂いは、貿易風に乗って地中海をはるかに渡り、猛烈に食欲旺盛なドリードル将軍を呼びもどすことになった。将軍は、どこへでもついていく彼の専属看護婦と、義理の息子であるムーダス大佐を伴っていた。最初ドリードル将軍はマイローの食堂で、出される食事をすっかり平らげた。やがてキャスカート大佐の連隊に属する他の三大隊がそれぞれの食堂をマイローに譲り渡し、やはり新鮮な卵と新鮮なバターを買ってくれるようにと、飛行機各一機と操縦士各一名とを彼に提供した。四つの大隊の将校全員が飽くことなき卵食いの狂宴に加わって、新鮮な卵を貪り食いはじめたために、マイローの飛行機は一週に七日間折返し飛行をつづけた。ドリードル将軍は朝昼晩の食事に新鮮な卵を——食事の合い間にはもっと多くの新鮮な卵を——貪り食い、そのうちにマイローは新鮮な子牛肉、牛肉、鴨肉、赤ん坊羊の骨付き肉《チャップ》、マッシュルームの傘、ブロッコリ、南アフリカ産の岩蝦の尾肉、シュリンプ、ハム、プディング、葡萄、アイスクリーム、苺、アーティチョークの豊富な供給源を見つけ出した。ドリードル将軍麾下の軍団には他に三つの爆撃連隊があったが、いずれも負けるものかとばかり自分の隊の飛行機をマルタ島に派遣して新鮮な卵を購入しようとしたが、新鮮な卵は一個七セントもすることを知った。彼らはマイローから一個五セントで卵を買うことができるので、彼らの食堂もマイローのシンジケートに譲り渡し、かねてからマイローが供給を約束している他のあらゆる上等な食品を搬入するために必要な飛行機と操縦士を彼に提供するほうが、より合理的であった。

この成行きにだれもが気分をよくしたが、なかでもキャスカート大佐はこれこそ自分のかち得たはなばなしい名誉だと確信して得意満面であった。彼はマイローに会うたびに陽気な声をかけ、贖罪的な気前のよさを発揮しすぎたあまり、つい衝動的にメイジャー少佐の昇進を申請してしまった。第二十七空軍司令部に提出されたこの申請はウインターグリーン元一等兵によってただちに拒否されてしまった。ウインターグリーン元一等兵は、署名なしの、ぶっきらぼうななぐり書きで、米軍は唯一のメイジャー・メイジャー・メイジャーという少佐《メイジャー》を保有しているのであり、単にキャスカート大佐を喜ばすための昇進によって彼を失うつもりはないと警告した。キャスカート大佐はこの容赦ない非難にがっくり気落ちし、痛烈な拒絶に胸を痛めながら、罪人のようにこそこそと自分の室内を歩きまわった。彼はこの屈辱をメイジャー少佐のせいにし、即日メイジャー少佐を中尉に降等させようと決心した。

「司令部はたぶんそうはさせないでしょうな」とコーン中佐が、事態を楽しみながら、ほくそ笑んで言った。「あの男を昇進させないのとまったく同じ理由でね。それに、あの男をわたしと同じ階級まで昇進させようとした直後に、今度は降等させようとするなんて、まちがいなくあなたが阿呆みたいに見えますよ」

キャスカート大佐はいまや八方から敵に囲まれた感じであった。彼がフェラーラでの大失態のあとヨッサリアンのために勲章を獲得してやったときには、これよりはるかに調子よくいった。あれはポー河にかかっている橋が、キャスカート大佐が破壊すると自発的に申し出てから七日間も無傷のままかかっていた、そのときのことであった。彼の部下は六日間に九回出撃したが橋を破壊することができず、ついに七日目に十回目の爆撃が行なわれ、そこでヨッサリアンは目標上空に六機編隊を二回も乗り入れることによって、クラフトとその機の乗員を戦死させてしまったのだ。ヨッサリアンは、当時はまだ勇敢だったので、注意深く二度目の爆撃態勢に入った。彼は爆弾が弾倉から離れるまで爆撃照準器に頭を埋めていた。顔を上げてみると、機内は不気味なオレンジ色の光に包まれていた。一瞬彼は自分の乗機が燃えていると思った。つぎの瞬間、頭の真上にエンジンから火を噴いている飛行機を見つけた彼は機内通話装置《インターコム》でマクワットに左へ旋回いそげっ！　とどなった。一秒後にクラフト機の片翼が吹っ飛んだ。火炎に包まれた残骸はまず胴体、つづいて輪を描いている翼の順に墜落し、小さな金属片が驟雨のようにヨッサリアン機の天蓋の上でタップダンスをはじめ、高射砲弾がまだ彼の周囲いたるところでグワシュン！　グワシュン！　グワシュン！　と絶え間なく炸裂していた。

基地に帰ると、ヨッサリアンはみんなの冷ややかな凝視を浴びながら、意気銷沈して緑色の下見板でできた命令伝達室の外に待つブラック大尉に状況報告をし、そこでキャスカート大佐とコーン中佐が話があるからとなかで待っている旨を告げられた。ダンビー少佐が戸口に立ちふさがり、陰気な沈黙のうちに他のあらゆる者を手で追い払っていた。ヨッサリアンは疲れにうちひしがれ、体にべとつく衣服を一刻も早く脱ぎ捨てたかった。彼は感情の混乱したまま命令伝達室に足を踏み入れた。なにしろクラフトその他は、彼がまた例によって義務と呪いとのあの苦しく耐え難いジレンマのうちで己れのことにばかり気をとられていた瞬間に、少し離れたところで苦悶の声も遮断されたままみな死んでしまったので、彼らに関していまどう感じるのが当然なのか、よくわかっていなかったのだ。

ところが、キャスカート大佐は事態を知ってすっかり悲嘆にくれていた。「二回だと」と彼は質問した。

「一回目は狙いがはずれるおそれがありましたので」と、ヨッサリアンは顔を伏せ、かぼそい声で答えた。

彼らの声は細長いバンガローのなかでかすかにこだました。

「しかし二回だと」とキャスカート大佐は明らかな不信を顔に表わしてくりかえした。

「一回目は狙いがはずれるおそれがありましたので」とヨッサリアンもくりかえした。

「しかしクラフトは死なずにすんだだろう」

「そして橋はまだかかっていたかもしれません」

「熟達した爆撃手ならば一回で爆弾を投下するのが当然だ」とキャスカート大佐は注意を喚起した。「他の五人の爆撃手は一回目に爆弾を投下した」

「そして目標に命中できませんでした」とヨッサリアンは言った。「結局われわれはあらためて出なおしということになったと思います」

「そうしたら、今度はおまえも一回で目標をやっつけることができたろう」

「そしてまた狙いがはずれたということになったかもしれません」

「しかし、損害はこうむらなくてすんだかもしれん」

「そしてより以上の損害をこうむった上に橋はまだ無傷ということになったかもしれません。大佐殿は橋の破壊を望んでおられるとばかり思っておりました」

「いちいち口答えするな」とキャスカート大佐は言った。「みんなもう厄介ごとにはこりごりしとるんだ」

「自分は口答えなどしておりません」

「おる。それだって口答えじゃないか」

「はい、大佐殿。失礼いたしました」

キャスカート大佐は指の関節を烈しく鳴らした。太鼓腹をだらしなく突き出した、色黒で肉のたるんだずんぐり型のコーン中佐は、最前列のベンチのひとつにすっかりくつろいで腰かけ、日に焼けた禿頭の上で気楽そうに両手を組んでいた。彼の目はきらきら光る縁なし眼鏡のうしろで成行きを楽しんでいた。

「われわれはこの件について完全に客観的な態度をとろうと努力しているのだ」と彼はキャスカート大佐にせりふをつけた。

「われわれはこの件について完全に客観的な態度をとろうと努力しているのだ」とキャスカート大佐は、突然霊感に打たれたかのように熱をこめてヨッサリアンに言った。「おれは感傷に流されているわけでもなんでもない。兵員や爆撃機のことなど屁とも思ってはおらん。要するに報告がえらくみっともないものになるってことだ。おれは報告のなかでこういうところをどうとりつくろったらいいんだ」

「自分に勲章をくださったらいかがでありますか」とヨッサリアンはおずおずと申し出た。

「二度突っこんだことに対してか」

「大佐殿はハングリー・ジョーが誤って自分の乗機をぶち壊したとき、彼に勲章をお授けになりました」

キャスカート大佐はいまいましげに鼻で笑った。「おまえに軍事裁判を授けないだけでも幸運だと思うんだな」

「しかし、自分は二回目の旋回攻撃のとき、橋をやっつけました」とヨッサリアンは抗弁した。「大佐殿は橋の破壊を望んでおられるとばかり思っておりましたが」

「ああ、おれがなにを望んでいたか、そんなことは知らん」とキャスカート大佐は激昂して叫んだ。「いいか、もちろんおれは橋の破壊を望んでいた。あの橋は、おまえらに叩きにいかせようと決心したとき以来ずっと、おれの悩みの種だった。だがおまえはなぜ一回であれを叩けなかったんだ」

「時間が足りませんでした。自分の機の航空士は目標の都市に到達したかどうか確認できなかったのであります」

「目標の都市だと」キャスカート大佐は面くらった。「今度はすべての責任をアーフィーになすりつけようというのか」

「いえ、ちがいます。あいつに気を散らされていながら、それを放っておいたのは、自分の過失であります。自分が申しあげようとしているのはただ、自分は絶対無謬の人間ではないということであります」

「絶対無謬の人間なんていないさ」とキャスカート大佐は突っぱねるように言い、少し考えてからあいまいにつけくわえた。「絶対不可欠な人間というのもおらんものだ」

これには反論はなかった。コーン中佐はゆっくりと伸びをした。「われわれは結論を出さなくてはなりませんな」と彼はさりげなくキャスカート大佐に言った。

「われわれは結論を出さなくてはならない」とキャスカート大佐はヨッサリアンにむかって言った。「で、すべてはおまえの責任だ。いったいなぜおまえは目標地点を二回も旋回攻撃しなければならなかったのだ。なぜほかのみんなのように一回で爆弾を投下できなかったのだ」

「一回目は狙いがはずれるおそれがありましたので」

「わしらのほうが二度目の旋回をしておるようですなあ」と、コーン中佐がクックッと笑いながら口出しした。

「しかし、おれたちはどうしたらいいんだ」とキャスカート大佐は大声を出して嘆いた。

「ほかの連中がみんな外で待っとるぞ」

「この男に勲章をやったらいいんじゃありませんか」とコーン中佐が提案した。

「二度旋回したことに対してか。おれたちはこいつのなにに対して勲章をやることができる」

「二度旋回したことに対してですよ」と、コーン中佐は思慮深げな自己満足の笑みを浮かべながら答えた。「なんと言っても、対空砲火を逸《そ》らしてくれる他の友軍機が近くにいないまま、目標上空に二度突っこむというのは実に勇気のいることだったと思いますね。それにこの男は橋を破壊した。ま、これで返答になるでしょう――われわれが本来恥ずべきことに関して、かえって誇らしげに振舞うこと。こいつは決してしくじることのない策略らしいですよ」

「うまくいくと思うか」

「わたしが請けあいます。それに、事を確実にするために、この男を大尉に昇進させてやろうじゃありませんか」

「そいつは少々いきすぎだと思わんか」

「いや、そうは思いませんね。大事をとるのがいちばんですよ。だいいち大尉にしても大して変りはないんだし」

「よかろう」とキャスカート大佐は断を下した。「この男は目標上空を二度も旋回するほど勇敢であったから、勲章を授けることにする。加えて、大尉に昇進させることにしよう」

コーン中佐は手を伸ばして帽子をとりあげた。

「ほお笑みつつ退場」と彼は冗談を言い、外へ出るとき片腕でヨッサリアンの背中を抱きかかえた。

14　キッド・サンプスン

　ボローニャに出撃するころには、ヨッサリアンは目標上空をたったいちども旋回しないですますほど勇敢になっていた。そこで彼は、結局キッド・サンプスンが操縦する爆撃機の機首に乗りこんで飛ぶことになったとき、咽喉《のど》当て式マイクのボタンを押して質問した。

「おい、この飛行機はどこかおかしいのか」

　キッド・サンプスンは金切り声をあげた。「機のどこかがおかしいって。どうしたってんだ」

　キッド・サンプスンの絶叫にヨッサリアンの血は凍った。

「どうかしたのか」と彼は怯えて叫んだ。「脱出するのか」

「おれにはわからん」とキッド・サンプスンは興奮し、苦しげに泣き叫ぶような声で答えた。「だれかが脱出だと言ったぞ！　とにかくだれが言ったんだ。だれなんだ」

「こちらは機首のヨッサリアン。機首のヨッサリアンだ。どうかしちまったとおまえが言ってるのを聞いたぞ。どっかおかしいと言わなかったか」

「おかしいと言ったのはおまえのはずだぞ。万事オーケイらしい。万事異常なし」

　ヨッサリアンはがっかりした。万事異常なくて彼らが引き返す口実ができないということは、なにかが恐ろしく狂っていることにほかならなかった。彼は深刻な顔をして行動をためらった。

「おまえの声が聞こえない」と彼は言った。

「万事異常ないと言ったんだ」

眼下の青磁色の海と他機のきらめく翼端に、目をくらますほど明るい太陽の白光が反射していた。ヨッサリアンは機内通話装置《インターコム》のジャックボックスに通じている色つきの電線をつかむなり、プラグごと力まかせに引き抜いた。

「まだおまえの声が聞こえないぞ」と彼は言った。

なにも聞こえなかった。彼はゆっくりと自分の地図入れと三着の特別防弾チョッキとを抱きかかえると、這いもどってメイン・コンパートメントに出た。副操縦士席に固くなって坐っているネイトリーは、ヨッサリアンが操縦装置室を歩いてキッド・サンプスンの背中に近づいてくるのを横目でちらと見つけた。彼は力なくヨッサリアンに微笑を向けたが、イヤホーン、航空帽、咽喉当て式マイク、防弾チョッキ、パラシュートという、やけにかさばった城構えのなかで、弱々しく、格別に幼く、はにかみ屋に見えた。ヨッサリアンは前かがみになってキッド・サンプスンの耳に口を近づけた。

「まだおまえの声が聞こえないんだ」と彼は休みない爆音に負けないくらい大きな声で叫んだ。

キッド・サンプスンは驚いて振り向いた。痩せて骨ばった顔にアーチ形の眉と貧弱なブロンドの口髭がついており、コミカルなご面相だった。

「なに」と彼は肩ごしに叫んだ。

「まだおまえの声が聞こえない」とヨッサリアンはくりかえした。

「もっと大声で話さなきゃだめだ」とキッド・サンプスンが言った。「まだおまえの声が聞こえない」

「まだおまえの声が聞こえないと言ったんだ！」とヨッサリアンはどなった。

「しかたがないさ」とキッド・サンプスンがどなり返した。「これ以上大きな声は出ないんだ」

「おれの機内通話装置《インターコム》では、おまえの声が聞こえなかったんだ」とヨッサリアンはますます頼りなげに叫んだ。「引き返さなきゃならんだろう」

「機内通話装置《インターコム》のために」とキッド・サンプスンがいぶかしげに言った。

「引き返せ」とヨッサリアンは言った。「きさまの頭をぶち割られないうちにな」

キッド・サンプスンは精神的支援を求めてネイトリーのほうを向いたが、ネイトリーはつんと顔をそむけた。ヨッサリアンはこのふたりの上官であった。キッド・サンプスンはあやふやな抵抗をつづけたが、一瞬のちには大歓声をあげ、みずから進んで降伏した。

「そいつはおれにももってこいだ」と彼は嬉しそうに言い、甲高い口笛を二、三発口髭めがけて吹き鳴らした。「合点承知のすけ、そいつはキッド・サンプスンさまにももってこいだ」

彼はもういちど口笛を吹き、機内通話装置《インターコム》にむかって叫んだ。「さあ聞けよ、おれのかわいいひよっこども。キッド・サンプスン提督のお話だぞ。女王陛下の海兵隊の誇り、キッド・サンプスン提督の雄叫びだ。ガッテン承知。おれたちは引き返すぞ、坊やたち、嘘じゃねえ、おれたちは引き返すんだ！」

　ネイトリーは喜びのあまり一気に帽子とイヤホーンをかなぐり捨て、高椅子に乗ったかわいい子供のようにはしゃいで体を前後に揺すった。ナイト軍曹が機頂部砲塔から飛び降り、熱狂的な喜びにわれを忘れて彼ら全員の背中を叩きはじめた。キッド・サンプスンは大きく優雅な弧を描いて機を編隊から離し、基地に機首を向けた。ヨッサリアンがヘッドホーンのプラグを予備ジャックボックスのひとつに差しこんでみると、機尾のふたりの砲手が声を揃えて〈ラ・クカラッチャ〉を歌っていた。

　飛行場に帰り着いたとたん、彼らはしゅんとなってしまった。沈黙の不安が機内に満ち、ヨッサリアンは緊張し、人目を気にしながら機から降り、さっきから彼らを待っていたジープに乗りこんだ。人を催眠状態に誘う重たげでなだらかに広がる静かな山々と、海と、森のあいだをジープでもどる途中、だれもがひとことも口をきかなかった。道を曲って大隊に向かうとき、わびしさがどうしても彼らから離れなかった。ヨッサリアンはいちばんあとからジープを降りた。一分後、からっぽのテント群を覆っている麻酔薬のように執拗な静けさのなかで動いているのは、ヨッサリアンと熱気をはらんだ微風だけだった。大隊はダニーカ軍医ひとりを除いては人間的なものいっさいから絶縁されて非情な姿を見せていた。ダニーカ軍医は医務部のテントの閉じたドアのかたわらで寒さに震える禿鷹よろしく陰気な顔で高い椅子に腰かけており、綿を詰めた彼の鼻は、挫折のうちにつのるむなしさのうちに、彼の身のまわりに注ぎこむおぼろげな太陽の光のほうへ突き出していた。ヨッサリアンはダニーカ軍医が彼といっしょに泳ぎにいかないだろうということを知っていた。ダニーカ軍医は二度と泳ぎにいかないだろう。人は深さたった三センチか四センチほどの水に入っても気絶したり、軽い冠状動脈閉塞をおこしたりして、引き波で沖に流されることがあり、冷たさや過労のせいで脊髄灰白質炎や髄膜炎にかかりやすくなることもあるのだ。他人に対するボローニャの恐怖は、ダニーカ軍医のうちに自己の安全無事を求める、よりいっそう烈しい願望を注ぎこんでいた。このごろ彼は夜になると、盗っ人の物音さえ耳にして怯えていた。

ヨッサリアンは作戦本部テントの入口を曇らせているラベンダー色の薄暗がりのむこうに、ホワイト・ハルフォート酋長がせっせと配給ウイスキーをくすねている姿をチラッと認めた。飲めない連中のサインを偽造し、いつも毒を承知で飲んでいるアルコールを、ブラック大尉がやってくる前にできるだけたくさん盗もうと、急いで何本もの壜に詰めかえているのだ。ブラック大尉のほうは、ウイスキーのことを思い出すと急に勢いづき、あわてて のっそりやってきては残りを全部盗みとるのだった。

ジープはまた静かに動き出した。キッド・サンプスン、ネイトリーその他は音もない旋風のように歩み去り、うんざりするような黄色い静寂のなかに吸いこまれてしまった。ジープは咳ばらいひとつして消えてしまった。ヨッサリアンは重々しい、太古を思わせる静寂のなかにたったひとり残された。そのしじまのなかではあらゆる緑が黒く見え、他のものはすべて膿汁の色に染まっていた。乾いた透明な隔たりの彼方で、木の葉が風にそよいでいた。彼はおちつかず、怯えており、そして眠たかった。眼窩が疲れのために垢でもたまっている感じだった。彼はものうげに、滑らかな板でできた長テーブルのおいてあるパラシュート・テントのなかに入った。やましさなどこれっぽっちも感じない良心の奥深く、がみがみ女みたいな一抹の疑惑が苦痛もなく潜伏していた。彼は防弾チョッキとパラシュートをそこにおき、帰りぎわに給水車の脇を通って地図入れをブラック大尉に返却しようと情報部テントへいった。ブラック大尉は痩せた長い脚を机の上に放り出してうとうとしていたが、冷ややかな好奇心から、なぜヨッサリアンの爆撃機が引き返したのかをたずねた。ヨッサリアンは彼を無視し、地図をカウンターにおいただけで外へ出た。

自分のテントに帰ると、彼は身もだえするような恰好でパラシュート用の背負い皮を、つづいて航空服を脱いだ。オアはジェノヴァ沖に自分の機を不時着水させたおかげでかち得たローマでの賜暇休養を終って、その日の午後帰ってくるはずだった。ネイトリーは、また生き延びられたことから有頂天になり、ローマにいる例の売春婦に対する徒労に終った悲痛な求愛を再開しようと思いつめて、オアと交代するためにはやばやと荷づくりをしていることだろう。ヨッサリアンは着ているものをすっかり脱ぐと、ひと休みするために簡易寝台に坐りこんだ。裸になったとたんに気分はずっとよくなった。彼は着衣のままでくつろいだ気分を味わったことはいちどもなかった。しばらくすると彼はまた新しいパンツをはき、平底のインディアン靴をはき、背中にカーキ色のバスタオルをひっかけて海岸へ出かけた。

大隊から海岸に至る小径は、森のなかにある神秘的な砲床のそばを通っていた。そこに配置されている三人の兵士のうちのふたりは円形に積んだ砂袋の上に横になって眠っており、もうひとりは腰掛けて真紅のざくろを食べていた。猛烈によく動く上下の顎のあいだで大きく実をかじりとっては嚙み砕いたものをずっと離れた草叢のなかにペッと吐き捨てる。かじるたびに赤い果汁が口から垂れる。ヨッサリアンはまた森のなかに歩いていきながら、ときどききりきり痛むむきだしの腹を大事そうにさすった――まるで胃袋がまだそこにあるのを確かめるかのように。彼は臍から一本の繰り綿を撚《よ》り出した。突然、小径の左右に長雨の産物である何十本もの茸が、まるでいのちなき肉茎《にくけい》のように結節性の指をじっとりした土のあいだから突き出していたが、彼が目を向けるいたるところに腐敗菌的なおびただしさで発生しているので、それらはまるでいま彼の目の前で増殖しているような感じだった。のぞきこんでみると下生えのずっと奥まで何千本もの茸が密生しており、それらはみるみるうちに大きくなり、数を増していくようだった。不気味さに身震いして彼は急に足を速め、足もとの土が砕けて乾いた砂になり、茸がうしろに残されるまでペースをゆるめなかった。彼は不安げにちらっとうしろを振り返った――やみくもに彼を追って這い寄ってくる、生気のない白いものが、あるいは木々の梢のあいだを蛇のようにのたくりながら忍び寄ってくるつかまえどころのない変幻自在のかたまりが、見つかるのではないかと半ば予期しながら。

海岸には人けがなかった。聞こえるものといえば、海に注ぐ流れのふくれあがった水音、うしろの丈の高い草や灌木林の息づく音、もの言わぬ半透明な波の無感情な唸り声など、抑えた物音ばかりであった。沖波はいつも小さく、水は澄んで冷たかった。ヨッサリアンは衣類を砂浜におき、波が膝までくるところまで歩いて入り、やがてすっかり体を水につけた。

海のむこうにはごつごつした細長い棒きれのような黒っぽい陸地が霞に包まれ、ほとんど見えなかった。彼はものうげに泳ぎ出して沖の筏にちょっとつかまり、またものうげに足の立つところまで泳ぎ帰った。彼は気分がすっきりし、眠気が完全に吹っとぶまで何度も頭から緑の海にもぐってみた。それから砂浜でうつ伏せになって甲羅を干しながら眠った。そのうちにボローニャから帰る爆撃機がほとんど真上に近づき、数多くのエンジンの累積したすさまじい轟音が、大地を粉砕せんばかりの勢いで彼の眠りのなかに乱入した。

ヨッサリアンは軽い頭痛を感じながらまばたきとともに目をさまし、渾沌のうちに煮え立っている世界にむかって目を開いた。その渾沌のなかではあらゆるものが秩序整然としていた。彼は十二中隊の爆撃機が悠々と正確な編隊を組んでいるという途方もない光景にすっかり度肝を抜かれ、思わず息を呑んだ。それは真実というにはあまりにも予想外の光景であった。負傷者を乗せて全速力で急行する機もなければ、撃破されて遅れる機もない。遭難火炎信号は空中に一筋も見えない。見えないのは彼自身の乗機ただひとつだった。一瞬、彼は狂気に襲われたかのように判断力を失った。やがて彼にはわかってきた。そして運命のアイロニーに泣き出さんばかりであった。説明は簡単についた。きっと爆撃機が突っこむ前に目標に雲がかかり、ボローニャ出撃はまたあらためて行なわれることになったのだ。

ヨッサリアンの解釈はまちがっていた。雲などかかってはいなかった。ボローニャ爆撃は行なわれた。ボローニャはたやすい早朝の〝牛乳配達《ミルクラン》〟であり、高射砲は全然火を噴かなかったのである。

15　ピルチャードとレン

共同して大隊作戦将校の任に当っている人当りのいいピルチャード大尉とレン大尉とは、ふたりとも中背よりやや低く、ものやわらかな口ぶりのおだやかな人物で、作戦飛行に参加するのがなにより好きで、この人生とキャスカート大佐から彼らがひたすら期待するものは、出撃をつづける機会だけであった。彼らは何百回も戦闘飛行に参加していたが、あと何百回も飛びたいと念願していた。ふたりとも出撃のたびにかならず自分たちを参加者のうちに割り当てた。彼らにとって戦争ほどすばらしい経験はただのひとつもなかったのだ。だから彼らはもう二度と戦争が起こらなくなることを恐れていた。彼らは騒ぎたてることをできるだけ慎しみ、謙虚に、もの静かに任務を遂行し、だれの反感も買わぬよう大いに努力した。通りすがりのだれに対してもすばやく微笑を投げかける。なにか言うときは、きっと口ごもる。要領一点張りの、快活な、如才のない男たちで、ふたりでいるときだけは気楽だが、他のだれとも決して目を合わせようとしなかった。彼らが、ボローニャ出撃の途中でキッド・サンプスンに乗機を引き返させたヨッサリアンを公然と譴責するために野外集会を召集したときも、当のヨッサリアンと目を合わすことさえできなかった。

「諸君」と、黒い髪が薄くなりかけたピルチャード大尉がぎこちない笑顔をつくりながら言った。「出撃の途中から引き返す場合には、なにか重大な理由があることを確かめるよう努力してくれないか。些細なこと……たとえば機内通話装置《インターコム》の故障……とか、まあそんなことではなくて。いいね。この件についてはレン大尉からもつけ加えたいことがあるそうだ」

「諸君、ピルチャード大尉の言うとおりだ」とレン大尉が言った。「この問題についてわたしから言いたいこともそれに尽きている。さて、われわれはきょう、ついにボローニャを攻撃し、結局はそれが抵抗なしの〝牛乳配達《ミルクラン》〟であることを知った。だれもが少々臆病になっていたらしく、目標に大した損害を与えることができなかった。そこで、よく聞いてもらいたい。キャスカート大佐は、われわれが再度出撃する許可をお受けになった。だからあした、われわれは本格的に弾薬庫をやっつけるつもりだ。さて、諸君はそれについてどう思うかね」

　そして彼らはヨッサリアンにいかなる敵意もいだいていないことを証明するために、翌日のボローニャ攻撃に際して、彼を第一編隊の爆撃隊長に任命し、マクワット操縦の機に乗りこませることにした。ヨッサリアンはまるでハヴァメイヤーみたいに、自信に満ち、逃避的な行動は全然とらずに目標上空に突っこんだが、とたんに猛攻撃をくらって腸《はらわた》がねじれるほどの恐怖に襲われた。

　いたるところに猛烈な対空砲火！　彼は油断させられ、おびき寄せられ、とうとう罠にかかったのだ。しかもばかみたいに坐って、彼を殺そうと飛び上がってくる、きたならしい黒い塊をただ見つめているほか手がないのだ。爆弾を投下するまでは爆撃照準器をのぞいているほかなすすべがない。レンズの奥の細い十字の線は彼が狙った目標の上に磁石のようにぴったり吸い寄せられ、彼が狙う迷彩を施した一ブロックの倉庫群のどまんなか、しかも最初の建物の基底部のすぐ前を完全に切断する。彼は機が低空で突っこんでいくあいだ絶えず震えていた。彼の耳には周囲で連続的に破裂している対空砲火のズン－ズン－ズン－ズンというつろな音が四拍子ずつ、重なって聞こえる、かと思うと、突然至近距離で単発の高射砲弾がグヮーン！と耳をつんざくような音をたてて炸裂する。爆弾よ落ちてくれと祈っているあいだにも、彼の頭は一千もの不協和な衝動で鉢割れそうだった。泣き出したい思いだった。エンジンの爆音は、太った、のろまなハエのように単調に唸りつづけていた。やっと照準器の二本の指針がクロスし、八発の二百キロ爆弾をつぎつぎに切り放した。軽くなった機体が急に浮上しはじめた。ヨッサリアンは前かがみになったまま照準器から目を離し、左手の爆弾計数器を見つめた。針がゼロを指すと、彼は弾倉の扉を閉め、機内通話装置《インターコム》にむかってあらんかぎりの声で叫んだ――

「右旋回イッパイ！」

マクワットはたちまちこれに応じた。軋むようなエンジンの唸り声をたてながら彼はいきなり翼を一方に傾け、悲鳴をあげる機体を容赦なくねじるようにして、ヨッサリアンが見つけた二本の突き槍のごとき対空砲火の鉾先をかわした。つづいてヨッサリアンはマクワットに上昇を命じ、高度をどんどん上げつづけ、ついに無事ダイヤモンド・ブルーの静かな空に達した。どこも明るく澄みきっており、ただ遠くに長いベールのような白い綿雲がうっすらとたなびいているだけだった。風が円筒形の機首のガラス窓に当って心のなごむ音をかき鳴らしており、彼は大得意でくつろいだが、それも束の間で、またもやスピードをあげると、マクワットを左に向け、また真下に倒した。気を張った一瞬、彼ははるか上の右肩のうしろ、つまりいま左に回って急降下しなければちょうど彼に当ったであろうところに、茸のように伸びてきた対空砲火の群が大きく炸裂しているのを見つけた。彼はまた鋭く叫んでマクワットに水平をとりもどさせ、さらに彼を鞭打って上昇させ、彼が投下した爆弾がちょうど着地しはじめるころ、対空砲火に汚染されずに残っている青空の狭苦しい一角にふたたび回りこんだ。第一弾は狙いたがわず倉庫群のまんなかに命中し、つづいて彼の機と彼の編隊の各機が投下した爆弾が地上で炸裂して、オレンジ色の閃光を建造物の屋上までたてつづけに放ったと思う間もなく、一瞬のうちに建造物そのものが崩れて、ピンクと灰色と石灰色の煙の逆巻く巨大な波と化し、それが八方に烈しく渦を巻いて広がり、あたかも赤と白と金色の稲妻を放つ巨大な雷が落ちたかのように、大地の下っ腹を痙攣させた。

「へえ、あれを見てくれよ」と、アーフィーが丸ぽちゃの顔を好奇心で輝かしながら、ヨッサリアンのすぐ横で響きのある嘆声を発した。「きっとあそこには弾薬庫があったんだな」

ヨッサリアンはアーフィーのことを忘れていた。「出て失せろ」と彼はアーフィーにむかってどなった。「機首から出ていけ！」

アーフィーは優雅にほお笑み、ヨッサリアンにも見るよう親切に誘うつもりで下の目標地点を指さした。ヨッサリアンはせかすように彼の背中を叩き、這行通路《クロールウエイ》の入口を荒々しく指で示した。

「奥へ引っこめ」と彼は逆上して叫んだ。「奥へ引っこめ！」

アーフィーは愛想よく肩をすくめて見せた。「声が聞こえないんだ」と彼は言った。

ヨッサリアンはアーフィーのパラシュート用の背負い皮をつかまえ、彼をうしろ向きのまま這行通路《クロールウエイ》のほうに押しやろうとした。その瞬間、機が激しく揺れ、ヨッサリアンの骨はバリバリと音をたて、彼の心臓は止まった。たちまち彼は、みんな死んじまったなと思った。

「上げろ！」と、彼はまだ生きていることに気づくとすぐ機内通話装置《インターコム》を通じてマクワットに叫んだ。「上げろ、このばかやろう！　上げろ、上げろ、上げろ、上げろ！」

機がまたもや無理やりスピードを増して急角度で上昇したところで、彼はまたマクワットに鋭い叫び声を浴びせていったん水平にもどらせたと同時に、鋭い爆音とともに容赦ない四十五度回転に入らせ、おかげで一気に内臓を吸い出され、中空にもぬけの殻となって浮かんだ状態になったところで、もういちどマクワットにたっぷり水平直進させておいてから今度は右のほうに急旋回させ、つづいてキーンと急降下させた。不気味な無数の黒い煙の塊のあいだを縫って彼は突き進んだ。機首の滑らかなプレキシガラスにぶつかる硝煙の塊は、まるで彼の頬を撫でるじめじめとして毒をはらんだ、煤だらけの蒸気のようであった。もはや力なく坐りこんでいるだけの彼を殺そうと、空へ突撃を敢行してくる盲目の高射砲弾の群を避けて爆音すさまじく上へ下へと飛ぶうちに、彼の心臓はまた痛切な恐怖のうちに激しく鼓動しつづけた。首からは滝のような汗が噴き出し、生温かい軟泥のような感じで胸や腰にまで流れこんだ。彼は一瞬、自分の編隊がもうそこにはいないことを意識し、あとはただ自分のことだけを意識していた。彼の咽喉は、マクワットへの命令を伝えるたびに息づまるほど力をこめて絶叫するので、生傷のように痛んだ。エンジンの唸りはマクワットが方向を変えるたびに高まって、耳を聾せんばかりの苦悶の号泣になった。そしてはるか前方には、彼が射程距離に入ってくるのを舌なめずりして待っている新手の砲兵隊が、正確な高度を探るために撃ち上げている対空砲火の群なす炸裂。

機はまた突然、高射砲弾の大きな爆発でひっくり返りそうなほど激しく揺れ、たちまち機首には甘ったるい匂いの青い煙が濛々とたちこめた。ナニカガ燃エダシタ！　ヨッサリアンはくるりと回って逃げ出そうとしてアーフィーにぶつかった。アーフィーはマッチをすり悠然とパイプに火をつけているところだった。ヨッサリアンはひどいショックと混乱のうちに呆然としてこの航空士のにんまりした満月顔を眺めた。ひとり狂ったな、という考えがふと頭に浮かんだ。

「どっ畜生め」と彼は怯えにも似た驚きをもってアーフィーにむかって叫んだ。「とっとと機首から出て失せろ！　気でも狂ったのか。出ていけ！」

「なんだい」とアーフィーは言った。

「出ていけ」とヨッサリアンはヒステリックに叫び、アーフィーを追い出すために両拳で逆手打ちをはじめた。「出ていけっ！」

「まだ聞こえないんだ」とアーフィーはいささか非難がましい当惑顔で無邪気に叫び返した。

「もう少し大声で話さなきゃだめだよ」

「機首から出て失せろっ」とヨッサリアンは絶望的になって金切り声をあげた。「やつらはおれたちを殺そうとしてるんだぞ。おまえにはわからんのか。おれたちを殺そうとしてるんだぞ！」

「ええくそ、どっちへいけばいいんだ」マクワットが機内通話装置《インターコム》を通じて苦しげな甲高い声で乱暴にどなった。「どっちへいけばいいんだよ」

「左旋回！　ヒダリだ、このげすったらしいおたんちんめ！　左旋回イッパイ！」

アーフィーがヨッサリアンのうしろににじり寄り、いきなりパイプの柄で肋骨をグイと突いた。ヨッサリアンはヒイと悲鳴をあげて天井に飛びあがったが、今度は激怒に真蒼になり、身を震わせながら両膝をついて一気にうしろ向きになった。アーフィーは相手を励ますようにウインクし、ユーモラスなふくれっ面をして親指をグイとマクワットの席のあるうしろのほうに曲げて見せた。

「あいつはなにに怯えるんだろう」と彼は笑いながら聞いた。

ヨッサリアンは薄気味の悪い感覚の歪みにゾッとした。「ここから出ていってくれないか」と彼は哀願するように叫び、力いっぱいアーフィーをむこうへ押しやった。「耳が聞こえないのか。奥へ引っこんでろ」そしてマクワットに対して絶叫した。「下げろ！　サゲロッ！」

彼らはまたもや、バリバリ、ドドドーとものすごい音をたてて炸裂する対空砲火のつるべ打ちのなかを急降下した。アーフィーはまたヨッサリアンのすぐうしろに這い寄り、肋骨をふたたびグイと突いた。ヨッサリアンはまたもやヒイと声をあげて飛びあがった。

「まだ聞こえないんだよ」とアーフィーが言った。

「ここから出ていけと言ったんだ」とヨッサリアンはどなった。と同時にどっと涙が溢れ出た。彼は両手で力まかせにアーフィーの体を殴りはじめた。「あっちへいってくれ。いっちまえ！」

アーフィーを殴るのは、ゆるくふくらましたゴムの袋に拳骨を突っこむようなものだった。ぶよぶよの無感覚な肉塊からは抵抗も反応も全然なく、しばらくするうちにヨッサリアンの気力のほうが死に絶え、彼の両腕は疲れのためにだらりと垂れ下がった。彼は屈辱的な無力感に襲われ、自己憐憫のために泣けてきそうだった。

「なんて言ったんだい」とアーフィーが聞いた。

「あっちへいけと言ったんだ」とヨッサリアンはいまや哀願口調で言った。「奥へ引っこんでくれ」

「まだ聞こえないんだよ」

「気にするな」ヨッサリアンは情けない声を出した。「気にするな。放っといてくれ」

「気にするなって、なにを」

ヨッサリアンは自分の額を叩きはじめた。彼はアーフィーの胸ぐらをつかまえ、力を入れるためにやっとの思いで立ちあがり、大きくて扱いにくい袋みたいな体を機首のうしろまで引きずり、這行通路《クロールウエイ》の入口に無理やり押しこんだ。急いでもとの席にもどる途中、一発の高射砲弾が彼の耳もとでグヮーンと炸裂し、ものすごい黒煙を噴き出した。彼の知性の奥なる無傷の部分が、おや、みんな死んだのではなかったのか、と不思議に思った。機はまた上昇している。エンジンは痛みを訴えるかのようにふたたび唸り、機内は機械の匂いが鼻をつき、ガソリンの悪臭もたちこめていた。やっと彼は気づいた――「雪だ！」

何千という小さな紙片がまるで雪びらのように機内に降り、彼の頭のまわりをしきりに舞ったので、彼がびっくりしてまたたきをすると睫毛《まつげ》にくっつき、息を吸いこむとそのたびに小鼻や唇にひらひらと吸いついてきた。面くらって振り向くと、アーフィーが耳から耳までひろがるなにか人間離れした笑みをニッと浮かべながら、ずたずたに破れた紙の地図を得意げにかざして見せた。高射砲弾の大きな破片が床を破って飛びこみ、アーフィーの雑然としたばかでかい地図帳を貫き、彼らの頭からほんの数センチしか離れていない天蓋から突き抜けたのだった。アーフィーはこの上ない喜びようだった。「これを見てくれないか」と、彼は一枚の地図の破れ穴から太くて短い二本の指をヨッサリアンの顔の前に突き出し、ひょうきんに動かして見せながらつぶやいた。「こいつを見てくれないか」

ヨッサリアンはこの有頂天なご満悦ぶりに呆れはててしまった。アーフィーはまるでこちらからは傷つけることも身をよけることもできない、夢のなかの気味の悪い人食い鬼のようだった。そしてヨッサリアンは緊張のあまりいまは解くことのできない、複雑にもつれた理由によってアーフィーを恐れた。ギザギザの裂け目をつけた床の弾痕から渦をなして吹きこむ風は、千々に破れた紙片をガラス製文鎮のなかの雪花石膏の細片のように回しつづけ、なにか、ラッカーを吹きつけられ、水びたしにされた非現実世界とでもいった感じを深めた。あらゆるものが異様で、実に安っぽく、グロテスクであるように思われた。彼の頭は両耳を容赦なく突き破ろうとする鋭い叫びのためにズキンズキン痛んだ。それは狂乱のうちに辻褄の合わぬことばで方向指示を求めるマクワットの叫び声だった。ヨッサリアンは、渦巻く白い紙吹雪のあいだから、いともおだやかに、うつろに笑いかけているアーフィーの丸顔を、蛇に見入られた蛙みたいにじっと見つめたまま、やっぱりこいつはほんもののきちがいだと判断したとたん、八発の高射砲弾が右手の目の高さでつづけざまに炸裂。つづいて八発、またつづいて八発。しかもこの最後の八発はずっと左手に寄り、ほとんど機の直前で火を放っていた。

「左旋回いっぱい！」と彼は、まだニヤニヤしているアーフィーにはかまわずマクワットにむかってどなった。そこでマクワットは左に急旋回したが、高射砲弾のほうもそれにつれて左に急旋回してたちまち彼らをとらえようとしたので、ヨッサリアンはまたどなった。「わからんのか、イッパイ、イッパイ、イッパイ、イッパイダ、コノヤロウ、イッパイダッ！」

そこでマクワットはいっそうがむしゃらに機を急旋回させたが、おかげでにわかに、奇蹟的に、彼らは射程距離の外に出た。高射砲攻撃はやんだ。唸りをあげる銃撃もおさまった。そして彼らは生きていた。

ヨッサリアンの後方では、隊員たちが死んでいった。他の中隊の爆撃機は、襲われ、ゆがみ、のたくった一本の線上を何マイルにもわたって数珠つなぎになり、目標上空をやはりいちかばちかで駆け抜けていたが、入れかわりたちかわり炸裂してはひろがる対空砲火の大きな塊のあいだを縫って飛ぶさまは、自分たちがたれた糞のなかを走り抜ける鼠の群さながらだった。一機は火を噴き、よたよたと横にそれ、真赤な血の色をした巨大な星のように大きくうねった。ヨッサリアンが見つめているうちに、燃える機は一方に傾いて滑走し、そのうちゆっくりと震えながら、大きかった輪をしだいにちぢめて螺旋状に降下しはじめ、大火災を起こしている機体からオレンジ色の炎をあげ、真黒な煙を吐き出すそのさまは、まるでつむじ風になびく炎と煙の長いケープといった光景だった。パラシュートが、ひとつ、ふたつ、みっつ……よっつ。このあと機体は錐もみ状態になって地上に墜落し、色つきティシューペーパーの切れはしを思わせる真赤な火葬燃料に包まれ、死んだ翼をわずかにはためかした。また別の大隊では一編隊全機が高射砲弾で木っ端みじんにされてしまった。

ヨッサリアンは弱々しく溜息をついた。きょうの任務は終ったのだ。彼は気力が抜け、感傷的になっていた。マクワットが減速して遊弋《ゆうよく》し、同じ中隊の各機が追いついて編隊を組むのを待っているあいだ、エンジンが甘い調子で歌っていた。唐突にやってきた静けさは、よそよそしく、わざとらしいものに思われ、いささか油断のならぬ感じだった。ヨッサリアンは防弾チョッキのスナップをはずし、ヘルメットを脱いだ。彼はもういちど落ちつきなく溜息を洩らし、目を閉じて気分を休めようとした。

「オアはどこだ」とだれかが突然彼の機内通話装置《インターコム》を通じて言った。

ヨッサリアンは鋭い不安の響きを持つ、そしてボローニャでの対空砲火という謎めいた現象に唯一の筋の通った説明を与えてくれる、ひとつの短い叫び声とともに跳ねあがった──「オア！」彼はあわてて照準器にとりつき、下のプレキシガラスを通して、オア生存のなにか確実な徴候を探索しようとした。オアのやつが磁石みたいに高射砲弾を引き寄せたのだ。オアがまだローマにいたきのう、ヘルマン・ゲーリング師団がたといどこに陣どっていたとしても、一夜のうちにその全師団からよりぬきの地上砲火部隊をボローニャに誘い寄せたのはオアのやつにちがいないのだ。アーフィーも一瞬遅れて前方に駆け寄り、彼の防弾ヘルメットの鋭い縁をヨッサリアンの鼻柱にぶつけた。ヨッサリアンは目に涙をためて彼を罵った。

「ほらあそこにいる」とアーフィーが、下の灰色の石でできた農家の納屋の前にある、干草を積んだ一台の荷車と二頭の馬を芝居じみたしぐさで指さしながら沈痛な演説口調で言った。「木っ端みじんだ。どうやらやつらの命数は尽きたらしい」

ヨッサリアンはまたもやアーフィーを罵り、熱心に捜索を続行した。彼はかつてピンポン・ラケットでアプルビーの額を割ったことのある、そしていまふたたび彼を極端に怯えさせている、オアといういきのいいグロテスクな、小柄で反っ歯のテント仲間に対する憐れみのこもった恐怖感とでもいったもののおかげで冷静さをとりもどしていた。とうとうヨッサリアンは、広漠たる緑の森から姿を現わした問題の双発、複垂直尾翼の爆撃機が、黄色い農地の上を飛んでいるのを見つけた。片側のプロペラはひん曲って完全に止まっていたが、機は高度を保ち、なんとかまともな方向に進んでいた。ヨッサリアンは無意識に感謝の祈りをつぶやいたが、不愉快さと安心とが乱暴にまじりあい、カッとなってオアにわめきちらした。「このばかたれ！」と彼ははじめた。「このいまいましいちんちくりんの、赤ら顔の、大きなほっぺたの、ちぢれっ毛の、反っ歯の鼠みてえなくそったれおたんちんめ！」

「なんだい」とアーフィーが言った。

「このきたならしくてくそいまいましい尻《けつ》の穴の小さな、りんごのほっぺたの、出目金の、ちびの、反っ歯の、にやにやしやがった、きちがいのおたんちんのくそったれ！」とヨッサリアンはまくしたてた。

「なんだって」

「気にするな！」

「まだ聞こえないんだ」とアーフィーは答えた。

ヨッサリアンはこわばった姿勢でくるりとうしろを向き、アーフィーに面と向かった。

「このあほんだら」と彼は切り出した。

「おれが」

「おまえはふてえ面《つら》をした、でぶの、なれなれしい、頭のからっぽな、ひとりよがりの……」

蛙の面に水であった。アーフィーは平然としてマッチをすり、温和で大らかな寛容の態度を雄弁に示しながら彼のパイプを騒々しく吸った。彼はうちとけて笑い、なにか言おうとしてロを開いた。ヨッサリアンはその口を手で塞ぎ、彼を面倒くさそうに押しのけ、もうアーフィーの言うことを聞かず、その顔を見ないですむよう、飛行場に帰り着くまで目をつぶって眠ったふりをしつづけていた。

ヨッサリアンは命令伝達室でブラック大尉に状況報告をし、他のすべての連中といっしょに気をもんでぶつぶつつぶやきながら待っているうちに、ようやくオアが、けなげにも彼を空中に保ってきた片肺だけで頭上にボロロン、ボロロンと姿を現わした。だれもが息を止めていた。オア機の車輪が出ようとしないのだ。ヨッサリアンはオアが無事胴体着陸をするまで立ちつくしていたが、それを見とどけるやいなや、すぐ手近なところからエンジンのキーをつけたままのジープを一台盗むと自分のテントまで走らせ、すでにローマですごすことにきめていた非常事態休養賜暇のために夢中になって旅じたくをととのえ、そのままローマにいって、その晩ルチアナと目に見えぬ彼女の傷痕とを見いだすことになった。

16　ルチアナ

彼は連合軍将校専用ナイトクラブの、あるテーブルにひとりで坐っているルチアナを見つけた。彼女をそこへ連れてきたアンザック軍団（オーストラリア・ニュージーランド連合軍）の酔いどれ少佐が、バーで歌っている仲間とのげびたつきあいを求めて席を立ち、まぬけにも彼女をおきざりにしていたのである。

「いいわ、あなたと踊ってあげる」と彼女は、ヨッサリアンが口を開く間もなく言った。

「でも、いっしょに寝るのはだめ」

「だれがそんなこと頼んだ」とヨッサリアンは言った。

「わたしといっしょに寝たくないの」とルチアナが驚いて大きな声を出した。

「おまえなんかと踊りたかないね」

ルチアナはヨッサリアンの手をつかまえ、彼をダンスフロアに引っぱり出した。彼女はうまく踊れないヨッサリアンよりももっとダンスが下手だったが、彼がかつて見たこともないほどあからさまな喜びをこめて合成的なジルバ音楽に合わせて踊りまわったので、ヨッサリアンは自分の脚がくたびれて居眠りをはじめるのを感じ、彼女をダンスフロアから無理やりテーブルに引き連れたところが、そこにはヨッサリアンがからだをものにするはずだった女がいいご機嫌になって片手をアーフィーの首に巻きつけてまだ坐っており、ヒュープル、オア、キッド・サンプスン、ハングリー・ジョーを相手にわざと大っぴらに品の悪いセックスの話をしているあいだ、オレンジ色のビロードのブラウスが相変らずだらしなく垂れ下がって、白いレースのついたブラジャーがまる見えだった。ヨッサリアンが彼らに近づこうとすると、ルチアナが不意に彼を力づくで押したので、ふたりはそのテーブルからずっと離れたところで、やはりふたりだけになってしまった。ルチアナは髪の毛の長い、愛くるしい顔をした、背が高く、気どりのない元気潑溂たる娘であった。ぽっちゃりとした、楽しい、浮気っぽい娘であった。

「いいわ」と彼女は言った。「夕食をおごらせてあげるわ。でも、いっしょに寝るのはだめ」

「だれがそんなことを頼んだ」とヨッサリアンはびっくりして言った。

「わたしといっしょに寝たくないの」

「おまえなんかに夕食をおごりたかないね」

ルチアナは彼をナイトクラブから街路へ引っぱり出し、階段を降りて、いきのいい、ぺちゃくちゃよくしゃべる魅力的な女たちでいっぱいの闇市レストランへ連れこんだ。この女たちはみんなおたがいに顔見知りらしく、いろいろと国籍のちがう自意識の強い将校たちといっしょにきていた。料理はごく上等で値段も高く、通路は、いずれも太って禿げあがっている、赤ら顔で陽気な事業主たちが押し寄せて溢れそうであり、騒々しい奥のほうは巨大で侵蝕的なたわむれと熱気の波また波を放出していた。

ヨッサリアンは、ルチアナが彼を完全に無視して両手でがつがつ料理を平らげる、その逞しい食欲に異常な興味を示した。彼女は最後の一皿がきれいに片づくまでまるで馬のように食べてから、これでけりがついたとばかりナイフやフォークをおき、満ち足りた大食漢の、夢見るような充血した目をして、大儀そうに椅子の背に寄りかかった。彼女はほお笑みながら満足そうに深い息を吸い、心を融かすような目で色っぽくヨッサリアンの顔を見た。

「オーケイ、ジョー」と、彼女は黒く燃えている目に眠たげな、嬉しそうな表情を浮かべながら、猫なで声を出した。「さあ、あなたといっしょに寝てあげるわ」

「おれの名はヨッサリアンてんだ」

「オーケイ、ヨッサリアン」と彼女は、軽く悪かったわねといった調子で笑いながら応じた。

「さあ、あなたといっしょに寝てあげるわ」

「だれがそんなことを頼んだ」とヨッサリアンが言った。

ルチアナはあっけにとられた。「わたしといっしょに寝たくないの」

ヨッサリアンは声をたてて笑いながら、寝たいさというつもりでわざと強くうなずき、不意に彼女のドレスの下から手を突っこんだ。女はびっくり仰天すると同時に、急にいきいきしてきた。彼女はたちまち両脚を引っこめ、お尻をキュッとまわした。驚きととまどいで真赤になった彼女は、とりすまして横目でちらちらレストランのなかを見まわしながらスカートの裾を押しもどした。

「じゃ、いっしょに寝てあげるわ」と、彼女は不安のこもった寛大さをもって慎重に言った。

「でも、いまはだめ」

「わかってるさ。ふたりでおれの部屋にもどってからだ」

ルチアナは不信の目で彼をちらっと見、両膝をしっかり押しつけながら、首を横に振った。

「だめよ。わたしはすぐママのところに帰らなくてはならないの。だってママはわたしが軍人さんと踊ったり、軍人さんに食事をおごられたりすることをきらってるし、わたしがいまうちへ帰らなかったら、とても腹を立てるにきまってるわ。でも、あなたがどこに住んでるか代りにメモしてくれてもいいわ。そしたらあしたの朝、あたしがフランス人の事務所に働きにいく前にやりにいってあげる。わかった？《カピッシ》」

「くそくらえ！」とヨッサリアンは失望のこもった怒りを投げつけた。

「くそくらえ、それどういう意味《コザ・ヴォル・ディーレ》」とルチアナがポカンとしてたずねた。

ヨッサリアンはゲラゲラ笑いだしたが、とうとう同情のこもった上機嫌な調子で答えてやった。「それは、たといどんな遠くまでであるとしてもこれからおまえさんを家までお送りしてアーフィーのやつがあのすばらしいかわい子ちゃんといっしょに出かけないうちにさっきのナイトクラブに飛んで帰ってそのかわい子ちゃんにそっくりな叔母さんか友だちがいるはずだからそのことを彼女から教えてもらうチャンスを得る、という意味さ」

「なあに《コーメ》」

「急《スピ》いで、急《スピ》いで」彼はおだやかにからかった。「ママが待っている。そのはずだったろ」

「シ、シ、マンマ」

ヨッサリアンは女に引きずられて二キロ近くもローマの美しい春の夜を散歩し、ようやく騒々しいバス・ターミナルに着いた。そこは警笛がやかましく、赤や黄のライトが輝き、無精髭をはやしたバスの運転手たちがおたがいどうし、そして乗客や、平然として行く手を塞いでいるのんびりした通行人の群にむかって、きたならしい、ぞっとするような悪口雑言をぶつけるがなり声がこだましていた。ぼんやりした通行人どもは罵られても知らん顔をきめ、バスにぶつけられると今度は反対に運転手を大声で罵りはじめる。ルチアナはちっぽけな緑色のバスのひとつに乗って姿を消してしまった。ヨッサリアンはできるだけ急いで、例のオレンジ色のビロードのブラウスの胸をはだけた、ただれ目の、漂白で髪をブロンドに見せた女のいるキャバレーまで引き返した。この女はアーフィーに惚れこんでいるらしかったが、彼は走りながらも彼女の美しくて甘ったるい叔母さんを、ないしは美しくて甘ったるいガールフレンドか、妹か、いとこか、母親か、とにかく彼女とまったく同じ肉感的で自堕落な女を心から祈り求めた。彼女はヨッサリアンにとって完璧な女であるように思われた。それは彼が何カ月もあこがれ偶像化してきた、ふしだらな、粗野な、下品な、不道徳な、食欲をそそるはすっぱ娘であった。彼女はまったくの掘り出しものであった。自分の酒代は自分で払うし、自家用車を持ち、ひとりでアパートに住み、それに、岩の上の裸の少年と少女とをみごとに彫ってあるので、それを見たハングリー・ジョーがすっかりいかれてしまったという紅鮭色のカメオ細工の指輪も持っていた。ハングリー・ジョーは涎を垂らさんばかりの渇望とひれ伏さんばかりの欲求とで、鼻を鳴らし、跳ねあがり、床を手で叩いた。その上、ポケットのなかにある金を全部はたき出し、黒い複雑な機構のカメラまでやるからというのに、彼女は頑としてその指輪を売ろうとはしなかった。彼女は金にもカメラにも興味を持っていなかった。興味を持っているのは性交だけだった。

ヨッサリアンが帰ってみると、彼女はもういなかった。みんな出てしまったあとだった。彼もすぐ出て鬱々と思いに沈みながら、しだいに人通りの少なくなる暗い街路を歩いた。ヨッサリアンはひとりになったからといってそう淋しがるような男ではなかったが、アーフィーをひどく羨ましがっているいま、ふと孤独を感じた。アーフィーのやつはいまこの時間にも、おれにうってつけの女とベッドに入ってるにちがいないのだ。それにあいつはもしその気になれば、上のアパートメントに住んでいるあのふたりのほっそりした貴族的なすごい美人のうちどちらの一方でも、ふたりいっしょでも、好きなときにものにすることができる。ヨッサリアンがセックスの幻想をいだくとすれば、いつもこのふたり、つまり、赤く濡れておずおずした唇を持つ、黒い髪の金持ちで美しい伯爵夫人と黒い髪の金持ちで美しい義理の娘とがその幻想を実らせるのであった。ヨッサリアンは将校用アパートメントに帰る途中、彼女たちみんなをもの狂おしく恋した。ルチアナと、ビロードのブラウスの前をはだけた好色な酔いどれ娘と。それに、金持ちで美しい伯爵夫人と彼女の金持ちで美しい義理の娘と——どちらも彼には絶対に肌を触れさせず、いちゃつくことさえさせなかったが。このふたりの女は子猫みたいにネイトリーに甘ったれ、アーフィーを尊敬してその言いなりになったが、ヨッサリアンのことは気の狂った男だと思っており、彼がぶしつけな求愛をしたり、階段で通りすがりに抱きつこうとしたりするたびに、不愉快そうに軽蔑の色を見せて逃げだした。彼女たちは、やわらかな、艶のある、さきのほっそりした舌と、まるい、あたたかなプラム、それも少し甘くてねばっこく、少し腐れかかったプラムの実のような唇を持った極上の女たちであった。それに身分があった。ヨッサリアンには身分とはどんなものかよくわからなかったが、彼女たちにはそれがあり、自分にはそれがないこと、そして彼女たちがそれを知っていることを知っていた。ヨッサリアンは歩きながらも、彼女たちがほっそりした体の女性的な部分にどんな下着をつけているか、想像することができた。それは最も深い黒か、パステル風の明るさをもった乳白色の薄い、滑らかな、体に吸いつくような下着で、花模様のレースの縁どりがしてあり、欲望を常に満たしている肉体の男心をあおる体臭と、青白色の乳房から雲のように湧きあがる浴用香水とがかぐわしい。ヨッサリアンはふたたびアーフィーになりかわって、あのよく熟れた酔っぱらいのかわい子ちゃん――彼のことなんか目もくれず、二度と思い出しもしないであろう、あのはすっぱ娘――と淫らな、野卑な、陽気な愛の戯れにふけりたいものだと思った。

だが、ヨッサリアンがアパートメントに帰ってみると、アーフィーもとうに帰っていた。ヨッサリアンはその朝ボローニャ上空で、機首におけるアーフィーの不吉な、秘教的な、不動の存在に対して感じたのとまったく同じ被害者めいた驚きの念をもって、呆然とアーフィーの顔を見つめた。

「こんなところでなにをしてるんだ」と彼はたずねた。

「そうだ、聞き出してやれ」とハングリー・ジョーが怒り狂って叫んだ。「こんなところでなにをしてるのか、そいつに言わせろ」

長い、芝居じみた呻き声とともに、キッド・サンプスンは親指と人差指で作ったピストルで自分の頭を撃ち抜いた。ヒュープルは風船ガムの大きな塊を絶えず嚙みながら、十五歳の顔に、あどけない、うつろな表情を浮かべて、だれの話でもすべて呑みこんでいた。アーフィーは、明らかに自分が起こした騒ぎを楽しんでいるらしく、肥満体特有のひとりよがりな態度を示して部屋のなかをいったりきたりしながら、のんびりとパイプの火皿で掌を叩いていた。

「あの女のうちへいっしょに帰ったんじゃないのか」とヨッサリアンは問いただした。

「ああ、もちろん、あの子のうちへいっしょに帰ったよ」とアーフィーは答えた。「まさかあんただって、おれがあの子をひとりでうちに帰らせようとするなんて考えなかっただろう、ねえ」

「あいつはおまえに泊ってけと言わなかったのか」

「ああ、あの子はちゃんと、泊ってくれと頼んだよ」アーフィーはクックッと笑った。「親友アーフィーさんのことをそう心配するなよ。ただおれはね、相手がちっとばかり飲みすぎたからといって、あんなかわいい子供につけこむ気はなかったんだ。あんたはおれのことをどんな悪人《わる》だと思ってるのかね」

「相手につけこむなんて、だれがそんなことを言ったかよ」とヨッサリアンはびっくりしながらアーフィーをあざけった。「あの女が欲していたのは、だれかといっしょにベッドに入りたいという、ただそれだけのことさ。たったそれだけのことをあの女はひと晩じゅうしゃべりつづけていたんだぞ」

「それはあの子が少し酔っぱらっていたからさ」とアーフィーは説明した。「しかし、おれはあの子にちょっとばかりお説教をして、いくらか理性を回復させてやったよ」

「このばかやろう！」とヨッサリアンは叫び、キッド・サンプスンが腰掛けている寝椅子にぐったりとすわりこんでしまった。「おまえが欲しくないんなら、なんだっておれたちのうちのだれかに譲らないんだよ」

「な」とハングリー・ジョーが言った。「こいつはどうかしてるんだ」

ヨッサリアンはうなずいて、いぶかしげにアーフィーの顔を見た。「アーフィー、答えてくれ。おまえはあの連中のだれともやらねえのか」

アーフィーはまた気どっておかしそうにククッと笑った。

「ああ、もちろんおれはあの連中を突きますよ。そう心配しないでほしいね。しかし、すてきな女の子とは絶対にやらないんだ。おれはどういう女を突くべきか、どういう女を突くべきではないかちゃんと心得てて、すてきな女の子を決して突かないことにしているんだ。きょうのはとても感じのいい子だった。家が金持ちだってことはすぐわかった。なにしろ、おれがひとこと言ったら、あの指輪をすぐさま車の窓から投げてよこしたぐらいだ」

　ハングリー・ジョーは耐えがたい苦痛の悲鳴とともに空中に飛びあがった。「おまえがなにをしたって」と彼は叫んだ。「なにをしたって」彼はほとんど泣き出さんばかりになって両手の拳でアーフィーの肩や腕を殴りはじめた。「このきたねえ畜生め、おまえがやったことの罰として、おれはおまえを殺さなくちゃならねえ。こいつは罪深い野郎だ、そうにきまってる。こいつの心はきたない、なあ。こいつの心はきたなくねえか」

「だれのよりもきたねえさ」とヨッサリアンは相槌を打った。

「おまえさんたち、なにをしゃべってるんだい」とアーフィーは、顔を防御のためにそむけては緩衝用絶縁体のような彼のまるい肩のなかに引っこめ、ほんものの当惑顔を見せながら聞いた。「ああ、よせよ、ジョー」と彼は軽く苦笑しながら頼んだ。「殴るのはやめてくれよ、な」

　しかしハングリー・ジョーは殴ることをやめず、結局ヨッサリアンがハングリー・ジョーをとり押さえ、彼の寝室まで無理やり連れていった。ヨッサリアンは力なく自分の部屋に入り、服を脱いで寝た。一瞬のちに、もう朝であり、だれかが彼を揺り動かしていた。

「なんだっておれを起こすんだよ」と彼は哀れな声を出した。

　それは陽気な性格と血色の悪い不器量な顔とを持った痩せたメードのミカエラだった。ミカエラは、ドアのすぐ外にお客さんが待っているから起こしたのだと言う。なんとルチアナである！　彼にはほとんど信じられぬくらいだった。しかもミカエラがいってしまったあと、彼はルチアナと——美しい、溌剌とした、彫像のように体の線のととのった、そして一ヵ所に立ったまま顔をしかめて彼をにらんでいるときでさえ情愛の溢れた抑制しがたい生命力を波打たせているルチアナと——ふたりだけになった。彼女はかわいらしい緑色のドレスを身につけ、楔形のヒールのついた白いハイシューズをはいた、壮麗な円柱のような脚を開いて、若々しい女性の巨像のようにすっくと立ち、大きな平べったい白いレザーのハンドバッグを振りまわし、ヨッサリアンがベッドから跳ね起きて彼女に抱きつこうとしたとたん、それでしたたか彼の顔をひっぱたいた。ヨッサリアンは目がくらみながらも、二発目を避けるためによろよろと後退し、あっけにとられてひりひり痛む頬を手でつかんだ。

「豚《ピッグ》め！」と彼女は荒々しい軽蔑で小鼻を開きながら、彼に激しく噛みついた。「獣みたい《ヴィー》に元気を出しなさい《ヴ・コマン・ナニマール》よ！」

猛烈な、咽喉の奥から響き出る、軽蔑と嫌悪感のこもった罵りのことばとともに、彼女は大股で部屋を横切り、三つの高い観音開きの窓を勢いよく開けて、まばゆい日光と爽快な大気を洪水のように部屋に溢れさせた。息のこもっていた部屋には、新鮮な空気が強壮剤のようにみなぎった。彼女はハンドバッグを椅子の上におき、部屋を片づけにかかった。床や家具の上からヨッサリアンの衣類を拾い上げ、靴下やハンカチや下着は化粧台のあいた抽出しに投げこみ、シャツとズボンは戸棚のハンガーに吊るした。

ヨッサリアンは寝室から走り出てバスルームに入り、歯をみがいた。手と顔を洗って髪に櫛を入れた。駆けもどってみると、部屋はきちんと整頓され、ルチアナはほとんど服を脱ぎ終えていた。くつろいだ表情であった。彼女はイアリングを化粧台の上におき、ヒップがやっと隠れる程度のピンクの人絹のシュミーズ一枚になって、はだしでベッドのほうに歩いていった。片づけ残したものはないか念のために部屋のなかを注意深く眺めわたしたのち、彼女はベッドの上掛けを引き下ろし、愛撫を求める猫のような表情で心地よげに体を横たえ、かすれた声で笑うと、待ちかねたように彼を手招きした。「さあ」と、彼女は熱っぽく両腕を彼のほうにさしのべながらささやいた。「さあ、いっしょに寝てあげるわ」

　彼女はイタリア軍にいた、もう戦死した婚約者とたったいちどだけ週末を同じベッドですごしたことについて多少の嘘をしゃべったが、それらはすべてほんとうのことであることが明らかになった。というのは、彼女はヨッサリアンがはじめるとほとんどすぐに、「いった《フィニ》わー《トー》！」と叫び、なぜ彼が終らないのか不思議がっていた――彼も〝フィニトー〟して、彼女にわけを説明してやるまでは。

　ヨッサリアンはふたり分の煙草に火をつけた。ルチアナは彼の全身をおおっている濃い日焼けの色に魅入られていた。彼はルチアナがピンクのシュミーズを脱ごうとしないのはなぜかと不思議に思った。それは細い肩紐のついた、男物のアンダーシャツみたいな作りで、彼女の背中にある目に見えぬ傷痕を隠していた。彼女はヨッサリアンに強いられて、傷痕がそこにあると告白したあとも、彼にそれを見せることを拒絶した。ヨッサリアンが彼女の肩胛骨の窪みのところから、ほとんど脊椎の根もとに至るまで、指の先で胴体の輪郭をたどるとき、彼女は精錬された鋼鉄のように緊張した。彼はルチアナが麻酔をかけられたり、痛みに耐えたりしながら、エーテル、排泄物、消毒薬などの臭気、また白い制服やゴム底靴や廊下に明け方までぼんやりともっている不気味な常夜灯に囲まれて、屈辱をこうむり腐敗していく人肉の、遍在的で払拭しがたい臭気に満ちた病院ですごした多くの苦悶の夜の話を聞いて身震いした。彼女は空襲で負傷したのだった。

「どこで《ドーヴェ》」と彼はたずね、息を殺して返事を待った。

「ナポリ」

「ドイツ軍《ジェルマンス》？」

「アメリカーニ」

ヨッサリアンの心臓が急に裂け、彼は恋に陥った。彼はルチアナに自分と結婚してくれないかと言った。

「あんたって狂ってるわ《テュ・セイ・パッツォ》」とルチアナはおかしそうに笑いながら言った。

「なぜおれが狂ってるんだ」と彼は聞いた。

「だって結婚なんてできっこないもの《ペルケ・ノン・ポッソ・スポザーレ》」

「なぜ結婚できないんだ」

「なぜって、わたしは処女じゃないもの」とルチアナは答えた。

「それとこれとなんの関係がある」

「だれがわたしなんかと結婚したがるの。処女でない女と結婚したがる男なんてひとりもいないわ」

「おれがいるさ。おれがきみと結婚するよ」

「マ・ノン・ポッソ・スポザルティ」

「なぜおれと結婚できないって」

「ペルケ、セイ・パッツォ」

「なぜおれは狂ってるんだ」

「だって《ペルケ》、わたしと結婚したがるんですもの《ヴォイ・スポザルミ》」

　ヨッサリアンはわけのわからぬおかしさのために額に皺を寄せた。「きみはおれが狂っているからおれと結婚するつもりはない。そして、おれが狂っているのは、きみと結婚したがっているからだと言う。そうなんだな」

「シ」

「おまえこそ狂ってらあ《テュ・セイ・パッツ》」と彼は声高に言った。

「ペルケ」とルチアナは憤慨してどなり返した。憤慨してベッドに起きなおるとき、ピンクのシュミーズの下で隠しきれない丸い乳房が威勢のいい怒気のために上下に踊った。「なぜわたしが狂ってるのよ」

「なぜって、おれと結婚したがらないからさ」

「わからずや《ステュピドー》！」と彼女は叫び返し、手の甲で派手に音をたてて彼の胸を叩いた。「ノン・ポッソ・スポザルティ！　ノン・カピッシ？　ノン・ポッソ・スポザルティ」

「ああ、よくわかったとも。それにしても、なんでおれと結婚できないんだよ」

「ペルケ、セイ・パッツォ！」

「じゃ、なぜおれは狂ってるんだ」

「ペルケ、ヴォイ・スポザルミ」

「それはおれがおまえと結婚したいからだよ。カリーナ、ティ・アモ」と彼は説明し、ルチアナをまたそっと枕に横たえた。「おれはうんときみを愛してるんだ《ティ・アモ・モルト》」

「テュ・セイ・パッツォ」と、彼女は嬉しがってつぶやいた。

「ペルケ」

「だってわたしを愛してるなんて言うんだもの。どうして処女でない女なんか愛せるのよ」

「どうしてって、おれはきみと結婚できないからさ」

ルチアナはまたもや烈火のごとく怒って体をまっすぐに起こした。「なぜあなたはわたしと結婚できないの」と彼女は問いつめた。気に入らぬ返事がこようものなら、もういちど殴ってやるという構えを見せながら。「わたしが処女でないというそれだけの理由で？」

「いや、いや、ダーリン。きみが狂っているからさ」

ルチアナは一瞬恨めしそうな目つきでぼんやりと彼の顔を見つめていたが、頭をぐいともたげると、さもおもしろそうに腹の底から大声で笑いだした。笑い終ると彼女は新しい好意をもってヨッサリアンの顔をのぞきこんだ。色黒の彼女の顔のみずみずしい、敏感な組織はもっと色黒になり、血が湧きあがって顔を紅潮させ、うっとりさせるような膚色の美しさを見せた。彼女の目がおぼろに曇った。ヨッサリアンはふたりの煙草をもみ消した。彼らはことばもなく抱きつき、夢中で接吻した——ところへ、ハングリー・ジョーが女漁りに出かけないかと誘うために、ノックもせずのこのこと部屋のなかに入ってきた。ハングリー・ジョーはふたりを見ると一瞬立ち止まり、あわてて部屋の外へ飛び出た。ヨッサリアンはそれよりもっとすばやくベッドから飛び出し、ルチアナに服を着ろとどなりはじめた。ルチアナは口もきけないほど驚いていた。ヨッサリアンは彼女の腕をとって乱暴にベッドから引きずり出して彼女の服のほうに押しやり、自分はハングリー・ジョーがカメラを持って駆けもどってくる寸前にドアを勢いよく閉めた。ハングリー・ジョーはドアに片脚を割りこませ、それをどうしても引き抜こうとしなかった。

「入れてくれ！」と彼はきちがいのように身をくねらせ、もがきながら、しつこくせがんだ。「入れてくれよ」彼は一瞬もがくのをやめ、ドアの隙間から、本人はそれで相手の警戒心を解くことができると思っているにちがいない微笑を浮かべながら、ヨッサリアンの顔をのぞきこんだ。「ミーはハングリー・ジョーでない」彼は熱心に説得をはじめた。「ミー、《ライフ》のすごいビッグ・カメラマン。すごくでっかい表紙にすごくでっかい写真。ヨッサリアン、おれはおまえをハリウッドの大スターにしてやる。ディネロどっさり。離婚たくさん。朝から晩までおまんこいっぱい。シ、シ、シ！」

ヨッサリアンはハングリー・ジョーが服を着ようとしているルチアナを撮ろうとして少しあとずさりした隙に、ドアをバタンと閉めきった。ハングリー・ジョーはこの頑丈な板の障壁を狂ったように攻撃したが、ひと休みして自分のエネルギーを調整しなおし、ふたたび狂ったように体当りを喰らわせた。ヨッサリアンは攻撃の合い間にやっと自分の服に体を通した。ルチアナは彼女の緑と白のサマードレスを着、裾を腰の上までたくしあげていた。いまやパンティーの内側を永遠に消滅させようとしているルチアナを見たとき、悲哀の波がどっと彼の上に蔽いかぶさった。彼は手を伸ばしてルチアナをつかまえ、むっちりしたふくらはぎを持って引き寄せた。彼女は前のほうに飛びはね、彼にすっぽりと抱かれた。ヨッサリアンはロマンチックに彼女の耳と閉じた瞼に口づけし、彼女の腿の裏側を愛撫した。彼女が肉感的な鼻声を出しかけたつぎの瞬間、ハングリー・ジョーがもう一度捨身の攻撃をと、細い体をドアにぶつけ、あやうくふたりを押し倒しそうになった。ヨッサリアンはルチアナを押し放した。

「はやく《ヴィト》、はやく《ヴィト》」と彼は文句を言った。「つけるものをつけちまえ！」

「いったいなにを言ってるの」

「はやく、はやく！　英語がわからねえのか。服をはやく着ろったら！」

「ステュピドー！」とルチアナは反対に嚙みついた。「〝ヴィト〟はフランス語よ、イタリア語じゃないわ。スビト、スビト！　あんたが言いたいのはそれよ。スビト、スビト！」

「シ、シ。おれが言いたいのはそれさ。スビト、スビト！」

「シ、シ」と彼女は協力的に答え、靴とイアリングをとりに走った。

ハングリー・ジョーは攻撃を休んで、閉じたドアのむこうから写真を撮ろうとした。ヨッサリアンにはシャッターのカチッという音が聞こえた。ふたりが身じたくをととのえると、ヨッサリアンはハングリー・ジョーのつぎの突撃を待ち、不意にドアを引き開けた。ハングリー・ジョーはもがいている蛙みたいな恰好で部屋のなかに倒れこんできた。ヨッサリアンは元気よく彼のまわりをスキップし、ルチアナをうしろに従えて部屋をひとまわりすると廊下に踊り出た。ふたりはものすごい音をたてて階段を跳ね降り、息もつけないほど大きな声で笑い、ときどき立ち止まって休むたびに浮かれて頭と頭をぶつけあった。一階の近くで彼らは階段を昇ってくるネイトリーに会い、笑うのをやめた。ネイトリーはやつれ、薄汚く、もの悲しげであった。ネクタイは歪み、シャツは皺くちゃ、そして両手をポケットに突っこんだまま歩いている。卑屈な、絶望的な表情である。

「どうしたい、坊や」とヨッサリアンは慰め顔でたずねた。

「またすっからかんだよ」とネイトリーはやけっぱちの歪んだ笑いを浮かべながら答えた。「これからどうしたらいいんだろう」

ヨッサリアンには答えようがなかった。ネイトリーは彼が溺愛している冷淡な売春婦とともに一時間二十ドルで最後の三十二時間をすごし、俸給だけでなく、金持ちで気前のいい彼の父親から毎月送ってもらう多額の小遣いもすっかり使い果たしてしまったのである。それは、これ以上お目当ての女といっしょに時をすごすことができないことを意味していた。女はほかの軍人を誘惑するために路上をぶらついているとき、彼が並んで歩くことを許さなかったし、彼が離れたところからあとをつけているのを見つけただけでも非常に腹を立てた。

なんならあたしのアパートメントでぶらぶらしてたってかまわないけど、あたしはそこへ帰るなんていう約束はできないわよ。それにお金を払わないかぎり、あたしはなにもあげる気はないからね。彼女はセックスに別段興味を持っていなかった。ネイトリーは、せめて彼女が不愉快なやつや彼の知っているだれかといっしょに寝ないよう確約してくれることを望んだ。ブラック大尉はローマへやってくるたびに彼女を買うことにしていた――それもただネイトリーに、おまえの恋人とまた一発やってきたぞ、と意地悪く言い、彼女にどれほどひどくみだらな行為を強いたか話すたびにネイトリーが示す切歯扼腕ぶりを拝見してやろうというだけの目的をもって。

ルチアナはネイトリーのしょぼくれた様子に憐れをもよおしたが、ヨッサリアンといっしょに日の当る道に出て、ハングリー・ジョーが窓から、「頼むからふたりとも帰ってきて服を脱いでくれよ、おれはほんとうに《ライフ》のカメラマンなんだから」と懇願しているのを聞いたとたん、またゲラゲラと大声で笑いだした。楔形のヒールのついた白いハイシューズをはいた彼女は、前夜のダンスホールで、またその後もひきつづいて見せたのとまったく同じ逞しくて無邪気な情熱をもって、ヨッサリアンの手をぐいぐい引きながら陽気に歩道を走って逃げた。ヨッサリアンはやっと追いつき、腕を彼女の腰に巻いて歩きだした。街角まできると、ルチアナは彼から離れ、ハンドバッグの鏡で髪をなでつけ、口紅をつけた。「今度あなたがローマにきたとき、またわたしと会えるように、わたしの名前と住所を紙に書かしてくれとなぜ頼まないの」とルチアナは水を向けた。

「なぜきみの名前と住所を紙に書かしてくれないの」とヨッサリアンは応じた。

「なぜよ」と彼女は喧嘩腰で言った。彼女の口は急に歪んで冷たい軽蔑の笑いを浮かべ、目は怒りに輝いた。「あたしが立ち去ったとたんにちぎって捨てるため?」

「だれがちぎると言った」とヨッサリアンは面くらいながら言い返した。「いったいきみはなにを言ってんだ」

「きっとそうするわ」と彼女は言い張った。「きっとわたしがいってしまったその瞬間にそれを細かくちぎって捨て、大物みたいな顔をして立ち去るんだわ。なぜって、わたしみたいな、このルチアナみたいに背の高い、若い、美しい娘がいっしょに寝てあげながら、お金をくれと言わなかったんですもの」

「金はいくら欲しいんだ」とヨッサリアンは言った。

「ステュピドー!」とルチアナはむきになって叫んだ。「あたしはお金をくれなんて言ってないわ!」彼女は足で地を踏みつけ、おだやかならぬ様子で腕を振り上げたので、ヨッサリアンはまたもや彼女の大きなハンドバッグで顔を殴られるのではないかと恐れた。殴るかわりに、彼女は一枚の紙片に自分の住所氏名を走り書きして彼に渡した。「ほら」と彼女は精いっぱい皮肉な調子で言い、かぼそい震え声を抑えるために唇を噛んだ。「忘れないで。わたしがいってしまったらすぐこれを細かくちぎることを忘れないでね」

やがてルチアナは静かな微笑を彼に向け、彼の手を握りしめ、名残り惜しげに、「さよなら《アディオ》」とささやきながら彼に抱きついたが、それも束の間で、すぐ背をしゃんと伸ばし、無意識のうちに気品と優雅さとを見せながら歩み去った。

彼女が立ち去ったとたん、ヨッサリアンは紙片を破り捨て、ルチアナみたいな若くて美しい女がいっしょに寝ながら金をくれと言わなかったのでなんだか大物になったような気になって、反対側に歩いていった。彼はひとりで悦に入りながら赤十字ビルの食堂に入り、やたらに種類の多い異様な軍服を着た何十人もの軍人とまじって朝食をとりはじめたが、突然、服を脱いでいる、服を着ようとしている、それからまたベッドに入ってもピンクの人絹シュミーズを身につけたまま激しく彼を愛撫したり、しゃべりつづけたりしているルチアナ、ルチアナ、ルチアナのイメージにとり巻かれてしまった。ヨッサリアンは彼女の長い、しなやかな、裸の、若々しくピチピチした腕や脚を生意気千万にも引きちぎり、歩道の縁石から彼女をいい気になって溝に投げ捨てたという途方もない過ちに気がつき、卵つきのトーストを咽喉につまらせてしまった。彼は早くもルチアナとの別れをひどく淋しがっていた。食堂には甲高い声でだべっている軍服を着た個性のない連中がやけにたくさんいた。彼はまたすぐルチアナとふたりだけになりたいと切望し、そそくさとテーブルから立ちあがると外へ走り出て、自分のアパートメントのほうに急ぎ、溝に捨てた小さな紙の切れっぱしを探したが、それらは道路清掃夫のホースによってすっかり洗い流されてしまっていた。

彼はその晩、連合軍将校専用ナイトクラブでも、また巨大な木の盆にエレガントな料理を盛って出し、ぺちゃくちゃとよくしゃべる明るくて愛らしい女たちがサービスする、うだるように暑い、ぎらぎらした、享楽的な、ひどく騒々しい闇市レストランでも、ルチアナを見つけることはできなかった。彼はそのレストランすら見つけることができなかったのだ。ひとりで眠った彼は、夢のなかでボローニャ上空を飛びながら高射砲弾を避けており、彼の肩の上にはふくれあがったあさましい目つきのアーフィーがずうずうしくのしかかっていた。朝になると、彼は見つけられるかぎりのフランス商社をまわってルチアナを探したが、だれひとり話の通じる者はいなかった。そのために彼はびっくり仰天して駆けだしたが、あまりにも猛烈に、夢中で、とり乱して走ったので、そのままびっくり仰天してどこかへ走り着くほかはなく、結局ライム色のパンティーをはいたずんぐり型のメードを目当てに下士官兵用のアパートメントまで走りつづけた。目ざす相手はくすんだ茶色のセーターを着、重たい感じの黄色っぽいスカートをはいて、五階のスノードンの部屋で雑巾がけをしていた。スノードンは当時まだ生きていたのだ。それがスノードンの部屋だとわかったのは、ヨッサリアンが創造的絶望に狂って彼女めがけて突進したとき戸口でけつまずいた青いズック製雑嚢に、白い型抜き文字でスノードンの名前が書いてあったからである。メードは、ヨッサリアンが求める彼女の上につまずき倒れる寸前に、彼の両手首をつかまえて自分の体の上に彼を引き寄せながら自分も仰向けにベッドの上に倒れ、ふわふわの、慰めるような抱擁で彼をやさしく包んだ。彼女のモップ雑巾はまるで軍旗のように頭上にかかげられ、彼女のだだっ広い、動物的な、相手と気心を合わせた顔は、偽りない友愛の微笑を含んで彼をじっと見上げていた。ふたりの体の下になっているライム色のパンティーを、ヨッサリアンにはなんの動揺も与えることなくたくし下ろしたとき、ピシッという鋭いゴム紐の音がした。

ことが終ったとき、ヨッサリアンはメードの手に金を押しこんだ。彼女は喜んで彼を抱きしめた。ヨッサリアンも彼女を抱きしめた。彼女は彼を抱きなおし、ベッドに倒れながら彼を自分の体の上に引き倒した。それが終るとヨッサリアンはまた金を彼女の手に押しこみ、彼女が喜びのあまりまた彼を抱きしめにかかる前に部屋から飛び出た。自分のアパートメントにもどったヨッサリアンは、できるだけ早く身のまわりのものを袋に叩きこみ、有り金全部をネイトリーのために残してやり、補給用飛行機でピアノーサ島に帰った——ハングリー・ジョーを寝室から追い出したことで本人にあやまるつもりで。あやまる必要はなかった。というのも、帰ってみるとハングリー・ジョーは上機嫌だったからである。ハングリー・ジョーは顔じゅうでニヤニヤと笑っていた。そしてヨッサリアンはその顔を見て吐き気をもよおした。その上機嫌がなにを意味しているか即座にわかったからである。

「四十回出撃だとさ」と、ハングリー・ジョーは待ってましたとばかり、安心感と得意のあまり抒情的な声で告げた。「大佐がまた増やしたんだ」

ヨッサリアンは肝をつぶした。「しかし、おれは三十二回も飛んだんだぞ、冗談じゃねえや！　あと三回も飛んだら、きっとおだぶつだ」

ハングリー・ジョーは知らん顔をして肩をすぼめた。「大佐が四十回の出撃を要求しているんだ」

ヨッサリアンは相手を押しのけて飛び出し、まっすぐ病院めがけて走った。

17　白ずくめの軍人

　ヨッサリアンは、三十二回も飛んだいま、一回でも余分に飛ぶよりはむしろ永久に入院していようと決心して、まっすぐ病院めがけて走った。また気が変って退院したあと十日たつと、大佐が責任出撃回数を四十五回に上げたので、六回も余分に飛んだばかりのいま、一回でも余分に飛ぶよりはむしろ永久に入院していようと決心して、まっすぐ病院に駆けもどった。

　ヨッサリアンは彼の肝臓と目のおかげで、いつでも好きなときに病院へ駆けこむことができた。軍医たちは彼の肝臓病をなおすことができず、彼が肝臓の具合が悪いと申し出るたびに、彼と目を合わすことができなかった。ヨッサリアンは同じ病室にほんとうの重症患者がひとりもいないうちは、いつまでも好きなだけ病院生活を楽しむことができた。彼の体質は強健そのもので、だれかがマラリヤやインフルエンザにかかっても、それをうつされて不快な思いをすることは全然なかった。彼は他人の扁桃腺切除を、手術後の苦痛を経験することなく克服することができたし、他人のヘルニアや痔疾も、ごく軽い吐き気や不快を感じるだけで耐えることができた。だが彼が病気にならずに耐えられるのはまずその程度だった。

それ以上になると逃亡の構えである。彼は病院ではくつろぐことができた。そこには彼になにかをやるよう期待している人間はひとりもいなかったからである。病院で彼に期待されることは、死ぬか癒るかのどちらかであった。彼は最初から完全にまともな体だったので、癒るのはいともたやすいことだった。

入院しているのは、ボローニャ上空を飛ぶとか、ヒュープルとドブズが操縦する爆撃機でアヴィニョン上空を飛び、後部でスノードンが死にかけているとかいう経験よりはましだった。

たいがい、病院のなかにはヨッサリアンが病院の外で見るほど多くの病人はいなかったし、重症患者にしても外よりは病院内のほうが概して数が少なかった。病院内の死亡率も、病院外より低かったし、はるかに健康な死亡率だった。無用の死を遂げる者はほとんどいなかった。病院内の人々は病院で死ぬことについては病院外の人々よりもはるかに多くのことを知っており、死をずっときれいな、おちついたものにしていた。彼らは病院内で〝死〟を制圧することはできなかったが、彼女をお行儀よくさせたことは確かだった。彼らは〝死〟に作法を教えたのである。彼らは〝死〟を閉め出すことはできなかったが、なかにいるときの〝死〟はまるで淑女のように振舞わなければならなかった。病院内では、人々はつつましさと美的感覚とをもって息を引きとった。そこには病院の外ではあまりにもありきたりなものになっている、あの死にぎわの粗野で醜い見せびらかしはなかった。彼らはクラフトやヨッサリアンのテントの死人みたいに空中で木っ端みじんになることはなかったし、スノードンが機の後部で彼の秘密をヨッサリアンに暴露したあとで凍え死んだように、炎暑の夏に寒さのために死ぬようなこともなかった。

「さむいよ」とスノードンは涙声で言った。「さむいよ」「よしよし」とヨッサリアンは彼を慰めようとしたものである。「よしよし」

彼らはクレヴィンジャーのように不気味にも雲のなかに消滅することはなかった。彼らは炸裂して血と凝固物に化することもなかった。彼らは溺死したり、雷に打たれて死ぬことはなく、機械に巻きこまれたり、地滑りで押し潰されることもなかった。ギャングに撃ち殺されることもなく、強姦されて絞め殺されることもなく、酒場で刺し殺されることもなく、自分の親や子供によって斧で叩き殺されることもなく、その他の思いがけない災難によって即死することもなかった。窒息死する者はだれもいなかった。人々は手術室で紳士らしく血を流して死ぬか、酸素テントでものも言わずに息を引き取るのだった。病院の外であまりにも流行している〝ソーラ、イマワタシガ見エマス、見エマスネ、オット見エナクナッタ〟とか〝イマワタシハイマスヨ、オヤ、イナクナッテシマッタ〟といったインチキ魔術めいたできごとは全然見られなかった。飢饉も洪水もなかった。子供たちがゆりかごや冷蔵庫のなかで窒息するとか、トラックの下に落ちるということもなかった。殴り殺される者はいなかった。ガスをつけた料理用かまどのなかに首を突っこんだり、走ってくる地下鉄に飛びこんだりする者はいなかったし、重量物みたいにホテルの窓からまっすぐ飛び降り一秒に五メートルの割合で加速し、歩道で不愉快なグシャッという音とともにぶつかって、そのまま人々の目の前で、まるで毛だらけのストロベリー・アイスクリームのいっぱいつまったアルパカ毛織製の袋みたいに潰れ、血を流し、桃色の足の指をひん曲げて死ぬ者もいなかった。

あらゆる点を考慮した末、ヨッサリアンはしばしば病院のほうを選んだ——そこには欠点もあったけれども。援助はおせっかいなものになりがちだったし、規律は（もし遵守しようとすれば）自由を束縛するものだったし、管理は干渉的なものであった。たいてい病人が入ってきがちだから、彼は同じ病室でいきのいい若い仲間に囲まれることをあてにすることはできず、娯楽も常に上等なものとはかぎらなかった。彼は戦争が長く継続するにつれて、また前線に近づくにつれて、病院の状態は確実に悪化することを認めざるを得なかった。戦闘地域内でのお客さんの質的低下はなによりも顕著であったし、そこではにわか戦争景気の影響が即座に現われる傾向があった。彼が戦闘に深入りすればするほど人々はますますひどく病気になり、とうとう最後に入院した病院には、死なないかぎりこれ以上病気になることはあり得ないという白ずくめの軍人までいた——そして彼もまもなく死んでしまったのである。

白ずくめの軍人は、ガーゼとギプスと体温計だけでできており、そのうちの体温計は、毎日早朝と午後おそくにクレイマー看護婦とダケット看護婦が彼の口の上にある繃帯のなかのからっぽの黒い穴にバランスをとっておいておくお飾りにすぎなかったが、ある日の午後、クレイマー看護婦がその体温計を読みとり、彼が死んでいることを発見した。ヨッサリアンが振り返ってみると、白ずくめの軍人を殺したのはあのおしゃべりのテキサス氏というより、クレイマー看護婦ではないかと思われた。もしクレイマー看護婦が体温計を読みとらず、そこで発見したことを報告しなかったなら、白ずくめの軍人はそれまでとまったく同様に、いまもなお頭から足先までギプスとガーゼに包まれ、二本の奇妙な硬直した脚を腰から持ち上げられ、二本の奇妙な腕を垂直に吊り上げられた状態で、つまり、かさばった四肢ともに石膏ギプスにはめこまれ、奇妙な、役に立たぬ手と脚四本とも、ピンと張った電線と彼の上にくろぐろとぶら下がっているばかばかしいほど長い鉛の錘によって空中に吊り上げられた状態で、生きながら横たわっていたかもしれないのだ。そうやってそこに横たわっていることは大して生きたことにはならぬかもしれないが、それが本人の持っている生命のすべてであり、それを停止させようという決断は決してクレイマー看護婦に任されるべきものではなかった、とヨッサリアンは思った。

白ずくめの軍人は、なかに穴のあいた繃帯の筒、あるいは港でよく見つかる、曲った亜鉛パイプが突き出ている壊れた石のブロックみたいだった。彼が夜のうちにそっと運びこまれた翌日の朝、病室の他の患者たちは、例のテキサス氏以外はひとり残らず、彼をひと目見たとたんに心やさしさゆえの嫌悪の情に駆られて尻ごみした。彼らは病室のいちばん奥の片隅に真顔で集まり、意地の悪い、不機嫌な低い声で白ずくめの軍人のことを噂し、あんなのはひでえいやがらせだといって彼の存在を非難し、彼が吐き気をもよおさせるような真実をまざまざと思い起こさせるからといって彼をひどくきらった。みんなは一様に、彼がいまに呻きはじめるのではないかと恐れた。「あいつが呻きだしたら、おれはどうしたらいいかわからんぜ」と、金色の口髭をはやした勇み肌の若い戦闘機操縦士は頼りなさそうにぼやいた。

「つまり、あいつは夜なかでも呻くだろうってことだな。あいつには時間の観念がないはずだから」

白ずくめの軍人はそこにいるあいだ、ただのひと声も発しなかった。口の上に開いたぼろぼろの円い穴は深くて真黒で、唇、歯、顎、舌のいかなるしるしも見えなかった。なかが見えるほど近づいた唯一の人間は例の愛想のいいテキサス氏で、彼は一日に五、六回も、まともな連中にもっと多くの票をということについてしゃべるために白ずくめの軍人に近づき、いつもおきまりの挨拶によって会話をはじめるのだった——「どうだい、相棒。気分はどうかね」お仕着せであるえび茶色のコールテンのバスローブと、よれよれの皺の伸びかかったフランネルのパジャマを着た他の連中はふたりを敬遠し、いったい白ずくめの軍人は何者なのか、なぜこんなところにいるのか、なかの顔やかたちはほんとうはどんなものかと、むっつり考えこんでいた。

「彼は大丈夫だよ、ほんとうに」と、テキサス氏は親善訪問を終えるたびに彼らを力づけるような調子で報告した。「ずうっとなかのほうでは、彼はほんとうに正常な人間なんだ。ただ、ここにいるだれも知らないし、話すこともできないから、いまのところほんの少しはずかしがったり不安な気分になったりしているだけさ。あんたらみんなで彼のところへいってさ、自己紹介をしたらどうだい。あんたらをとって喰おうってんじゃないんだから」

「いったいなにをほざいてやがる」とダンバーが言った。「あいつはおまえがなにをしゃべってるのか、わかってるのか」

「もちろんおれがなにをしゃべってるかわかっているさ。彼はばかじゃない。どこも変なところはないよ」

「おまえの言うことが聞こえてるのか」

「そりゃ、聞こえるのか聞こえないのか、そんなことはわからないけどさ、おれがなにをしゃべっているかわかっていると、おれは確信するね」

「あいつの口の上の穴な、ありゃ動くか」

「おい、なんて狂った質問をするんだ」とテキサス氏はおちつきを失って反問した。

「それが動いてなきゃ、あいつが呼吸をしていると、どうしてわかる」

「それが〝彼〟だなんてどうして言える」

「あいつは、顔を巻いた繃帯の下の両眼に眼帯をしているか」

「あいつは足の指をもぞもぞさせたり、手の指先を動かしたりすることがあるのか」

テキサス氏は押しまくられてしだいに混乱してきた。「おい、なんて狂った質問をするんだ。みんな気でも狂ってるにちがいない。なぜ自分から近づいて彼と知り合おうとしないんだ。彼はまったくの好人物だぜ、かけ値なしに」

白ずくめの軍人は、まったく好人物というよりは、むしろ詰めものをし、殺菌消毒をしたミイラに似ていた。ダケット看護婦とクレイマー看護婦は常に彼を小ざっぱりとさせるよう努力していた。彼女たちはしょっちゅう手箒で彼の繃帯の埃をはらい、腕と、脚と、肩と、胸と、骨盤の石膏ギプスを石鹼水で洗っていた。円い罐入りの金属磨きを使って、彼女たちは彼の鼠蹊部上のセメントから突き出ている鈍い色の亜鉛パイプに淡い艶を出していた。濡れた皿拭きで一日に数回、彼の体からふたつの大きな栓つきのガラス壜に通じている細くて黒いゴム管の埃を拭きとっていた。そのガラス壜の一方は彼のベッドのそばの柱に吊るされ、繃帯のなかにあけられた小穴を通して絶えず液体を彼の腕のなかに点滴しており、もう一方は床のほとんど外目につかぬところにあって、彼の鼠蹊部に突き出た亜鉛パイプから排出される液体を貯留していた。ふたりの若い看護婦はガラス壜を休みなく磨いていた。彼女たちはこういう家事を誇りにしていた。ふたりのうち比較的気がきくのは、スタイルがよく、かわいらしい、そして健全だが魅力のない顔をした、セックスを感じさせない若い娘であるクレイマー看護婦のほうだった。クレイマー看護婦はあどけない鼻をしており、桜色のつやつやした顔に男心を惹くようなそばかすが散らばっていたが、その魅力的なところがヨッサリアンには気に喰わなかった。彼女は白ずくめの軍人に心の底から同情していた。彼女の道徳的な、水色の小皿みたいな目には、思いがけないときにどっと涙が溢れ、ヨッサリアンの頭を狂わせた。

「彼がなかにいるってことだって、いったいどうしてわかるんだよ」と彼はクレイマー看護婦に質問した。

「あたしにそんな言いかたしないでちょうだい」と彼女は憤慨して答えた。

「なあ、どうしてわかるんだよ。ほんとうに〝彼〟かどうかだって、わかってないいんだろう」

「だれが」

「だれであろうと、そのぐるぐる巻きの繃帯のなかにいるやつさ。あんたはほんとうはだれかほかの人間のために泣いているのかもしれないぜ。そいつが生きてるってことさえ、どうしてわかるんだい」

「なんてひどいことを言うんでしょう！」とクレイマー看護婦はうわずった声で言った。「さあ、すぐベッドにもどって、あのひとについて冗談を言うのはおやめなさい」

「おれは冗談を言ってるんじゃないぜ。あのなかにはどんなやつが入ってるか知れやしないんだから。もしかするとありゃあマッドかもしれないぞ」

「いったいなんのお話」とクレイマー看護婦は震える声で言った。

「あそこに死人がいるのかもしれねえな」

「死人ってなによ」

「おれのテントにはだれもが追い出せないでいる死人がひとりいるんだ」

クレイマー看護婦は真蒼になり、必死になってダンバーの助けを求めた。「あんなこと言うの、やめさせて」と彼女は懇願した。

「だれもなかにいねえんじゃねえか」と、ダンバーは助け舟を出した。「いたずらのために繃帯の包みだけを送ってよこしたんじゃねえかな」

クレイマー看護婦はギョッとしてダンバーから離れた。

「気が狂ってるんだわ」と彼女は哀願の目を四方に向けながら叫んだ。「あなたがたふたりともきちがいだわ」

そこへダケット看護婦が姿を現わし、みんなをそれぞれのベッドに追い返し、その間にクレイマー看護婦が白ずくめの軍人のために栓つきのガラス壜をとりかえてやった。白ずくめの軍人のためにガラス壜をとりかえるのは、なんの造作もないことだった、というのは、同じ透明の液体が何度も何度も彼の体内に点滴され、それでいてなんのロスも生じなかったらしいからである。彼の肘のなかに液体を送りこむガラス壜がほぼからになると、床のほうのガラス壜がほぼいっぱいになり、そうなるとふたつのガラス壜はゴム管からはずされてすばやく位置を変えられ、同じ液体がまた彼の体内に点滴注入される。このガラス壜交換はだれにも造作のないことだったが、ほぼ一時間ごとにとり変えられるのを見ている者たちは、その処置に面くらった。

「なぜそのふたつの壜をつないで、まんなかの人間を除外できないんだ」と、ヨッサリアンとチェスの試合をするのをやめた砲兵大尉が聞いた。「いったいなんでそいつが必要なんだ」

「あいつはなにをしたからってあんな目にあわされるんだい」と、クレイマー看護婦が検温の結果、白ずくめの軍人が死んでいることを発見したあとで、マラリヤにかかり、尻に蚊の刺し傷を持つ准尉が悲痛な声で言った。

「やつは戦争にいったのさ」と金色の口髭をはやした戦闘機大尉が自分の推察を述べた。

「おれたちはみんな戦争にいったぞ」ダンバーがやり返した。

「そこなんだな、おれの言ってるのは」とマラリヤの准尉が話をつづけた。「なぜあいつだけが。こういう賞罰の体系にはまるきり筋が通っていないようだ。まあおれの場合を見ろよ。このくそいまいましい蚊の刺し傷の代りに、海岸でのわが五分間の情熱の報いとして梅毒や淋病でも頂戴したってんなら、多少は正義が行なわれたと言えるかもしれない。しかしマラリヤはどうだ。マラリヤとは。性交の結果がマラリヤだなんて、どうにも説明がつかないじゃないか」准尉は鈍い驚きのために首を横に振った。

「おれはどうだ」とヨッサリアンが言った。「マラケシュでさ、ある晩棒飴を一本買おうと思ってテントの外に出かけたら、前にいっぺんも会ったことのない婦人部隊員がシーッと声をかけておれを草叢に連れこみやがって、おまえの淋病をうつしやがった。おれがほんとに欲しかったのは棒飴一本なのに、だれがこいつを始末してくれるんだ」

「それはたしかにおれの淋病らしいな」と准尉がうなずいた。「しかし、おれだってやっぱりだれかほかのやつのマラリヤを背負いこんでるんだ。おれはたったいちどでいいから、こういったことがスカッと正されて、各人がきっかり自分にふさわしい報いだけを得るようになってほしいと思うね。それを見たら、おれだってこの宇宙にいくらか信頼をおくようになるだろうて」

「おれはだれかほかのやつの三十万ドルを持ってるんだ」と金色の口髭をはやした勇み肌の戦闘機大尉が告白した。「おれは生まれたその日からのらくらしつづけさ。高校も大学もカンニングでやっと出てきたし、それ以来やったこととといや、おれが将来すてきな夫になるとでも思ってるかわいい女の子と寝ることぐらいだな。おれは野心なんてこれっぽっちも持ってない。戦争が終っておれがやりたい唯一のことは、おれよりもっと金持ちの娘と結婚して、もっとたくさんのかわい子ちゃんと寝ることだ。その三十万ドルってのは、国際的な規模で残飯を売ることによって一財産つくった祖父《じい》さんが、おれの生まれる前におれのために残したんだ。そいつがおれにふさわしい金じゃないってことはわかってるが、返すのもいまいましい。だいいち、ほんとうはだれのものかな」

「たぶんそいつはおれのおやじのもんだろう」とダンバーが察しをつけた。「おやじは一生涯あくせくと働きづめだったが、おれの姉やおれを大学に入れる学資すらできなかった。おやじはもうくたばったから、その金はとっといてもいいよ」

「そこで、おれのマラリヤがだれのものか探り出せれば、万事解決ってわけだ。べつにおれはマラリヤがきらいってわけじゃないよ。勤務をサボる口実にはマラリヤは大いに結構さ。ただな、不正が行なわれているような気がするんだ。なんでおれがほかのやつのマラリヤを、そしておまえがおれの淋病を背負いこまなきゃならねえんだ」

「おれはおまえの淋病を背負いこんでいるだけじゃない」とヨッサリアンは言った。「おまえの淋病のおかげで、やつらに殺されるまで出撃に参加しなきゃならねえんだぜ」

「そいつはなおさらひでえや。そこにどういう正義が行なわれているんだ」

「二週間半前に、おれはそこに大いなる正義が行なわれていると考えているクレヴィンジャーという名の友だちを持っていた」

「これこそまったく最高の正義だ」と、クレヴィンジャーは愉快そうな笑いとともに手を叩きながらうそぶくのだった。「おれはエウリーピデースの〈ヒッポリュトス〉を思い出さざるを得ないね。そこではテセウスの若いころの放蕩が、たぶん彼の息子の禁欲主義の責を負うべきものだ。やがてその禁欲主義がひとつの原因になって、彼らすべてが滅びるような悲劇が生じるんだが、なにはともあれ、その婦人部隊員とのエピソードは、性的不道徳の害悪をおまえに教えてくれるはずだ」

「飴ん棒の害を教えてくれるね」

「それにおまえは、いま苦境に陥っている責任が自分にないとは言いきれない。そこのところを自覚できないのか」とクレヴィンジャーは、あからさまにこの攻撃を楽しみながら言った。「いいか、おまえが性病のためにアフリカの病院で十日間も寝ていなけりゃ、ネヴァーズ大佐が戦死してキャスカート大佐が後を継ぐ前に二十五回の責任出撃を終えていたかもしれないんだぞ」

「じゃおまえはどうなんだ」とヨッサリアンは答えた。「おまえはマラケシュで淋病にならなかったが、いまやっぱり同じ苦境に陥ってるじゃないか」

「おれにもわからない」とクレヴィンジャーはほんの少し心配しているようなふりを示しながら告白した。「察するところおれも若いころなにか非常に悪いことをしたにちがいない」

「ほんとうにそう信じてるのか」

クレヴィンジャーは笑いだした。「まさかね、もちろん嘘さ。ちょいとおまえをからかってみたくなるんだよ」

ヨッサリアンには、見逃せない危険があまりにも多かった。たとえば、ヒットラー、ムッソリーニ、東条がいた。彼らはみなヨッサリアンを殺そうと懸命である。分列行進に熱狂的な関心を示しているシャイスコプフ中尉がいたし、やけに太い口髭をはやし、懲罰に熱狂的な関心を示している傲然たる大佐がおり、このふたりもやはり彼を殺したがっていた。アプルビー、ハヴァメイヤー、ブラック、コーンもいた。彼が死ぬのを欲しているのはまず確実だと思われるクレイマー看護婦とダケット看護婦もいたし、例のテキサス氏や、正体を疑う余地のないCID部員もいた。世界じゅうに、彼が死ぬことを欲しているバーテンや、バンドマンや、バスガイドがいた。家主と借家人が、謀反人と愛国者が、絞首刑執行人や、高利貸や工員がいた。彼らはみなヨッサリアンを亡き者にしようと企んでいた。それこそスノードンがアヴィニョン出撃の際に彼にぶちまけた秘密だった——彼らがヨッサリアンを片づけようと企んでいるということこそ。そしてスノードンはその秘密を機の後部いっぱいにぶちまけるのだった。

ヨッサリアンを破滅させそうなものとしてはリンパ腺があった。腎臓があり、神経鞘があり、血球があった。脳腫瘍があった。ホジキン氏病、白血病、筋萎縮性側索硬化症があった。わずかな癌細胞をとらえて育てる肥沃な赤い上皮細胞の牧場もあった。皮膚の病気があり、骨の病気があり、肺の病気があり、胃の病気があり、心臓や血や動脈の病気があった。頭の病気があり、首の病気があり、胸の病気があり、腸の病気があり、股の病気があった。足の病気まであった。何十億という良心的な体細胞が、昼も夜も物言わぬ動物のように、生きて健康を保つ複雑な仕事をつづけるために酸化作用を続行していたが、そのひとつひとつが謀反人や仇敵になる可能性もあるのだった。病気の数はあまりにも多いので、彼やハングリー・ジョーのようにしょっちゅうそのことを考えるだけですら、本格的に病んだ心の働きが必要であった。

ハングリー・ジョーは致命的な病気のリストを集め、それらをアルファベット順に並べ、気に病みたいと思う病気をすぐさま指摘できるようにした。彼はどれかを順序正しく並べそこなったり、リストに新しい病名を加えることができないときには非常に狼狽し、冷汗を流しながらダニーカ軍医のところに駆けつけ、助けを求めるのだった。

「ユーイング氏腫瘍を教えてやったらいい」とヨッサリアンは、ハングリー・ジョーの扱いについていつも助けを求めにくるダニーカ軍医に助言してやった。「そのあとは黒色腫《メラノーマ》だな。ハングリー・ジョーは長びく病気が好きなんだが、それよりもっと電撃性の病気のほうが好きなんだから」

ダニーカ軍医にはどちらも全然聞いたことのない病名だった。「なんだってきみはそんなにたくさんの病気のことを知ってるんだ」と彼は深く職業的な敬意を表しながら質問した。

「おれは病院で《リーダーズ・ダイジェスト》の勉強をするとき、そういうものについて学ぶんだ」

ヨッサリアンは恐れなければならない病気があまりたくさんあったので、いっそ病院に入りっきりで、残る一生を酸素テントに寝て暮らしたいという気になることがあった。ベッドの一方側には、いったん事ある時に備えて専門医と看護婦がバッテリーを組んで一日に二十四時間控えていなければならないし、反対側には少なくともひとりの外科医がメスを片手に、いざというときにはすぐさま立ちあがって切開手術ができる構えで坐っていなければならない。たとえば動脈瘤である。こうでもしなければ、大動脈瘤からおれを救おうとしても間に合わぬではないか。ヨッサリアンにとって、だれといってメスを持った外科医ほどきらいな人間はいなかったけれども、病院内のほうが外よりはよほど安全な気がした。彼は病院のなかでは悲鳴をあげることができた。そうするとだれかが少なくとも彼を助けようと思って駆けつけてくれた。病院の外では、だれしも悲鳴をあげるのが当然だと彼が信じるようなどんなことについて悲鳴をあげても、営倉に叩きこまれるのがおちだった。さもなければ病院に入れられるのだ。彼が悲鳴をあげたいもののひとつは、自分やそのほか死ぬまではまだ命長らえているあらゆる者を待ち受けているにほぼ相違ない外科医のメスそのものだった。彼はしばしば、最初の悪寒、のぼせ、うずき、痛み、おくび、咳、しみ、昏睡、失語、バランスの喪失、記憶の断絶など、不可避の終局の不可避のはじまりの徴候をいったいどんなふうにして認識できるものだろうかと考えた。

彼はメイジャー少佐の大隊長室から飛び出したあとまたダニーカ軍医のところへいったときも、ダニーカ軍医がやはり助けを拒絶するのではないかと恐れた。案の定だった。

「なにか恐れていることがあるんだって」とダニーカ軍医は、細づくりの無垢な黒い顔を胸から上げ、涙に濡れた目で一瞬腹立たしげにヨッサリアンを見上げながら言った。「このおれはどうしてくれる。ほかの医者どもは大もうけをしてるってのに、おれの貴重な医療技術はこんなきたならしい島でなまくらになる一方だ。きみはおれがこんなところでいい気になって毎日きみの求める助けを拒絶しているとでも思っているのか。おれはな、アメリカ合州国だとかローマみたいなところできみの助けを断わることがあったって、そう気にはせんだろう。しかし、ここできみにだめと言うのは、おれにとっても楽なことじゃないんだぜ」

「じゃ、だめと言うのをやめてくれよ。飛行勤務を解いてくれよ」

「飛行勤務は免除してやれない」とダニーカ軍医はボソボソと言った。「なんべんくりかえしたら気がすむんだい」

「いや、あんたにはできるはずだ。メイジャー少佐が、大隊のなかでおれの飛行勤務を免除できるのはあんただけだと言ってたからな」

ダニーカ軍医は面くらった。「メイジャー少佐がきみにそう言ったって。いつ」

「掘割でやっこさんにタックルしたときに」

「メイジャー少佐がそんなことを言ったって。掘割のなかで」

「おれたちが掘割から出て、あいつのテントに飛びこんだとき、自分の隊長室で言ったのさ。あいつは自分がそんなことを言ったとほかのだれにもしゃべっちゃいけねえと言ったから、あんたもベラベラしゃべらないでくれよ」

「あのきたねえ、こすっからしい嘘つきめ」とダニーカ軍医は叫んだ。「あいつはだれにもしゃべっちゃならなかったのに。どうしたらおれがきみの飛行勤務を免除できるか、そこまであいつは話したか」

「小さな紙きれに神経衰弱寸前だと書いて連隊に提出するだけでいいそうだ。スタッブズ軍医はいつも自分の大隊員の飛行勤務を免除している。あんたにだってできないはずはないだろ」

「で、スタッブズが飛行勤務を免除したあと、その連中はどうなった」とダニーカ軍医は冷笑を浮かべてやり返した。「たちまち戦闘員に逆もどりだ。そうだろ。そしてスタッブズは窮地にはまりこんでいる。たしかにおれは紙片にきみが飛行勤務不適だと書いて、きみが飛ばなくていいようにしてやれるよ。しかし、そこには落し穴があるんだ」

「キャッチ＝22か」

「もちろん。もしおれがきみの戦闘任務を免除したら、連隊はおれの行為を認可しなくてはならない。ところが連隊はそんなことを認可するつもりはない。司令部はきみをすぐに戦闘員にもどす、となりゃ、おれはどこへ行く。たぶん太平洋行きさ。ご免をこうむりたいね。おれはきみにチャンスを与えるつもりは毛頭ないよ」

「試してみる価値はあるんじゃないか」とヨッサリアンは喰い下がった。「ピアノーサ島のどこがそんなにすばらしいのかね」

「ピアノーサはひでえ島さ。しかし太平洋よりはましだ。文明化されてて、ときどき妊娠中絶手術で一ドルなり二ドルなり懐に入ってくるようなところなら、連れていかれたって文句は言わんだろう。ところが太平洋地域ときたら、あるのはジャングルとモンスーンばかり。そんなところへいったら、おれは腐っちまう」

「あんたはここでだって腐ってるじゃないか」

ダニーカ軍医はカッとなった。「そうかね。いいか、おれは少なくとも生きて戦争が終るのを見とどけるんだ。それはきみなんかがやろうとしていることよりはずっとましなことだぞ」

「冗談じゃねえや、それこそこっちがあんたに言いたいことだ。おれはあんたに、おれのいのちを救ってくれと頼んでるんだぜ」

「いのちを救うなんて、おれの仕事じゃないさ」とダニーカ軍医は仏頂面をしてやり返した。

「あんたの仕事はなんだい」

「なにがおれの仕事か知らない。やつらがおれに言い聞かせたことといえば、おれの職業倫理を保持することと、他の医者とちがう証言は絶対にするなということだけだ。いいか、きみは自分のいのちだけが危険にさらされていると思っているんだろう。このおれはどうしてくれる。おれが自分の代りに医療テントで働かせているあのふたりの似非《えせ》医者どもは、まだおれのどこが悪いのか突きとめられない状態だ」

「そいつはたぶんユーイング氏腫瘍だろう」とヨッサリアンは皮肉たっぷりにつぶやいた。

「ほんとうにそう思うのか」とダニーカ軍医は驚いて大声をあげた。

「いやあ、おれが知るものか」とヨッサリアンはいらいらしながら答えた。「おれはただ、もう出撃には参加しないということだけ知ってる。まさかやつらはほんとにおれを銃殺なんかしないだろう。おれは五十一回も飛んだんだからな」

「自分の主張をする前に、なぜ少なくとも五十五回出撃し終えようとしないんだ」とダニーカ軍医は忠告した。「きみは文句ばかり言って、結局一回も勤務期間を完了したことがないじゃないか」

「いったいどうしてできるんだよ。責任回数を完了しかけるたびに、大佐がそいつを増やしつづけてるんじゃないか」

「きみが責任出撃回数を完了できないのは、しょっちゅう病院へ逃げこんだり、ローマへ出かけたりしているからさ。五十五回の出撃をちゃんと終ってから飛ぶのを拒否してみろよ、きみの立場ははるかに強められる。そうなればおれもどれだけ助けになってやれるか考えようじゃないか」

「約束してくれるか」

「約束する」

「なにを約束してくれる」

「もしきみが五十五回の出撃を終え、それからマクワットに言って彼の飛行日誌におれの名前を記入し、おれが空を飛ばなくても空中勤務手当をもらうことができるように計らってくれれば、きみを助けるためにたぶんなにかするよう考えることを約束するよ。おれは飛行機がこわいのだ。きみは三週間前にアイダホで墜落事故があったというニュースを読んだか。

六人死んだそうだ。ひでえもんだ。たかが空中勤務手当を払うために、なんで司令部が毎月四時間もおれを飛行機に搭乗させたがるのか、おれにはわからない。おれはほかに充分心配の種があるのに、なんでこの上墜落の心配までしなくちゃならないんだ」

「おれだって墜落の心配をしているんだ」とヨッサリアンは言った。「あんただけじゃないよ」

「ああ。しかし、おれは例のユーイング氏腫瘍のこともかなり心配してるんだ」とダニーカ軍医は誇らしげに言った。

「おれがしょっちゅう鼻に詰めものをし、いつもひどい寒気を感じているのはそのせいだと思うか。おれの脈をみてくれよ」

ヨッサリアンもまたユーイング氏腫瘍と黒色腫《メラノーマ》のことを心配していた。数えきれないほどたくさんの終末的な悲劇がいたるところにひそんでいた。彼をおびやかしている数多くの病気や事故の可能性について考えこむにつけても、よくまあこれまで長いあいだ健康で生き延びてきたものだと、心の底から驚嘆せざるを得なかった。それはまさに奇蹟だった。彼の直面する一日また一日が、それぞれ死すべき運命への危険な出撃にほかならなかった。そして彼は二十八年間、それらの危険をくぐり抜けて生きつづけてきたのだった。

18 あらゆるものを二度ずつ見た軍人

ヨッサリアンが健康なのは、運動と、新鮮な空気と、チームワークと、すぐれたスポーツマンシップのおかげだった。彼がはじめて病院というものを発見したのは、これらすべてから逃れるためだった。ラワリー・フィールドの体育教官がある日の午後、柔軟体操をやるから外へ出ろと全員に命じたとき、一兵卒であったヨッサリアンはそれを無視して医務部へ行き、右の脇腹が痛むと申し出た。

「出て失せろ」と、クロスワード・パズルをやっていた当番軍医が言った。

「われわれはこの男に出ていけと言うわけにはいきません」とひとりの伍長が言った。「腹部に異常を申し立てる者については新しい指令が出ております。われわれは彼らを五日間観察しなくてはなりません。われわれが叩き出したあと死んでいく者が非常に多いからであります」

「よしわかった」と軍医は不平がましくつぶやいた。「五日間観察し、そのあとで叩き出せ」

彼らはヨッサリアンの衣服を脱がせて病室に連れていった。そこで彼は、近くでだれも鼾《いびき》をかかぬかぎり、非常に幸福だった。翌朝、ひとりの親切な若いイギリス人のインターンがひょっこり入ってきて彼の肝臓について問診した。

「痛むのは盲腸のせいだと思います」とヨッサリアンは答えた。

「盲腸じゃ役に立たないな」とそのイギリス人は陽気な権威をもって断言した。「盲腸が悪いとなれば、われわれはそれをチョン切って、ほとんどすぐさまきみを平常勤務に送り返すだけだ。しかし、肝臓病だと訴え出れば、われわれを何週間も手玉にとることができるよ。肝臓というのはね、われわれにとっては大きな、醜い謎なんだ。きみも肝臓《レバー》を食ったことがあれば、ぼくの言う意味がわかるだろう。現在では肝臓があるということについてはわれわれもほぼ確信しているし、それが当然予想される働きをしているときには、どんな働きをしているかかなりよくわかる。ところがそれ以上のことになると、われわれはまったく暗中模索さ。要するに肝臓とはいったいなんだ。たとえば、ぼくの父は肝臓癌で死んだが、そいつで殺されるその瞬間まで、一生涯たった一日も病気らしい時はなかった。ピリッとも痛さを感じたことはなかった。ある意味でそれは残念至極なことだった。ぼくは父を憎んでいたからね。母への独占欲のためさ」

「イギリス人の軍医将校がこんなところでなんの勤務についているんです」とヨッサリアンは疑問を呈した。

軍医将校は声をたてて笑った。「あしたの朝きみに会ったとき全部話してやろう。それから肺炎で死なないうちに、そのばかばかしい氷嚢を投げ捨てるんだな」

ヨッサリアンは二度とこの軍医には会わなかった。それはこの病院のあらゆる軍医に関して言える都合のいい点のひとつだった――つまりどの軍医とも決して二度と会わぬことは。彼らは来たりて行き、忽然として姿を消すのであった。イギリス人のインターンの代りに、翌日は彼がいちども見たことのない一群の軍医たちがやってきて彼に盲腸のことを質問した。

「自分の盲腸にはなんの異常もありません」とヨッサリアンは答えた。「きのう軍医殿は肝臓だと言われました」

「たぶんこの男は肝臓病だろう」と白髪の主任軍医が言った。「血球数計測の結果はどうかね」

「まだこの患者の血球数計測はやっておりません」

「すぐにやれ。われわれはこういう状態の患者に関して手を抜くわけにはいかないんだ。この男が死んだとき充分に釈明できるようにしておかなければならん」この軍医は書類ばさみの上になにか記入すると、ヨッサリアンに話しかけた、「それまで、氷嚢をのせておきたまえ。非常に大切なことだから」

「自分は氷嚢を持っておりません」

「じゃ、ひとつ手に入れろ。この病室のどこかに氷嚢のひとつぐらいあるはずだ。それから、痛みが耐えられないほどになったらだれかに知らせるんだぞ」

十日たつと新しい軍医の一団がヨッサリアンに悪い報せを持ってきた。おまえは完全に健康だから出ていけというのである。しかしヨッサリアンはまんなかの通路をへだてて彼と足を向けあっている、あらゆるものを二度ずつ見はじめている患者によってあやういところを救われた。その患者はなんの前ぶれもなく突然ベッドに体を起こして叫んだ――

「あらゆるものが二度ずつ見える！」

看護婦が悲鳴をあげ、看護兵が気を失った。軍医たちがあらゆるところから、針を、ライトを、管を、ゴム製槌を、音叉を持って駆けつけた。複雑な機械器具を車にのせて押してきた。患者はたったひとりなので医師全員に行き渡るわけはなく、各科専門の医師がいらいらしながら一列に並んで押し合いへし合いし、前のほうにいる同僚に早くして次の者に順番をゆずれと突っかかっていた。額の大きな、角縁《つのぶち》の眼鏡をかけた軍医大佐がすぐさま診断を下した。

「脳膜炎だ」と彼は力を入れて叫び、手を振ってほかの連中を退らせた。「もっともそう考えるべき理由はいささかも見当らんがね」

「ではどうして脳膜炎とされるのですか」とひとりの少佐がおもねるようなクスクス笑いを洩らして言った。「なぜ――たとえば――急性腎炎と診断されないのですか」

「なぜかと言えば、わしは脳膜炎党だからさ。それが理由だ。わしは急性腎炎党じゃないんだ」と大佐はやり返した。「それにわしはきみら腎臓屋どものだれひとりにだって、おとなしくこの男を引き渡しはせんぞ。ここへ一番乗りしたのはわしだからな」

結局、軍医たちは全員意見が一致した。あらゆるものを二度ずつ見る軍人のどこが悪いのかわからないという点で合意に達したのである。結局彼らはこの男を廊下にしつらえた応急特別室にベッドごと連れ出し、他の入院患者全員を十四日間病室内に隔離した。

ヨッサリアンがまだ入院しているうちに感謝祭がなにごともなくやってきて過ぎ去った。悪かったのはただひとつ晩餐の七面鳥だけだったが、それすらかなり上等なものだった。それはヨッサリアンがそれまで経験したうちで最も理にかなった感謝祭であり、彼は、将来は毎年俗世から隔離された病院で感謝祭を迎えようと神聖な誓いを立てた。彼はこの聖なる誓いを翌年にはもう破り、病院ならぬホテルの一室でシャイスコプフ少尉夫人と知的な会話を交しながらすごした。少尉夫人はこの日のためにドーリ・ダズの認識票を身につけ、ヨッサリアンが感謝祭に対して冷笑的であり非情であるといって大袈裟に彼を責めたてた。その実、彼女もヨッサリアン同様、ちっとも神を信じていなかったのだが。

「わたしもきっとあなたと同じくらい立派な無神論者だわ」と彼女は得意げに自分の考えを述べた。「ただ、そのわたしだって、だれでも感謝すべきことが非常にたくさんある、またわたしたちがそれを表に現わすことを恥じてはならない、とそう思うのよ」

「おれが感謝しなければならないものをひとつ挙げてみろよ」とヨッサリアンは興味なさそうに挑戦した。

「そう……」とシャイスコプフ少尉夫人はつぶやき、しばらく黙って自信なさそうに考えこんだ。「わたし」

「よせやい」と彼はあざ笑った。

シャイスコプフ夫人は驚いて眉を吊りあげた。「あなた、わたしに感謝してないの」彼女は自尊心を傷つけられ、すねたように顔をしかめた。「わたしはなにもあなたと寝なくたっていいのよ」と彼女は冷たい気品を誇示しながら言った。「わたしの夫は一中隊全部を配下においていて、そこには自分たちの隊長夫人とならば大いに刺戟剤にもなることだから、もう喜んでいっしょに寝ようという航空士官候補生がいっぱいいるんですからね」

ヨッサリアンは話題を変えようと決心した。「ほら、きみは話題を変えてるじゃないか」と彼は外交的かけひきを用いて指摘した。「きみが感謝しているものの名を挙げるなら、それひとつについておれは絶対にふたつずつおれが惨めな思いをさせられているものの名を挙げることができるね」

「あなたはわたしを獲得したことについて感謝すべきだわ」と彼女は言い張った。

「感謝してるよ、ハニー。しかしおれはドーリ・ダズをもういちどものにできなかったのでめったやたらに惨めなんだ。それだとか、おれが自分の短い一生のうちに会って欲望を感じながら、たったいちどもいっしょにベッドに入れないだろう何百人というほかの女の子のことを考えてもさ」

「あなたは健康であることを感謝すべきだわ」

「いつまでもそれがつづかないことをにがにがしく思うべきだね」

「あなたが生きていることに対してだって感謝すべきよ」

「やがては死ぬことに対して憤慨すべきだな」

「あなたよりももっともっと不幸な人だっているわ」と彼女は声を高めた。

「おれはいまよりはるかに幸福にだってなれるはずだ」と彼も興奮して言い返した。「ふたつずつ挙げられると言ったくせに」

「あなたはたったひとつしか挙げていないわ」と彼女は抗議した。

「そして、神は不可思議な働きをなさる、なんておれに言わないでくれよ」と、ヨッサリアンは彼女の抗議なんかはねのけて話をつづけた。「神の働きに不思議なところなんてなにもありゃしないんだから。神は全然働いてなどいない。遊んでるんだ。さもなきゃ、われわれのことなんかすっかり忘れてしまっているのさ。きみたち一般の人々が語っているのはそういう神さまだよ――いなかのかぼちゃ野郎だ、気のきかない、ぶきっちょな、脳たりんの、きどった、野暮な田吾作どんだ。やれやれ、自分の聖なる創造の体系に痰《たん》だの虫歯だのといった現象を含めることが必要だというような至高の存在に、きみはどれだけ尊崇の念を持ち得るのかね。年寄りから自分でうまく排便する能力を奪うなんて、神さまのねじくれた、邪悪な、不潔不浄の心にはいったいどんな考えが走っていたのかね。いったいなんだって神は痛みなんてものを創造したのかねえ」

「痛み？」シャイスコプフ少尉夫人は勝ち誇ったようにその語に跳びかかった。「痛みは有益な症候よ。痛みは肉体的危険が存在しているというわたしたちに対する警告なんですからね」

「じゃ、その危険はだれが創造したんだい」とヨッサリアンは返答を迫った。彼は痛烈に笑った。「ああ、神さまはわれわれに痛みを与えるなんて、まったく慈愛に富んだことをしてくださったものさ！　われわれへの警告ならなぜドア・ベルを使えなかったんだろう、さもなきゃ天上なる彼の聖歌隊のひとつを。あるいは各人の額のまんなかに青と赤のネオン管をつけるわけにはいかなかったのかねえ。少し腕のいいジュークボックス製造業者なら、だれだってそのくらいのことはできただろうよ。なぜ神さまにはできなかったのかね」

「人々が額のまんなかに赤いネオン管なんかつけて歩いていたら、まったくばかげて見えるでしょうよ」

「人々がいま苦しみのうちに身もだえしたり、モルヒネで麻酔にかけられているさまはまったく美しい、というわけかね。なんという巨大な、不滅の失策者よ！　神がほんとうに仕事にかかるとき持っていた機会と力とを考え、つぎにそんな機会と力を用いて彼が創った、ばかげた、醜い、けちながらくたを見てごらん、神の徹底的な無能力さは呆れるばかりだ。彼が利潤のあがる仕事を全然しなかったことだけは確かだ。自尊心のある実業家なら、たとい一発送係としてだってこんな不器用者は雇わないだろうな！」

シャイスコプフ少尉夫人は不信のために蒼白になり、低い、敵意のこもった声で非難がましく警告した。「神さまについてそんなふうに話さないほうがいいわよ、ハニー。あなたを罰するかもしれないから」

「彼はもうおれを充分罰しているんじゃないかね」とヨッサリアンは憤然として言い放った。「なあ、われわれは彼に勝手なまねをさせっ放しじゃいけないんだ。おれたちをこれだけ悲しい目にあわせている彼を見逃してやるなんて、絶対にいかん。いつかおれは仕返しをしてやる。いつだかおれにはわかってるんだ。最後の審判の日さ。そう、その日こそおれはこのけちな田舎っぺにうんと近づき、手を伸ばしてやつの首っ玉をつかまえ、その上で――」

「やめて、やめて！」とシャイスコプフ少尉夫人は突然叫び、両の拳でやみくもにヨッサリアンの頭のあたりを叩きだした。「やめてったら！」

ヨッサリアンは彼女が女らしい憤怒の形相で数秒のあいだ彼を叩きつづけているあいだ、腕のかげに頭をかくして攻撃を防いでいたが、やがて決然として彼女の両手首をつかまえ、ゆっくりとではあるが力ずくで彼女をベッドの上に押し倒した。「なんだってそんなに取り乱してるんだよ」と彼はとまどいながらも悔恨をみずから楽しんでいるような調子で質問した。「きみは神を信じてないと思ったんだがなあ」

「ええ信じてないわ」と彼女はしゃくりあげながら言うと、ワッと泣きだした。「でもわたしが信じていない神さまは、立派な神さまよ、正義の神さまよ、慈愛の神さまよ。あなたがでっちあげようとしているような、卑しくてまぬけな神さまじゃないわ」

ヨッサリアンは笑いだし、彼女の腕を放した。「おれたちふたりのあいだではもう少し宗教的な自由を持とうじゃないか」と彼はおだやかに提案した。「きみはきみが信じたがっている神を信じていない、おれはおれの信じたい神を信じようとしない。これでおあいこじゃないか」

それはヨッサリアンが思い出せるかぎりでは彼の経験した最も不合理な感謝祭であり、彼は前年の十四日間にわたる穏やかな隔離生活をしきりになつかしがった。だがその牧歌的生活ですら悲劇的な調子で終った。つまり、隔離期間が終ったあと、彼はまだ健康そのものであり、退院して戦地に行くようふたたび申し渡されたのである。ヨッサリアンはその凶報を聞くなりベッドに起きあがって叫んだ――

「あらゆるものが二度ずつ見える！」

病室はまた伏魔殿をひっくりかえしたような大騒ぎになった。各科の専門医があらゆるところから駆けつけ、精密検査のために彼をびっしり取り囲んだので、彼はその連中のいろいろな鼻の穴から湿っぽい息が体の各所に気持ち悪く吹きかけられるのを感じた。彼らは小さな光をあてて彼の目や耳をのぞきこみ、ゴム製槌や音叉で股や足を攻撃し、血管から血を抜きとり、彼の視野の外辺を確かめるために手当りしだいのものをとり上げて彼に見せた。

この医師団のリーダーは、威厳のある、人ざわりのいい紳士で、彼は一本の指をヨッサリアンのまん前に突き立てて質問した、「何本の指が見えるかね」

「二本」とヨッサリアンは答えた。

「今度は何本の指が見えるかね」とその軍医は二本の指を立てて言った。

「二本」とヨッサリアン。

「じゃ今度は何本」とその軍医は指を一本も立てずにたずねた。

「二本」とヨッサリアン。

軍医の顔は微笑で包まれた。「まったくこの男の言うとおりだ」と彼は上機嫌で断言した。

「たしかにあらゆるものを二度ずつ見ている」

彼らはヨッサリアンを担架にのせて、あらゆるものを二度ずつ見るもうひとりの軍人と同じ部屋に収容し、病室の他の者全員をふたたび十四日間隔離した。

「あらゆるものが二度ずつ見える！」と、ヨッサリアンが連れこまれたとき、あらゆるものを二度ずつ見ている軍人が叫んだ。

「あらゆるものが二度ずつ見える！」とヨッサリアンは同じくらい大きな声でどなり返した

――秘かにウインクを送りながら。

「壁だ！　壁だ！」ともうひとりの軍人のほうが叫んだ。「壁をうしろにさげてくれ！」

「壁だ！　壁だ！」とヨッサリアンは叫んだ。「壁をうしろにさげてくれ！」

軍医のひとりが壁をうしろに押しさげるようなふりをした。「これだけ離れていたら充分か」

あらゆるものを二度ずつ見る軍人は弱々しくうなずいてまたベッドに沈みこんだ。ヨッサリアンは大いなる自己卑下と尊敬の念をもってこの有能な同室者を見ながら、自分も弱々しくうなずいた。ヨッサリアンはここに師表とすべき人物ありと見た。この有能な同室者こそ明らかに彼が学び、優劣を競うべき人物であった。その夜のうちにこの有能な同室者は死んだ。そこでヨッサリアンは、範にならうにしても少々度がすぎたことに気づいた。

「あらゆるものが一度ずつ見える！」と彼は急いで叫んだ。

新しい一団の専門医たちが事実かどうか確かめるために、それぞれの器具を持って彼の枕頭に馳せ参じた。

「何本の指が見えるかね」と医師団のリーダーが指を一本立てて質問した。

「一本」

軍医は二本の指を立てた。「今度は何本の指が見えるかね」

「一本」

軍医は十本の指を立てた。「じゃ今度は何本」

「一本」

その軍医は驚いて他の医師たちのほうを向いた。「この男はあらゆるものを一度しか見ていない！」と彼は上ずった声で言った。「ずいぶん治療効果が上がっているぞ」

「しかもちょうど間に合ってよかったです」ともうひとりの軍医が言った。そのあとでヨッサリアンはこの軍医とふたりだけになった。背の高い、魚雷形の、気のよさそうな男で、茶色の顎髭を伸ばしっぱなしにしており、壁によりかかったままシャツのポケットに入っている煙草を無意識のうちに何本もたてつづけに喫っていた。「身内の者が何人かきみに会いにきている。いやいや、心配するなよ」と彼は笑いながら言い足した。「きみの家族ではない。その死んだやつの母親と父親と兄貴だ。兵士の臨終を見とどけようとわざわざニューヨークから旅してきたんだが、われわれにしてみればきみがいちばん手ごろなんだ」

「いったいなんの話ですか」とヨッサリアンは解せない面持ちでたずねた。「自分は死ぬわけではありません」

「もちろんきみは死ぬさ。おれたちはみんな死ぬのさ。きみはいったいほかのどこへ行き着こうと思ってるんだ」

「その連中は自分に会いにきたのではありません」とヨッサリアンは抗議した。「彼らの息子に会いにきたのです」

「彼らは手に入れられるものを手に入れるほかないだろう。おれたちに関して言えば、死にかけたやつならどれを選んだって同じように結構なんだ。同じように悪いと言ってもいい。科学者にとって死にかけている男はだれでもみなおんなじだ。そこできみに提案がある。彼らが入ってきて数分間きみを見るのを了承しろよ、そしたらおれはきみが肝臓の症状について嘘をついてきたのをだれにもばらさないから」

ヨッサリアンは軍医からじわじわと身を退けた。「知っていたんですか」

「もちろんさ。見そこなっちゃいけない」軍医は愛想よくクックッと笑い、また煙草に火をつけた。「隙あるごとに看護婦のおっぱいを揉んでばかりいるやつが肝臓病だなんて、だれが本気で信じると思う。肝臓が悪いと人々に信じさせようと思うんなら、セックスのほうはあきらめることだな」

「ただ生きつづけるためにしては、そいつはたいへんな代償だな。ぼくがペテンを働いていると知っていながら、なんでばらさなかったんですか」

「そんな必要がどこにある」と軍医はチラッと驚きの色を見せて反問した。「われわれはみんなしてこういう幻想づくりに励んでいるんだ。おれは生き残りへの道を進んでいく途上で、もし同じことをおれにしてくれる共謀者を見つけたら、喜んでそいつの陰謀に手を貸してやるつもりだよ。さっき言った連中は遠路はるばるやってきた。だからおれは彼らをがっかりさせたくない。おれは年寄りには弱いんだ」

「しかし、彼らは息子に会いにきたんですよ」

「くるのが遅すぎた。たぶん彼らは違いに気づくこともないだろう」

「もし彼らが泣きだしたら」

「たぶん泣きだすだろうな。それこそ、やってきた理由のひとつだから。おれはドアの外で聞いており、彼らがあんまり取り乱すようならなかに飛びこむことにする」

「ちと狂った話みたいだがなあ」とヨッサリアンは考えこみながら言った。「とにかく、なんのために自分の息子が死ぬのを見たがるんです」

「おれにもそれは全然わからん」と軍医は正直に言った。「だが、連中はいつもそうするんだな。さて、きみの考えはどうなんだ。きみはただそこで二、三分横になって、それからちょっぴり死んでくれさえすればいいんだ。無理な頼みかな」

「いいでしょう」とヨッサリアンは折れて出た。「ほんの二、三分ですみ、あなたがすぐ外で待っててくれるんなら」彼は自分の役柄に熱中しはじめた。「ねえ、効果を高めるためにぼくの全身を繃帯でぐるぐる巻きにしたらどうです」

「そいつはすばらしい考えかもしれん」と軍医が感心したような調子で言った。

ヨッサリアンは繃帯でぐるぐる巻きにされた。看護兵の一組がふたつある窓に黄褐色のシェードをとりつけ、部屋全体を陰気な影のなかに沈めるよう、それらを下まで垂らした。ヨッサリアンは花を使ってはどうかと提案した。軍医はひとりの看護兵に命じて、強い、胸の悪くなるような匂いのする萎れかかった小さな花束を見つけてこさせた。すべての用意ができると、ヨッサリアンはまたベッドに寝かされた。やがて見舞いの家族が招じ入れられた。

見舞いの家族は、自分たちが不法侵入しているとでも思っているかのように、申しわけなさそうな目をきょろきょろさせながら爪先立っておずおずと入ってきた。まず嘆きに沈んだ母親と父親、つづいて胸板の厚い、ごつい体をし、けわしい目つきをした船員である兄が。夫婦はあたかも、昔の人ならだれでもがよく知っている、それでいていくらか秘教的な感じもする結婚何十周年かの記念銀板写真からそのまま抜け出てきたかのように、肩を並べて部屋に入ってきた。ふたりとも背が低く、老けこみ、そして自尊心に満ちていた。彼らは鉄と古い黒っぽい衣服でできているかのようであった。母親はこげ茶色の長い卵形の沈んだ顔をしており、白いものの目立ちはじめた粗い黒髪をきっちりまんなかから分け、カールも、ウェーブも、飾りもなく、いかにも素朴に襟もとへなでつけていた。彼女の口は悲しく不機嫌であり、皺の寄った唇は堅く結ばれていた。肩のところにパッドが入って窮屈すぎるダブルの背広を着た父親のほうは、コチコチに固くなって立ち、妙に古風な感じだった。彼は小規模ながら胸幅が広く筋肉質であり、皺だらけの顔にみごとにひねった銀色の口髭をたくわえていた。皺にかこまれた目は涙を分泌しやすかった。そして、黒いフェルトの中折帽のつばを二本の逞しい労働者の手で上衣の広い折り襟の前においてぎごちなく立っているとき、彼は悲劇的なほどおちつかなかった。貧困と激しい労働とがこの夫婦に不当な打撃を加えていた。兄のほうは格闘を求めていた。彼の円い帽子《キャップ》は生意気に一方に傾き、両手を固く握りしめた彼は、侮辱された者の冷酷さを含んだ恐ろしい形相で、部屋のなかのあらゆるものをにらみつけていた。

三人は他人目《ひとめ》をはばかる葬いの参列者みたいに体をきっちりくっつけあい、床板をきしませながら、ほとんど足並みを揃えておずおずと小刻みに前に進み、やっとベッドのそばへやってきて立ち止まり、ヨッサリアンを見下ろした。身の毛のよだつような、苦しい沈黙がはじまり、それは永遠につづくような気配であった。ヨッサリアンはもう一刻も耐えきれなくなり、咳ばらいをしてしまった。父親がようやく口を開いた。「ひどい様子だな」

「こいつは病気なんだよ、とうさん」

「ジュセッペ」と母親が呼んだ。彼女は椅子に腰掛け、血管の浮き出た両手の指を膝の上でしっかり組み合わせていた。

「ぼくの名はヨッサリアンというんだ」とヨッサリアンは言った。

「こいつの名はヨッサリアンというんだよ、かあさん。ヨッサリアン、おれのこと、わからないのか。おまえの兄貴のジョンだ。おれがだれか知らないのか」

「もちろん知ってるとも。あんたはぼくの兄さんのジョンだ」

「おれのこと、わかったぞ！　とうさん、こいつはおれがだれかわかってるんだ。ヨッサリアン、ここにおやじがいるぞ。おやじにこんにちはと言えよ」

「こんにちは、とうさん」とヨッサリアンは言った。

「こんにちは、ジュセッペ」

「こいつの名はヨッサリアンというんだよ、とうさん」

「これがあんまりひどい様子なのでかわいそうでならん」と父親が言った。

「こいつはとてもひどい病気なんだよ、とうさん。お医者さんたちはこいつが死ぬだろうと言ってる」

「わしは医者を信じてよいかどうかわからないんだ」と父親は言った。「あの連中はまったくひねくれとるからな」

「ジュセッペ」と母親がまた呼びかけた。苦悩を抑えつけた、かぼそい、きれぎれな声だった。

「こいつの名はヨッサリアンというんだよ、かあさん。おふくろはもうもの憶えがあんまりよくないんだ。ここでの扱いはどうだい。かなりよくしてくれるか」

「かなりいいよ」とヨッサリアンは答えた。

「それはいい。ここにいるどんなやつにも勝手なまねをさせるんじゃないぞ。おまえはいくらイタリア人でも、ここのほかのだれにも劣らず立派な人間なんだからな。それにおまえには権利というものがある」

ヨッサリアンはたじろぎ、兄のジョンを見なくてすむよう目を閉じた。彼は気分が悪くなりはじめた。

「ほらほら、あのひどい様子を見てみろ」と父親が言った。

「ジュセッペ」と母親が呼びかけた。

「かあさん、こいつの名はヨッサリアンというんだ」と兄がいらいらして口をさしはさんだ。

「憶えられないのか」

「いいんだよ」とヨッサリアンが彼をさえぎって言った、「そうしたければジュセッペと呼んだってかまわないよ」

「ジュセッペ」と彼女が呼びかけた。

「心配するなよ、ヨッサリアン」と兄が言った。「万事うまくいくだろう」

「心配するなよ、かあさん」とヨッサリアンは言った。「万事うまくいくだろう」

「神父さんはいるのか」と兄がたずねた。

「うん」とヨッサリアンはふたたびたじろぎながら嘘をついた。

「それはいい」と兄は断定的に言った。「おまえの手に揃うべきものがすべて揃うというんならな。おれたちはわざわざニューヨークからきたんだ。間に合わないかと心配したよ」

「間に合うって、なにに」

「おまえが死なないうちに会うことさ」

「どっちにしても同じことじゃないか」

「おれたちはな、おまえがひとりぽっちで死んでほしくなかったんだ」

「どっちにしても同じことじゃないか」

「こいつはもう意識が朦朧《もうろう》としてきてるにちがいない」と兄は言った。「同じことばかり言いつづけている」

「そいつはまったく非常におかしい」と父親が言った。「わしはまえまえからこの子の名前はジュセッペだと思っていたが、いま知ったところによればヨッサリアンという名前だという。まったく非常におかしい」

「かあさん、こいつの気分を引きたててやってくれよ」と兄が頼んだ。「なにか元気づけるようなことを言っとくれよ」

「ジュセッペ」

「ジュセッペじゃないんだよ、かあさん。こいつはヨッサリアンていうんだ」

「どっちにしても同じことじゃないか」と母親は顔も上げずに、同じもの悲しげな調子で答えた。「どうせ死ぬんだもの」

腫れあがった目が涙でいっぱいになったと思うと、彼女は泣きだし、手を死んだ蛾のように膝の上においたまま椅子のなかで前後にゆっくりと体を揺すった。ヨッサリアンは彼女がおいおい泣き叫ぶのではないかと心配した。父親と兄も泣きだした。ヨッサリアンは突然、なぜみんなが泣いているかを思い出し、彼も泣きだした。ヨッサリアンがまだいちども見たことのない軍医が部屋のなかに飛びこんできて、見舞いの家族たちに礼儀正しく、どうかお引き取り願いたい、と告げた。父親は正式に別れの挨拶をするために、きりっと直立した。

「ジュセッペ」と彼は言いだした。

「ヨッサリアン」と息子が訂正した。

「ヨッサリアン」と父親が言った。

「ジュセッペ」とヨッサリアンが訂正した。

「まもなくおまえは死ぬのだ」

ヨッサリアンはまた泣きだした。軍医が部屋の隅からいやな顔をしてヨッサリアンをにらんだので、ヨッサリアンは泣くのをやめた。

父親は頭を垂れ、重々しい口調でつづけた。「天上のおかたと話をするときにはな」と彼は言った。「わしに代ってひとこと話をしてもらいたい。人々がまだ若いうちに死ぬのは正しいことじゃないと言ってくれ。わしは本気で言っとるんだ。どうしても死ななければならんというなら、年をとってから死ぬべきだと言っとくれ。わしはおまえがそう伝えてくれるように頼む。天上のおかたはそれが正しくないことを知っておられぬのだろう。立派なおかたにちがいないのに、こんなことが長い長いあいだつづいているところを見ればな。引き受けてくれるか」

「それからあちらでも、まわりの連中に勝手なまねをさせるんじゃないぞ」と兄が忠告した。

「おまえはいくらイタリア人でも、天国のほかのだれにも劣らず立派な人間なんだからな」

「あたたかく着こんでね」と母親が言った。彼女は万事心得ているように見えた。

19　キャスカート大佐

　キャスカート大佐は、如才がなくて順調に出世してきた、要領の悪い不幸な三十六歳の男で、のっしのっしと重たげに歩く癖を持ち、将軍になりたがっていた。彼は威勢がよいくせにしょげており、泰然としていながら無念がっていた。おちついていながら不安がっており、上官たちの注目を自分に集中させるための行政的戦術の採用にあたっては大胆であり、自分の画策がすべて逆効果になるのではないかという思案においては臆病であった。彼はハンサムであって醜く、空威張りをする鈍重なうぬぼれ屋で、脂肪ぶとりしつつあり、長いあいだ不安にとりつかれているために慢性的な自責の念を感じていた。キャスカート大佐がうぬぼれているのは弱冠三十六歳にして戦闘指揮権を持った大佐になっているからであった。そしてキャスカート大佐がしょげているのは、もう三十六歳にもなったというのにまだ一介の大佐にすぎないからであった。

　キャスカート大佐は絶対というものには鈍感であった。彼は自分の進み具合を他人との関係によって測ることしかできなかったし、傑出という彼の考えは、同じことをもっとうまくやっている同年輩のあらゆる人間と少なくとも同じくらいうまく事を行なうという意味であった。自分と同じ年や年長の何千という人がまだ少佐にもなっていないという事実は、自分の非凡な力量に対する気どった喜びの感情で彼を勢いづけた。その反面、自分と同じかもっと若い軍人のうちにもう将軍になった者がいるという事実は挫折感で彼を苦しめ、そのために彼はハングリー・ジョーをはるかに凌ぐほど、深刻で、静まることのない不安のために爪を噛むのだった。

キャスカート大佐は非常に大柄な、仏頂面の、肩幅の広い男で、縁の白くなりかかった黒い縮れ毛を短く刈りこみ、連隊の指揮をとるためにピアノーサ島に着任する前日に買った、飾りの凝ったシガレットホルダーを持っていた。彼はあらゆる機会にそのシガレットホルダーを派手に誇示し、やがてそれを器用に操作することを覚えた。思いがけなくも彼は、シガレットホルダーで煙草を喫うことの豊かな適性を彼自身の奥深くに発見した。彼の知るかぎり、彼のシガレットホルダーは地中海作戦地域全体で唯一のシガレットホルダーであり、その認識が彼を嬉しがらせもし、不安にもした。彼はたとえばペケム将軍のように上品で知的な人物がシガレットホルダーで煙草を喫うのを賞めてくれるにちがいないと確信していた──ペケム将軍と会うことはほとんどなかったけれども。それがまたある意味では非常に幸運なことだと考えてキャスカート大佐は安心した。というのも、ペケム将軍が彼のシガレットホルダーを賞めることは決してなさそうだったからである。そういう懸念がキャスカート大佐を襲うと、大佐は嗚咽を抑えて、この呪わしい代物を投げ捨ててしまいたかったが、彼はこのシガレットホルダーが、かならずや彼の男らしく武人らしい体格を、洗練されたヒロイズムの大いなる光輝をもって飾り、そのために彼がその競争相手であるアメリカ軍の他のあらゆる大佐のなかで抜きん出た逸材であることを顕示してくれるにちがいないという確固不動の信念によって、捨てるのを思いとどまった。ただ、その信念どおりになるとどうして確信できようか。

キャスカート大佐はそういう面では疲れを知らぬ人間だった。自分の立身出世のためなら夜を日についで計算を立ててやまない、勤勉で、熱心で、献身的な軍事戦略家であった。彼は自分自身の装飾つき石棺であった。大胆で絶対無謬の外交家であり、あらゆるチャンスを逃がすごとにかならずくそみそに自分をなじり、まちがいをしでかしたたびにかならず臍を噛んでくやしがった。堅苦しく、気が短く、冷酷で、ひとりよがりの人間だった。彼は勇敢な日和見《ひよりみ》主義者であり、コーン中佐が彼のために見つけてくれたあらゆる機会に口ぎたなく相手をやっつけたが、その直後にはもう自分がこうむりそうな結果を恐れ、力なく絶望してうち震えるありさまだった。彼は貪欲に噂を集め、ゴシップを気に病んだ。彼は自分の聞いたあらゆるニュースを信じ、そのいずれをも疑ってかかった。彼は絶えずあらゆる徴候に油断なく注意を向け、現に存在していないさまざまの関係や立場などに抜け目のない勘を働かしていた。彼は情報通であり、現在なにが行なわれているかを探り出そうと常に痛ましい努力をつづけていた。彼は太っ肚でひとに威張りちらす猛者であったが、自分が名のある上長の人々に与えつづけているにちがいない払拭しがたい悪印象のことをくよくよと思い悩んでいた。実はそういう人々は彼が生きていることすらほとんど意識していなかったのに。

あらゆる人間が彼を迫害していた。キャスカート大佐は悲痛な屈辱とはなばなしい名誉との、想像上の圧倒的な勝利と想像上の悲劇的な敗北との、不安定な算術的な世界のなかで、なんとか小才をきかせながら生きていた。彼は一時間ごとに苦悩と歓喜とのあいだを揺れ動き、勝利の栄光を途方もなく拡大し、また敗北の深刻さを悲劇的に誇張した。彼が居眠りをしているところを見た人はいなかった。ドリードル将軍やペケム将軍が笑っているとか、しかめ面をしているとか、どちらでもないとかいう噂が流れてくると、彼は納得できる解釈が見つかるまでおちつくことができず、騾馬のようにいつまでもぶつくさ言っており、ついに見かねたコーン中佐が、そう気にしないでもっとおくつろぎなさいと説き伏せなければならなかった。

コーン中佐は、忠実な、なくてはならぬ味方であり、キャスカート大佐をいつもいらだたせていた。キャスカート大佐はコーン中佐が巧妙な手段を考え出すたびに彼に永遠の感謝を捧げると誓ったものだが、すぐあとでそんな手段は役に立たないのではないかと思って憤慨するのだった。キャスカート大佐はコーン中佐に大きな恩義を感じていたが、中佐には全然好意を持っていなかった。このふたりはきわめて親密だった。キャスカート大佐はコーン中佐の知性に嫉妬心をいだいており、ときどきコーン中佐が、年こそほとんど十も上だが、まだ中佐にすぎないこと、また彼が州立大学の教育を受けたにすぎないことをあらためて自分に言い聞かさないではいられなかった。キャスカート大佐はきわめて貴重なるべき副官として、コーン中佐みたいな平々凡々の人間を自分に与えてよこした惨めな運命を嘆いた。たかが州立大学などで教育を受けた人間に全面的に依存しなければならないとは、不面目この上なかった。もしだれかが自分にとって不可欠の人物とならなければならないとしても、金持ちでたしなみのいい人間、コーン中佐よりはいい家柄の出で、精神的にも円熟した人間、そして将軍になりたいという自分の願望を——どうやらコーン中佐がひそかにそうしていると、ひそかに疑わざるを得ないのだが——軽々しく扱うことのない人間が、もっと簡単に得られただろうに、とキャスカート大佐は恨めしく思った。

キャスカート大佐はあまりにもいちずに将軍になりたいと思いつめていたので、なんでもやってみよう、宗教もひとつ、という気になり、責任出撃回数を六十回に増やした翌週のある日の昼近く、連隊長室に従軍牧師を呼び、いきなり机上の《サタデー・イヴニング・ポスト》を指さした。大佐はゆったりしたカーキ色の開襟シャツを身につけ、卵白色の首の上に剛直な黒い顎髭の逞しい影を見せ、スポンジのような下唇を垂らしていた。彼は決して日焼けなどしたことのない男で、肌が黒くなるのを避けるためにできるだけ陽にあたらないようにしていた。大佐は従軍牧師よりも頭ひとつ以上背が高かったし、倍以上恰幅がよく、彼のふくれあがった、圧倒的な権威のために、従軍牧師は対照的に自分のもろさ、弱々しさを感じないではいられなかった。

「ちょっと見てくれ、牧師さん」と、キャスカート大佐は煙草をシガレットホルダーの口にねじこみ、机のうしろの回転椅子にゆったりと腰かけながら指図した。「きみの考えを聞かせてくれ」

従軍牧師はすなおに、開かれた雑誌を見下ろすと、出撃の前にかならず命令伝達室で祈りを捧げる英国駐留アメリカ軍爆撃部隊付き従軍牧師のことを扱った論説のページが見えた。彼は大佐が自分をどなりつけるのでないことを知り、嬉しさのあまり泣きださんばかりであった。ふたりは、ホワイト・ハルフォート酋長がムーダス大佐の鼻っ柱をぶん殴ったあと、ドリードル将軍の命令によってキャスカート大佐が従軍牧師を将校クラブから追い出した例の騒々しい晩以来、ほとんど口をきいたことがなかった。従軍牧師が最初恐れたのは、自分が前の晩、許可なしに将校クラブにまた入りこんだことに対して大佐が譴責《けんせき》するだろうということであった。彼はヨッサリアンとダンバーが思いがけなく森の切開きにある彼のテントに誘いにきたので、いっしょに将校クラブを訪れたのだった。彼はキャスカート大佐をびくびく恐れていたが、それにもかかわらずふたりの新しい友人の親切な誘いを断わるよりは大佐の不興をこうむるほうがまだしもだと考えていた。彼はほんの数週間前、いつもの病院見舞いの機会にふたりに会ったのだが、ふたりとも、この従軍牧師が彼のことを風変りなあひる野郎だと思っている九百人以上のよそよそしい将校、下士官、兵とこの上なく親密になるという自己の職責を遂行するためにつないでいる無数の人間関係を断ち切るよう、実に効果的に働きかけていたのだった。

従軍牧師は吸い寄せられるように雑誌のページに目を注いだ。彼はそれぞれの写真を二度ずつしげしげと眺め、解説を熱心に読みながら、大佐の質問に対する返答を文法的に完璧な文章にまとめ、心のなかでそれをかなり頻繁にくりかえしたり、まとめなおしたりして、やっと答える勇気が湧くのを待った。

「わたくしは、出撃の前にかならず祈りを捧げることは非常に道徳的であり、きわめて賞賛するに足る行事だと存じます」と彼はおそるおそる述べて、大佐のことばを待った。「ああ」と大佐は言った。「しかし、おれが知りたいのは、それがここでもうまくいくかどうかについてのきみの考えだ」

「はい、大佐殿」と従軍牧師はやや間をおいて答えた。「うまくいくのではないかと思います」

「それなら、ひとつやってみたい」大佐の重々しい澱粉質の頬は、突然燃えあがるような情熱で淡く染まった。彼は立ちあがると興奮して歩きまわりはじめた。「それがイギリス駐留の連中にどれほど役に立ったか見たまえ。この《サタデー・イヴニング・ポスト》には、従軍牧師が出撃の前に毎度祈禱会を主宰している部隊の、大佐の写真がある。もしそういう祈りがこの大佐の役に立っているなら、それはわれわれにも役に立つはずだ。もしわれわれが祈りを捧げたら、《サタデー・イヴニング・ポスト》はおれの写真を載せてくれるかもしれんぞ」

大佐はふたたび腰をおろし、希望に満ちたもの思いにふけりながら、ひとりほくそ笑んでいた。従軍牧師はつぎになんと言ったらよいものかさっぱりわからなかった。長方形の、やや蒼ざめた顔に沈んだ表情を浮かべて、彼は見るともなしに四方の壁の前に並んでいる赤いプラム・トマトがいっぱい入った背の高いブッシェル枡を見ていた。彼は返答に精神を集中しているようなふりをしていた。だがしばらくすると、自分が何列も並んでいる赤いプラム・トマトの列を見つめていることに気がついた。そして赤いプラム・トマトが溢れるばかりに盛ってあるブッシェル枡が連隊長室になんの用があるのかという疑問に深入りしすぎて、祈禱会についての議論はすっかり忘れてしまった。とうとうキャスカート大佐が愛想よく、さっきまでの威厳を捨ててたずねた――

「少し買っていきたいかね、牧師さん。これはコーン中佐とおれが丘の上に持っている農場から直送の品でな。ブッシェル単位で卸し売りしてやってもいいよ」

「いやいや結構であります。そんなつもりはございません」

「どっちでもちっともかまわんよ」と大佐は鷹揚に言って彼を安心させた。「無理にとは言わん。マイローのやつが喜んでありったけ買い占めたがっておるからな。これはみな、きのうもいだばかりだ。かたく熟れているところを見たまえ、まるで少女の乳房みたいだ」

従軍牧師が顔を赤らめたので、大佐はすぐにしまったと思った。彼ははずかしさのあまり、ぎごちない顔をカッと燃やしながら下を見た。手の指までが下品で不恰好に見えた。彼は相手が従軍牧師であるために、ほかの場合なら機知に富み、垢ぬけしていると見られるはずの発言がみっともない失態になってしまったのだと思って、従軍牧師を猛然と憎んだ。彼は自分たちふたりをこのひどい当惑の状態から救い出す手段を思いつこうと、惨めな努力をした。しかしその代りに思いついたのは、この従軍牧師がただの大尉にすぎないということだった。彼はショックと憤激のあまり息を呑み、すぐさまふんぞりかえった。年はほとんど同じなのにまだ大尉にすぎない男にうっかり引きずりこまれて面目を失ったと思うと、彼は腹立たしくなって頬を引き締め、仕返しに叩き殺さんばかりの敵意をもって従軍牧師をにらみつけたので、従軍牧師は身震いしはじめた。大佐は長いあいだ、険悪な、意地の悪い、憎しみのこもった沈黙のにらみをきかせることによって、残酷に従軍牧師を罰した。「われわれはほかのことを話していたんだぞ」と彼はついに鋭く従軍牧師に注意した。「われわれはきれいな少女のかたく熟れた乳房についてではなく、まったく別のことについて話していた。われわれは出撃の前に毎度命令伝達室で宗教的儀式を行なうことについて話していたのだ。われわれにそれができぬ理由でもあるのか」

「いえ、決して」と従軍牧師は口ごもりながら答えた。

「それではきょうの午後の出撃からはじめることにする」細かいところを考えるにつれて大佐の敵意がしだいにやわらいできた。「そこで、きみにはわれわれがどういう種類の祈りを捧げるかについてとくと考えてもらいたい。重苦しい、あるいはもの悲しいのはごめんだ。軽くて調子のいいのがいい。連中をちょいといい気分にしてやるようなやつが。おれの言う意味がわかるか。例の神の御国《みくに》だの死の影の谷だのってやつはやめてほしい。あまりにも消極的すぎる。なんでそんな渋い顔をしとるんだ」

「失礼いたしました」と従軍牧師はどもりながら言った。「ご意見を聞きながら、たまたま詩篇の第二十三篇を考えておりましたものですから」

「それはどういうやつだ」

「いまおっしゃっていたものであります。『主はわが牧者なり、われ――』」

「それこそおれの言っていたやつだ。そいつはアウトだ。ほかにどんなのがある」

「『神よねがわくはわれを救いたまえ、大水ながれきたりて――』」

「水はだめ」と大佐は決断を下し、煙草の吸殻をポンと櫛の歯模様の入った真鍮製の灰皿にはじき捨てたあと、彼のシガレットホルダーを荒々しく吹いた。「なにか音楽的なのをやってみたらどうだ。柳に琴をかけたというのはどうだったかな」

「なかにバビロンの河が出てまいります、大佐殿」と従軍牧師は答えた。「『……河のほとりにすわり、シオンを思い出でて涙を流しぬ』」

「シオン？　いまはあいつのことは忘れようじゃないか。あいつがいったいなんでそんなところに飛びこんできたのか知りたいもんだな。なにかユーモラスなもので、水だの谷だの神だのから縁の遠いやつはないかな。できるなら宗教的主題とも無縁のやつがいいんだが」

従軍牧師は弁解がましい態度をとった。「申しわけありません、大佐殿。しかし、わたしの知っておりますす祈りはまず全部が陰気な調子でありまして、少なくとも通りすがりに神のことに触れております」

「それなら新しい祈りをこしらえようじゃないか。将校や兵隊どもはおれが命じる出撃参加にもう充分ぶつくさ言ってやがる。この上、神だの死だの天国だののお説教をしていやな思いをさせることはない。どうしてもっと積極的な方法を考えないんだ。われわれはもっといいことを、たとえばもっと目標に集中する爆撃パターンを祈り求めたっていいだろう。もっと集中的な爆撃パターンができるよう祈るわけにはいかないのか」

「はあ、おっしゃるとおり、できるんではないかと思います」と従軍牧師はためらいながら答えた。「それだけをおやりになりたいのなら、わたくしなど必要ないのではないかと思います。大佐殿がご自分でおやりになれると存じます」

「おれでもできることぐらい知ってるさ」と大佐はつっけんどんに応じた。「しかし、きみはなんのためにここにいると思っとるんだ。おれは自分で食糧の買い出しに出かけることだってできる。だが、それはマイローの仕事だ。だからあいつはこの地域のあらゆる連隊のために買い出しをやっている。きみの仕事はわれわれの祈りのリーダー役をやることだ。だからこれからきみは出撃前にかならず、より集中的な爆撃パターンができるような祈りのことばをリードするんだ。わかったか。より集中的な爆撃パターンはほんとうに祈るに価いすることだと思う。それはペケム将軍にとってわれわれ全員のはなばなしい名誉になるだろう。ペケム将軍は、爆弾がもっと一点に集中して炸裂すれば、はるかにいい空中写真ができると思っておられる」

「ペケム将軍がでありますか」

「そのとおりだよ、牧師さん」と大佐は、従軍牧師の面くらった表情を見てフフフと余裕をもって笑いながら答えた。「言いふらされては困るが、どうやらドリードル将軍はとうとう退陣して、ペケム将軍がそのあとがまにすわるようだな。率直に言って、おれはそうなっても残念だとは思わん。ペケム将軍は非常に立派な人物だし、彼のもとでならわれわれはみな、いまよりはるかにうまくやっていけると思う。ところが、そんなことは決して起こらず、われわれは相変らずドリードル将軍の指揮下におかれることになるかもしれん。率直に言って、おれはそうなっても残念だとは思わん。なぜならドリードル将軍もやはり非常に立派な人物で、彼のもとでならわれわれはみな、いまよりはるかにうまくやっていけると思うからだ。このことはよくきみの頭のなかに入れておいてもらいたいな、牧師さん。おれはこのふたりのどちらにも、おれがどちらか一方をひいきしていると思われたくないのだ」

「はい、大佐殿」

キャスカート大佐は、プラム・トマト入りのブッシェル枡の列と部屋の中央の机と木製の椅子とのあいだに残された狭い通り路を、思いに沈みながら行き来しはじめた。「情況説明と命令伝達が終るまで、きみには外で待ってもらわねばならんだろうな。そこでの情報は機密扱いになっておるから。ダンビー少佐がみんなの時計を合わすとき、きみに入ってきてもらおう。正確な時刻はべつに秘密ではないと思う。全体のスケジュールのなかで、きみには約一分半を割り当てるつもりだ。一分半で充分か」

「はい、大佐殿。もしそれが無神論者の退席と下士官兵の入室とに必要な時間を含んでいないのでしたら」

キャスカート大佐は立往生した。「無神論者とはなんだ」と彼は自己防御の姿勢でどなった。彼の態度は瞬時に一変し、道徳的かつ好戦的な否認の構えになった。「おれの部隊に無神論者などおらん！　無神論は法律違反だ、そうだろ」

「いえ、そんなことは」

「ないって」大佐はびっくりした。「じゃ、それは反アメリカ的だ、そうだろ」

「その点、わたくしにははっきりいたしません」と従軍牧師は答えた。

「ふん、おれにははっきりしている！」と大佐は断言した。「おれはけしからん無神論者どもに融通をきかせるという、たったそれだけのことでわれわれの宗教的儀式を台なしにさせるようなことは許さんぞ。そいつらに特典を与えることなんかあり得ない。そいつらはそのまま留まってわれわれといっしょに祈ることを許してやる。それから下士官兵とはまたなんのことだ。いったいなぜあいつらがのさばり出てくるんだ」

従軍牧師は顔がサッと赤らむのを感じた。「失礼いたしました。わたくしは下士官兵も同席することをお望みだと思いましたものですから。彼らも同じ出撃に参加いたしますので」

「ああ、おれは望まないね。あいつらにはあいつら専用の神と従軍牧師とがいる。そうじゃないか」

「いえ、大佐殿」

「きみはなにを言っとるんだ。つまりやつらもおれたちと同じ神に祈るというのか」

「はい、大佐殿」

「そして神はそれを聞きとどけるのか」

「はい、そう思います」

「へえ、こいつはたまげた」と大佐は言い、不可解なおかしさのために鼻を鳴らした。一瞬のちには彼は意気沮喪し、短い、黒い、白髪まじりの縮れっ毛にいらいらと手をやった。

「きみはほんとうに下士官兵も入れるのが名案だと思うか」と彼は心配そうにたずねた。

「わたくしはただそのほうが適当だと思うのであります」

「おれはあいつらを閉め出したいんだ」と大佐は打ち明け、部屋のなかを行きつもどりつしながら荒々しく指の関節を鳴らした。「いや、誤解せんでくれよ、牧師さん。なにもおれは下士官兵がきたならしいとか、下品だとか、下等だとか考えているわけではない。要するに充分なスペースがないんだ。ただ率直に言うとだな、命令伝達室で将校と下士官兵とが親しく交わってほしくないんだ。彼らは出撃のあいだ、充分に顔を見せあっているように思われる。わかってくれたまえ、わしの最も親しい友人の幾人かは下士官や兵なんだが、まあこれが親しくなってくれてもいいぎりぎりの線だな。なあ牧師さん、きみだって自分の妹が下士官ふぜいと結婚してほしくはないだろう」

「わたくしの妹は下士官であります」と従軍牧師は答えた。

大佐はまた立往生し、からかわれているのではないかと確かめるために鋭く従軍牧師に目を向けた。「それは要するにどういう意味かね、牧師さん。冗談のつもりか」

「いえ、とんでもございません」と従軍牧師は耐え難いほど苦しそうな表情であわてて釈明した。「妹は海兵隊の曹長であります」

大佐は最初から従軍牧師が好きではなかったが、いまや彼に対して決定的な憎しみと不信感をいだいた。大佐は危険の徴候を鋭敏に感じとり、従軍牧師もやはり自分に対する陰謀を企てているのではないか、従軍牧師のおとなしい、弱々しい態度は、底を割ってみれば陰険で不埒《ふらち》な大野心を隠すためのけしからぬ変装ではないか、と疑った。従軍牧師にはどこかおかしいところがあった。大佐はまもなくそれがなんであるかを悟った。従軍牧師は、大佐が休めと言うのを忘れていたので、こちこちになって不動の姿勢をとっていたのだ。そのままにさせてやれ、と大佐は執念深く考えた。そうしたらこいつにだれがボスかを示すことになるし、休めをかけることを怠ったことを認めるところから生じるかもしれない威厳の失墜も無事避けられるわけだ。

キャスカート大佐はむっつりと内省にふけり、生気のない目を大きく見開きながら、催眠術で引き寄せられたかのように窓のほうに近づいた。下士官や兵は常に反逆的だ、と彼はあたまから決めてかかっていた。彼はもの悲しく憂鬱な気分で彼が連隊本部の将校のために命令して築造させたスキート射撃場を見下ろし、ドリードル将軍がコーン中佐やダンビー少佐のいる前で容赦なく彼を罵倒し、その射撃場を戦闘任務についている全将校、下士官、兵に開放するよう命じた無念の午後のことを思い出した。あのスキート射撃場は自分にとってまさに悲痛な屈辱だったと、キャスカート大佐は結論づけるほかなかった。彼はドリードル将軍がそのことを決して忘れていないと確信していた、とはいうものの、彼はドリードル将軍がそんなことを決して憶えているはずはないと確信していた。だがそれはまったく非常に不当なことだ、とキャスカート大佐は嘆いた。なぜなら、スキート射撃場建設という考えは、いくらそれが悲痛な屈辱であるにしても、当然彼のはなばなしい名誉であったはずだからである。キャスカート大佐はこのいまいましいスキート射撃場によって自分がどれだけ有利になったか不利になったか正確に評価することができず、いますぐにでもコーン中佐が隊長室に現われ、このエピソード全体をもういちど評価しなおすことによって自分の不安を鎮めてくれればよいのに、と思った。

すべてがはなはだしく面倒であり、すべてがはなはだしく悲観的であった。キャスカート大佐はシガレットホルダーを口から離し、シャツのポケットにまっすぐ突っこみ、悲しげに両手の爪を嚙みはじめた。だれもが彼に敵対していた。そして彼は、コーン中佐がこの危機の瞬間にそばにいてくれず、祈禱会について決断を下す助けを与えてくれないので、魂までむかつく思いだった。彼はまだ大尉にすぎない従軍牧師になんか、ほとんどなんの信頼もおいていなかった。「きみは」と彼は質問した。「下士官兵を閉め出したら、好結果が得られるという可能性に支障が生じると思うか」

従軍牧師はまたもや不慣れな問題を突きつけられたと感じてためらった。「はい、大佐殿」と彼はとうとう答えた。「より集中的な爆撃パターンを願う祈りが、そういう行為によって聞きとどけられなくなる可能性はあるだろうと存じます」

「わしはそんなこと考えてもみなかった!」と大佐は、パシャパシャ音をたてるほど大きくまばたきしながら叫んだ。「つまり神はわしを罰するために、より散漫な爆撃パターンを与えようと決心するというのか」

「はい、大佐殿」と従軍牧師は答えた。「神がそうなさることは考えられます」

「それなら、こんな計画はくそくらえだ」と大佐は独立自尊の精神を発揮して主張した。「おれはいまより事態を悪くするためにこんなくだらん祈禱会なんかはじめるつもりはないぞ」彼は冷ややかな忍び笑いを洩らすと、自分の机の前におちつき、からのシガレットホルダーをふたたび口にくわえ、しばらくのあいだ気むずかしい沈黙をつづけた。「よく考えてみると」と、従軍牧師にというよりは自分自身にむかって告白した、「部下どもに祈りを捧げさせるなんて、やっぱり名案じゃなかったんだろうな。《サタデー・イヴニング・ポスト》の編集者たちだって協力してくれなかったかもしれんし」

大佐は無念そうにこの新計画を放棄した。それというのも彼はそれをもっぱら自分の独創的な発案だと考え、それを披露することによって、自分にはコーン中佐などほんとうは必要ないということをあらゆる人間にはっきり見せつけるつもりだったからだ。いったん放棄してしまうと、片づいてしまったことが嬉しかった、というのも、彼は最初からコーン中佐とまず相談することなしに計画をたてたことの危険性を心配しつづけていたからである。彼は大きく安堵の溜息をついた。自分の発案を捨てたことで、彼は前よりはるかに高く自己評価していた。それは、非常に賢明な決断であるし、なによりも重要なことに、自分はその決断をコーン中佐と相談することなしに下したという自負があったからである。

「ご用件はそれだけでありましょうか」と従軍牧師は質問した。

「ああ」とキャスカート大佐は答えた。「きみのほうでなにか提案でもあれば別だが」

「いえ、大佐殿。ただ……」

大佐は侮辱されたかのように目を上げ、軽蔑のこもった不信をもって従軍牧師をしげしげと見つめた。「ただなんだね、牧師さん」

「大佐殿」と従軍牧師は言った。「隊員のなかには、あなたが責任出撃回数を六十回に上げられたので非常に狼狽している者があります。そのことについて大佐殿にお話しするよう彼らから頼まれました」

大佐は押し黙っていた。待っている従軍牧師の顔は砂色の髪の根もとまで赤くなった。大佐は、いっさいの感情を見せぬ、無関心な目をじっと据えて、長いあいだ従軍牧師をすくませていた。

「そいつらに戦争がつづいているんだと言いたまえ」と彼はやっと平板な声で忠告した。

「ありがとうございます。そういたします」と従軍牧師は、とにかく大佐がものを言ってくれたので感謝に満ち溢れながら答えた。「彼らは大佐殿がなぜアフリカに待機している交代要員の幾人かを召集して任務につかせ、自分たちを帰国させてくださらないのか疑問に思っていたのであります」

「それは軍事行政上の問題だ」と大佐は言った。「やつらの知ったことではない」彼はものうげに壁のほうを指さした。「プラム・トマトをひとつとりたまえ、牧師さん。さあ、わしのおごりだ」

「はい、ありがとうございます。大佐殿――」

「礼などいらんよ。森のなかでの生活はどうだ、牧師さん。すべておあつらえむきかね」

「はい、大佐殿」

「それは結構。なにか必要なものがあったらわしらに言ってきたまえ」

「はい、大佐殿。ありがとうございます。大佐殿――」

「立ち寄ってくれてありがとう、牧師さん。これからちょっと仕事をせにゃならん。もしわれわれの名が《サタデー・イヴニング・ポスト》に載るようなことを思いついたら、わしに知らせてくれんか」

「はい、大佐殿。そういたします」従軍牧師は異常な意志力を奮い起こして踏みこらえ、勇を鼓して突進した。「大佐殿、わたくしは爆撃手のひとりの状態に格別の心配をしております。ヨッサリアンであります」

大佐はその名をぼんやりと認識したのか、ハッとした表情ですぐ目を上げた。「だれだと」と彼はおちつきを失ってたずねた。

「ヨッサリアンであります」

「ヨッサリアン」

「はい、ヨッサリアンであります。ひどく状態が悪いのであります、大佐殿。これ以上はとても耐えきれなくて、なにかやけっぱちなことをしでかすのではないかと心配になります」

「それは事実かね、牧師さん」

「はい、大佐殿。そのように思われます」

大佐は重々しい沈黙のうちにしばらくそのことを考えていた。「神を信じろと伝えてやれ」と彼はようやく指図をした。

「ありがとうございます」と従軍牧師は言った。「そういたします」

20　ホイットコーム

八月下旬の朝の太陽は蒸気のようにむし暑く、バルコニーにはそよとも風が吹いていなかった。従軍牧師はゆっくりと歩いていた。彼はゴム底、ゴム踵の茶色の靴で音もなく連隊長室から出てきたとき、うちしおれ、自責の念に駆られていた。彼は自分の臆病さと解釈しているもののために自己嫌悪に陥っていた。彼は六十回の出撃に関してはキャスカート大佐にもっともっと強い立場をとり、自分が深く感じつつあるこの問題について、勇気と論理と雄弁をもって語るつもりであった。にもかかわらず彼は惨めにも失敗し、より強力な個性の持ち主から反対されると、またもや声がつまってしまったのである。それはあまりにもしばしば経験してきた屈辱であり、彼の自己評価はますます低下せざるを得なかった。

彼はほんの一秒かそこらののち、コーン中佐のずんぐりした単色画的な体が、ひび割れた黒っぽい大理石の高い壁とひび割れたきたないタイル張りの円形の床とから成る、下の大きな崩れかかったロビーから、なにかに夢中になっている様子で、広い、黄色い石の螺旋階段をこちらへ駆けあがってくるのを見たとき、なおいっそう声がつまった。従軍牧師はキャスカート大佐よりもういっそうコーン中佐を恐れているのだった。氷のような感じの縁なし眼鏡をかけ、ガラスをドーム形にカットしたような禿げた脳天をいつも不恰好な指の先で神経質そうに触っているこの色黒の中年の中佐は、従軍牧師がきらいで、しょっちゅう彼に無礼な態度を示していた。従軍牧師はこの中佐のそっけない、嘲笑的なものの言いかたと、抜け目のない、皮肉っぽい目つきのために常に怯えさせられていたので、偶然の一瞬よりほんの少しでも長く中佐と顔を合わせている勇気はなかった。意気地なくすくむ従軍牧師の目は必然的にコーン中佐の横隔膜のあたりに注がれた。そこでは、ずり落ちかかったバンドの内側からシャツの裾がはみ出し、風船みたいにふくらんで腰の下のほうに垂れており、そのために彼はでれでれした肥大漢に見えるだけでなく、ほんとうは中背なのに実際よりは何センチも低く見えるのだった。コーン中佐は脂性の肌をした、だらしのない尊大な男で、鼻の脇から、彼のたそがれた頬を下り、角ばってふたつに割れた顎の先に至るまで、ほとんどまっすぐに深いくっきりとした皺が何本か走っていた。気むずかしげな顔をした彼は、ふたりが階段で近づいたとき、相手がだれともわからぬような目つきで従軍牧師をチラと見て、そのまま通りすぎようとした。

「やあ、神父さん」と中佐は従軍牧師に目もくれず、抑揚のない声で言った。「どうだね」

「おはようございます」と従軍牧師は、コーン中佐がそれ以上の返答を期待していないことを賢明に見抜いて答えた。

コーン中佐は速度をゆるめることなく階段を昇っていくので、従軍牧師は自分がカトリックでなく再浸礼派《アナバプテスト》であり、したがって彼を「神父」と呼ぶのは不必要かつ不正確であるともういちど念を押しておきたい気持ちを抑えた。彼はコーン中佐がそのことを記憶しているくせに、彼がただの再浸礼派《アナバプテスト》にすぎないことをあざけるコーン中佐一流の方法として、いかにもさりげなく「神父」呼ばわりをしたのだと、いまはもうほとんど確信をしていた。

コーン中佐は彼の横を通りすぎたとたんにいきなり歩みを止め、すさまじい疑惑の表情を見せながらくるりとまわって従軍牧師のところに降りてきた。従軍牧師は石のように硬くなった。

「そのプラム・トマトをどうしようというんだ、従軍牧師《チャプレン》」コーン中佐は荒っぽくたずねた。

従軍牧師は驚いて、キャスカート大佐がとれとすすめてくれたプラム・トマトを持った手を見下ろした。「キャスカート大佐殿の連隊長室から持ってまいりました」と彼はやっと答えた。

「大佐はあんたが持っていったのを知っているのか」

「はい、中佐殿。大佐殿がわたくしにくださったのであります」

「ああ、それならまあ差支えあるまい」とコーン中佐はおだやかな顔になって言った。彼は両手の親指で皺になっているシャツをズボンのなかに押しこみながら、あたたかみのない微笑を浮かべた。彼の目はなにやら秘密めいた満足げな意地悪さできらきらと輝いていた。

「キャスカート大佐はなんの用であんたに会いたがっていたのかね、神父さん」と彼は突然たずねた。

従軍牧師は一瞬判断に迷って口ごもった。「そういうことはここで――」

「《サタデー・イヴニング・ポスト》の編集者に祈りを捧げることか」

従軍牧師は思わずにっこりしかけた。「はい、中佐殿」

コーン中佐は自分の勘のよさに気をよくしていた。彼はさげすむように笑った。「わしはなあ、大佐が今週の《サタデー・イヴニング・ポスト》を見たとたんに、なにかとてつもなくばかげたことを考えるんじゃないかと心配しとったんだ。あんたはそれが実は大それた考えだということをうまく教えてやったらしいな」

「大佐殿は断念されました、中佐殿」

「そいつは結構。《サタデー・イヴニング・ポスト》の編集者ともあろうものが、どこの馬の骨ともわからぬ一大佐を宣伝してやるために、同じ話を二度も載せるわけはないと説得してくれたのはありがたい。どうだね神父さん、荒野での生活は。あそこでうまくやっていけるかね」

「はい、中佐殿。万事うまくいっております」

「そいつは結構。あんたになにも不満がないと聞いて、わしは嬉しい。居心地をよくするためになにか必要なものがあったらわしらに知らせてもらいたい。われわれはみな、あんたがあそこで楽しく暮らしてくれることを望んでいるからな」

「ありがとうございます、中佐殿。仰せに従います」

下のロビーからしだいに騒がしい音が聞こえてきた。そろそろ昼めしどきで、早くきた連中が連隊本部食堂に流れこみ、下士官兵と将校とが古風な円形広間の両側に向かい合っている別々の食堂に分れて入っているところだった。中佐の笑顔が消えた。

「あんたは一日かそこいら前にわしらといっしょに食事をしたなあ、神父さん」と中佐は意味ありげに言った。

「はい、中佐殿。一昨日であります」

「うん、そうだ」とコーン中佐は言い、要点を納得させるためにゆっくり間をおいた。「さ、ではまたな、神父さん。あんたがまたここで食事をするとき会うとしよう」

「ありがとうございます、中佐殿」

従軍牧師はその日、五つある将校用食堂と五つある下士官兵用食堂のどれで昼食をとることになっているかよく知らなかった。というのも、彼のためにコーン中佐が作成した巡回系統図は複雑であり、彼はその図表を自分のテントにおき忘れていたのだ。従軍牧師は連隊司令部に直属しておりながら、崩れかかった赤石の連隊本部の建物にも、またその敷地内に衛星よろしくばらばらに立っているより小さな建造物のどれにも居住していない唯一の将校だった。彼は本部から六キロ半離れたところ、つまり将校クラブと、連隊本部から遠くへ一直線上に四つ並んでいる四つの大隊のうち最初の大隊の敷地という、ふたつの地点の中間に住んでいた。執務室兼用のだだっ広い四角形テントにひとりで暮らしていたのである。半ば受動的、半ば自発的に選んだこのさすらいの地において、夜になるとどんちゃん騒ぎが将校クラブから聞こえ、簡易寝台の上で寝がえりをうつ彼を眠らせないことがしばしばだった。彼は睡眠を助けるためにときどき服用する弱い丸薬の効果を正確に評価することができず、そのことでその後何日も罪悪感を感じるのだった。

森の切り開きに従軍牧師といっしょに暮らしている唯一の人間は、助手のホイットコーム伍長だった。無神論者であるホイットコーム伍長は不平の多い部下で、従軍牧師がやっているよりははるかにうまく従軍牧師の仕事をやりおおせることができると自負しており、そのために自分のことを不当に権利を奪われている、社会的不公正の犠牲者とみなしていた。彼は従軍牧師のと同じくらい大きくて四角い自分だけのテントに住んでいた。従軍牧師が気ままを許す人間であることを発見した直後から、彼はこの牧師に対してあからさまに無礼で軽蔑的な態度をとっていた。切り開きにあるふたつのテントの端はわずか一、二メートルしか離れていなかった。

従軍牧師がこういう生活様式をとるよう計画したのはコーン中佐だった。従軍牧師を連隊本部の建物の外に住まわせるひとつの立派な理由は、教区民の大多数と同様にテント住まいしたほうが彼らとのより深い意志疎通が可能となるであろう、というコーン中佐の理論であった。いまひとつの立派な理由は、従軍牧師がいつも司令部のあたりにいたのでは他の将校たちが気づまりになるという事実であった。主《しゅ》なる神と連絡を維持しておくことにはだれも異存はなかったが、一日に二十四時間も主がうろうろされるのは敬遠というわけである。概してこの従軍牧師は、コーン中佐が神経質で出目の連隊司令部作戦将校であるダンビー少佐に語って聞かせたように、かなり楽な仕事をしていた。他人の悩みを聞き、死者を葬り、入院患者を見舞い、礼拝式をつかさどること以外にはほとんどすることがなかった。それにもう彼が埋葬すべき死者はそんなにたくさんはいない、とコーン中佐は指摘した。それというのも、ドイツ軍戦闘機による反撃は事実上なくなったも同然だったし、いまだに発生する死亡者にしても、その九十パーセント近くが、中佐の推定によれば、前線ではなく後方で死んでいたり、従軍牧師が遺品処理になんら関係しようのない雲のなかで消えたりしているからであった。また礼拝にしても、連隊本部で週に一回行なわれるだけだし、きわめて少数の隊員が出席するだけなので、牧師にとってはもちろん大して疲れる仕事ではなかった。

実を言うと、従軍牧師は森の切り開きでの生活を愛する術《すべ》を学びつつあった。彼もホイットコーム伍長もあらゆる利便を与えられていた。ふたりのうちどちらにしても、住み心地の悪さを理由にして連隊本部の建物へ帰してくれと許可を願い出るおそれがあるので、それを防ぐためである。従軍牧師は朝食、昼食、夕食を連隊の八つの食堂に別々に割り当てて食事ごとに巡回し、五回目ごとに連隊本部にある下士官兵用の食堂で食事をし、十回目ごとに同じ本部にある将校用の食堂で食事をした。ウィスコンシン州にある彼の故郷で、従軍牧師は庭づくりを大いに楽しんでいた。そういう彼は、ほとんど彼を囲いこんでいるねじくれた木々の低い棘《とげ》だらけの枝々や腰の高さまでも生い茂った雑草の藪を眺めるたびに、肥沃多産のすばらしい印象に胸のふくらむ思いであった。春、彼はテントの周囲の狭い花壇にベゴニアと百日草を植えたいと熱望したが、ホイットコーム伍長の怨みを恐れて思い止まった。従軍牧師はこの緑ゆたかな環境のプライバシーと孤独とを、またそこでの生活が養い育ててくれる夢想と瞑想とを楽しんだ。悩みごとを持ちこんでくる隊員は以前より少なくなったが、彼はそれすらある程度ありがたく思う心境になっていた。従軍牧師は屈託なく人とつきあえる男ではなく、会話をするのも気づまりだった。彼は妻と三人の幼い子供と別れているのを淋しく思い、妻も彼と別れているのを淋しく思っていた。

ホイットコーム伍長が従軍牧師に最も不満を感じているのは、この牧師が神を信じているという事実に加えて、創意と果敢な攻撃性が欠けているという点に関してであった。ホイットコーム伍長は、礼拝への出席率が低いのは彼自身の地位の悲しむべき反映とみなしていた。彼は自分を偉大なる精神的リバイバルの開拓者と夢想し、その運動に火をつけるための新しい独創的な案を産み出そうと熱烈に心を砕いた――折詰め弁当、教会親睦会、戦死傷者の家族に対する同文の印刷書簡、検閲、ビンゴ・ゲーム。だが従軍牧師は彼の口出しを抑えた。ホイットコーム伍長は従軍牧師の制約を受け、無念さのあまりムッとして顎を突き出した。いたるところに改善の余地があると見抜いていたからである。宗教の評判をかくまで落とし、自分らが最下層民のような扱いを受けるように仕向けた責任は、この従軍牧師みたいな連中にあるのだと彼は思いこんだ。従軍牧師とはちがって、ホイットコーム伍長は森のなかの閑居がきらいだった。彼が従軍牧師を斥けたあと真先にやりたいことのひとつは、連隊本部の建物のなかに移ることだった。そこでなら彼はものごとの核心にいられたからである。

コーン中佐と別れた従軍牧師が車で森のなかに帰ってみると、ホイットコーム伍長が外のムッと立ちのぼる草いきれのなかで、えび茶色のコールテンのバスローブと灰色のフランネルのパジャマを着た見知らぬ小太りの男となにか企んでいるかのような調子でひそひそ話をしていた。従軍牧師はそのバスローブとパジャマは病院の規定の服装であることを認めた。ふたりとも彼に気づいた様子は全然見せなかった。見知らぬ男の歯茎は紫色に塗られていた。彼のコールテンのバスローブの背中にはオレンジ色に炸裂している高射砲火のあいだを突き抜けている一機のB＝25の絵が描かれ、胸に小さな爆弾が六つきれいに並び、六十回の出撃に参加したことを示していた。従軍牧師はそのさまを見て非常に驚き、立ちどまってじっと見つめた。ふたりの男は急に会話を中断し、石のように押し黙ったまま彼が通りすぎるのを待った。従軍牧師は足早にテントのなかに入った。彼は外のふたりがクスクス笑うのを聞いた、あるいは聞いたような気がした。

ホイットコーム伍長がすぐに入ってきてたずねた。「どんな様子です」

「べつに変ったことはないよ」と従軍牧師は目をそらしながら答えた。「だれかわたしに会いにきたかね」

「またあのきちがいヨッサリアンがきただけでさあ。あいつはまったく厄介者だ。でしょう」

「きちがいだなんて、そうはっきり言えないと思うが」と従軍牧師は言った。

「いいですよ、あいつの肩をお持ちなさい」とホイットコーム伍長は気を悪くしたような調子で言い、荒っぽい足どりで外へ出てしまった。

従軍牧師には、ホイットコーム伍長がまた腹を立てて本気で出ていってしまったとはとても信じられなかった。だが、やはり本気だと思いこんだとたんに、ホイットコーム伍長がもどってきた。

「あんたはいつでも他人の肩を持つんだから」とホイットコーム伍長は苦情を言った。「自分の部下をバックアップしないんだ。それがあんたの欠点のひとつですぜ」

「わたしはなにも彼の肩を持つつもりはなかったんだ」と従軍牧師は弁解した。「ただ意見を述べただけだよ」

「キャスカート大佐の用件はなんでした」

「べつに大したことじゃない。出撃の前に毎度命令伝達室で祈禱会を開く可能性について話し合いを求められただけだ」

「いいですよ、あたしにはなにもしゃべらんといてください」とホイットコーム伍長は投げ棄てるように言って、またテントの外へ飛び出した。

従軍牧師はやりきれない思いだった。どんなに思いやり深くしようと努力しても、いつもホイットコーム伍長の感情を傷つけてしまうように思われたからだ。彼は良心の痛みを感じながらうつむいた。すると、コーン中佐が彼のテントの掃除と身のまわりのものの世話をするよう押しつけた当番兵がまた彼の靴を磨き忘れているのに気がついた。

ホイットコーム伍長がまた入ってきた。「あんたは決してあたしに情報を洩らそうとしないんだ」と彼は容赦なく文句をつきつけた。「自分の部下を信用してないんだから。それもあんたの欠点のひとつですぜ」

「いや、そんなことはない」と従軍牧師はうしろめたそうになんとか相手を納得させようとした。「わたしは大いにきみたちを信用しているよ」

「じゃ、例の手紙のことはどうなんです」

「いや、いまはやめてくれ」と、従軍牧師はたじたじとなりながら懇願した。「手紙のことはな。あの問題をまた持ち出すのはやめてくれたまえ。わたしの気が変ったらそう言うから」

ホイットコーム伍長は憤怒の形相だった。「そうですかい。ま、あたしが仕事を全部引き受けてるのに、そこにただ坐って首を横に振ってるのは、そりゃあんたには結構なこってしょうよ。あんたは例の絵を描いたバスローブの男に外で会いませんでしたか」

「あのひとはわたしに会いにきたのかね」

「いいえ」とホイットコーム伍長は言って、また外へ出た。

テントのなかは蒸し暑く、従軍牧師はぐったりしてくるのを感じた。彼は不本意ながらの盗聴者のように、外の低くこもった、定かならぬ小声に耳をそばだてていた。机の役をしているぐらぐらのブリッジ用テーブルに力なく坐っている彼の唇は閉ざされ、目はうつろで、古いにきびの痕が何カ所かにかたまっている淡い黄褐色の顔は、色といい肌目《きめ》といい、まだ割れていないアーモンドの殻を思わせた。彼はホイットコーム伍長が自分に対してにがにがしい態度をとる根っからの原因はどこにあったのか頭をしぼって思い出そうとした。われながら正体の突きとめられぬひとつの勘のようなもので、彼はホイットコーム伍長に対してなにか赦しがたい過ちを犯したことを確信した。ホイットコーム伍長の怒りほど執念深い怒りが、まさかビンゴ案や、戦死傷者の家族に対する同文書簡案の不採用から出ているとは到底思えなかった。従軍牧師は自分自身の無能をかえりみて絶望した。彼はもう何週間も前からホイットコーム伍長と腹うち割った話し合いをして、伍長のもやもやの原因を突きとめるつもりでいたが、早くもそこで見いだすであろうものを予測してみずから恥じいっているのだった。

　テントの外でホイットコーム伍長がウフフッと笑った。もうひとりの男がククックッと笑った。不安定な数秒間、従軍牧師は先日だか前世においてだか、とにかく過去にこれと同じ状態を経験したことがあるという不気味な、不思議な感覚にとらえられ、神経の震えるのを覚えた。彼はつぎになにが起こるかを予測し、できればそれをコントロールするために、その印象をはっきりとらえて、もっと具体的なものに成長させようと努力したが、たぶんそうなるだろうと思ったとおり、霊感はなにも生み出すことなく消滅してしまった。既視感《デジャ・ヴュ》記憶錯《パラム》誤症《ネシア》に特徴的な、幻想と現実との微妙で反復的な混同が従軍牧師の興味を惹いた。そして彼はこの症状について多くのことを知っていた。たとえば彼はそれが記憶錯誤症《パラムネシア》と呼ばれていることを知っていた。そして彼はジャメ・ヴュ（全然見たことがない）とか、プレスク・ヴュ（ほとんど見えた）とかいう推論的な視覚現象にも同様の興味を感じていた。従軍牧師がほとんど一生をともにしてきた物や、観念や、はては人間までが突然なんの納得できる理由もなしに、彼がかつて見たことのない珍しくて異常な相貌を帯び、そのためにそれらがまったくよそよそしく見える瞬間があった――ジャメ・ヴュ。それからまた、ほとんど彼に近づいた赫々たる明晰さの閃光のなかに絶対の真実がほとんど見えたという瞬間もあった——プレスク・ヴュ。スノードンの葬儀のとき木のなかにいた裸の男のエピソードは彼をすっかり謎に包んでいた。それは既視感《デジャ・ヴュ》ではなかった。なぜなら、彼はスノードンの葬儀のとき、木のなかに裸の男がいるのを見たという感じを経験していなかったからである。それはジャメ・ヴュでもなかった。それはなにか彼にとって親しい人間ないし物が見慣れぬ姿かたちをとって現われたのではなかったからである。そしてそれはもちろんプレスク・ヴュでもなかった、というのは、従軍牧師はまさにそれを見たからである。

すぐ外で一台のジープがバリバリとエンジンのバックファイアの音を立てたかと思うと、唸りをあげて走り去った。スノードンの葬儀のときの木のなかの裸の男は単なる幻覚にすぎなかったのだろうか。それともあれは真の啓示だったのだろうか。従軍牧師はただそう思うだけでうち震えた。彼はぜひともヨッサリアンにこのことを打ち明けたかったが、そのできごとを考えるたびに、それについてはもうこれ以上考えまいと決心した。とはいうものの、もはやそれについて考えてしまったいまになっても、彼がそれについてほんとうに考えたことがあるかどうか、自分でも確信が持てなかった。

ホイットコーム伍長はさっきとはうって変り、愉快そうににたにた笑いながらのっそりもどってき、小生意気な顔で従軍牧師のテントの中央支柱に肘をあずけた。

「あの赤いバスローブを着た男がだれだか、あんたは知っていますかい」と彼は大きな顔をしてたずねた。「ありゃあ、鼻柱を折ったＣＩＤですよ。やつは病院から公用でやってきたんです。犯罪捜査中でね」

従軍牧師はあわてて気づかわしげな同情の目を上げた。「きみはなにもかかり合いになっているわけではなかろうね。なにかわたしにできることがあるかい」

「いや、あたしはなにもかかり合いになっちゃいませんよ」とホイットコーム伍長はニタリとして答えた。「なっているのはあんたです。連中はあんたが例のワシントン・アーヴィングという名をサインした全部の手紙にワシントン・アーヴィングという名をサインしたからってんで、あんたをとっつかまえようとしてるんですよ。どうです、お気に召しましたか」

「わたしはどんな手紙にもワシントン・アーヴィングの名をサインしたことはない」と従軍牧師は言った。

「あたしに嘘をつくこたありませんや」とホイットコーム伍長。「あたしを説得したってはじまらないんだから」

「しかし、わたしは嘘をついているわけではない」

「あんたが嘘をついていようがいまいが、そんなことはかまいませんや。連中はあんたがメイジャー少佐の通信を横取りしたかどでも、あんたをとっつかまえるそうですぜ。その多くは極秘情報だってんで」

「なんの通信だい」と従軍牧師はしだいに憤慨しながら、哀れな声でたずねた。「メイジャー少佐の通信文なんてただのいちども見たことがない」

「あたしに嘘をつくこたありませんや」とホイットコーム伍長は応じた。「あたしを説得したってはじまらないんだから」

「しかし、わたしは嘘なんかついていない！」と従軍牧師は抗議した。

「なぜあたしをどなりつけなきゃならないのか、わかりませんねえ」とホイットコーム伍長はすねたような顔をして口答えした。彼は中央の支柱から離れ、強調のため人差指を横に振った。「あたしはあんたが生まれてこのかた、だれからも受けたことがないほど大きな恩恵を施したってのに、あんたはそれを知りもしない。あの男が上官にあんたのことを報告しようとするたびに、病院のだれかが検閲して詳細を削ってしまうんでさ。あの男はあんたのことを密告しようと何週間もやっきになってるんですよ。たったいまあたしはあいつの手紙を読みもしないで、検閲官としてのオーケイをくれてやりました。おかげであんたはＣＩＤ本部に対して非常にいい印象を与えることになるでしょうよ。つまりそれは、あんたについての真実がすっかり表沙汰になっても、あたしらはびくともしないことを彼らに知らせることになりますからねえ」

　従軍牧師はあわてふためいた。「しかし、きみは郵便検閲官としての権限を与えられていないはずだろ」

「もちろんそうですよ」とホイットコーム伍長は答えた。「権限を与えられているのは将校だけですからねえ。あたしはあんたの名において検閲したんですよ」

「しかしわたしも郵便検閲の権限は与えられていない。そうじゃないのか」

「その点もあんたのために配慮しときましたよ」とホイットコーム伍長は請け合った。「あんたの名の代りにほかの人間の名をサインしときましたから」

「それは署名偽造にならないか」

「ああ、そいつも心配いりませんよ。偽造の場合、文句を言うやつは名前をかたられた当人だけでしょうがね、あたしはあんたの立場を考えて死人の名前を拝借しときましたから。あたしはワシントン・アーヴィングの名前を使ったんでさ」ホイットコーム伍長はなにか文句でもあるのかという調子で従軍牧師の顔をじろじろと眺め、皮肉のこもったひそひそ声でうそぶいた。「あたしにしちゃ、ずいぶん頭の回転が速かったんじゃありませんかねえ」

「わからん」と従軍牧師は、苦悩と不可解さとに醜く顔をひきつらせ、眉をしかめながら弱々しい震え声で言った。「きみが話してくれたことの全部が理解できたとは思われないんだ。きみがわたしの名前の代りにワシントン・アーヴィングの名前をサインしたからといって、どうしてわたしの印象がよくなるんだね」

「どうしてって、連中はあんたがワシントン・アーヴィングだと信じてるからですよ。わかりませんか。彼らはやっぱりあんただったということを知るわけですよ」

「しかし、それこそわたしたちが打ち消したいと思う考えではないのかね。それを放っておいたら、彼らの証拠固めを助けることにはならないのか」

「あんたがこのことでそんなに不機嫌になるんなら、はじめからあんたを助けようとするんじゃなかった」とホイットコーム伍長は怒って言い放ち、さっさと出ていってしまった。一秒もたつと彼はまた入ってきた。「あたしはあんたが生まれてこのかた、だれからも受けたことがないほど大きな恩恵を施したってのに、あんたはそれを知りもしない。あんたは感謝の心を示すことを知らない人だ。それもまたあんたの欠点のひとつですぜ」

「すまない」と従軍牧師は罪を深く悔いながらあやまった。「ほんとうにすまない。ただわたしはきみが話してることにすっかり面くらったものだから、自分でなにを言っているのかわからないんだ。きみには心から感謝しているよ」

「じゃ、あたしに例の同文書簡を送らせてくれますか」とホイットコーム伍長はすかさず要求した。「最初の草稿にとりかかってもかまいませんか」

従軍牧師の下顎が驚きのために垂れ下がった。「いやいや」と彼は呻くように言った。「いまはだめだよ」

ホイットコーム伍長は烈火のごとく怒った。「あたしはあんたの最善の友だってのに、あんたはそれすら知らないんだ」と彼は喧嘩腰で言い張ると、従軍牧師のテントから外へ出ていった。彼はまたなかにもどってきた。「あたしはあんたの味方だってのに、あんたはそれすら自覚してないんだ。あんたは自分がどれほど深刻な目にあうか知らないんですかい。あのCIDは例のトマトのことで真新しい報告を書くために病院へ飛んで帰ったんですぜ」

「トマトって、なんの」と従軍牧師はまばたきをしながら聞いた。

「さっきここへ帰ってきたばかりのとき、手のなかに隠していたプラム・トマトのこってすよ。ほらそこの。たったいまもあんたが手のなかに入れているトマトのことでさ」

従軍牧師は驚いて指の力を抜いてみると、キャスカート大佐の執務室から持ってきたプラム・トマトがまだ手のなかにあった。彼はそれをすぐさまブリッジ・テーブルの上においた。「これはキャスカート大佐のお部屋からとってきたんだ」と彼は言ったが、すぐさま、なんともばかげた説明に聞こえることに気がついた。「大佐殿がぜひ持っていけと何度も言われたのだ」

「あたしに嘘をつくこたありませんや」とホイットコーム伍長は応じた。「あんたがそいつを大佐から盗んだのであろうとあるまいと、そんなことはどっちだってかまわないんだから」

「ぬすんだ」と従軍牧師はたまげて大声をあげた。「なんでわたしがプラム・トマトをひとつばかり盗まなきゃならないんだい」

「それこそあたしらをふたりとも迷わせた点なんですがね」とホイットコーム伍長は言った。「そしたら、あのＣＩＤのやつ、あんたがそのなかになにか重要な秘密書類を隠してるんじゃないかと推理したんですよ」

従軍牧師は山のような絶望の重みに力なく潰されてしまった。彼はただ、「わたしはあのなかに重要秘密書類なんて全然隠していない」と簡単に言った。「だいいち、そんなもの欲しくはなかったのだ。さああげるから自分で見てごらん」

「あたしは欲しくありませんね」

「どうか持っていってくれ」と従軍牧師はほとんど聞きとれない声で懇願した。「もうそんなものとは縁を切りたいんだ」

「あたしは欲しくありませんよ」とホイットコーム伍長はふたたび突っぱねるように言い、自分がCID部員と新たに強力な同盟を結んだこと、および自分がいかに芯から不愉快であるかをふたたび従軍牧師に納得させるのに成功したことから湧き上がる会心の微笑を抑えながら、怒った顔をして悠々と外へ出た。

気の毒なホイットコーム、と従軍牧師は溜息をつき、この助手に不快さを与えている自分を責めた。彼は重苦しく愚かしい憂鬱に沈みながら黙って坐り、ホイットコーム伍長がまたもどってくるのを期待していた。だが、ホイットコーム伍長のガッシガッシという断固たる足音が沈黙のなかへ退くのを聞いてがっかりした。もうなにもやりたくなかった。昼食は携帯トランクに入っている「ミルキーウェー」と「ベイビー・ルース」を一個ずつと、水筒の生ぬるい水を二、三口ですましてしまおうと決心した。彼は可能性という圧倒的に濃い霧に包まれながら一筋の光も見いだすことができない、という感じを持った。彼はワシントン・アーヴィングだという嫌疑が自分にかけられているとのニュースが伝えられたとき、キャスカート大佐はどう思うだろうかと想像して恐れおののき、つづいて、彼が責任出撃回数六十回という問題を持ち出しただけでキャスカート大佐がすでに考えているに相違ないことを想像して、いても立ってもいられぬ気持ちになった。この世はあまりにも不幸が多すぎる——と彼は悲劇的な思いの前に暗然と頭を垂れて考えこんだ。それでいながら自分には、ほかのだれのためにも、自分自身のためにはなおさらのこと、なにひとつしてやる力がないのだ。

21　ドリードル将軍

キャスカート大佐は従軍牧師のことなど全然考えてはおらず、彼自身のまったく新しい、脅威的な問題に頭を悩ましていた――ヨッサリアン！　ヨッサリアン！　その呪わしく醜悪な名前の音を聞いただけでも彼の血は凍り、彼の呼吸は苦しげな喘ぎに変るのだった。従軍牧師がはじめて口にしたヨッサリアン！　という名前は、まるで奇怪な銅鑼《どら》の音のように彼の記憶の底深くで響いた。ドアの掛け金がカチッと閉まったとたん、例の隊列中の裸の男に関する屈辱的な思い出のすべてが滝のように落ちかかり、胸をえぐるような細部をこれでもかこれでもかと息つく間もなく彼に浴びせかけた。彼は脂汗を流して震えはじめた。そこには不吉で異常な暗合があり、あまりにも悪魔的な意味を含んでいるので、それは最も不気味な凶事の前ぶれとしか考えられなかった。あの日、ドリードル将軍から空戦殊勲十字章を受けるために隊列のなかに裸で立っていた男の名前も、やっぱりヨッサリアン！　そしていま、彼が連隊の部下に参加するよう命じたばかりの六十回の出撃に関して面倒を起こす危険があるのも、ヨッサリアンという名の男である。キャスカート大佐はそれが同じヨッサリアンであるかどうか、むっつりと考えこんでしまった。

　彼は耐えがたい苦悩の表情で立ちあがると、連隊長室をうろうろと歩きだした。彼は摩訶不思議なものを突きつけられたような気がした。隊列のなかのあの裸の男はおれにとってまったく悲痛な屈辱だった、と彼は陰鬱な思いで認めた。ボローニャ出撃前の爆撃ラインのいじくりにしてもそうだったし、フェラーラの鉄橋破壊が七日も遅れたことにしてもそうだった、けれども――と彼は愉快な気分で思い起こした――結局あの橋をやっつけたのはまさにはなばなしきわが名誉だった、とはいうものの――と彼はがっくりして思い返した――あそこで二度目の攻撃の際に一機失ったのはやはりおれの受けた悲痛な屈辱だった、にもかかわらず、あの爆撃手に勲章をやることを認めさせたのは真にはなばなしい名誉をもうひとつかち得たことになる――あれは最初、目標上空に攻撃のやりなおしをすることによっておれに真の屈辱を与えた爆撃手だったが。突然彼は、またもや頭を混乱させるようなショックとともに思い出した――あの爆撃手の名前もやっぱり、ヨッサリアン！　これで三つだ。彼の粘っこい目は驚きのためにふくれだした。彼はうしろでなにが起こっているのかと、いきなり踵を返してみた。ほんのひととき前には彼の生活にヨッサリアンなる者は存在していなかった。いまやそれは小鬼のように数を増していた。彼はおちつきをとりもどそうと努力した。ヨッサリアンというのはありきたりの名前ではない。実は三人のヨッサリアンではなく、ふたりのヨッサリアンがいるにすぎない。いやもしかするとたったひとりのヨッサリアンがいるだけかもしれない。シカシ、ホントウハ、ドチラニシタッテ同ジコトダ！　大佐はまだひどい危険にさらされていた。おれはなにか巨大で測り知れぬ宇宙的極点に近づきつつあるのだ、と彼の直感が警告し、結局それが何者であるにしても、ヨッサリアンという男が自分の仇敵になる運命であることに変りはないと思うと、肩幅の広い、肉づきのよい、雲を突くような大男の体が頭から足の爪先までびりびりと震えた。

キャスカート大佐は迷信家ではなかったけれども、前兆というものを信じた。そこで彼は机の前にまっすぐ坐ると、ただちにヨッサリアンたちの疑惑のすべてをのぞきこむために、メモ帳に秘密めいた記入をしはじめた。彼は注意すべきものの名を重たく力のこもった字で書きつけ、暗号めいた句読点で勢いよくそれを増大させ、その上、全体のメッセージに二本の傍線を引いた。こんな具合に——

ヨッサリアン!!!（?）!

書き終ると大佐は椅子の背に寄りかかり、この恐るべき危機に遅滞なく対処し得たことをきわめて満足に思った。

ヨッサリアン（***Yossarian***《ヨッサリアン》）——その名を目にするだけで彼は身震いした。そこにはs《エス》が多すぎた。これは国家破壊的であるにちがいない。そういえば、***subversive***《サブヴァーシヴ》（国家破壊的）という語と似ている。***seditious***《セディシャス》（扇動的）や***insidious***《インシディアス》（陰険な）にも、また***socialist***《ソーシャリスト》（社会主義者）や***suspicious***《サスピシャス》（うさんくさい）や***fascist***《ファシスト》や***communist***《コミュニスト》にも似ている。不快千万な、外国風の、品の悪い名で、とにかくその人間を信用してやろうという気を起こさせない。キャスカート、ペケム、ドリードルなどという、清潔で、歯切れのいい、誠実なアメリカの名前とは似ても似つかない。

キャスカート大佐はゆっくりと立ちあがるとまたもや連隊長室のなかをうろつきはじめた。彼はほとんど無意識のうちにブッシェル枡のひとつの上のほうからプラム・トマトをひとつ拾いあげてガブリとかじったが、たちまち顔をしかめて、食べ残しのプラム・トマトを屑籠に投げ捨てた。大佐はプラム・トマトなど、たといそれが自分のものでも、好きではなかった。しかもそれらは彼自身のものですらなかった。それらはコーン中佐がいろいろと偽名を使ってピアノーサ島のいたるところにあるマーケットから購入し、真夜中に丘陵地帯にある大佐の農場付属住宅に移し、翌日マイローに売るために連隊本部に搬入し、マイローがそれらに対してキャスカート大佐とコーン中佐のふたりに割増し代金を支払うのだった。キャスカート大佐は自分たちのプラム・トマトの扱いかたは合法的なのだろうかとしょっちゅう疑問に思ったが、コーン中佐は合法的だと言うので、彼はそうしょっちゅうそのことを気に病まないよう心がけた。彼はまた丘陵地帯の住宅が合法的なものかどうか、なにしろコーン中佐がいっさいをとりしきっているので、知るよしもなかった。キャスカート大佐はそれが自分の持ち家であるのか借りているものか、だれから手に入れたのか、またもし家賃を払っているのだとしたら、いくら払っているのかも知らなかった。コーン中佐は法律家であり、そのコーン中佐が、詐欺、強制収賄、相場の操作、横領、所得税支払い忌避、闇市場投資などを合法的であると保証するからには、キャスカート大佐がそれに不同意をとなえる理由はなかった。

キャスカート大佐が丘陵地帯にある彼の家について知っていることといえば、自分がそういう家を持ち、それをきらっていることに限られていた。彼はそのじめじめした隙間風の入る石造りの農場付属住宅が肉体的快楽の黄金宮殿であるという錯覚を保っていくに必要なだけ、つまり一週間おきに二、三日ずつそこですごしたが、そのときほど退屈な生活はまたとなかった。どこの将校クラブも、その農場住宅で行なわれるという贅をつくした、仲間うちだけの酒とセックスの狂宴についての、またこの上なく美人で、この上なく男心をそそり、この上なくすばやく興奮し、この上なくたやすく満足するイタリア人の娼婦や、映画女優や、モデルや、伯爵夫人などとの秘めやかで親密な恍惚の夜についての、漠然とした、しかし知ったかぶりの話で持ちきりだった。そんなプライベートな恍惚の夜が訪れたことも、秘密の酒とセックスの狂宴が行なわれたことも、実際にはいちどもなかった。かりにドリードル将軍かペケム将軍がそんな狂宴に参加したいという興味をちょっとでも示したら、そんなことが行なわれたかもしれないが、どちらの将軍もそんなそぶりを示さなかったし、大佐としても、自分に有利な点があればともかく、さもなければ美女たちとの肉体の戯れに時間とエネルギーを浪費するつもりなどさらさらなかった。

大佐は彼の農場住宅でのじめじめした淋しい晩と、退屈で平々凡々たる日中の生活とを極度にきらっていた。だれひとりこわい者なしの連隊にもどって、みんなをどなりつけているほうがよほどおもしろかった。しかし、コーン中佐がいつも忠告しつづけてきたように、大佐がそれを全然使わなければ、丘陵地帯に農場住宅を持っても大して魅力はないというわけだった。大佐はいつも自己憐憫の気分で彼の農場住宅へジープを走らせるのだった。彼は散弾銃を積んでいき、単調な時間を潰すために、そこで鳥やプラム・トマトをねらい撃ちした。そこのプラム・トマトはめちゃくちゃに並んでなっており、収穫には手間がかかりすぎるのだった。

自分より低い階級の将校のうち、キャスカート大佐がいまだに敬意を表しておくほうが穏当だと考えている者のうちに、彼は、不本意であったし、不必要かもしれないとは思ったが、——・ド・カヴァリー少佐を含めておいた。——・ド・カヴァリー少佐はメイジャー少佐その他彼に目を向けるあらゆる人間にとってそうであるのと同様、キャスカート大佐にとっても大きな謎だった。キャスカート大佐は——・ド・カヴァリー少佐を、はたして見上げるべきか見下すべきか判断がつかなかった。——・ド・カヴァリー少佐は、キャスカート大佐よりはるかに年長であったが、一少佐にすぎないことも事実だった。と同時に、非常に多くの者が真に深い恐れに満ちた尊敬の念をもって——・ド・カヴァリー少佐に対していたので、キャスカート大佐は彼らがなにかを知っているのだろうと勘で読みとった。——・ド・カヴァリー少佐は不気味かつ不可解な存在なので大佐は絶えずいらいらさせられ、コーン中佐ですら、この少佐に関しては慎重な態度でのぞむ傾向があった。だれもが彼を恐れていながら、だれもそのわけを知らなかった。——・ド・カヴァリー少佐のファースト・ネームすらだれも知らなかった。本人に聞くだけの勇気を持っている者がひとりもいなかったからである。キャスカート大佐は——・ド・カヴァリー少佐がいま連隊にいないことを知っており、彼の不在を喜んだが、もしかすると――・ド・カヴァリー少佐は自分に不利なことを企みにどこかへいっているのではないかという不安が起こり、自分が彼を看視していられるよう、――・ド・カヴァリー少佐が彼の属する大隊に帰っていたらよいのに、と思うのだった。

しばらくするうちに、部屋のなかを歩きまわったおかげでキャスカート大佐の土踏まずが痛くなりだした。彼はまた机の前に腰掛けて、軍事情勢全般の慎重な組織的評価を試みようと決心した。ものごとの要領を心得た男らしく、てきぱきとした態度で、彼は大型の白いレターペーパーをとり出し、まんなかに一本まっすぐ線を引き、上端の近くに横線を引き、一枚のペーパーを左右同じ幅のふたつの空欄に分けた。しばらく考えこんだ。やがて彼は机の上にすばやく体をのしかけると、左欄のいちばん上にくねくねとやけにこみ入った字で、〈悲痛ナル屈辱!!!〉と書いた。右の欄の上には、〈ワガハナバナシキ名誉!!!!!〉と書いた。彼はまたうしろに反りかえり、客観的な視野からこの図表を感心しながら眺めた。厳粛な熟考数秒ののち、彼は鉛筆の芯を注意深くなめ、〈悲痛ナル屈辱!!!〉の下に、じっくりと間をおきながら記した。

フェラーラ
ボローニャ（ソノ間ニ地図上ノ爆撃ライン北上）
スキート射撃場
隊列中ノ裸ノ男（アヴィニョン作戦後）

つづいて彼は書き加えた――

食物ニ毒物混入（ボローニャ作戦中）

そして

呻キ声（ノ伝染――アヴィニョン爆撃ノ命令伝達中）

つづいて彼は書き加えた――

従軍牧師（毎晩将校クラブヲウロツクコト）

彼は、従軍牧師が好きではなかったけれども、慈悲深い態度をとることにし、〈ワガハナバナシキ名誉!!! !!〉の項目の下に書いた――

従軍牧師（毎晩将校クラブヲウロツクコト）

つまり、従軍牧師についての二項目は、おたがいを帳消しにしていた。つづいて、〈フェラーラ〉と〈隊列中ノ裸ノ男（アヴィニョン作戦後）〉の反対側に彼は書いた――

ヨッサリアン！

〈ボローニャ（ソノ間ニ地図上ノ爆撃ライン北上）〉と〈食物ニ毒物混入（ボローニャ作戦中）〉と〈呻キ声（ノ伝染――アヴィニョン爆撃ノ命令伝達中）〉の横には、大胆に、断固たる勢いで書いた――

？

この〈？〉と記入された項目こそヨッサリアンに関係しているかどうか確かめるために、彼がただちに調査をしたいと思っているものにほかならなかった。

不意に彼の腕が震えはじめ、それ以上なにも書けなくなってしまった。彼は怯えて立ちあがり、重たい体が床にへばりつくのを感じながら、新鮮な空気を吸いに開いた窓のほうへ急いでいった。彼の視線がスキート射撃場に落ちたとたん、彼は鋭く悲嘆の叫びをあげて急旋回した。荒々しく見開いた彼の熱病患者みたいな目は、狂ったように連隊長室の壁という壁をのぞきこんでいた――まるでそこには幾人ものヨッサリアンがうようよしているかのように。

キャスカート大佐を愛している人間はひとりもなかった。ドリードル将軍は彼を憎んでいた。もっともペケム将軍は彼に好意をいだいていたが、それとて確実とは思えなかった。というのも、ペケム将軍の副官をしているカーギル大佐が疑いもなく立身出世の野心を持っており、機会あるごとにペケム将軍に対してキャスカート妨害作戦をとっていると思われたからである。唯一の善良な大佐は、自分を除けば、死んだ大佐だけだと彼は信じた。彼が信用している唯一の大佐はムーダス大佐だったが、その彼ですら、義理の父親の恩恵をうまく利用していた。もちろんマイローは彼の大いなる名誉であったが、マイローの爆撃機によって彼の連隊が爆撃されたのは彼の受けた恐るべき屈辱であったかもしれない、けれどもマイローは、敵との取引きによって彼のシンジケートがものにした莫大な純利益を公表し、したがって味方の兵員や飛行機を爆撃することは私企業の立場からすれば実は賞賛すべき、またきわめて有利な攻撃だったのだとあらゆる者を説得することによって、最後にはあらゆる抗議を封じこめてしまった。大佐はマイローについて安心できなかった、というのも、他の大佐たちがなんとかしてマイローを自分の連隊におびき寄せようと試みていたからである。それにキャスカート大佐の連隊にはまだあのいまいましいホワイト・ハルフォート大酋長がおり、こいつがあのいまいましいぐうたらのブラック大尉の主張によれば、ボローニャ大攻撃作戦中に爆撃ラインを動かした張本人だというのである。キャスカート大佐はホワイト・ハルフォート大酋長が好きだった。なぜならば、ホワイト・ハルフォート大酋長は酔っぱらったとき近くにムーダス大佐がいたらかならずあのいまいましいムーダス大佐の鼻っ面をぶん殴ったからである。彼はホワイト・ハルフォート大酋長がこれからはコーン中佐の脂太りの顔も殴ってくれればいいのに、と思った。コーン中佐はいまいましい知ったかぶりだった。第二十七空軍司令部のだれかが中佐に敵意をいだき、中佐が書いたあらゆる報告にこっぴどい非難のことばを添えて送り返してくる。だれがそうするのか探り出そうと思って、コーン中佐は同司令部のウインターグリーンという才気のある男に賄賂をつかませているのだった。フェラーラ上空で二度目の攻撃の際にあの機を失ったのは、おれになんの利益ももたらさなかったな、と大佐はみずから認めた。それに、雲のなかでもう一機が消えちまったことも――い、い、い、このことは書きつけてさえいなかった！　彼は、そうあれかしと望みながら、雲のなかのあの機で行方不明になったのはヨッサリアンだっただろうかと思い返してみたが、いまでもそこいらをうろうろして、出撃がいまいましくも五回余計になったとどえらい文句を言っているヨッサリアンがあの機で行方不明になったはずはよもやあるまいと考えなおした。

ヨッサリアンが飛びたくないというのなら、たぶん六十回の出撃というのは隊員たちにとって多すぎるのだろうとキャスカート大佐は推察したが、自分の部下たちに他のだれよりも多く飛ぶよう強制したことこそ、自分が彼らに対して果たした最も具体的な功績であることを彼は思い出した。コーン中佐がしばしば評していたように、この戦争がぐずぐず長びいているのは、ただ己れの義務だけしか果たそうとしない連隊長たちのためであったし、彼の指導力のたぐいなき特徴に脚光を浴びせるためにも、他のいかなる爆撃連隊よりも多く作戦出動に参加するよう自分の連隊員に命ずるといった、派手なジェスチャーが必要だったのである。もちろん将軍たちのだれひとりとして彼のやっていることに反対の様子は見えなかった。ただ、彼の探り得たかぎりでは彼らがとりたてて感心している様子もなく、そのために彼は六十回の出撃なんかでは到底充分とは言えないのではないかと反省し、ただちに七十回、八十回、百回、あるいは二百回、三百回、さもなければ六百回に（！）増やすべきではなかろうかと考えた。

もちろん彼はドリードル将軍みたいな泥くさい、無神経な人間ではなくて、ペケム将軍みたいに人当りのいい人物のもとで働いたら、いまよりはるかにましなはずであった。なぜならば、ペケム将軍には彼の真価を充分に高く評価したり、活用したりするだけの識見と、知性と、東部名門大学《アイヴィー・リーグ》出身の学歴とがあった。ただ、ペケム将軍は彼を評価したり活用したりする気配をほんの一筋も見せたことがなかった。キャスカート大佐は、自分とペケム将軍のごとき知的に洗練された確信に満ちた人々は、遠く離れていてもおたがいの内的な相互理解によって心を惹きあうから、目に見えた評価の表現など全然必要ないことを悟り得た——というか、そう悟り得るだけの勘の鋭さを備えていると自負していた。似た者どうしであればそれで充分である。あとは適当な時期まで慎重に待ちさえすればきっと抜擢される、と彼は信じていた。ただペケム将軍が決して積極的に彼を探し求めようとしないこと、それからまた、将軍は近くにいる人間なら兵卒にいたるまで警句を飛ばし博識をひけらかせて感心させるのに、彼キャスカート大佐を感心させようと努力してくれないのは、大佐の自尊心を大いに傷つけた。大佐のことはペケム将軍に全然通じていないのかもしれない。さもなければ、ペケム将軍のほうが、見かけほど才気煥発の、見識と知性のある、前向きの人物ではなく、かえってドリードル将軍のほうがほんとうは感受性豊かで魅力的な、頭の切れる、知的に洗練された人物で、その下で仕えたほうがもちろんよほど有利であるのかもしれない、と思っているうちに、キャスカート大佐は突然自分の立場がだれに対してどれほど強力なのか完全にわからなくなってしまい、コーン中佐に、すぐ連隊長室へきて、あらゆる人間が彼を愛していること、ヨッサリアンは彼の想像力の産物にすぎないことを、さらに彼が将軍になるために実施している華麗雄壮な運動がすばらしく進展しつつあることを証言するよう命令するため、拳でブザーを叩きはじめた。

実際にはキャスカート大佐が将軍になれるチャンスは千にひとつもなかった。ひとつには、これまた将軍になりたがっているウインターグリーン元一等兵がいて、キャスカート大佐の信用を増し加えるような、大佐による、大佐のための、または大佐に関する通信はいかなるものでも常に歪曲し、破棄し、受付けを拒絶し、あるいは宛先を狂わせたからである。またひとつには、すでに将軍がひとりいたからである。それはドリードル将軍であり、この将軍はペケム将軍が自分のあとがまをねらっていることを知っていたが、それを阻止する方法は知らなかった。

軍団司令官のドリードル将軍は、ビヤ樽みたいな胸をした、ずんぐりした五十そこそこの不愛想な男だった。あぐらをかいた鼻が赤く、白い塊のように隆起した瞼が彼の小さな灰色の目を、まるでベーコン脂でできた後光のようにとりまいていた。彼には看護婦と女婿がひとりずつついていた。そしてあまり飲まないときには、長く重苦しい沈黙に陥る傾向があった。ドリードル将軍は自分の職務を立派に果たすために、あまりにも長い年月を軍隊で浪費してしまい、いまではとり返しもつかなくなっていた。新しい支配体制が彼抜きで結成されており、彼はそれにどう対処してよいかわからず、途方にくれていた。つい気を許しているときなど、彼のかたくなな仏頂面が崩れて、一瞬敗北と挫折のために陰気で心配そうな表情をとることがあった。ドリードル将軍は大酒を飲んだ。彼はお天気屋で、いつどんな気分に変るか予測がつかなかった。「戦争は地獄だ」と彼は酔っていようがしらふであろうが、しきりに言い放ったし、それも本心から言ったのだが、だからといって戦争のおかげで結構な暮らしをしたり、女婿を自分の軍務に引き入れたりすることを遠慮する気はなかった。もっともこの義理の親子は、絶えず角《つの》つき合わせていた。

「あのたわけ者めが」と、ドリードル将軍は将校クラブのバーのコーナーに陣どっている自分のそばにたまたま立っただれにむかっても、軽蔑のこもった低い唸るような声で義理の息子についての不平を洩らすのだった。「あいつがなにを持っているにしても、すべてわしのおかげだ。わしがあいつを作ったんだ——あのくそいまいましいばかたれめ！　あいつには自力で前進するだけの能がないんじゃよ」

「おやじはなんでも知ってると思いこんでるんだ」と、ムーダス大佐は同じバーの反対の端で自分側の聞き手に対して不満そうな調子で抗弁するのだった。「他人の批評を受け入れることができないし、他人の忠告を聞き入れようともしない」

「あいつにできることといったら、忠告することだけさ」とドリードル将軍は鼻息荒く言った。「わしがいなければ、あいつはまだ伍長どまりだろう」

ドリードル将軍はいつもムーダス大佐と専属の看護婦を伴っていたが、看護婦のほうは彼女を見ただれもがきまって天下無類のすばらしい女だと評していた。ドリードル将軍付きのこの看護婦は、丸顔で、背が低く、ブロンドだった。ふっくらとした頰にはえくぼがあり、青い目は幸福そうで、軽く波うった清潔な金髪のすそをうしろにはね上げていた。彼女はだれにもほお笑みかけるが、話しかけられるまではだれとも口をきかなかった。胸は豊かで、透きとおるような肌をしていた。あまりにも悩殺的なので、男たちは注意深く彼女から身を遠ざけた。みずみずしく、甘ったるく、やさしくて無口ときており、ドリードル将軍以外のあらゆる男をのぼせあがらせる女だった。

「これが裸になったところを見せたいもんだな」と言ってドリードル将軍は喉頭炎患者みたいな声で高笑いした。当の看護婦は得意そうにほお笑みながら彼の肩のすぐうしろに立っていた。

「軍団のわしの部屋にはな、これが着る深紅の絹で作った制服があって、それが体にぴったりだもんだから、乳首がまるでビング種のさくらんぼみたいに突き出しよる。マイローがその生地をくれよったんじゃ。あまりタイトなんで、下にパンティーやブラジャーをつけるゆとりすらないのさ。わしは晩にムーダスのやつが身近におると、ときどきこれにそいつを着させるんだ。ただムーダスのやつをのぼせあがらせるためにな」ドリードル将軍はしゃがれ声で笑った。「これが着がえをするたびに、あのブラウスのなかがどうなるか見せてやりたいもんだのう。この子はあいつの気を狂わせよる。あいつがこれなりほかの女なりにちょっとでも手出しするのを見つけたら、そのとたんにわしはあのばかたれを一兵卒に降等させた上、一年間あいつを炊事勤務の刑に処してやる」

「おやじはただおれをのぼせあがらすためにあの女を連れ歩いてるんだ」とムーダス大佐はバーの反対側の端で嘆かわしげに将軍を非難した。「軍団に帰ると、あの女は深紅の絹で作った制服を持っていて、それが体にぴったりだもんだから、乳首がまるでビング種のさくらんぼみたいに突き出るんだ。下にはパンティーやブラジャーをつけるゆとりさえない。彼女が着がえするたびに耳にするきぬずれの音を聞かしてやりたいよ。おれがあの女に、いやほかのどんな女にでも言い寄ったら最後、おやじはたちまちおれを一兵卒に降等させ、一年間炊事勤務につかせるだろう。あの女はおれの気を狂わせやがる」

「わしらが外地に出てきて以来、あいつはまだ女と寝たことがない」とドリードル将軍は暴露し、サディストよろしく自分の悪魔的な考えを愉快がって笑ったので、彼の半白の頭が上下に揺れた。「ひとつにはそれもあってわしはあいつから絶対に目を離さんのじゃ、女に近づけんようにしてやろうと思ってな。そこであのばかたれがなにをしとるか、おまえたちには想像できるかね」

「おれたちが外地にやってきてから、おれはいちども女といっしょにベッドに入ったことがないんだ」とムーダス大佐は涙ながらにぐちった。「おれがなにをしてるか想像できるか」

　ドリードル将軍は不機嫌になると、ムーダス大佐に対するのと同様、他のだれに対しても非妥協的な態度をとることができた。彼はペテンや、要領や、見せかけがきらいであり、職業軍人としての彼の信条は単純にして簡潔であった。つまり将軍は、彼の命令を受けとる若い者は、自分たちに命令を下す年長者の理想、憧憬、特異性のために喜んで己が生命を捧げるべきであると信じていた。彼の指揮下にある将校、下士官、兵は、単に軍事力という量としてその存在理由を有していた。彼が要求したのはこれらの将兵が自己の義務を果たすことのみであり、それ以外はなにをしようが彼らの自由だった。彼らはキャスカート大佐と同様に、その気になれば部下に六十回の出撃を強制するのも自由であったし、ヨッサリアンのように、そうしたければ隊列のなかで裸になることも自由であった、とはいうものの、裸のヨッサリアンを見たとき、ドリードル将軍は花崗岩みたいな顎を垂らしてポカンと口を開け将軍から勲章を受けとるべく隊列のなかで不動の姿勢で待っている人間が、ほんとうにインディアン靴以外なにも着用していないかどうか確かめるために、威張った顔をして大股でその列の奥まで進んだのだった。キャスカート大佐はヨッサリアンを見つけたとき失神しかけたが、コーン中佐がうしろに歩み寄り、大佐の腕をいやというほど強く握りしめた。異様な沈黙がつづいた。海岸から小止みなく暑い風が吹きこみ、大通りにはきたならしい藁でいっぱいの古い馬車が黒い驢馬に引かれてガラガラ音をたてて進んでいるのが見えた。御者台には、つぶれた帽子と色褪せた茶色の作業服を着た農夫がひとり乗っていたが、右手の小さな原っぱで行なわれている軍隊の公式の儀典にはちらとも目を向けようとしなかった。

とうとうドリードル将軍が口を開いた。「車にもどれ」と彼は列の奥までついてきた専属看護婦にむかって、肩ごしにぶっきらぼうな調子で言った。看護婦は微笑を浮かべながら、長方形の原っぱの端から二十メートルばかり離れたところに駐めてある将軍の茶塗りの司令部用乗用車にむかってせかせかした足どりで歩み去った。ドリードル将軍はいかめしい沈黙のうちに車のドアが閉まるまで待ってから質問した。「これは何者だ」

ムーダス大佐は手もとの名簿を調べた。「これはヨッサリアンです、おとうさん。この男は空戦殊勲十字章を授与されます」

「ふん、こいつはたまげた」とドリードル将軍はつぶやいたが、彼の赤らんだ一枚岩みたいな顔が愉快そうにやわらいだ。「なぜ服を着用しとらんのか、ヨッサリアン」

「気が向かないからであります」

「気が向かないとはどういう意味だ。いったいなぜ気が向かんのだ」

「ただ気が向かないのであります」

「なぜこの男は服を着ておらんのか」とドリードル将軍は肩ごしにうしろのキャスカート大佐にたずねた。

「あなたに話しておられるんですよ」とコーン中佐がキャスカート大佐の肩ごしにささやき、肘で大佐の背中をどんと突いた。

「なぜこの男は服を着ておらんのか」とキャスカート大佐はひどく痛そうな顔をしてコーン

中佐に質問し、いまコーン中佐からどやしつけられたところをそっとさすっていた。

「なぜこの男は服を着ておらんのか」とコーン中佐はピルチャード大尉およびレン大尉に質問した。

「先週アヴィニョン上空で彼の機のひとりが戦死し、彼の体じゅうに血を浴びせたのであります」とレン大尉が答えた。「彼は二度と軍服を着ないと断言しております」

「先週アヴィニョン上空で彼の機のひとりが戦死し、彼の体じゅうに血を浴びせたのであります」とコーン中佐が直接にドリードル将軍に答えた。「彼の軍服はまだクリーニング室から返ってきておりません」

「ほかの軍服はどこにある」

「それもクリーニングに出してあります」

「下着はどうだ」とドリードル将軍が問いつめた。

「下着も全部クリーニングに出してあります」とコーン中佐が答えた。

「そいつはとんでもないでたらめに聞こえるぞ」とドリードル将軍が大声で言った。

「それはとんでもないでたらめであります」とヨッサリアンが言った。

「ご心配はいりません、閣下」とキャスカート大佐はヨッサリアンをぐいとにらみつけながらドリードル将軍に約束した。「わたくしはこの男を厳罰に処すると、責任をもってお約束いたします」

「こいつが罰せられようがられまいが、わしになんの関係がある」とドリードル将軍は驚きといらだちをまじえて言った。「この男は勲章をかち得たのだ。こいつが衣服なんか着ないで勲章を受けとりたいと言っても、それに干渉するなんの権利がおまえにある」

「いまのはまったくわたくしの感傷でありました、閣下！」とキャスカート大佐はよく響く声で熱っぽく答え、じっとりと湿った白いハンカチで額の汗を拭った。「しかし閣下、戦闘地域における品位ある軍服着用に関する最近のペケム将軍の覚え書きに照らしましても、いかがなものでありましょうか」

「ペケム？」ドリードル将軍の顔が曇った。

「は、はいっ、閣下」とキャスカート大佐は媚びへつらうような調子で言った。「ペケム将軍は、撃墜されたとき敵に好印象を与えるよう、われわれが隊員を完全正装で出撃に参加させることとすらすすめておられます」

「ペケムが」とドリードル将軍は当惑のためにしかめ面をしながらくりかえした。「いったいぜんたいペケムとこれとなんの関係がある」

コーン中佐がまたもやキャスカート大佐の背中を肘でこっぴどく突いた。

「ぜんぜんなにもございません、閣下！」とキャスカート大佐は、極端な痛みにたじろぎ、コーン中佐がふたたび突いたところをそっとさすりながらも、きびきびと答えた。「でありますからこそ、わたくしは閣下にこの問題をご相談申しあげる機会を持つまでは、絶対になんらの行動をもとらぬべく決心したわけであります。われわれはこの指令を完全に無視すべきでありましょうか、閣下」

ドリードル将軍は完全に大佐を無視し、毒を含んだ軽蔑の表情でプイとそっぽを向き、ケースに入った勲章をヨッサリアンに手渡した。

「あの子を車から出してやれ」と彼は気むずかしげにムーダス大佐に命じ、彼の看護婦がやってくるまでけわしい顔を伏せて一ヵ所に立ったまま待っていた。

「すぐにわしの司令部に連絡して、隊員が出撃するときにはネクタイを締めろという、ついさっきおれが出したばかりの指令を取り消すよう伝えろ」とキャスカート大佐が口の端でせわしなくコーン中佐にささやいた。

「だからよしなさいと言ったじゃありませんか」とコーン中佐はせせら笑った。「だのにちっとも聞き入れようとしないでおいて」

「シィィ！」とキャスカート大佐が注意した。「ええくそ、コーン、きみはおれの背中になにをしたんだ」

コーン中佐はまたもやせせら笑った。

ドリードル将軍の看護婦はいつもドリードル将軍のいくところならどこへでもついていき、アヴィニョン出撃直前には命令伝達室にまで入り、そこで例の締まりのない微笑を浮かべながら、演壇の横に立ち、まるでゆたかなオアシスのように、ドリードル将軍の肩のところにピンクとグリーンの制服を着た華やいだ姿を見せていた。ヨッサリアンは彼女を見て猛烈に惚れこんでしまった。彼の気力はすっかり沈み、体のなかはがらんどうで無感覚になってしまった。彼はダンビー少佐が単調で教訓的な男っぽい低音で、アヴィニョンで彼らを待ちかまえている烈しい集中的な地上砲火について説明しているあいだも、ねばねばした目でじっと彼女を見つめて、彼女のまろやかな赤い唇とえくぼのある頬を欲していたが、おれはいちども話しかけたことはないがいまこうして胸が張り裂けるほど熱烈に恋しているこの美しい女に二度と会うことはできないのかもしれない、と思って突然深い絶望の呻き声を発した。彼は看護婦を見つめながら、悲しみと恐怖と絶望のために震え、心の痛むのを感じた。彼女はそれほど美しかったのだ。ヨッサリアンは彼女が立っている地面を崇拝した。彼は粘っこい舌で熱く渇いた唇をなめ、またもや惨めな気持ちになって呻いたが、今度はあまり大きな声を出したので、周囲の粗末な木製ベンチの列にチョコレート色の航空作業服とそこに縫いこまれた白いパラシュート用背負い皮を身につけて坐っている隊員たちが、ギョッとして探るような目つきを彼のほうに向けた。

ネイトリーがびっくりしてすぐさま彼の耳もとでささやいた。「なんだ。どうかしたのか」

ヨッサリアンにはそんな声は耳に入らなかった。彼は欲情に病み、痛恨にわれを忘れていた。ドリードル将軍の看護婦はただ丸ぽちゃの小娘にすぎなかったが、ヨッサリアンの感覚は、彼女の髪の黄色い輝きや彼女のやわらかく短い指で手を握られるというまだ経験したことのない感じ、首の下をひろく開いたアーミー・ピンクのシャツに包まれた年頃の娘の乳房が持っているまだだれも味わったことのないゆたかさ、彼女のタイトで滑らかなギャバジン製将校用ズボンのなかの、熟れきって盛りあがり、三角形に合流している下腹と腿との線などで充溢していた。彼は飽くことなく彼女を、その頭からマニキュアをした足の爪先まで飲みこんだ。彼は絶対に彼女を失いたくなかった。「オォォォォォォォォォォォォォォッ！」とふたたび彼は呻いた。今度は部屋じゅうの頭が、この震えを帯びたやけに長い大声のほうにむかってなびいた。驚きのまじった不安の波が演壇上の将校たちの上にかぶさり、全員の時計を合わせるよう指示しかけていたダンビー少佐までが一瞬うろたえてあやうく秒読みのやりなおしをしなければならぬところだった。ネイトリーは長い木造の講堂のなかで一点に釘づけになったヨッサリアンの視線をたどり、ドリードル将軍専属の看護婦にまで達した。彼はなにがヨッサリアンを悩ましているか察知すると、恐怖で真蒼になった。

「よせよ、よせったら」とネイトリーは鋭いささやき声で警告した。

「オォォォォォォォォォォォォォォッ」とヨッサリアンが呻いた。これで四回目だったが、今度はあまりにも大きな声なので、だれもがはっきりと彼の呻き声を聞きとることができた。

「気でも狂ったのか」と、ネイトリーが噛みつくような調子でささやいた。「面倒な目にあうぞ」

「オォォォォォォォォォォォォォォォォォッ」とダンバーが部屋の反対の端からヨッサリアンに答えた。

ネイトリーにはそれがダンバーの声であることが聞き分けられた。いまや事態はとりかえしがつかぬほど乱れており、彼も小さく呻きながらそっぽを向いた——「オォ！」

「オォォォォォォォォォォォォォォォォォッ」とダンバーが彼に呻き返した。

「オォォォォォォォォォォォォォォォォォォッ」とネイトリーは自分がたったいま呻いたことに気づき、腹立ちまぎれに大声で呻いた。

「オォォォォォォォォォォォォォォォォォッ」とダンバーがまた彼に呻き返した。

「オォォォォォォォォォォォォォォォォォッ」と、だれかまったく新しい人間が部屋の別のところから仲間入りした。ネイトリーは総毛立った。

ヨッサリアンとダンバーのふたりがその呻きに答えているあいだ、ネイトリーはすくんでしまい、ヨッサリアンを連れて隠れる穴はないかとむなしくあたりを見まわした。何人かの者が笑いを噛み殺していた。ネイトリーはいたずらっ子めいた衝動にとらえられ、つぎに部屋が静まったとき、わざと呻き声をあげた。また新しい声がそれに答えた。不従順の調子が心を浮きたたせ、ネイトリーはまたもやわざと呻き声をあげた。そのつぎには、口の端から絞り出すような声を発することができた。また別の新しい声がこれに応じた。部屋じゅうが抑えようもない、狂気に満ちた騒ぎに陥った。不気味な叫び声があがった。足は暴れだし、みんなの指からものが落ちはじめた——鉛筆、計算器、地図用ケース、すさまじい音をたてるスチール製の防弾用ヘルメット。呻いていない多くの連中がいまや大っぴらに笑いだしたので、もしドリードル将軍がみずから進み出て鎮めなかったならば、この無組織の呻き声による反乱はどこまでひどくなるか知れたものではなかった。ドリードル将軍は決然として演壇のまんなか、つまりダンビー少佐のまん前に足を運んだ。少佐は、くそまじめな、忍耐づよい顔を伏せ、まだ腕時計に注意を集中して言っていた。「……二十五秒……二十……十五……」ドリードル将軍の大きな赤らんだ威圧的な顔は当惑のために節くれだち、恐るべき決断によって樫の木のように堅くなった。「いい加減にせい」と彼は、非難の目を燃やし、角ばった顎をがっしり固めて、簡潔に命令した。それですべてが終った。「わしは戦闘部隊の司令官である」と彼は、部屋じゅうが完全に静まり、隊員がみなベンチの上でおどおどと小さくなっているのを見きわめながら、きびしく申し渡した。「だから、わしが指揮をとっているかぎり、今後二度とこの連隊内で呻き声をあげることはまかりならぬ。わかったか」

ダンビー少佐以外のだれにもよくわかったが、少佐だけは相変らず自分の腕時計に注意を集中し、声を出して秒読みをつづけていた。「……ヨン……サン……ニイ……イチ……ジャスト！」と彼は大声をあげ、得意そうに目をあげたが、だれも聞いている者がなく、またはじめからやりなおさなければならないことを知った。「オォォォッ」と彼はがっかりして呻いた。

「あれはなんだ」とドリードル将軍はまさかという調子でどなり、ものすごい怒りに駆られてくるりとダンビー少佐のほうに向きなおった。少佐は混乱のうちに怯えてよろよろとあとずさりし、すくんで脂汗を流しはじめた。

「こいつは何者だ」

「ダ――ダンビー少佐であります、閣下」とキャスカート大佐がどもりながら答えた。「わたくしの連隊の作戦将校であります」

「こいつを連れ出して銃殺しろ」とドリードル将軍が命令した。

「カ、閣下」

「こいつを連れ出して銃殺しろと言ったのだ。聞こえなかったとは言わせんぞ」

「はい、閣下！」キャスカート大佐は咽喉の塊を無理に呑みこんで、明瞭に答え、きびきびとした口調で彼専属の運転手と気象観測担当官にむかって命じた。「ダンビー少佐を連れ出して銃殺しろ」

「た、たいさ殿」と彼の運転手と彼の気象観測担当官はどもった。

「ダンビー少佐を連れ出して銃殺しろと言ったのだ」とキャスカート大佐は叩きつけるように言った。「聞こえなかったとは言わせんぞ」

ふたりの若い少尉はぎごちなくうなずいたが、度肝を抜かれ、だらだらと行動を渋りながらぼんやりおたがいの顔をのぞきこみ、それぞれ相手が先に立ってダンビー少佐を銃殺するため外に連れ出すのを待っていた。どちらもまだダンビー少佐を連れ出して銃殺した経験がなかった。彼らは両側からおぼつかない足どりでじわじわとダンビー少佐ににじり寄った。ダンビー少佐は恐怖のためにすっかり血の気を失っていた。彼の脚は突然くず折れ、体が倒れかかったので、ふたりの若い少尉はすっ飛んで、少佐が床で頭を強打しないよう両腕の下からすくい上げた。これでダンビー少佐をとらえたので、あとはごく簡単なように思われたが、銃がなかった。ダンビー少佐は泣きだした。キャスカート大佐は駆け寄って少佐を慰めたかったが、ドリードル将軍の前でめめしい振舞いを見せたくなかった。彼はアプルビーとハヴァメイヤーがいつも出撃の際に〇・四五インチ銃を携行していることを思い出し、このふたりを見つけるために隊員の列を調べはじめた。

ムーダス大佐は傍観者的な立場で、どうしようかと哀れにも迷いぬいていたが、ダンビー少佐が泣きだしたとたんにもはや我慢ができなくなり、自己犠牲の悲壮な面持ちでびくびくしながらドリードル将軍の前に進み出た。「ちょっとお待ちになったほうがよろしいと思いますが、おとうさん」と彼はためらいながら言った。「あなたは彼を銃殺するわけにはいかないと思います」

ドリードル将軍はこの横槍に激怒した。「どこのどいつがいかんと言うのだ」と彼は建物全体が揺れるほどの大声で高飛車にどなりつけた。ムーダス大佐は当惑で顔を真赤にして前かがみになり、将軍になにごとか耳うちした。「なぜわしがそうしてはいかんのだ」とドリードル将軍はわめいた。ムーダス大佐はまたなにごとか耳うちした。「わしが勝手に人を銃殺してはいかんというのか」とドリードル将軍は一歩も引かぬ勢いで怒声を放っていた。彼はムーダス大佐が耳うちをつづけているあいだ、興味深げに耳をそばだてて聞いていた。

「そいつは事実か」と彼はたずねた。彼の憤怒は好奇心によってやわらげられていた。

「はい、おとうさん。残念ながらそうらしいです」

「おまえは自分のことをかなり頭の働く人間だと思っとるんじゃろうが、ええ」ドリードル将軍はいきなりムーダス大佐に悪態をついた。

ムーダス大佐はまた真赤になった。「いえ、おとうさん、べつにこれは——」

「まあいい、その反抗的なばかたれを放してやれ」とドリードル将軍はどなりながらにがにがしげに女婿から顔をそむけ、キャスカート大佐の運転手とキャスカート大佐の気象観測担当官にガミガミ言った。「しかしこいつをこの建物から外へ出し、絶対になかへ入れてはならんぞ。さあ、戦争が終らぬうちにこのいまいましい命令伝達をつづけようではないか。わしはこんなだらしないざまを見たことがない」

キャスカート大佐はドリードル将軍に対してあやふやにうなずき、彼の部下に急いでダンビー少佐を建物の外に押し出すよう合図した。だが、ダンビー少佐が押し出されてしまうと、命令伝達をつづける者はだれもいなかった。だれもがあっけにとられて、ポカンと顔を見合わせていた。ドリードル将軍はなにもはじまらないので激怒して赤紫色の顔になった。キャスカート大佐はどうしてよいかわからなかった。彼も大声で呻きだしそうだったが、ちょうどそのときコーン中佐が救援のために進み出てその場を収拾した。キャスカート大佐は涙が出るほど大きな安堵の溜息をついた。感謝の念でほとんど圧倒されそうだった。

「さあ諸君、これからわれわれの時計を合わせる」とコーン中佐が甘ったれたような目をひとまわりさせてドリードル将軍のほうに向けながら、鋭い命令口調で早速はじめた。「われわれはわれわれの時計を一回、そしてただ一回だけ合わせるが、その一回でうまくいかなかったら、ドリードル将軍と我輩とはその理由を明らかにするよう要求するだろう。わかったか」彼は自分のパンチが効いたかどうか確かめるためにまたドリードル将軍のほうを向いて目をパチパチさせた。「さあ諸君の時計を九時十八分に合わせろ」

コーン中佐はいささかのためらいもなく彼らの時計を合わせてから自信をもって先に進んだ。彼は隊員にその日の火炎信号の色を指示し、機敏ではなやかな多才さをもって彼らに気象概況を説明し、数秒ごとに横目でにんまりとドリードル将軍を見ながら、自分がたいへんな好印象を深めつつあるのを確かめることによって、しだいに勇気を増していった。勢いを得るにつれて得意満面、胸をそっくりかえしてうぬぼれたっぷりに演壇を大股で歩きながら、彼は隊員にふたたびその日の火炎信号の色を指示し、さっと話題を変えて戦争遂行の努力におけるアヴィニョン鉄橋の重要性ならびに、出撃隊員のひとり残らずが生命愛よりも祖国愛を尊重すべき義務を有することについての叱咤激励に移った。その勇ましい演説が終ると、彼は隊員にいまいちど重ねてその日の火炎信号の色を指示し、目標地点への進入角度について念を押し、もういちど気象条件について説明した。コーン中佐はいまこそ自分の能力が最大限に発揮されていると思った。彼は一人前の人間としていまや脚光を浴びていた。

不安の念がゆっくりとキャスカート大佐のうちに萌してきた。それがはっきりしたとき、大佐は愕然とした。コーン中佐の変節行為がつづいているのをねたましく見ているうちに彼の顔はしだいしだいに不機嫌になり、もう聞いているのがこわくなりかけたとき、ドリードル将軍が彼の横にやってきて、部屋じゅうの者に聞こえるほどやかましいささやき声でたずねた——

「あれは何者だ」

キャスカート大佐はなんとなく悪い予感をもって答えたところが、ドリードル将軍が手で口をおおってなにごとかささやき、そのためにキャスカート大佐の顔が大きな喜びでパッと輝いた。コーン中佐はそれを見て抑えきれない歓喜にうち震えた。ドリードル将軍はいまおれを大佐に現地昇進させたのか。彼は気がかりでたまらず、派手なことばを横柄に言い放って命令伝達を終りにし、ドリードル将軍から熱烈な祝辞を受けることを期待して向きなおった。だが、ドリードル将軍は看護婦とムーダス大佐を従え、チラと振り向きもせず、もう大股で建物の外に出かけていた。コーン中佐はこの光景に失望して呆然となったが、それはたった一瞬だった。彼の目は、にんまりと悦に入った顔でまだ直立しているキャスカート大佐を見つけ、うきうきしながらそのそばに駆け寄って大佐の腕を引っぱった。「わたしについてなんと言っていました」彼は誇らしく幸せな期待をいだきながら興奮してたずねた。「ドリードル将軍はなんて言ってました」

「きみがだれか知りたがっていたよ」

「わかってます。それはわかってます、しかし、わたしについてなんて言ってましたか。なんて言ってました」

「見ただけで胸くそが悪くなるとさ」

22　市長マイロー

その出撃のとき、ヨッサリアンは度を失ってしまった。ヨッサリアンがアヴィニョンへの出撃の際に度を失ってしまったのはスノードンが肝を抜かれてしまったためであり、スノードンが肝を抜かれたのは、当日の彼らの機の操縦士がたった十五歳のヒュープルであり、副操縦士はもっと悪いことに、ヨッサリアンを自分が企んでいるキャスカート大佐暗殺の仲間に引きこみたがっているような男、ドブズだったからである。ヒュープルが優秀な操縦士であることはヨッサリアンも知っていたが、なにしろまだほんのねんねだったし、ドブズもヒュープルを全然信用していないので、爆弾を投下してしまうといきなり操縦装置を奪い、空中で狂暴になり、突然心臓も止まり、耳もつんざけそうな死の急降下をはじめて、なんとも言いようのないほどみなの肝を冷やした。この急降下でヨッサリアンのイヤホーンははずれ、彼は脳天が機首の天井に貼りついた状態でなすすべもなく宙吊りになっていた。

アア、神ヨ！　ヨッサリアンは墜落だと思って声もなく叫んだ。アア、神ヨ！　アア、神ヨ！　アア、神ヨ！　アア、神ヨ！　と彼は機が逆落としになっているあいだ体重を失って脳天から宙吊りになったまま、開こうともしない唇のあいだから哀願するように絶叫したが、やっとヒュープルが操縦装置を奪い返して機を水平にもどしたまではよかったが、それはさっき上昇することによって逃がれた、狂った、荒々しい、めったやたらに炸裂する対空砲火の大峡谷のまっただなかであり、彼らはふたたびそこから脱出しなければならなかった。ほとんど同時にグワッという音とともにプレキシガラスに大きな拳くらいの穴があいた。ヨッサリアンの頬はきらめく砕片でヒリヒリ痛んだ。出血はなかった。

「どうした。どうしたんだ」と彼は叫んだが自分の声が耳に入らないので激しく身震いした。彼は機内通話装置《インターコム》のむなしい沈黙にゾッとした。あまり怯えてほとんど身動きもできず、罠にかかった鼠みたいに四つん這いになって息をひそめて待っていたが、やっと彼のヘッドホーンの光った円筒形のプラグが目の前にブラブラと前後に揺れているのに気づき、それをガタガタ震える指でソケットに差しこんだ。アア、神ヨ！　と彼は、対空砲火が上下前後左右に炸裂してきのこ雲を作っているあいだ、恐怖の鎮まる間もなく悲鳴をあげつづけていた。アア、神ヨ！

ヨッサリアンが彼のプラグを機内通話装置《インターコム》につなぎなおし、話をふたたび聞ける状態にしてみると、ドブズが泣いていた。

「助けてやれ、助けてやれ」とドブズは涙にむせびながらどなっていた。「助けてやれ、助けてやれ」

「だれを助けるんだ。だれを助けるんだ」とヨッサリアンはどなり返した。「だれを助けるんだ」

「爆撃手だ、爆撃手だ」とドブズが叫んだ。「あいつは答えないぞ。爆撃手を助けてやれ、爆撃手を助けてやれ」

「おれが爆撃手だ」とヨッサリアンは叫び返した。「おれが爆撃手だ。おれは大丈夫。おれは大丈夫」

「じゃあいつを助けてやれ、助けてやれ」とドブズは泣き声で言った。「助けてやれ、助けてやれ」

「だれを助けるんだ。だれを助けるんだ」

「無線砲手だ」とドブズは哀願した。「無線砲手を助けてやれ」

「さむいよ」と、そのときスノードンが機内通話装置《インターコム》を通じて哀れにも弱々しく涙声で苦痛を訴えた。「たのむ、たすけてくれ。さむいよ」

そこでヨッサリアンが這行通路《クロールウェイ》を這い抜けて弾倉の上にのぼり、また機の尾部に降りてみると、傷ついたスノードンが黄色い陽の光を浴びて床の板に倒れ、冷たくなって死にかけており、そのそばに気を失った新米の後尾砲手が大の字になって倒れていた。

ドブズはこの世にふたりといないほど腕の悪い操縦士であり、自分でもそれを知っていた。筋骨逞しい若者の哀れななれの果てといったこの男は、絶えず上官のだれかれにむかって、自分はもはや機の操縦に不適任だということを説得しようと試みていた。上官のだれひとりとしてそれを聞き入れようとしなかった。責任出撃回数が六十回に増えたその日のことである、ドブズはオアがパッキングを探しに出かけた隙をねらってそっとヨッサリアンのテントにやってきて、自分が計画したキャスカート大佐暗殺の陰謀を打ち明けた。彼はヨッサリアンの助力を必要としていた。

「おれたちふたりであいつを無残に殺すのがおまえの望みってわけか」とヨッサリアンは問いつめた。

「そのとおりだ」とドブズはヨッサリアンがたちまち要点をつかんでくれたことに気をよくして、楽天的な微笑を浮かべながらうなずいた。「おれたちは、おれがこっそりシシリー島から持ちかえったルーガー自動拳銃であいつを撃ち殺すのさ」

「おれにはできそうにないな」とヨッサリアンは沈黙のうちにしばらくドブズの言ったことを考慮してから結論を述べた。

ドブズはびっくりした。「なんで」

「いいか、あんちきしょうが首の骨を折るなり、墜落して死ぬなりしたら、それともだれかほかのやつがあいつを撃ち殺したなんてことがわかったら、おれにとってこれほど嬉しいことはないだろう。しかし、おれは自分であいつを殺せるとは思えない」

「あいつはおまえを殺すだろうよ」とドブズは反論を加えた。「ほんとうはおまえだぞ。あいつはおれたちをいつまでも戦闘勤務につかせることによって殺そうとしている、と言ったのは」

「しかし、おれがやつを殺せるとは思わない。あいつだって生きる権利は持ってるんだぜ、たぶん」

「やつがおまえやおれから生きる権利を奪いとろうとしているかぎり、そうは言えんぞ。おまえ、どうかしたのか」ドブズは呆れかえっていた。「おれはよくおまえがおんなじことをクレヴィンジャーにむかって主張しているのを聞いたもんだ。そしたらどうなった、あいつは。あの雲のなかでさ」

「どなるのはやめてくれないか」とヨッサリアンは相手の声を抑えようとした。

「おれはどなってなんかいねえぞ！」とドブズが革命的情熱に顔を赤らめながら、もっと大きな声でどなった。目から涙、鼻から鼻水が流れ、脈打っている真紅の下唇は泡のような唾液でねばついていた。「あいつが数を六十に増やしたとき、連隊には五十五回の出撃を終えた者が百人近くいたはずだ。おまえみたいにあと二、三回飛べばいいという者だって、別に少なくとも百人はいたにちがいない。こんなことを永久にやらしていたら、やつはおれたちをみな殺しにする。おれたちのほうで先にやつを殺さなきゃだめだ」

ヨッサリアンは乗り気を示さず、無表情にうなずいた。「うまくやってのけられると思うか」

「すっかり計画はたててあるんだ。おれはだな――」

「どなるのはよせよ、たのむから！」

「どなってなんかいないさ。おれはすっかり――」

「どなるのはよせったら！」

「おれはすっかり計画をたてておいたんだ」と、ドブズは手が泳ぎ出すのを止めるために、白い両の拳でオアの簡易寝台の端をつかみながらささやき声で言った。「木曜日の朝、あいつがいつものように丘にあるあのくそいまいましい農場住宅からもどってくるとき、おれはあの森を抜けて道のUターンのところまでいき、草むらのなかに隠れている。やつはあそこで速度を落とさなければならないし、おれは道の前後両方を見てだれも人がいないのを確かめることができる。やつがくるのが見えたら、おれはやつのジープを止めるために大きな丸太を道に放り投げる。そうしといてルーガー拳銃をかまえて草むらから姿を現わし、やつが死ぬまで頭にぶちこんでやる。おれは拳銃を土のなかに埋め、森のなかを抜けて連隊に帰り、ほかのみんなとまったく同じくおれの用事をしている。これならへまの起こりようがないだろ」

ヨッサリアンは注意深くいちいちのステップを追ってみた。

「おれの入る余地はどこにあるんだ」と彼は首をかしげながらたずねた。

「おまえがいなきゃうまくいかないんだ」とドブズは説明した。「さあやれ、と言ってくれるためにおまえが必要なんだ」

ヨッサリアンにはどうも信じられぬことだった。「おれにやってほしいというのは、たったそれだけのことか。さあやれ、とけしかけるだけ」

「それだけをぜひやってもらいたい」とドブズが答えた。「さあやれ、とだけ言ってくれりゃ、あとはあさっておれがたったひとりでやつの頭を撃ち抜いてやる」彼の口調は興奮とともに速まり、高まった。「ついでのことにコーン中佐の頭も撃ち抜いてやりたいが、おまえさんさえよければダンビー少佐は見逃してやりたい。それからおれはアプルビーとハヴァメイヤーも殺してやるし、アプルビーとハヴァメイヤーを殺してしまったら、今度はマクワットもやっつけたい」

「マクワット」とヨッサリアンは飛びあがらんばかりに驚いて叫んだ。「マクワットはおれの友だちだぞ。おまえはマクワットにどうしろと言いたいんだ」

「わからん」とドブズはすっかりとまどった様子で告白した。「ただ、アプルビーとハヴァメイヤーを殺すんならマクワットも殺したってよかろうと思っただけだ。おまえはマクワットを殺したくないのか」

ヨッサリアンは断固たる態度を示した。「いいか、おれはおまえが島じゅうにひびくような声でどなるのをやめたら、それからまたおまえがキャスカート大佐殺しにだけ限定して話すのなら、その話に興味を持って聞いていられるかもしれない。しかしだな、おまえがここを血の海にしようという了見なら、おれのことは忘れてくれてもいいぜ」

「わかったよ、わかったよ」とドブズはヨッサリアンをなだめにかかった。「キャスカート大佐だけだ。おれはやるべきだと思うか。さあやれ、と言ってくれよ」

ヨッサリアンは首を横に振った。「どうもおれには、さあやれとは言えそうにない」

ドブズはやっきになっていた。「おれは妥協したっていいんだぜ」と彼は勢いこんで懇願した。「さあやれと言ってくれなくたっていいんだ。ただ、そいつは名案だとだけ言ってくれ。承知してくれるか。これは名案か」

ヨッサリアンはなおも首を横に振った。「おまえがおれにひとこともしゃべらずに出かけていってやったなら、すばらしい名案だったろう。いまとなっては遅すぎる。おれはもうおまえになにも言えないだろう。まあ少し時間を貸してくれや。おれの気が変らんともかぎらないから」

「そのときこそもう遅すぎるだろう」

ヨッサリアンはなおも首を左右に振りつづけていた。ドブズは失望した。彼はしばらく卑屈な顔をしてその場に坐っていたが、突然勢いよく立ちあがったと思うと、飛行勤務を免除してもらうようダニーカ軍医を説得しようという激しい衝動に駆られて乱暴にテントを飛び出そうとして、腰をヨッサリアンの洗面台にぶつけてつんのめり、よろよろと体が傾いた拍子に、オアがいまなお建設中であるストーブの燃料パイプにけつまずいてぶっ倒れてしまった。ダニーカ軍医はドブズの声高で身ぶり手真似のまじった攻撃に耐えて、ただいらいらとうなずいてばかりいたが、やがて自分の症状をガスとウェスに説明するよう言い含めて、ドブズを医務部テントに送った。ガスとウェスはドブズが話をはじめたとたんに彼の歯茎を殺菌用ゲンチアナ・ヴァイオレットで紫色に塗った。彼らはドブズの足の爪も紫色に染め、彼がまた文句を言おうと口を開いたときにむりやり緩下剤を咽喉に流しこみ、彼を外に追い出してしまった。

ドブズはハングリー・ジョーよりももっとみじめだった。少なくともハングリー・ジョーは、悪夢にうなされていないときには出撃に参加できたからだ。ドブズはオアとほとんど同じくらいみじめだった。狂った痙攣的なクスクス笑いと、震えているねじれた出っ歯とのために、ちっぽけな、にやけた浮かれ屋みたいに幸せらしく見えたオアは、休養休暇中に鶏卵購入の目的でマイローとヨッサリアンとともにカイロに出張を命ぜられたが、その際、マイローは卵のかわりに綿を買い、自分の機の砲塔にいたるまで、見慣れない外国の蜘蛛とまだ熟しきらぬ赤バナナをいっぱいに詰めて、明け方にイスタンブールに飛び立つのだった。オアはヨッサリアンがそれまで出会ったうちで最も容貌が醜い男のひとりであり、また最も魅力的な人物のひとりであった。彼はでぶでぶした粗野な顔をしており、榛《はしばみ》色の目は、まるで半分に割った茶色のマーブルみたいに眼窩から絞り出され、濃い波うったまだら色の髪の毛はポマードで固められて頭のてっぺんまで小型テントみたいに盛りあがっていた。オアはほとんど出撃するたびに海中に撃墜させられたり、エンジンを撃ち抜かれたりした。彼はヨッサリアンといっしょにナポリに向かって飛び立ったあと、ナポリではなくシシリー島に着陸し、葉巻を吸うずるがしこい十歳のポン引きと、十二歳になるまだ処女のふたごの姉妹とが市内のホテルの前で彼らを待っているのを見つけ出したとき、まるで荒くれ男のようにヨッサリアンの腕を引っぱりはじめた。そのホテルにはマイローひとりが泊まる余地しかなかった。ヨッサリアンは頑固にオアの手を振り切り、いささかの心配と当惑とをもってヴェスヴィアス火山ならぬエトナ火山を眺め、いったいこの連中はナポリではなくこのシシリーでなにをやっているのだろうと不思議に思ったが、オアのほうはクスクス笑ったり、どもったりの助平ったらしい騒がしい声でヨッサリアンに、あのずるがしこい十歳のポン引きに案内してもらって、まだ処女である十二歳のふたごの姉妹の家へいこうとしきりに誘ったが、そのふたごはほんとうは処女ではなく、ほんとうはふたごの姉妹でもなく、ほんとうはただの二十八歳にすぎなかった。

「オアといっしょにいけよ」とマイローは簡潔にヨッサリアンに指図した。「きみの使命を忘れるな」

「ああ、わかったよ」と、ヨッサリアンは自分の使命を思い出し、溜息まじりに相手の言うことに従った。「しかし、あとでゆっくり眠れるように、少なくとも最初にホテルの部屋ぐらい見つけさせてくれ」

「きみはその女たちとゆっくり一晩眠れるさ」とマイローはまた同じく陰謀めいた口ぶりで答えた。「きみの使命を忘れるな」

しかし、眠れるどころの話ではなかった。ヨッサリアンとオアは結局同じダブルベッドに、ふたりの十二歳になる二十八歳の売春婦といっしょにぎゅう詰めになったが、この女たちがまた脂《あぶら》性でデブときており、ひと晩じゅうパートナーをとりかえてくれとせがんで彼らを眠らせなかった。ヨッサリアンの感覚はたちまちひどく鈍ってしまったので、彼の体にからみついてくるふとった女がベージュのターバンを脱がないでいるのにちっとも気がつかなかったが、翌日の昼近くになってキューバ製の細巻き葉巻《パネテラ》をくわえたずるがしこい十歳のポン引きが意地の悪い気まぐれからそのターバンをひったくると、シシリーの輝かしい太陽の下にさらされたのは、なんと、ショッキングな、いびつな形をした、つんつるてんの禿頭だった。

彼女がドイツ兵と寝たというので憤慨した近所の連中が、つやつやした頭皮が露われるまですっかり彼女の髪を剃り落としてしまったのである。女は婦女暴行を受けたかのような悲鳴をあげ、尻を滑稽に揺すってずるがしこい十歳のポン引きを追いかけた。彼女の気味の悪い、さむざむとした、暴行を受けた頭蓋は、まるでなにか漂白されたもの、わいせつなものででもあるかのように、黒ずんだ奇妙な瘤みたいな顔の上でおかしな具合に揺れまわっていた。ヨッサリアンはかつてそれほどむくつけきものにお目にかかったことがなかった。ポン引きはターバンをトロフィーみたいに人差指の上にかざしてくるくる回し、わざとじらすように彼女の指先からほんの十数センチ前をスキップしながら広場をまわったが、わいわい集まってきた弥次馬がヒーヒーいって笑い、あざけるようにヨッサリアンを指さした。そこへマイローが、気がせくのかけわしい顔をして大股で歩いてきて、あまりにも悪徳と軽薄さに満ちたこの醜状を見て、批判がましく口をとがらせた。マイローはすぐさまマルタに出かけるよう主張した。

「おれたちは眠いんだ」とオアが泣きごとを言った。

「そりゃきみたちが悪いからだ」とマイローは独善的にふたりを批判した。「きみたちがあんなふしだらな女たちとでなく、ホテルの自分の部屋で眠っていたら、きょうはふたりともぼくと同じく快適だったろうに」

「おまえがあの女といっしょにいけと言ったんじゃないか」とヨッサリアンは反対にマイローを責めた。「それにおれたちにはホテルの部屋がなかった。部屋がとれたのはおまえだけなんだぞ」

「それだってぼくが悪いわけじゃない」とマイローは横柄に言った。「バイヤーがみんなこの市《まち》に押しかけてくるなんて予想できなかったのは当りまえだろ。いくらいまがエジプト豆の収穫期だからって」

「おまえはそれを知ってたんだな」とヨッサリアンが攻撃した。「なるほどそれでおまえがナポリでなく、シシリー島にやってきた理由がわかった。きっとおまえの機はエジプト豆でぎっしりいっぱいなんだろう」

「シィィィィ！」とマイローは、オアのほうに意味ありげな視線を送りながら、きびしい表情で注意した。「きみの使命を忘れないでくれよ」

彼らがマルタ島に飛ぶために飛行場に着いてみると、機の弾倉、後部、尾部、それに上部砲塔の部分はエジプト豆の入ったブッシェル枡でぎっしりいっぱいだった。

今度の旅におけるヨッサリアンの使命というのはオアの気をそらせて、マイローがどこで卵を買い入れるのか見せないようにすることだった。もっともオアもマイローのシンジケートの一員であり、マイローのシンジケートの他のメンバーがすべてそうであるように、一株所有していたのだが。おれの使命はばかげている、とヨッサリアンは思った。なぜなら、マイローがマルタで卵を一個七セントで買い、彼のシンジケートに属する各食堂に一個五セントで売っていることはもはやみんなに知れわたっていたからだ。

「ぼくはあの男を信用していないんだ」とマイローは機のなかで、エジプト豆の低いブッシェル枡の上でもつれた縄みたいにまるまって、一生懸命眠ろうともがいているオアのほうを頭のてっぺんで示しながらつぶやいた。「だから、あの男が近くでぼくの業務上の秘密を探り出すようなときには、卵を買い入れたくないってわけさ。ほかにわからないことがあるかい」

ヨッサリアンはマイローの隣の副操縦士席に坐っていた。

「おまえがマルタで一個七セントで卵を買い、それを一個五セントで売るのは、おれにはどうもわからねえな」

「もうけるためにそうしているんだけど」

「しかし、どうしてもうかる。一個二セントずつの損じゃないか」

「でも、ぼくは七セントで卵を買い入れる、そのマルタの連中に卵を一個四セント¼で売ることによって、一個につき三セント¼の利潤を得ているんだよ。もちろん、ぼくがもうけているわけじゃない。シンジケートがもうけているんだ。そしてだれもが一株所有している」

ヨッサリアンにはだんだんわかってくるような気がした。

「それでおまえが一個四セント¼で売った卵を、連中はまたおまえに七セントで売るとき一個につき二セント¾ずつもうけるわけだ。そうだろ。おまえはなぜ卵を直接自分に売らないんだ。おまえに卵を売る中間業者をなくしちまわないのはどういうわけだ」

「だって、ぼくに卵を売る中間業者ってのはぼくなんだもの」とマイローが説明した。「ぼくはぼくに卵を売りつけることによって一個当り三セント¼ずつもうけ、またそれをぼくから買いもどすときに二セント¾ずつもうける。総利潤は卵一個につき六セント。ぼくは各食堂に一個五セントで売るときに二セントずつ損しているにすぎない。まあそうやって一個七セントで卵を買い、それを五セントで売ることによって利潤を得ているわけだ。ぼくがシシリー島で養鶏業者に支払うのは一個当りたった一セントなんだ」

「マルタで」とヨッサリアンは訂正した。「おまえはシシリー島じゃなく、マルタ島で卵を買うんだぜ」

マイローは得意そうに高笑いした。「ぼくはマルタでなんか卵を買いはしない」と彼はほんのちょっぴり秘密めいたおかしみをこめて告白した。それはヨッサリアンが見るところでは、日ごろ勤勉でくそまじめなマイローがはじめて見せた別の一面だった。「ぼくはシシリーで一個一セントで卵を買い、これをひそかに四セント半でマルタに輸送する。というのは、人々がマルタに卵を買いにきたとき、その値段を一個当り七セントに吊り上げるためだ」

「なぜ人々はマルタまで卵を買いにいくんだい、そんなに高いというのに」

「なぜって、いつもそうしてきたからだ」

「なぜその連中は、シシリーで卵を買い入れようとしないんだ」

「なぜって、いちどもそんなことをしたことがないからだよ」

「どうもよくわからんな。なぜおまえはおまえの食堂に一個五セントでなく一個七セントで卵を売らないんだ」

「そうしたら各食堂ともぼくを必要としなくなるからだよ。一個七セントの卵を一個七セントで買うことならだれにだってできるからね」

「なぜ連中はおまえを抜きに近道をして、マルタで一個当り四セント¼で卵を買い入れないんだろう」

「そりゃ、ぼくが売ろうとしないからだ」

「なぜ売ろうとしない」

「だってそれではもうける余地があまりないからさ。少なくともぼくは中間業者としてもうけを得ることができるんだからね、ぼくのこの手を使えば」

「じゃ、おまえは自分でいいようにもうけているわけだ」とヨッサリアンは言った。

「もちろんだよ。しかし、もうけは全部シンジケートにいく。そしてだれもが一株所有している。わからないかなあ。ぼくがキャスカート大佐に売っているプラム・トマトの場合とまったくおんなじさ」

「買っている」とヨッサリアンは訂正した。「おまえはキャスカート大佐とコーン中佐にプラム・トマトを売っているんじゃない。おまえはあいつらからプラム・トマトを買っているんだ」

「いや、売っているんだよ」とマイローがヨッサリアンのことばを訂正した。「ぼくはぼくのプラム・トマトを偽名でピアノーサ島じゅうのマーケットに卸しておく。キャスカート大佐とコーン中佐が彼らの偽名でぼくから一個当り四セントで買い、翌日にはシンジケートのためにぼくに対して一個当り五セントで売ることができるようにだ。彼らは一個につき一セントもうけ、ぼくは一個について三セント半ずつもうけ、みんなが得をする」

「シンジケート以外のみんながな」とヨッサリアンは鼻息荒く言った。「シンジケートはおまえが一個当りたった半セントで仕入れたプラム・トマトに対して一個当り五セントずつ支払っているわけだ。どうしてシンジケートがもうけたことになる」

「ぼくがもうけたら、シンジケートももうけることになるんだ」とマイローは説明した。「なぜならみんなが株を持っているからさ。それにシンジケートはキャスカート大佐とコーン中佐の支持を得ている。だからこそ、彼らはぼくにこんな出張をさせるのだ。それがどれだけの利潤を意味するか、十五分後にパレルモに着陸すれば、あんたにもわかるだろう」

「マルタ」とヨッサリアンは訂正した。「おれたちはいま、パレルモじゃなくてマルタに向かっているんだぜ」

「いや、ぼくらはパレルモに向かっているんだよ」とマイローは答えた。「パレルモにはオランダぢしゃの輸出商がいて、ぼくはそいつと一、二分会って、かびでやられたマッシュルームをベルンに輸送することについて話し合わなきゃならないんだ」

「マイロー、いったいどうやってそんなことをするんだ」とヨッサリアンはおかしくて笑いだしながらも感心してたずねた。「おまえは一カ所で機をいっぱいにしたかと思うと、また別のところへ出かける。管制塔の連中はやいやい言わないのか」

「彼らはみんなシンジケートに属しているんだ」とマイローは言った。「それに彼らは、シンジケートにとって有益なことは国家にとって有益であることを知っている。そのおかげで米軍人《サミー》が働けることを知ってるんだから。管制塔の連中も株を持っている。だから彼らはシンジケートを助けるためにできるだけのことをしなければならないのだ」

「おれも株を持っているのか」

「だれもが一株持っている」

「オアも株を持っているのか」

「だれもが一株持っている」

「じゃ、ハングリー・ジョーは。あいつも株を持っているのか」

「だれもが一株持っている」

「へえ、こいつぁたまげたな」と、ヨッサリアンはいまはじめて株という考えに深い感銘を受けてつぶやいた。

マイローはほんのちょっぴりいたずらっ気を見せながらヨッサリアンのほうを向いた。

「ぼくは連邦政府から六千ドルだましとる確実な計画を持っているんだ。ぼくらは、どちらもいっさいあぶなげなしに三千ドルずつ山分けできるんだが、きみには興味があるかね」

「ないね」

マイローは深い情感をもって、ヨッサリアンの顔を見た。「ぼくがきみに好意を持っているのもその点なんだな」と彼は声を高めて言った。「きみは正直だ！　ぼくの知っている人間のうちでほんとうに信用できるのはきみだけだ。だからこそきみはもっとぼくを助けてもらいたい。きのうきみがカタニアのあのふたりの女浮浪者とさっさといっちまったのには実にがっかりさせられたな」

ヨッサリアンはいぶかしげにマイローの顔をのぞきこんだ。「マイロー、おまえがいっしょにいけと言ったんだぜ。憶えていないのか」

「なにもぼくが悪いんじゃない」とマイローは堂々と答えた。

「ぼくはいったんこの市《まち》についたらなんとかしてオアを追っぱらう必要があったのだ。パレルモでは大いに事情がちがう。パレルモに着陸したら、きみもオアも飛行場からすぐ女たちといっしょに立ち去ってもらいたいな」

「どういう女と」

「ぼくはあらかじめ無電で連絡して、四歳のポン引きに、八歳になる半分スペイン人の処女をふたり、きみとオアに世話するよう話をつけておいた。そのポン引きはリムジンを用意して飛行場で待ってるはずだ。機から降りたらすぐにそれに乗ってくれたまえ」

「なんにもしたくない」とヨッサリアンは首を横に振って言った。「おれの唯一の行く先は眠りだ」

マイローは顔色を変えて怒った。彼の細長い鼻柱が、黒い眉とオレンジ・ブラウン色の左右不揃いな口髭のあいだで、まるで一本の蠟燭の青白くかぼそい炎のように、痙攣的にゆらめいた。「ヨッサリアン、きみの使命を忘れないでもらいたいな」と彼はうやうやしく注意を喚起した。

「おれの使命なんてくそくらえ」とヨッサリアンはそっけなく応じた。「シンジケートもくそくらえだ——たといおれが一株持っていてもな。いくら半分スペイン人だからって、八歳の処女なんていらないよ」

「怒るのは無理ないが、この八歳の処女というのはほんとうはわずか三十二歳なんだ。それに実は半分スペイン人じゃなくって、三分の二だけエストニア人なんだ」

「処女なんてまっぴらだ」

「しかも処女ですらないんだ」とマイローは説得口調でつづけた。「きみのために用意しといた女はしばらくのあいだ中年の学校の先生と結婚したが、この先生は日曜日にしか彼女と寝なかったというから、ほんとのところ、彼女は新品同様だよ」

だがオアも眠たかったので、ヨッサリアンとオアはふたりとも飛行場からパレルモ市にいくマイローの車に乗りこんだが、市のホテルにはふたりの泊まる余地がないことを、いやもっと重大なことに、マイローがそこの市長であることを知った。

マイローに対する異様な、不可解な歓待は飛行場からはじまった。そこで彼を認めた民間労働者たちが溢れるばかりの喜びとへつらいとを抑えた表情で、仕事の手を休めて彼を見つめた。彼の到着の報は先に伝わっており、彼らが小さな無蓋トラックで疾走しているあいだ、郊外の沿道は喚声をあげる人々でとっくに埋まっていた。ヨッサリアンとオアは狐につままれ、押し黙ったまま安全を求めてマイローの横にぴったり体を寄せていた。

市内では、トラックがスピードを落とし、ゆっくりと街なかに入っていくにつれて、マイロー歓迎の声がますます高くなった。学校から解放された少年少女は一張羅の服を着て歩道に並び、小旗を振っている。ヨッサリアンとオアはもうすっかり口がきけなくなってしまった。通りという通りは喜びの人の群でごったがえし、頭の上にはマイローの肖像を描いた大横断幕が張られていた。そうした絵のなかのマイローは高い詰襟のくすんだ農民服を着ており、自然に伸びた口髭をたくわえ、左右不揃いな目で全知の神のごとく民衆を見つめている彼の実直そうな、父親のごとく威厳に富んだ顔は、寛大で、賢明で、批判的で、力強かった。衰弱している病人たちが窓から投げキッスを送っていた。エプロンをつけた商店主が彼らの店の狭い入口から有頂天になって歓声を送っていた。チューバが激しく吹き鳴らされた。そこここで人が倒れ、群衆に踏み殺された。老婆たちが涙にむせびながら狂ったように押しあいへしあいして、ゆっくりと進むトラックに近づき、マイローの肩に触れたり手を握ったりしていた。マイローは寛仁大度をもってこの騒々しい歓迎に応えていた。彼は優雅な手の往復運動によってあらゆる人々に答礼し、歓迎の人の群に銀紙で包んだハーシーのキス・チョコを両手でつかんでふんだんにふりまいた。元気のいい青年男女は手をつなぎ、何列も横に並んで彼のうしろからスキップし、放心したようにかすれ声で叫んでいた――「ミー・ロ！ ミー・ロ！ ミー・ロ！」

マイローは自分の秘密がばれてしまうと、ヨッサリアンとオアに対してくつろいだ態度をとり、多少てれながらも、大きな自尊心で胸をふくらませていた。彼の頬は肉色になった。マイローはパレルモの――のみならず近くのカリニ、モンレアーレ、バゲリア、テルミニ・イメレーゼ、ツェファルル、ミストレッタ、およびニコシアの――市長に選出されていたのだ。

彼がシシリー島にスコッチ・ウイスキーをもたらしたという理由で。

ヨッサリアンは面くらった。「ここの連中はそんなにスコッチを飲むのが好きなのか」

「彼らはスコッチなんて全然飲まないよ」とマイローが説明した。「スコッチは非常に高いし、ここの住民は非常に貧しいんだから」

「じゃ、だれも飲まないスコッチをなぜおまえはシシリーに輸入するんだ」

「価格操作のためだよ。ぼくがマルタからここにスコッチを輸送するのは、ぼくがまたそれをだれかに売りつけるときもうける余地を大きくするためなんだ。ぼくはここでまったく新しい産業を創成した。今日、シシリーは世界第三の大量スコッチ輸出商だ。そのために彼らはぼくを市長に選出したのさ」

「そんな大物なら、おれたちにホテルの部屋ぐらいとってくれるだろうな」と、オアが疲労のために間のびのした声で乱暴にたずねた。

マイローは懺悔者のような口ぶりで答えた。「いまそれをしようと思っているところなんだ」と彼は約束した。「あらかじめ無電できみたちふたりの部屋を予約するのを忘れていたのはほんとうに申しわけない。さあ、ぼくの執務室へいっしょにきてくれたまえ。助役にすぐそのことを話すから」

マイローの市長室は一軒の理髪店であり、助役というのはずんぐりした床屋であり、そのお追従的な唇からは、彼がマイローの髭剃りカップのなかでかきたてはじめた泡みたいに、ねんごろな挨拶がきりがないほど溢れ出た。

「やあ、ヴィットリオ」と、マイローはヴィットリオの理髪用椅子のひとつにゆったりと腰かけながら言った。「今度の留守中はどうだったかね」

「とても悲しい、シニョール・ミロ、とても悲しい。でもあなたが帰ってきてくれたから、民衆はみんなまた幸福になった」

「あんまり大群衆なのでおかしいと思っていたんだが。ホテルがみな満員とはどういうわけなんだ」

「ほかのいろいろな市から非常にたくさんの人があなたを見ようとやってきたからです、シニョール・ミロ。それに、アーティチョークの競売のために、あらゆるバイヤーがこの市に集まっているんですよ」

マイローの手が鷹のように垂直に舞い上がり、ヴィットリオの髭剃り用ブラシを止めた。

「アーティチョークってなんだ」と彼は質問した。

「アーティチョークですか、シニョール・ミロ。アーティチョークというのは、どこでも評判のいい、とてもおいしい野菜です。あなたもここにおられるあいだに、ぜひ試食してみてください、シニョール・ミロ。われわれが栽培しているのは世界最高ですから」

「ほんとうか」とマイローが言った。「今年、アーティチョークはいくらで売れてるんだ」

「今年はこの野菜のたいへんな当り年らしいですよ。収穫が非常に悪いんですから」

「そいつは事実か」とマイローはつぶやくと、椅子からすばやくすり抜けて出ていってしまった。縞の理髪用エプロンが落ちる前に一、二秒のあいだ彼の体の形を保っているほどの速さであった。ヨッサリアンとオアが戸口に駆け出したときには、もうマイローの姿は消えていた。

「おつぎは」とマイローの助役がうるさくせきたてた。「おつぎはどなた」

ヨッサリアンとオアはがっくりして理髪店から外に出た。マイローに捨てられたふたりは歓喜に酔いしれた群衆のなかをあてもなく寝場所を求めてさまよった。ヨッサリアンは疲れはてていた。彼の頭は鈍い、神経を衰えさせるような痛みでうずき、オアにはいらいらさせられていた。オアはどこで手に入れたかふたつの野生りんごを頰に入れて歩いており、ヨッサリアンはそれを見つけて吐き出させた。するとオアはまたどこからか橡《とち》の実を見つけてそっと頰に入れたが、ヨッサリアンがまたそれに気づいて、おまえの口から野生りんごを吐き出せ、と文句を言った。オアはニヤッと笑って、ざんねんでした、野生りんごじゃなくて橡の実だよ、しかも口のなかじゃなくて手のなかにあるんだよ、と答えたが、オアが橡の実をほおばっているので一語も理解することができず、とにかく出せと強要して、橡の実を吐き出させた。茶目っ気がオアの目のなかできらめいた。オアは酒で正気を失った人間のように、拳で額を激しくこすり、淫らな忍び笑いを洩らした。

「あの女のことを憶えているか――」彼はまたもや抑えきれずに淫らな笑い声をたてた。「あの女のことを憶えているか、ほらおれたちふたりがローマのアパートメントで裸でいたとき、靴でおれの脳天を殴りつづけた女のことを」と彼は狡猾な期待を表に見せながらたずねた。彼が待っていると、ヨッサリアンがやっと注意深くうなずいた。「もういちど橡の実を口に入れさせてくれれば、なぜあの女がおれを殴ったか話してやるよ。それで承知か」

ヨッサリアンがうなずいたので、オアはなぜネイトリーのなじみの売春婦のアパートメントで裸の女が自分の靴で彼の頭を殴ったかについての、奇妙きてれつな話を全部打ち明けたが、なにしろ橡の実がまた彼の口のなかに入っているので、ヨッサリアンには一語も理解できなかった。ヨッサリアンはこのトリックに憤慨しながらも大声で笑ったが、夜に入るともうすることもなく、きたならしい食堂で水っぽい夕食をとり、通りすがりの車を止めて飛行場に連れていってもらい、機の冷たい金属板の上にごろ寝して眠り、苦しさに呻いたり寝返りをうったりしていたが、二時間とたたぬうちにトラックの運転手たちがアーティチョーク竹籠をかかえどかどかと乗りこみ、彼らふたりを地上に追いたててから機を竹籠でいっぱいにした。はげしい雨が降りはじめた。トラックが走り去るころにはヨッサリアンとオアはずぶ濡れであり、ほかになすすべもなく飛行機のなかにやっとのことでもぐりこみ、震える二匹のアンチョビーよろしく、ぎしぎしと揺れる竹籠の隅っこに丸まって坐っていたが、明け方にはマイローがそれをナポリに運び、肉桂棒《にっけい》、丁子《ちょうじ》、バニラの実および鞘つきの胡椒《こしょう》の実と交換し、それをまたその日のうちに南下してマルタ島で下ろした。マルタでは彼が副総督であることがわかった。マルタでもヨッサリアンとオアが立ち入る余地はなかった。マイローはマルタではサー・マイロー・マインダーバインダー少佐であり、総督府の建物に巨大な事務室を持っていた。マホガニー製の彼のデスクはとてつもなく大きなものだった。オーク材の壁のパネルには二本のイギリス国旗のあいだに、ロイヤル・ウェルシュ・フュージリア連隊の礼装に威儀を正したサー・マイロー・マインダーバインダー少佐のドラマチックで人の心を惹きつけずにはおかない写真が飾ってあった。写真のなかの彼の口髭は細くきれいに刈りこまれており、顎は鑿《のみ》で彫ったようであり、目は棘《とげ》のように鋭かった。マイローはナイトに叙せられ、ロイヤル・ウェルシュ・フュージリア連隊の少佐に任命され、マルタ島副総督の地位を与えられていた――すべて鶏卵貿易業をここにもたらした勲功によってである。彼は寛大にもヨッサリアンとオアに、一晩を彼の事務室の厚いカーペットの上ですごしてもよいという許可を与えたが、彼が出かけてしまうとすぐに戦闘服を着た歩哨が姿を現わし、彼らふたりを銃剣の先で建物の外に追い出したために、彼らは憔悴しきって飛行場までもどったが、無愛想なタクシーの運転手から法外な料金をふんだくられ、またもや機のなかにもぐりこんで眠ろうとしたところが、機はもうココアと挽きたてのコーヒーが洩れている、ほころびかけたズック袋でいっぱいであり、香りがあまり強烈なので、ふたりは外に出て着陸装置のところに猛烈に吐いているところへ、マイローが明け方第一番におかかえ運転手の運転する車で意気揚々と現われ、すぐオランに飛び立った。オランでもホテルは満員でヨッサリアンとオアとが入る部屋はなく、またそこではマイローは国王代理《ヴァイス・シャー》であった。マイローは紅鮭色の宮殿の壮麗な数室を意のままに用いることができたが、ヨッサリアンとオアはキリスト教的な不信の輩だというので彼について入ることを許されなかった。彼らは城門のところで新月刀を持った巨大なベルベル人の衛兵に止められ、追いたてられてしまった。オアはろで新月刀を持った巨大なベルベル人の衛兵に止められ、追いたてられてしまった。オアは気力を失わせるような鼻風邪で鼻をすすったり、くしゃみをしたりしていた。ヨッサリアンの広い背中は曲り、やけに痛んだ。彼はマイローの首の骨を折ってやりたかったが、なにしろマイローは国王代理《ヴァイス・シャー》であり、その一身は聖なるものであった。マイローは単にオランの国《ヴァ》王代理《イス・シャー》であるのみならず、バグダッドの宗主《ハリハ》であり、ダマスコの元首《イマム》であり、アラビーの族長《シーク》であることがわかってきた。マイローは、いまだに無知で迷信的な民衆が素朴な神々を信じている後進的な宗教における穀物の神であり、雨の神であり、米の神であったし、マイロー自身が彼に似つかわしい謙虚さをもってほのめかしたところによれば、アフリカのジャングルの奥では、人間の血で赤く濡れた原始的な石の祭壇を見下ろす口髭をたくわえた彼の顔の大きな彫像が見つかるはずだという。彼らが行く先々で、マイローは栄誉礼をもって歓迎され、各市で相つぐ勝利の凱旋式を受けながら、彼らはついに中東を折り返してカイロに到着した。そこでマイローは世界の他のだれもが欲しがらない綿を買い占め、たちまち破産寸前の状態に陥った。カイロではヨッサリアンとオアもようやくホテルの部屋をとることができた。彼らのために、厚くてふんわりした枕と、清潔で糊のきいたシーツのかかったやわらかいベッドが用意されていた。衣服をしまうハンガーつきの戸棚もあった。体を洗う水もあった。ヨッサリアンとオアは悪臭のする、自分のものとは思えないような体を熱い湯気をたてている湯槽にどっぷりと浸し、マイローとともに出かけて、非常に上等なレストランでシュリンプ・カクテルとフィレ・ミニョンを食べたが、そのレストランのロビーには株式相場表示機があり、それがたまたまエジプト綿の最新の相場を示していた。マイローは給仕頭にこれはなんの機械かとたずねた。マイローはそれまで、相場表示機ほど美しい機械がこの世にあり得ようとは想像もしていなかったのである。

「ほんとうか」と彼は給仕頭の説明が終るとうわずった声で言った。「で、エジプト綿の時価はどれだけだ」給仕頭がそれに答えると、マイローは収穫量の全部を買い占めたのである。

　しかしヨッサリアンがマイローの買ったエジプト綿で驚いたのはまだ序の口だった。マイローは街なかに車を走らせている途中で、原住民の市場に青い赤バナナの房が積まれているのを見つけたのである。ヨッサリアンの不安は的中した。マイローは十二時ちょっとすぎに熟睡しているヨッサリアンを揺り起こし、少し皮をむいたバナナを突き出した。ヨッサリアンはやっとのことで嗚咽をこらえた。

「まあ食べてみろよ」とマイローは、ヨッサリアンののたうちまわる顔をしつこくバナナで追いかけながら言い張った。

「マイロー、よせったら」とヨッサリアンは呻くように言った。「おれは少しでも眠らなきゃならねえんだ」

「食べて、うまいかどうか、答えてくれよ」とマイローは引っこもうとしなかった。「これをきみにやったなんて、オアには言ってくれるなよ。彼からは二ピアスタの代金をとったんだから」

　ヨッサリアンは仕方なしにバナナを食べ、これはうまいとマイローに言ったあとで目を閉じたが、マイローはまたもや彼を揺り起こし、できるだけ速く服を着るように指図した。ただちにピアノーサ島へ飛ぶのだという。

「きみとオアとですぐさま機にバナナを積み込んでもらわなきゃならないんだ」と彼は説明した。「あの男は、房を扱うとき蜘蛛に気をつけろと言ってたな」

「マイロー、あしたまで待つわけにはいかないのか」とヨッサリアンは哀願した。「おれは少し眠らなきゃ」

「どんどん熟しているんだ」とマイローは答えた。「だから一分たりとも浪費していられないんだよ。このバナナが出たら大隊の連中がどんなに喜ぶか考えてみたまえ」

しかし大隊の連中はバナナなどたった一本もお目にかからなかった。というのは、バナナはイスタンブールで言い値どおり売りさばくことができ、そのあとベンガージに急行するためにベイルートでひめういきょうの実を叩き値で買いこみ、オアの休暇の終る六日目に彼らが息せき切ってピアノーサ島に帰着したとき機に積載されていたのはマイローがエジプトで購入したと言うシシリー島産の白い極上の鶏卵で、それを彼の管理下にある各食堂に一個当りわずか四セントで売った。というのも、そうすればきっと彼のシンジケートに属しているあらゆる司令官がマイローに、すぐまたカイロに飛んで、青い赤バナナの房をもっと買い、それをトルコで売り、ベンガージで需要のあるひめういきょうの実を買うよう懇願するだろうと期待していたからだ。司令官のひとり残らずがシンジケートの株を一株ずつ所有していた。

ハヤカワ epi 文庫は、すぐれた文芸の発信源（epicentre）です。

訳者略歴　1927 年生，2002 年没，早稲田大学大学院博士課程修了，中央大学名誉教授，英米文学翻訳家　訳書『母なる夜』『パームサンデー』ヴォネガット，『神話の力』キャンベル＆モイヤーズ，『浮世の画家』イシグロ（以上早川書房刊）他多数

キャッチ＝ 22〔新版〕
〔上〕

〈epi 83〉

二〇一六年三月十五日　発行
二〇一九年八月二十五日　二刷
（定価はカバーに表示してあります）

著者　ジョーゼフ・ヘラー
訳者　飛《とび》田《た》茂《しげ》雄《お》
発行者　早川　浩
発行所　株式会社　早川書房
郵便番号　一〇一 - 〇〇四六
東京都千代田区神田多町二ノ二
電話　〇三 - 三二五二 - 三一一一
振替　〇〇一六〇 - 三 - 四七七九九
https://www.hayakawa-online.co.jp
乱丁・落丁本は小社制作部宛お送り下さい。
送料小社負担にてお取りかえいたします。

印刷・中央精版印刷株式会社　製本・株式会社明光社
Printed and bound in Japan
ISBN978-4-15-120083-0 C0197

本書には、今日では差別的ともとれる表現が使用されています。しかし作品が書かれた時代背景やその文学的価値、著者が差別の助長を意図していないことを考慮し、当時の表現のまま収録いたしました。その点をご理解いただけますよう、お願い申し上げます。

（編集部）

本書は、一九七七年三月にハヤカワ文庫ＮＶより刊行された『キャッチ＝22』の新版です。